# THE BRIDGE GHOST'S SUPPER

# GEORG BASELITZ

FEBRUAR – MÄRZ 2007
**CONTEMPORARY FINE ARTS**
**BERLIN**
WWW.CFA-BERLIN.COM

**INHALT**

**36 DIEDRICH DIEDERICHSEN**
INDIE IM KAMPF MIT DEM INDEX / Über das Verhältnis von Pornografie und Popkultur

**48** GEFÜLLTE LEERSTELLEN / Ein Gespräch über Kunst und Pornografie mit Heimo Zobernig von Sabeth Buchmann

**58 TIM STÜTTGEN**
ZEHN FRAGMENTE ZU EINER KARTOGRAFIE POSTPORNOGRAFISCHER POLITIKEN

**66 FLORIAN CRAMER**
SODOM BLOGGING / „Alternative Porn" und ästhetische Empfindsamkeit

**73 MANFRED HERMES**
BLEAKHOUSE / Über neue Formen pornografischer Schmähung

**80 EMILY SPEERS MEARS**
OHNE AUFSCHUB / Über die DVD-Kompilation „Destricted"

**88 EINE UMFRAGE ZUR PORNOGRAFIE**
Lee Edelman / Barbara Vinken / Jörg Schröder / Marie Luise Angerer / Catharine A. MacKinnon / Martin Conrads / Steven Shaviro / Svenja Flaßpöhler / Olaf Möller / Marc Siegel / Frances Ferguson

**ENGLISH SECTION**   113   Translation of the first six contributions

**BILDSTRECKE**   145   NORA SCHULTZ /„Countdown", 2006

**LIEBE ARBEIT KINO**
150   RAINER BELLENBAUM / Über eine Filmreihe auf der Viennale '06
153   BERT REBHANDL / Über Vertov im Filmmuseum Wien

**ROTATION**
156   MARKUS MÜLLER / Über „The Other Hollywood. The uncensored oral history of the porn film industry"
158   NICOLAS SIEPEN / Über den Reader „City of Collision. Jerusalem and the Principles of Conflict Urbanism"
161   SVEN LÜTTICKEN / Über „Untitled, (archive Iraq)" von Sean Snyder

**SHORT WAVES**   166   Esther Buss über Isa Genzken bei Neugerriemschneider, Berlin / Maren Butte über Cooling Out im Kunsthaus Baselland / Heike Föll über Philippe Parreno bei Esther Schipper, Berlin / Jörg Uwe Albig über „Into me / Out of me" im PS1, New York / Christine Lemke über Ursula Ponn und Doris Lasch bei Montgomery, Berlin / Astrid Mania über Michael Müller bei Coma, Centre for Opinions in Music and Art, Berlin / Oliver Tepel über „The secret public. The last days of the british underground 1978–1988" im Kunstverein München / Max Hinderer und Martin Beck über Yael Bartana im Fridericianum Kassel / Stephanie Kleefeld über Birgit Megerle in der Galerie Neu, Berlin / Petra Reichensperger über Brian O'Doherty in der Dublin City Gallery The Hugh Lane, Dublin / Christian Rattemeyer über Adam McEwen bei Nicole Klagsbrun, New York

| | | |
|---|---|---|
| BESPRECHUNGEN | 190 | **GRUPPENZWANGLOS**<br>Tom Holert über Pawel Althamer im Centre Pompidou, Paris |
| | 196 | **INFORMATIONSAVATARE**<br>Branden W. Joseph über John Miller bei Metro Pictures, New York |
| | 201 | **MASSVOLLE MELANCHOLIE**<br>Hanne Loreck über Felix Gonzalez-Torres im Hamburger Bahnhof, Berlin |
| | 204 | **GETTING THE EXHIBITION WE DESERVE?**<br>Ilka Becker über „Das achte Feld. Geschlechter, Leben und Begehren in der Kunst seit 1960" im Museum Ludwig, Köln |
| | 208 | **DEN KONFLIKT IM BLICK**<br>Achim Hochdörfer über Louise Lawler im Wexner Center for the Arts, Ohio |
| | 212 | **PATINA DES VERFLOSSENEN ENGAGEMENTS?**<br>Anselm Haverkamp über die Gruppe Spur – ein halbes Jahrhundert später |
| | 215 | **IM DICKICHT DER ZEICHEN**<br>Felix Prinz über Andreas Hofer in der Galerie Guido W. Baudach, Berlin |
| | 218 | **DIE DICHTE DES UNFERTIGEN**<br>Walead Beshty über Wolfgang Tillmans im Hammer Museum, Los Angeles und dem Museum of Contemporary Art, Chicago |
| | 222 | **ÄSTHETIK DER INFORMATION**<br>Beatrice von Bismarck über Martin Beck und Julie Ault in der Secession, Wien |
| | 225 | **THE PAINTING OF PAINTING**<br>Nils Norman über Albert Oehlen in der Whitechapel Gallery, London und im Arnolfini, Bristol |
| | 229 | **AUSBRUCH IN DIE MALEREI**<br>Markus Müller über Jutta Koether im Kölnischen Kunstverein |
| EDITIONEN | 232<br>234 | **THOMAS HIRSCHHORN**<br>**MARK LECKEY** |
| SONDEREDITION<br>JUNGE EDITION | 236<br>238 | **RICHARD PRINCE**<br>**MICHAELA MEISE** |
| | 240<br>245 | **AUTOR/INNEN UND GESPRÄCHSPARTNER/INNEN / CREDITS / BACK ISSUES**<br>**IMPRESSUM** |
| WWW.TEXTEZURKUNST.DE | | **MEHRWERT:**<br>Luisa Ziaja über Kaucyila Brooke in der Galerie Andreas Huber, Wien |

## VORWORT

In der Vorbereitung zu dieser Ausgabe von *Texte zur Kunst* sahen wir uns neben der anhaltenden Virulenz expliziter oder drastischer Darstellungen von Sexualität in Kunst und Pop-Kultur mit einer ganzen Reihe von Tagungen, Filmen und Festivals zum Thema „Pornografie" konfrontiert. In Berlin fand nicht nur die auch im Feuilleton viel beachtete „Post Porn Politics"-Konferenz an der Volksbühne statt, sondern auch das erste Porno-Filmfestival und begleitend das CUM2CUT Indie-Porn-Short-Movies-Festival, bei dem die mit Digital-Kameras ausgestatteten Teilnehmer/innen aufgefordert waren, an drei aufeinander folgenden Tagen heterosexuelle, schwule, lesbische oder transsexuelle *Do-it-yourself*-Pornos an beliebigen Orten in der Stadt zu drehen („Enjoy the pleasure of sharing pornography all over the city"). Pornografie hat offensichtlich Konjunktur – sowohl im Mainstream als auch in so genannten Indie-Kontexten und in theoretischen Debatten um Subjektivität und Identitätspolitik, von der jede Nische sexuellen Begehrens und alle Fantasien bedienenden, von zahllosen individuellen Blogs flankierten Porno-Industrie im Internet ganz zu schweigen.

Das Spektrum der Ansätze, Pornografie zu theoretisieren oder zu kritisieren, ist heute so diversifiziert wie die unter diesem Begriff zusammengefassten Darstellungen von Sexualität selbst. Lange Zeit waren die feministischen Debatten um Pornografie von dem Antagonismus zwischen Anti-Porno- und Anti-Zensur-Positionen geprägt, wobei einerseits die misogynen Aspekte der heterosexuellen Pornografie – bisweilen auch Kausalitäten zwischen pornografischen Szenarien und Vergewaltigungsstatistiken – betont und andererseits das Recht auf Rede- und Meinungsfreiheit gegenüber Zensurbestrebungen ins Feld geführt wurden. Mit Publikationen wie dem Buch „Hard Core" von Linda Williams, die 2004 einen programmatisch „Porn Studies" betitelten Sammelband folgen ließ, setzte Anfang der neunziger Jahre unter dem Einfluss von Textualitätsmodellen ein Paradigmenwechsel hin zu Fragen nach den historisch variablen Konventionen, Medien und Ästhetiken der Pornografie als Genre ein – womit Porno tendenziell auch den Status einer vermeintlichen Überschreitung gesellschaftlicher Normen einbüßte und zum Gegenstand akademischer Forschung avancierte – in den Worten von Williams wechselte Porno von einer Position „ob/scene" zu einer „on/scene". Der von der amerikanischen Künstlerin und ehemaligen Porno-Darstellerin Anne Sprinkle und der französischen Theoretikerin Marie-Hélène Bourcier geprägte Begriff des „Postporn" steht im diametralen Gegensatz zu den „PorNO"-Kampagnen der siebziger und achtziger Jahre schließlich für den Versuch, mittels pornografischer Inszenierungen alternative sexuelle Ökonomien jenseits von normativen Identitätszuschreibungen zu entwerfen. In diesem Zusammenhang wird Pornografie nicht als spezifisches Genre begriffen, in dem Körper verfügbar gemacht und einem objektivierenden Blick unterworfen werden, sondern – beispielsweise in den Arbeiten der französischen Theoretikerin Beatriz Preciado – über Gesten queerer Selbstermächtigung Bezüge zu den ästhetischen Praktiken der Performance Art hergestellt und dementsprechend die lebendige Präsenz sexualisierter Körper gegen die pornografische Logik der visuellen Lust und des Konsums positioniert.

Die Mehrzahl der Künstler/innen, die sich in den letzten Jahren mit Pornografie auseinander gesetzt haben, scheint allerdings der Annahme zu folgen, dass es unter den derzeitigen ökonomischen und technologischen Bedingungen kein Außerhalb der Pornografie mehr geben kann – eine These, die in jüngster Zeit unter dem Schlagwort einer „Pornografisierung" oder „Pornoisierung" der Gesellschaft beispielsweise in der *taz* von Mark Terkessidis mit Bezug auf das in immer härteren Gonzo-Filmen inszenierte „Regime einer permanenten Überforderung" der Darstellerinnen in Analogie zu neo-liberalen Arbeitsverhältnissen diskutiert wurde. Zensurbestrebungen, wie es sie im Fall der schwulen S/M-Inszenierungen Robert Mapplethorpes in den achtziger Jahren in den USA gab, sind im Kunstfeld heute kaum mehr anzutreffen. Vielmehr lässt sich feststellen, dass Pornografie „in den Salons der Hochkultur bildwürdig geworden ist" – wie es die gerade erschienene Ausgabe der Zeitschrift *Kunstjahr* für 2006 formuliert. Auch wenn es beim derzeitigen „Porno-Boom" in Kunst und Pop-Kultur wohl nicht um eine provokante Erweiterung des bürgerlichen Kunstkanons um sexuell aufgeladene Motive geht, sondern es sich um einen Reflex auf – mitunter um eine Reflexion über – die Begehrlichkeiten des Kunstmarktes handelt, haben Künstler/innen von Vanessa Beecroft, David LaChapelle und Jeff Koons über Richard Philipps, Richard Prince und Thomas Ruff bis hin zu Larry Clark, Tracey Emin und Andrea Fraser die Pornografie schon seit längerem als Feld entdeckt, in dem analytisch-kritische Distanz und affektive Involvierung auf Produzent/innen- wie Rezipient/innenseite zusammenkommen und verwertbar werden können.

Vor diesem Hintergrund versuchen die Beiträge der vorliegenden Ausgabe, die wir zusammen mit Diedrich Diederichsen konzipiert haben, sich dem Thema Pornografie in Kunst, Pop, Indie-Kultur, digitalen Medien und kritischer Theorie anzunähern und eine Zustandsbeschreibung des aktuellen Stands der (identitäts)politischen Debatten um explizite Darstellungen von Sexualität vorzunehmen. Seit nunmehr drei Ausgaben machen wir alle Texte und Gespräche des Hauptteils einem nicht deutschsprachigen Leser/innenpublikum in englischen Versionen zugänglich. Außerdem finden Sie alle nicht in deutscher Originalsprache verfassten Besprechungen – sowie die englischen Originalversionen einiger Statements zu unserer Umfrage – erneut auf unserer Website www.textezurkunst.de.

**DIEDRICH DIEDERICHSEN / ANDRÉ ROTTMANN / MIRJAM THOMANN**

"Ist das Leben nicht schön?"
Gruppenausstellung in 4 Kapiteln

**KAPITEL 4**     **FRANKFURTER KUNSTVEREIN**

# TOMMY STØCKEL, 13. DEZEMBER 2006 – 4. MÄRZ 2007

PEAKING OF OTHERS TRANZIT
13. DEZEMBER 2006 – 4. MÄRZ 2007

Frankfurter Kunstverein
Steinernes Haus am Römerberg, Markt 44
60311 Frankfurt am Main
Telefon +49.69.219314-0
post@fkv.de, www.fkv.de

ÖFFNUNGSZEITEN
DO 08.02. 18.00–24.00 UHR
FR 09.02. 11.00–22.00 UHR
SA 10.02. 11.00–22.00 UHR
SO 11.02. 11.00–17.00 UHR

## RUNDGANG 2007
MALEREI/GRAFIK  MEDIENKUNST  BUCHKUNST/GRAFIK-DESIGN  FOTOGRAFIE
ERÖFFNUNG: DONNERSTAG, 08.02. 18.00 UHR

ÖFFNUNGSZEITEN
DI–FR 12.00–18.00 UHR
SA 10.00–15.00 UHR
24.–31.12. GESCHLOSSEN
GALERIE LICHTHOF FESTSAAL

## MEIN HUT, DER HAT DREI ECKEN – INGO, FRITZ UND FRED
INGO MELLER (MALEREI)  FRITZ BEST (GRAFIK)  FRED SMEIJERS (SCHRIFT)
ERÖFFNUNG: MITTWOCH, 13.12. 19.00 UHR  DAUER: 14.12.2006–20.01.2007

HOCHSCHULE FÜR GRAFIK UND BUCHKUNST LEIPZIG
WÄCHTERSTRASSE 11  04107 LEIPZIG  TEL. 0341 2135-0  WWW.HGB-LEIPZIG.DE

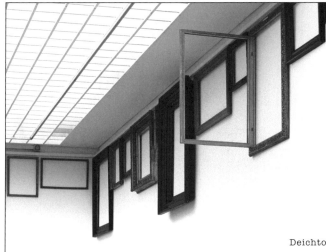

**Hans Haacke**
wirklich
**Werke 1959 - 2006**

Ausstellung der Akademie
der Künste, Berlin, und der
Deichtorhallen Hamburg

**Hamburg** 17.11.06 – 4.2.07
Deichtorstraße 1-2, Di bis So 11–18 Uhr
Tel. 040 – 32 10 30 **www**.deichtorhallen.de

**Berlin** 18.11.06 – 14.1.07
Pariser Platz 4, Di bis So 11– 20 Uhr
Tel. 030– 200 57-1000 **www**.adk.de

deichtorhallen hamburg
haus der photographie
aktuelle kunst

AKADEMIE DER KÜNSTE

gefördert durch die
KULTURSTIFTUNG DES BUNDES
und die
KUNSTSTIFTUNG ○ NRW

---

INSTALLATION IN DER BAUSTELLE DES BONNER KUNSTVEREINS
# TERRAIN VAGUE
# CHRISTOF ZWIENER
# STARTING AT ZERO
24. November 2006 - 5. Januar 2007
Öffnungszeiten von Mo-Fr 10-17 Uhr

# JAHRESGABEN 2006

Anna Amadio  Christoph Dahlhausen  Ulrich Erben  Carsten Fock
Roland Gätzschmann  Katarina Hinsberg  Stefan Hunstein  Leiko Ikemura
Mischa Kuball  Alexander Lieck  Kalin Lindena  Bernd Mechler  Martin Noël
Martina Sauter  Alex Paulick/Hella Gerlach/Max Schreier  Gerda Scheepers
Klaus Schmitt  Thomas Schütte  Norbert Schwontkowski  Günter Umberg

alle Jahresgaben online unter www.bonner-kunstverein.de

# BONNER
# KUNSTVEREIN

Tel. +49 228 693936, Fax +49 228 695589
kontakt@bonner-kunstverein.de, www.bonner-kunstverein.de
Hochstadenring 22, D-53119 Bonn

AAAA
Ca A A A
Ca A As Sa
Ca Ss A As, S, S Sa
Ca Bb Ss A As, S, S Sa
Ca Bb O Ss A As, O S, Os Sa
Ca Bb O Ss Ga As, O S, Os Sa
Ca Bb O Sns Ga As, On S, Osf Sa
Ca Bb Od Sns Ga As, On S, Osf Sa
Ca Rbbr Rod Rsns Gar As, On S, Osf Sra
Ca Rbbr Prod Prsns Gar As, On S, Osf Sra
Cal Rbbr Prodl Prsns Gar As, On Ls, Osf Sra
Cal Krbbr Prodl Prsns Gar As, On Kls, Osf Sra
Cal Krbbr Prodly Prsns Gar As, On Klsy, Osf Sra
Cal Krbbr Prodly Prsnts Gart As, On Klsy, Osf Stra
Ical Krbbr Prodly Prsnts Gart As, On Klsy, Osf Stra
Ical Krbbr Prodly Prsnts Gart Jas, Jon Klsy, Josf Stra
Mical Krbbr Prodly Prsnts Gart Jams, Jon Klsy, Josf Stra
Mical Krbbr Proudly Prsnts Gart Jams, Jon Klsy, Josf Strau
Michal Krbbr Proudly Prsnts Garth Jams, John Klsy, Josf Strau
Michael Krebber Proudly Presents Gareth James, John Kelsey, Josef Strau
Michael Krebber Proudly Presents Gareth James, John Kelsey, Josef Strau
Michal Krbbr Proudly Prsnts Garth Jams, John Klsy, Josf Strau
Mical Krbbr Proudly Prsnts Gart Jams, Jon Klsy, Josf Strau
Mical Krbbr Prodly Prsnts Gart Jams, Jon Klsy, Josf Stra
Ical Krbbr Prodly Prsnts Gart Jas, Jon Klsy, Josf Stra
Ical Krbbr Prodly Prsnts Gart As, On Klsy, Osf Stra
Cal Krbbr Prodly Prsnts Gart As, On Klsy, Osf Stra
Cal Krbbr Prodly Prsns Gar As, On Klsy, Osf Sra
Cal Krbbr Prodl Prsns Gar As, On Kls, Osf Sra
Cal Rbbr Prodl Prsns Gar As, On Ls, Osf Sra
Ca Rbbr Prod Prsns Gar As, On S, Osf Sra
Ca Rbbr Rod Rsns Gar As, On S, Osf Sra
Ca Bb Od Sns Ga As, On S, Osf Sa
Ca Bb O Sns Ga As, On S, Osf Sa
Ca Bb O Ss Ga As, O S, Os Sa
Ca Bb O Ss A As, O S, Os Sa
Ca Bb Ss A As, S, S Sa
Ca Ss A As, S, S Sa
Ca A As Sa
Ca A A A
AAAA

• • •

16.12.06 – 21.01.07

**Portikus**

Alte Brücke 2 · Maininsel · 60594 Frankfurt am Main
Tel. +49 69 962 44 54-0 · Fax +49 69 962 44 54-24 · info@portikus.de · www.portikus.de
Di–So 11–18 Uhr, Mi 11–20 Uhr

gefördert von

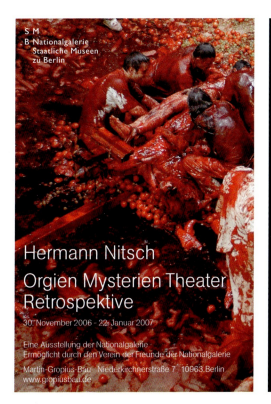

**Kunstverein Nürnberg**

Die Albrecht Dürer Gesellschaft – Kunstverein Nürnberg, gegründet 1792, ist eine Ausstellungsinstitution, die sich auf Präsentation und Vermittlung der aktuellen Strömungen in der internationalen Gegenwartskunst konzentriert. Die Gesellschaft sucht zum 01.07.2007 eine neue

## Ausstellungsleitung

Ihre Aufgaben werden die Konzeption und Umsetzung eines zeitgenössischen Ausstellungsprogramms sowie deren Vermittlung durch Vorträge, Diskussionen, Symposien und Publikationen sein. Weiter kommen auf Sie auch administrative Aufgaben auf dem Gebiet des Fundraising und der Betreuung und Gewinnung von Mitgliedern zu.

Wir freuen uns, Ihre aussagekräftigen Bewerbungsunterlagen bis Mitte Februar 07 zu erhalten: *Albrecht Dürer Gesellschaft – Kunstverein Nürnberg e.V., z. Hd. Peter Naumann, Vorstand, Kressengartenstr. 2, 90402 Nürnberg*

---

DEUTSCHE BANK & SOLOMON R. GUGGENHEIM FOUNDATION

**all in the present must be transformed: Matthew Barney and Joseph Beuys**
October 28, 2006 – January 12, 2007

**Divisionism · Neo-Impressionism: Arcadia and Anarchy**
January 27 – April 15, 2007

**Affinities · 10 Years Deutsche Guggenheim in Berlin**
The Anniversary Exhibition, April 28 – June 24, 2007

**Phoebe Washburn**
Commissioned by Deutsche Guggenheim, July 14 – October 7, 2007

**Jeff Wall**
Commissioned by Deutsche Guggenheim, October 20, 2007 – January 20, 2008

PLEASE NOTE THAT THE DATES MIGHT CHANGE
THE DEUTSCHE GUGGENHEIM REMAINS CLOSED BETWEEN EXHIBITIONS

### Deutsche Guggenheim

Unter den Linden 13/15 · 10117 Berlin
Phone + 49 (0) 30 20 20 93 - 0 · Fax + 49 (0) 30 20 20 93 - 20
www.deutsche-guggenheim.de
Open daily from 11 a.m. to 8 p.m. · Thursday to 10 p.m.
Monday admission free

# SHEDHALLE

## FOR EXAMPLE S, F, N, G, L, B, C ▶

## EINE FRAGE DER GRENZZIEHUNG ▶

«Kolonialismus ohne Kolonien? Beziehungen zwischen Tourismus, Neokolonialismus und Migration» Teil 3

**Ausstellung: 4. November – 28. Januar 2006**

**SHEDHALLE**
Seestrasse 395, Postfach 771, CH-8038 Zürich
T +41 (0)44 481 59 50, F +41-(0)44 481 59 51, info@shedhalle.ch, **www.shedhalle.ch**

**Öffnungszeiten:** Mi/Fr: 14–17 Uhr, Do: 14–21 Uhr, Sa/So: 14–20 Uhr

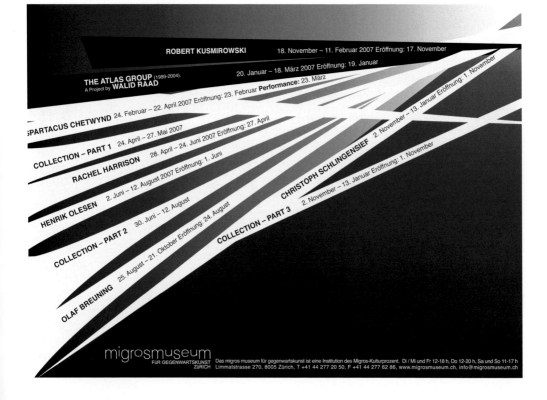

**13. JANUAR BIS 24. FEBRUAR 2007**
# BEAT STREULI

**GALERIE EVA PRESENHUBER**
WWW.PRESENHUBER.COM
TEL: +41 (0) 43 444 70 50 / FAX: +41 (0) 43 444 70 60
LIMMATSTRASSE 270, POSTFACH 1517, CH-8031 ZÜRICH
ÖFFNUNGSZEITEN: DI-FR 12-18, SA 11-17

DOUG AITKEN, EMMANUELLE ANTILLE, MONIKA BAER, MARTIN BOYCE, ANGELA BULLOCH, VALENTIN CARRON, VERNE DAWSON, TRISHA DONNELLY, MARIA EICHHORN, URS FISCHER, PETER FISCHLI/ DAVID WEISS, SYLVIE FLEURY, LIAM GILLICK, MARK HANDFORTH, CANDIDA HÖFER, KAREN KILIMNIK, ANDREW LORD, HUGO MARKL, RICHARD PRINCE, GERWALD ROCKENSCHAUB, UGO RONDINONE, DIETER ROTH, EVA ROTHSCHILD, JEAN-FRÉDÉRIC SCHNYDER, STEVEN SHEARER, BEAT STREULI, FRANZ WEST, SUE WILLIAMS

# GENERAL IDEA
# FOUND FORMATS
11.11.2006 – 07.01.2007

# KUNSTHALLE ZÜRICH

LIMMATSTRASSE 270   CH-8005 ZÜRICH
TEL +41 44 272 15 15   FAX +41 44 272 18 88
INFO@KUNSTHALLEZURICH.CH   WWW.KUNSTHALLEZURICH.CH
DI/MI/FR 12-18 UHR, DO 12-20 UHR, SA/SO 11-17 UHR

# Art | Basel | Miami Beach
## 7–10 | Dec | 06

**Art Positions | Artists** | Athanasios **Argianas** | Marcela **Astroga** | Lutz **Bacher** | Laura **Belém** | Marc **Bijl** | Spartacus **Chetwynd** | **Cabelo** | Simon Dybbroe **Møller** | Dario **Escobar** | Cao **Fei** | Ryan **Gander** | Zheng **Guogu** | Zaha **Hadid** | Anthea **Hamilton** | Dionisis **Kavallieratos** | Lei Yan | Chris **Lipomi** | Eva **Marisaldi** | Aleksandra **Mir** | Moris **Moris** | Kelly **Nipper** | Ilias **Papailiakis** | Pavel **Pepperstein** | **Qingsong** Wang | Robin **Rhode** | Bernd **Ribbeck** | Christoph **Ruckhäberle** | Aida **Ruilova** | Anj **Smith** | **Shaoxing** Chen | Henry **Taylor** | Alexandros **Tzannis** | Iris **van Dongen** | Vangelis **Vlahos** | Janis **Varelas** | **Wei** Liu | Aaron **Young** | Mario **Ybarra Jr.** | **Zixi** Zhou |
**Art Nova | Artists** | Ignasi **Aballí** | Adel **Abdessemed** | Ricci **Albenda** | Jan **De Cock** | Hurvin **Anderson** | Ibon **Aranberri** | Roy **Arden** | Juan **Araujo** | **Artemio** | Dan **Attoe** | Jaime **Ávila** | Pedro **Barateiro** | Dirk **Bell** | Katherine **Bernhard** | Alexandra **Bircken** | Henning **Bohl** | James **Bonachea** | Carol **Bove** | Andrea **Bowers** | Fernando **Bryce** | Carlos **Bunga** | Anthony **Burdin** | André **Butzer** | **Carter** | Carolina **Caycedo** | Juan **Céspedes** | Jeanette **Chavez** | Aristarkh **Chernyshov** | David **Colosi** | Liz **Craft** | Nigel **Cooke** | Benjamin **Cottam** | Björn **Dahlem** | William **Daniels** | Folkert **de Jong** | Angela **Detanico** & Rafael **Lain** | Mauricio **Dias** & **Riedweg** Walter | Nathalie **Djurberg** | Atul **Dodiya** | Stef **Driesen** | Manfred **Erjautz** | Gardar **Eide Einarsson** | **Elmgreen & Dragset** | Kirsten **Everberg** | Zeng **Fanzhi** | Geoffrey **Farmer** | Jeanne **Faust** | Cao **Fei** | Rachel **Feinstein** | Dee **Ferris** | Jean-Pascal **Flavien** | Harell **Fletcher** | Mark **Flores** | Peter **Friedl** | Ryan **Gander** | Marcus **Geiger** | Subodh **Gupta** | Henrik **Hakansson** | Thilo **Heinzmann** | Jeppe **Hein** | Pablo **Helguera** | Diango **Hernández** | Juan Fernando **Herrán** | Patrick **Hill** | Thomas **Houseago** | Candida **Höfer** | Mitsuhiro **Ikeda** | Meta **Isaeus-Berlin** | Piotr **Janas** | Chris **Johanson** | Dorota **Jurczak** | Marina **Kappos** | Zilvinas **Kempias** | Andrew **Kerr** | Erwin **Kneihsl** | Ian **Kiaer** | Jutta **Koether** | William Earl **Kofmehl III** | Irina **Korina** | Job **Koelewijn** | Craig **Kucia** | Boyan **Lazanov** | Gonzalo **Lebrija** | Mark **Lewis** | Michael D. **Linares** | Thomas **Locher** | Nate **Lowman** | Marko **Lulic** | Ken **Lum** | David **Maljkovic** | Ján **Mancuska** | Andrew **Mania** | Fabian **Marcaccio** | Kirill **Markushin** | Kris **Martin** | Hans-Jörg **Mayer** | Scott **McFarland** | Rodney **McMillian** | Michaela **Meise** | Alan **Michael** | Ritsue **Mishima** | Matthew **Monahan** | Óscar **Muñoz** | Mike **Nelson** | David **Nooan** | Yoshua **Okon** | Ariel **Orozco** | Jorge **Pardo** | Philippe **Parreno** | Chloe **Piene** | Seth **Price** | Josephine **Pryde** | Michael Judy **Radul** | Michael **Rakowitz** | David **Ratcliff** | Rosangela **Rennó** | Mauro **Restiffe** | Michael S. **Riedel** | MP & MP **Rosado** | Hiroe **Saeki** | Michael **Sailstorfer** | Eduardo **Sarabia** | Yehudit **Sasportas** | Zineb **Sedira** | Miri **Segal** | Mithu **Sen** | **Shan** Li | David **Shrigley** | Florian **Slotawa** | Josh **Smith** | John **Stezaker** | Thaddeus **Strode** | Billy **Sullivan** | Hans **Schabus** | Markus **Schinwald** | Christian **Schmidt-Rasmussen** | Kei **Takemura** | Jude **Taullichet** | Stefan **Thater** | Ron **Terada** | Gert & Uwe **Tobias** | Hayley **Tompkins** | Armando Andrade **Tudela** | Lily **van der Stokker** | Costa **Vece** | Jean-Luc **Verna** | Banks **Violette** | Sophie **von Hellermann** | Gary **Webb** | Martin **Westwood** | Pae **White** | Marcia **Xavier** | Sisley **Xhafa** | Yiming Wu | Tomoko **Yoneda** | Guy **Zagursky** | Peter **Zimmermann** | Index November 2006
**Art Galleries | Art Nova | Art Positions | Art Kabinett | Art Projects | Art Video Lounge | Art Sound Lounge | Art Perform | Art Salon | Art Magazines | Art Institutions**
Catalog order: Phone +49/711-44 05 204, Fax +49/711-44 05 220, sales@hatjecantz.de

**Vernissage | December 6, 2006 | by invitation only**
**Art Basel Conversations | December 8 to December 10, 2006 | 10 to noon**

The International Art Show – La Exposición Internacional de Arte
Art Basel Miami Beach, MCH Swiss Exhibition (Basel) Ltd., CH-4005 Basel
Fax +41/58-206 31 32, miamibeach@ArtBasel.com, www.ArtBasel.com

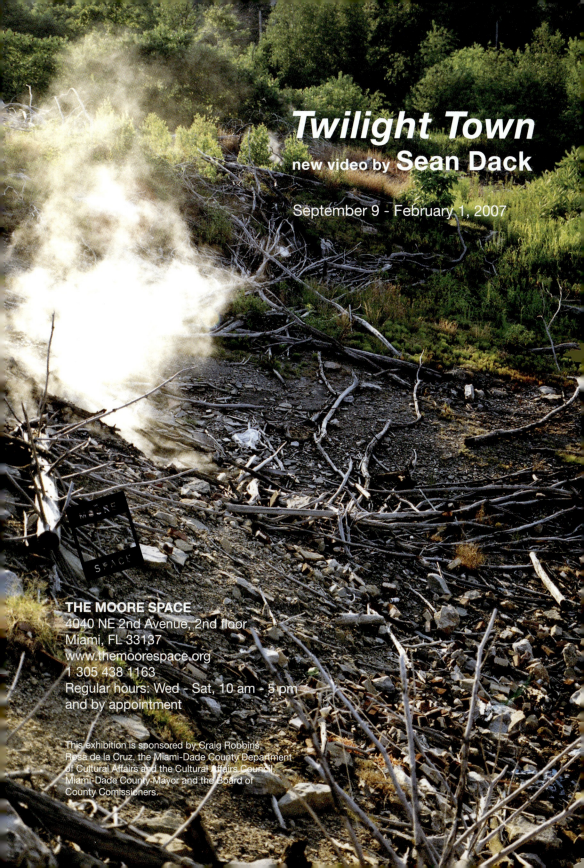

**kunstmuseum basel
museum für gegenwartskunst**

19. Januar – 15. April 2007
**Christian Philipp Müller – Basics**

28. April – 26. August 2007
**Jean-Frédéric Schnyder**

8. September – 31. Dezember 2007
**Johanna Billing**

Museum für Gegenwartskunst, St. Alban-Rheinweg 60, CH-4010 Basel
Tel 0041 61 206 62 62, Fax 0041 61 206 62 53, Öffnungszeiten: Di-So 11-17 Uhr
www.kunstmuseumbasel.ch

**MITGLIEDER-
AUSSTELLUNG**
03.12.06 - 07.01.07

**COLLIER
SCHORR**
20.01.07 - 18.03.07
FORESTS AND FIELDS

**JAHRESGABEN
2006:**
GUNDULA BLECKMANN
SILVIA BURLAFINGER
KARLHEINZ BUX
BARBARA DENZLER
FRIEDRICH DICKGIESSER
STEFAN KUNZE
HANNA MOHN

badischer kunstverein
WALDSTRASSE 3  76133 KARLSRUHE  FON (0)721 28226
WWW.BADISCHER-KUNSTVEREIN.DE
Di - Fr 11.00 - 19.00 Uhr, Sa/So u. feiertags 11.00 - 17.00 Uhr

**31 : Doing Theory**
Nieten, Arbeiten, Forschen, Schrauben, Löten, Publizieren.
Das Magazin des Instituts für Theorie der Gestaltung und Kunst Zürich
Nummer 8/9, erscheint im Dezember 2006.
Zu beziehen im Buchhandel (ISBN 978-3-906489-07-0) oder auf www.ith-z.ch

# ARMIN HARTENSTEIN

25. NOVEMBER BIS 16. JANUAR 2007

## CALDERA

# MARTIN SCHWENK

26. JANUAR BIS 7. MÄRZ 2007

## PLASTIKEN

**GALERIE HAUS SCHNEIDER**
**USCHI KOLB**

Tel.: + 49. (0) 721. 869 577 21 I Fax: + 49. (0) 721. 49 66 65 I Lorenzstr. 20 I D - 76135 Karlsruhe I www.kolb.in I info@kolb.in

23. – 26. November 2006
**JAHRESGABEN 2006/2007**
Yael Bartana, Bernadette Corporation, Henning Bohl, Shannon Bool, Ulla von Brandenburg, Walter Dahn, Ellen Gronemeyer, Thomas Hirschhorn, Annette Kelm, Jochen Lempert, Kalin Lindena, Daria Martin, Ruth May, Daniel Megerle, Stefan Müller, Dan Perjovschi, Silke Schatz

30. November 2006 – 14. Januar 2007
**EINZELAUSSTELLUNG**
Tino Sehgal

**ATELIERBESUCH IM KUNSTVEREIN**
Monika Gintersdorfer & Knut Klaßen (19. Dezember 2006),
Lone Haugaard Madsen (12. Dezember 2006),
Jonathan Monk (9. Januar 2007), Haegue Yang (5. Dezember 2006)

**KUNSTVEREIN IN HAMBURG**
Klosterwall 23, 20095 Hamburg
Tel. +49 (0)40 33 83 44, Fax +49 (0)40 32 21 59
www.kunstverein.de, hamburg@kunstverein.de

# VIDEONALE 11
FESTIVAL FÜR ZEITGENÖSSISCHE VIDEOKUNST

ERÖFFNUNG AM 14. MÄRZ 07 IM KUNSTMUSEUM BONN --- LAUFZEIT 15. MÄRZ–15. APRIL 07 MIT FESTIVALPROGRAMM VOM 15.–18. MÄRZ 07 --- VORTRÄGE UND WORKSHOPS ZUR AKTUELLEN VIDEOKUNST --- AUSFÜHRLICHES PROGRAMM UND ANMELDUNG UNTER WWW.VIDEONALE.ORG

VIDEONALE E.V.
IM KUNSTMUSEUM BONN
FRIEDRICH-EBERT-ALLEE 2  D-53113 BONN
TEL +49 (0)228 -69 28 18  FAX -90 85 817
INFO@VIDEONALE.ORG
WWW.VIDEONALE.ORG

KUNSTSTIFTUNG NRW

gefördert durch den Ministerpräsidenten des Landes Nordrhein-Westfalen

kfw BANKENGRUPPE

**Kunstmuseum Wolfsburg**
11.11.2006 – 11.03.2007

# Neo Rauch: Neue Rollen.
## Bilder 1993 bis heute

sponsored by
**VOLKSWAGEN BANK**

Hollerplatz 1, 38440 Wolfsburg, Telefon 05361/2669-0, Telefax 05361/2669-66   info@kunstmuseum-wolfsburg.de
www.kunstmuseum-wolfsburg.de
Öffnungszeiten: Dienstag 11–20 Uhr, Mittwoch bis Sonntag 11–18 Uhr, Montag geschlossen

Abb.: Neo Rauch, AUFSTAND (Detail), 2004; Öl auf Papier, 199 x 275 cm; Sammlung Ruth, Berlin
© VG Bild-Kunst, Bonn 2006; Courtesy EIGEN + ART Leipzig/Berlin & David Zwirner, New York

---

Haus Salve Hospes
## Kunst aus Los Angeles der 60er bis 90er Jahre
Bas Jan Ader, Michael Asher, John Baldessari, Chris Burden, Douglas Huebler, Larry Johnson, Mike Kelley, William Leavitt, Paul McCarthy, Bruce Nauman, Maria Nordman, Raymond Pettibon, Stephen Prina, Allen Ruppersberg, Ed Ruscha, Christopher Williams
kuratiert von Karola Grässlin

Studiogalerie
## Jahresgaben 06/07

**02.12.2006 – 18.02.2007**
Öffnungszeiten: täglich außer montags 11–17 Uhr

# KUNSTVEREIN
## Braunschweig e.V.

Haus Salve Hospes / Lessingplatz 12 / 38100 Braunschweig
Telefon 0531 - 49556 / Telefax 0531 - 124737 / www.kunstverein-bs.de / info@kunstverein-bs.de

**INGA SVALA THÓRSDÓTTIR**
**BORG 21° W 64° N**

11. Nov. – 17. Dez. 06
ab 9. Januar bis Ende
Februar 2007 nach
Vereinbarung

**SPRINGHORNHOF**
Kunstverein & Stiftung Springhornhof I Tiefe Straße 4
29643 Neuenkirchen I Öffnungszeiten Di – So 14 – 18 Uhr
Telefon 051 95 - 93 39 63 I www.springhornhof.de

Gefördert durch
EU-Gemeinschaftsinitiative LEADER+    Niedersachsen

# SIMON LEWIS

26. JANUAR – 9. APRIL 2007

Waldemar Koch Stiftung
STIFTUNGKUNSTFONDS
BRITISH COUNCIL

## GAK
**GESELLSCHAFT FÜR AKTUELLE KUNST BREMEN E.V.**
TEERHOF 21 \ D-28199 BREMEN \ +49 421. 500 897
OFFICE@GAK-BREMEN.DE \ WWW.GAK-BREMEN.DE
DI BIS SO 11 - 18 UHR DO BIS 21 UHR

# Josef Albers für 5 DM
9. Dezember 2006 – Januar 2007

175 Jahre Westfälischer Kunstverein

Domplatz 10
48143 Münster
Telefon 0251 - 46157
Telefax 0251 - 45479
wkv@muenster.de
www.westfaelischer-kunstverein.de
Dienstag – Sonntag 10 – 18 Uhr, Donnerstag 10 – 21 Uhr

# VOWS
# Andrea Bowers

18. November 2006 bis 7. Januar 2007 – Eröffnung 17. November 2006, 19 h

HALLE FÜR KUNST
Reichenbachstraße 2
D-21335 Lüneburg
T +49 4131 402001
F +49 4131 721344
info@halle-fuer-kunst.de
www.halle-fuer-kunst.de
Öffnungszeiten:
Mi–So 14–18 h und nach Vereinbarung
Dank an:
Land Niedersachsen, Stadt Lüneburg, Lüneburgischer Landschaftsverband, Michael und Susanne Liebelt Stiftung

---

## KÜNSTLERHAUS BREMEN

# SIMON DYBBROE MØLLER

## Letter from the new world to the old world

### 28. OKTOBER 2006 - 28. JANUAR 2007
MI - SO // 14 - 19 UHR // GESCHLOSSEN AM 24. UND 31. DEZEMBER 06

Künstlerhaus Bremen // Am Deich 68/69 // 28199 Bremen // Tel: 0049.(0)421.508 598 // Fax: 0049.(0)421.508 305

www.kuenstlerhausbremen.de

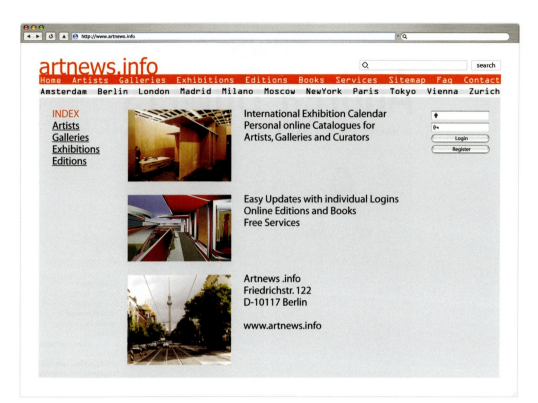

# Vooes Transporte GmbH

➢ **Kunsttransporte deutschlandweit im Beiladungsverkehr zu fairen Konditionen**

➢ **Wöchentliche Beiladungsmöglichkeiten Berlin – Hamburg – Köln – München**

➢ **Kunstlager alarmgesichert und beheizt**

➢ **Umzüge weltweit, fachgerecht, auf Wunsch mit allen Ein- und Auspackarbeiten sowie Möbelmontagen**

**Telefon: 021 71 – 58 20 – 0 Telefax: 021 71 – 58 20 – 20
E-Mail: kontakt@kunsttransportevooes.de
www.kunsttransportevooes.de**

# Horst Antes
## Kunsthalle Würth, Schwäbisch Hall

Lange Straße 35
D-74523 Schwäbisch Hall
Fon +49 791 94672-0
Fax +49 791 94672-55
www.kunst.wuerth.com

Alle Aktivitäten der Kunsthalle Würth werden durch die freundliche Förderung der Adolf Würth GmbH & Co. KG ermöglicht.

Zur Ausstellung ist ein Katalog im Swiridoff Verlag erschienen.

13. 10. 2006 – 18. 3. 2007, täglich 10 – 18 Uhr

# KARIN FELBERMAYR

**15.Dez 06 - 04.Feb 07**
**GENDER GAMBLE**

**STEREOTYPE AS A MASQUERADE**
ISBN: 978-3-935843-78-2

## LOTHRINGER 13
Städtische Kunsthalle München
Lothringerstr. 13
81667 München
T +49 89 448 69 61
www.lothringer-dreizehn.com
Di - So: 14.00 - 20.00 Uhr

Landeshauptstadt München
Kulturreferat

# NEW GHOST
ENTERTAINMENT—ENTITLED

10.12.2006 - 18.02.2007    Eröffnung: 9.12., 20 Uhr

**Ausstellung**
**Filmprogramm**
**Zeitschrift**

*Ein Projekt kuratiert von Katrin Pesch
in Kooperation mit der
Or Gallery Vancouver, Kanada.*

KhD Kunsthaus Dresden
Rähnitzgasse 8
01097 Dresden

Städtische Galerie für Gegenwartskunst
Di-Fr 14-19 Uhr, Sa/So 12-20 Uhr, Fr Eintritt frei
www.kunsthausdresden.de

**FESTIVAL FOR EXPANDED MEDIA**
**20. Stuttgarter Filmwinter**

FILM VIDEO NEWMEDIA INSTALLATION PERFORMANCE WORKSHOP THEORY

FESTIVAL:        18.–21.01.07
AUSSTELLUNG:     17.01.–04.03.07
WARM UP:         11.–17.01.07

WWW.FILMWINTER.DE

VERANSTALTER:
WAND 5 E.V., IM FILMHAUS,
FRIEDRICHSTR. 23A,
70174 STUTTGART

T. +49 (0)711 9933980
F. +49 (0)711 99339810
WANDA@WAND5.DE

# CerithWynEvans

**LENBACHHAUS KUNSTBAU MÜNCHEN, 25.11.06 - 25.02.07**
INTERNATIONALER KUNSTPREIS DER KULTURSTIFTUNG
STADTSPARKASSE MÜNCHEN

www.lenbachhaus.de        www.sskm.de/goto/stiftungen

---

„Krieg der Knöpfe" –
Kinder und die Welt des Krieges

12. November – 17. Dezember 2006
Eröffnung: 11. November 2006, 19 Uhr

Öffnungszeiten:
Mi 14–17 Uhr, So 14–18 Uhr
und nach Vereinbarung

Ali Samadi Ahadi & Oliver Stoltz, AES+F, Shahram Entekhabi, Manfred Erjautz, Bernhard Fuchs, Anthony Goicolea, Gintaras Makarevičius, Ursula Meissner, Monika Oechsler, Lisl Ponger, Yves Robert, Markus Schinwald, Thomas Sturm, Thomas Wrede, Gregor Zivic

Kurator: Dr. Martin Hochleitner

Ursula Blickle Stiftung    Mühlweg 18          Tel +49 (0)7251 6 09 19    ursula-blickle-stiftung@t-online.de
                           76703 Kraichtal-UÖ  Fax +49 (0)7251 6 86 87   www.ursula-blickle-stiftung.de

**SAVE THE DATE
29 SEP—3 OCT 2007
OPENING
28 SEP 2007
ART FORUM
BERLIN**

Messe Berlin

Messe Berlin GmbH | Messedamm 22, D-14055 Berlin | T +49 30 3038 1833
F +49 30 3038 2060 | info@art-forum-berlin.de | www.art-forum-berlin.com

Fareed Armaly
Tremezza von Brentano
François Joseph Chabrillat
Jesko Fezer/Axel John Wieder
Christian Flamm
Penelope Georgiou
Leo de Goede
Jack Goldstein
Imi Knoebel
Joseph Kramhöller
David Lamelas
Jonathan Lasker
Klaus Merkel
Markus Neufanger
Anna Oppermann
Verena Pfisterer
Emilio Prini
Gary Stephan
Franz-Ehrhard Walther
Ketty La Rocca
Christopher Williams
Peter Zimmermann

**GALERIE KIENZLE & GMEINER**
Bleibtreustraße 54  10623 Berlin
+49 [0]30. 31 50 70 13
www.kienzle-gmeiner.de

**ANNA OPPERMANN**
28. September 2006 - 24. Februar 2007

precarious sex, precarious work

ausstellung/exhibition: 19.1. – 4.3.2007

künstlerhaus bethanien
mariannenplatz 2, 10997 berlin

mi – so: 14h – 19h
eröffnung/opening: 18.1.2007, 19h

hannah cullwick und/and:
laura aguilar, oreet ashery, pauline boudry,
alexandra croitoru, ines doujak, ghazel, runa islam,
kai kaljo, deborah kelly/tina fiveash, klub 2,
ins a. kromminga, marth, karin michalski/sabina baumann,
tracey moffat, christian philipp müller, henrik oleson,
adrian piper, carole roussopoulos/delphine seyrig,
del lagrace volcano, gillian wearing.

kuratiert von/curated by: renate lorenz

katalog/catalogue: 02/ 2007, b_books be

www.normallove.de

**KARL-HEINZ KLOPF**

**FROM** 14. Dezember 2006
**TO** 28. Jänner 2007

**LANDESGALERIE LINZ**

MUSEUMSTRASSE 14, 4010 LINZ

TEL +43 732 774482

DI – FR 9 BIS 18 UHR, SA, SO, FEI 10 BIS 17 UHR

GALERIE@LANDESMUSEUM.AT

WWW.LANDESGALERIE.AT

Oberösterreichische
**M**Landes**useen**
LANDESGALERIE

---

Salzburger**Kunstverein**

### Zwischendurch:
### Diverse Tätigkeiten
Kuratiert von Claudia Slanar
und Gabu Heindl
8. Dezember 06 – 28. Jänner 07

### Peter Piller
8. Februar – 15. April 07

Künstlerhaus
Hellbrunner Straße 3 · A 5020 Salzburg
Tel.: +43 (0)662 / 84 22 94-0
Fax: +43 (0)662 / 84 07 62
office@salzburger-kunstverein.at
www.salzburger-kunstverein.at

---

# Afterall

visit our new website

# www.afterall.org

ALEXANDER WOLFF
MANUEL GORKIEWICZ
24. Oktober – 28. November 2006
5. Dezember – 13. Januar 2007
Galerie Mezzanin Getreidemarkt 14 A-1010 Wien T +431 5264356 F +431 5269187
www.mezzaningallery.com

Galerie im **Taxispalais**
Galerie des Landes Tirol

Ulrike Lienbacher

25. November 2006 – 7. Jänner 2007

Pavel Braila

25. November 2006 – 7. Jänner 2007

Roman Ondák

19. Jänner – 4. März 2007

Maria-Theresien-Straße 45 A-6020 Innsbruck T +43 512 508 3171 F +43 512 508 3175
taxis.galerie@tirol.gv.at www.galerieimtaxispalais.at Di – So 11 – 18 Do 11 – 20 Uhr, Sonntag – Frei

# VIENNAFAIR

## THE INTERNATIONAL CONTEMPORARY ART FAIR
**FOCUSED ON CEE**

**26 – 29 APRIL 2007**
**MESSEZENTRUMWIENNEU**
MESSEPLATZ 1, 1020 VIENNA/AUSTRIA

**OPENING HOURS:**
THU, FRI 12.00 – 19.00, SAT 11.00 – 19.00, SUN 11.00 – 18.00
WWW.VIENNAFAIR.AT

Organised by
Reed Exhibitions
Messe Wien

# transmediale.07
festival for art and digital culture berlin

31. januar - 4. februar 2007
akademie der künste berlin

www.transmediale.de

*unfinish!*

gefördert durch die KULTURSTIFTUNG DES BUNDES

# INTIMATE STRANGERS

**MEG STUART & DAMAGED GOODS**

**FORCED ENTERTAINMENT THE BOOKS**

**ALIEN RESIDENTS**
a discursive event

Davis Freeman & Random Scream ★
Kotomi Nishiwaki &
Abraham Hurtado ★ Anna MacRae ★
Simon Lenski & Bo Wiget ★
Vania Rovisco & Jochen Arbeit

**12. - 17. DEZEMBER 2006**
Im Rahmen von Crossroads gefördert durch die KULTURSTIFTUNG DES BUNDES

## VOLKSBÜHNE
AM ROSA-LUXEMBURG-PLATZ
www.volksbuehne-berlin.de/crossroads 030 240 65 777

Das Magazin für Gegenwartskultur
NO.20 | WINTER 2006 | GOON-MAGAZINE.DE

INKLUSIVE: SQUAREPUSHER | WOODEN WAND
PAAL NILSSON-LOVE | CHRISTIAN KRACHT
ARMIN PETRAS | TOM HOLERT & MARK TERKESSIDIS
KIYOSHI KURASAWA | PARK CHAN-WOOK

# 1,2,3... AVANT-GARDES
## EXPERIMENT / FILM / ART / ARCHIVE

9th December 2006 – 28th January 2007

Akademia Ruchu
Antosz & Andzia
Paweł Althamer/
Artur Żmijewski
Piotr Andrejew
Bernadette Corporation
Kazimierz Bendkowski
Matthew Buckingham
Bogdan Dziworski
Marcin Giżycki
Janusz Haka
Oskar Hansen
Judith Hopf/ Katrin Pesch
Tadeusz Junak

Jacques de Koning
Igor Krenz
Grzegorz Królikiewicz
Zofia Kulik
Paweł Kwiek
Przemysław Kwiek
Natalia LL
Jolanta Marcolla
Jonathan Monk
Ewa Partum
Andrzej Pawłowski
Zygmunt Piotrowski
Jeroen de Rijke/
Willem de Rooij

Józef Robakowski
Zbigniew Rybczyński
Zygmunt Rytka
Wilhelm Sasnal
Jadwiga Singer
Zdzisław Sosnowski
Mieczysław Szczuka
Michał Tarkowski
Stefan i Franciszka Themerson
Teresa Tyszkiewicz
Ryszard Waśko
Jan S. Wojciechowski
Krzysztof Zarębski
Florian Zeyfang

**Centre for Contemporary Art Ujazdowski Castle**
Al. Ujazdowskie 6
00-461 Warsaw
Ph.: 48 22 628 76 83
FAX: 48 22 628 95 50
www.csw.art.pl

An exhibition project within the framework of Büro Kopernikus

A reader will be published by Sternberg Press
ISBN-10 1-933128-24-0, ISBN-13 978-1-933128-24-5
www.sternberg-press.com

---

*Internationaler Masterstudiengang*
## „Public Art and New Artistic Strategies"
*Fakultät Gestaltung, Bauhaus-Universität Weimar*

Das vom DAAD ausgezeichnete Programm startet ab Winter 2006 ein neues Programm mit internationalen Gastprofessoren:

New Artistic Strategies (SS 2007)
Mary Jane Jacob

Art and Commemoration (WS 07/08)
Maja Bajevic

Interventions in Public Space (SS 2008)
Suzanne Lacy

Art and Architecture (WS 08/09)
Mick O'Kelly

Bewerbungsvoraussetzung sind ein abgeschlossenes Studium (BA) in einem benachbarten Feld, erste Erfahrungen mit der Arbeit im öffentlichen Raum, sowie sehr gute Kenntnisse der englischen Sprache. Das Programm läuft in englischer Sprache. Bewerbungsschluss ist der 31. März des jeweiligen Jahres.

Weitere Informationen unter
http://www.uni-weimar.de/mfa/

**Bauhaus-Universität Weimar**

*Fakultät Gestaltung · Master of Fine Arts
Geschwister-Scholl-Straße 7 · 99421 Weimar
Telefon 0 36 43 – 58 33 92
mfa@gestaltung.uni-weimar.de*

# TEXT

Jean-Auguste-Dominique Ingres
Sanna Kannisto – Andreas van Dühren – Beatrix Opolka
Oskar Pastior – Vittorio Santoro
Magnus Plessen – Charline von Heyl – Daniel Marzona
Roberto Ohrt – Jonathan Meese
Larry Sultan – Harriet Bosse – Ivan Nagel

# REVUE

Auf der Suche nach einer vollkommenen Sprache
Der Realismus Viscontis – Ein Gespenst wird zerlegt
Gray Numbers – Abu Dis – Nature Morte
Rokoko – Die Abenteuer des Sehnervs – Rot
Rauschendes Manifest – Entgrenzung und Allgegenwart
Mexico / US Border, Tijuana
Gravitation und Revolte

# Realismus

# Die **NGBK** präsentiert

bis 9. Januar 2007
Hamburger Bahnhof-Museum für Gegenwart-Berlin

RealismusStudio
**Felix Gonzalez-Torres**

16. Dezember 2006 –
25. Februar 2007
NGBK, Haus am Kleistpark und Kunstraum Kreuzberg/Bethanien

**SEXWORK**
Kunst Mythos Relität

versammelt künstlerische Positionen zum Thema Prostitution. Ziel ist es, Darstellungsweisen zu präsentieren und zu untersuchen, welche die gängigen Klischees von Viktimisierung und Mystifizierung von Prostituierten vermeiden und voyeuristische Betrachtungsweisen in Frage stellen.

**Neue Gesellschaft für Bildende Kunst**
Oranienstraße 25 • 10999 Berlin • T. 030/616 513-0 • Fax -77 • ngbk@ngbk.de • www.ngbk.de

Das *RealismusStudio* der Neuen Gesellschaft für Bildende Kunst im Hamburger Bahnhof

# FELIX GONZALEZ-TORRES

1. Okt. 2006–9. Jan. 2007 Ausstellungsort: Hamburger Bahnhof – Museum für Gegenwart – Berlin, Öffnungszeiten: Di–Fr 10–18 Uhr, Sa 11–20 Uhr, So 11–18 Uhr, Do 14–18 Uhr, Eintritt frei, Invalidenstraße 50–51, 10557 Berlin, Tel. +49-30-39 78 34-11/-12, www.ngbk.de. Eine Ausstellung des RealismusStudios der Neuen Gesellschaft für Bildende Kunst in Zusammenarbeit mit der Nationalgalerie im Hamburger Bahnhof – Museum für Gegenwart, Staatliche Museen zu Berlin mit Unterstützung des Hauptstadtkulturfonds Berlin.   Die NGBK unterstützt den Kunstherbst 06

# Bilderrahmen Landwehr

Meisterbetrieb Naunynstr. 38
10999 Berlin
Tel 615 64 64  Fax 614 86 25
Mo - Fr 9 - 18 Uhr

www.Bilderrahmen-Landwehr.de

Handvergoldete Rahmen
Wechselrahmen aus Holz und Alu
Rahmenrestaurierung
Säurefreie Passepartouts
Keilrahmen in verschiedenen Stärken
Museumsglas, Transportkisten

---

**DAS ONLINE MAGAZIN UND PORTAL**

Kunst lesen,

Kunst finden,

Kunst kaufen.

TÄGLICH FRISCH AUF IHREM BILDSCHIRM!

**PARTNER IM KUNSTMARKT**
www.kunstmarkt.com/Kunstkauf/

Kontakt e-mail: info@kunstmarkt.com
Telefon: (++49) (0)97 21/94 56 90

---

**kunstquartal** im hatje cantz verlag

Das kunstquartal ist das Kursbuch zum Kunstbetrieb. Seit 1965 informiert es über mehr als 13.000 aktuelle internationale Ausstellungstermine im Jahr. Mit umfangreichem Künstler- und Stichwortregister zur gezielten Suche. In seiner Vollständigkeit und Zuverlässigkeit ist es ein unerlässliches Nachschlagewerk für alle Kunstfreunde.

Das kunstquartal erscheint vierteljährlich in einer Verbreitung von 25.000 Exemplaren.

Für nur € 32,– (Inland) / € 33,– (Ausland) im Jahresabonnement (jährlich 4 Ausgaben) incl. Porto.

kunstquartal
im hatje cantz verlag

Postfach 3121
73751 Ostfildern

Tel.: +49 711 4405-226
Fax: +49 711 4405-228

kunstquartal@hatjecantz.de
www.kunstquartal.com

# We print it.
# You love it!

### OFFSETDRUCK
Standardisierte Produktion (unsere »Specials«)
und individuelle Druckerzeugnisse

### DIGITALDRUCK
Ideal für Direktmailings und Kleinstauflagen,
Großformatdruck und Displaysysteme

*Unser OnlineShop bietet Ihnen über 250.000 Produktvarianten
und Preise. Jetzt reinschauen unter www.laser-line.de*

OnlineShop

Beratung

Empfang

Proofkontrolle

Druck

Verarbeitung

Versand

Richard Kern, „Fingered", 1986, Filmstills

**DIEDRICH DIEDERICHSEN**

**INDIE IM KAMPF MIT DEM INDEX**
Über das Verhältnis von Pornografie und Popkultur

Multinationale Porno-Konzerne haben Konkurrenz bekommen: Im Internet stößt man auf diverse Seiten und Blogs, die von Amateuren produzierten und vertriebenen Indie-Porn bieten und specials interest wie Brillenträgerinnen (JoyofSpex) oder Frauen, die sich für Nerds halten (nerdgirlnetwork) abdecken. Pornografie basiert allgemein auf der Vorstellung von Unmittelbarkeit, mittels derer die Repräsentation von Körperlichkeit und Sex möglichst nah an den Konsumenten herangebracht werden soll. Im Indie-Porn erfährt dieser Effekt durch die Verheißung von Authentizität eine zusätzliche Steigerung und weist darin Korrespondenzen zu den Indie-Kulturen der Pop-Musik auf.

Eine solche indexikale Ästhetik lässt sich aber schwer von einem Autor aus kontrollieren. Indie-Pop und Indie-Porno wollen beides: die Direktheitseffekte der Indexikalität und die ungebrochene Selbstverwirklichung des Künstlers und Erlebnis-Konsumenten.

Als ich das erste Mal von dem Begriff Indie-Porno hörte, war mir zunächst unklar, ob es sich dabei um eine Sorte Pornografie handeln soll, die sich zu regulärer Pornografie verhält wie Indie-Medien sich zu den Massenmedien verhalten oder um eine Sorte Pornografie, die sich zu Mainstream-Porno verhält wie Indie-Rock zu Rock. Sollte also – analog zum Öffentlichkeitsmodell von „Indymedia" und anderen – denkbar sein, dass der institutionalisierte Tabubruch der Pornografie ebenso Tabus errichtet und – ganz gegen die weitgehend durchgesetzte Foucault-Idee von der Kontrolle des Sex durch die Diskurse aller Art über ihn – ein neues Schweigen über Sexualität existiert, das so gebrochen werden müsste wie das Nachrichtenmonopol des Mainstreams durch unabhängige Nachrichtendienste und -kanäle?

Oder ist es vielmehr so, dass Indie-Pornografen genau wie Indie-Rocker so etwas wie die wahre Pornografie vor der Mainstream-Version retten wollen und sich damit immer dann durchsetzen, wenn eine Mainstream-Version gar nicht mehr erkennbar ist? Ein einheitliches Genre der Pornografie gibt es ebenso wenig wie es in den späten achtziger Jahren, als der Indie- oder Alternative Rock als Genre einer neuen institutionellen Diversität entstand, noch einen ökonomisch relevanten Mainstream-Rock gab. Am interessantesten an der Begriffsbildung Indie-Porno ist tatsächlich die darin vorgenommene Parallelisierung von Pop-Musik und Pornografie. Dass beide immer wieder einen Indie-Zweig hervorbrachten, bietet das multiple Ideologem „Indie-" als *Tertium Comparationis* an.

Pornografie und Pop-Musik sind Cousins ersten Grades.[1] Beide stammen aus der Verbindung kulturindustriell arbeitsteiliger Produktion und indexikaler Aufzeichnungstechnologien. Beide stellen Verbindung zu begehrten Spuren menschlicher Körper her. Sie übertragen Stimmen und andere Zeichen von Körperlichkeit per Tonträger oder geben überraschend genau definierte Bilder per Fotografie, Film und Video aus. In beiden Fällen ist die Indexikalität für die spezifische Erregung zuständig: den Authentizitätseffekt, das erwartete und dennoch nicht für möglich gehaltene Wiedererkennen des eigenen körperlichen Begehrens als und in etwas vermeintlich komplett Anderem, etwas technisch Übertragenem – ein Gefühl wie Liebe, aber von einer überwältigenden Schnelligkeit und Direktheit, die an jeder Verarbeitung vorbei das merkwürdig schale Glücksgefühl von Fans und Wichsern auslöst: The Frenzy of the Visible, wie Linda Williams sagt.

Beide, Pornografie und Pop-Musik, basieren auf der Ästhetik des *punctum*, wie Roland Barthes sie für die Fotografie beschrieben hat.[2] Das Punctum, also der ungeplante und unplanbare Moment oder Ort, an der sich die Indexikalität zugleich als technisch verbürgte, aber kontingente Realität einer absolut nichtfiktiven Realität mitteilt, ist von der Kunst nicht mehr erreichbar. Er bleibt reines Rezeptionsphänomen, für das man allenfalls Voraussetzungen schaffen kann. Kunst als Poiesis kann nicht zufällig sein wollen, obwohl sie das improvisierend und aleatorisch immer versucht hat. Die adäquate Reaktion auf die Überwältigung durch das Punctum von Produzentenseite kann nur die Pose sein, also eine Form von performierter Bereitschaft, Kontingenz zu empfangen und die Fetischisierbarkeit des eigenen Körpers zur Verfügung zu stellen – sie ist die zentrale performative Technik von Pop-Musik und Pornografie.

Natürlich gibt es auch Kunst mit indexikalen Medien, die ist aber nicht in erster Linie medienadäquat und an der enormen Attraktion, am *Special Effect* der technologischen Spur des Realen interessiert. Natürlich versucht auch die Industrie das Punctum zu produzieren, die Porno- wie auch die Pop-Industrie. Sie macht das, indem sie den posierenden Körper unterwirft oder überhöht. Solches Vorgehen bringt nicht etwa nur masochistische oder sadistische Vergnügen hervor, die sich nur quantitativ von anderen Kunsterlebnissen oder ästhetischen Erfahrungen unterscheiden, sondern wirkt vielmehr dadurch, dass man das Gefühl hat, eine absolute Wirklichkeit habe einen berührt, nicht nur eine subjektive Fiktion. Diese Methoden der gezielten Simulation von Punctum-Effekten durch einerseits den glamourös überhöhten Star und andererseits das virtuelle Vergewaltigungsopfer in der Pornografie haben den Indie-Komplex in Pornografie wie Pop-Musik ausgelöst.[3] Die Leute wollten es wieder echt.

Der entscheidende Unterschied zwischen Pornografie und Pop-Musik besteht aber darin, dass Pornografie ihre Objekte restlos verdinglicht und genau darüber die Möglichkeit der Verfügung über sie für die Rezipienten suggeriert, während Pop-Musik – zumindest in glücklichen Momenten und daher wenigstens strukturell und potenziell – eine Subjektivierung von, oft sogar vorher noch gar nicht Subjektstatus innehabenden, Personen zumindest aufseiten der Produzenten und/oder Stars aufführt, gelegentlich aufseiten der Rezipienten ermöglicht. In der Pop-Musik enthält die überhöhende

Inszenierung des zu begehrenden Subjekt-Objekts den Vorschlag, dieser Person gegenüber eine unterwürfige, verehrende Position einzunehmen oder aber ihre Konstruktion als narzisstisches Programm zu übernehmen, als ermächtigende Identifizierung. In der Pornografie wird die Person meist eher erniedrigt, verkleinert und vorgeführt. Die Arbeitsteilung von Pop und (Hetero-)Pornografie ist klassisch patriarchal: Pop-Musik handelt in der Regel von der Liebe zu Männern, Pornografie meist von der Verfügung über Frauen.

Diese Rezeptionsstrukturen – Selbst-Unterwerfung / Identifikation vs. Verdinglichung / Erniedrigung – simulieren in Zusammenhang mit indexikalen Vermittlungen von Körperlichkeit die Wirkung des kontingenten Punctum-Effekts auf industriellem Niveau durch die Rekonstruktion seiner Symptome und Voraussetzungen, der Gleichzeitigkeit von individueller Lebendigkeit und Verfügung. Indie-Kulturen verstehen sich als Korrektur dieses Missverhältnisses zwischen dem ungeplanten authentischen Realitätseffekt und dessen massenhaft gefertigter Simulation. Sie glauben sich daher auch immer ethisch im Recht, auch wenn sie die Unterwerfung von Frauen im heterosexuellen Porno-Dispositiv gar nicht infrage stellen, sondern nur dessen Simulation durch Realität ersetzen wollen. Sie wollen ja die Echtheit retten.

Indie-Kultur bezieht sich allgemein auf den ökonomischen Begriff unabhängiger Produzenten in einem ansonsten von dominanten Großanbietern beherrschten Markt. Der Begriff ist prinzipiell, wie die von ihm benannten kulturellen Phänomene, eine historische Reaktion auf die Kulturindustrie, kommt nach und während ihrer Blütezeit auf – als zunächst immer weniger Studios sich den kommerziellen Filmmarkt aufteilten und dann immer weniger Major Companies den Markt der Pop-Musik. Ursprünglich waren es im Pop-Bereich lokal wirksame, aber national chancenlose Labels, die diesen Begriff aus der Perspektive von Sammlern und Ethnografen etwa der Blues- und Country-Musik zum Ehrentitel werden ließen. In den fünfziger Jahren meinte man damit vor allem eine gewisse Authentizität, ein Eingebundensein in noch aus der Zeit vor der Kulturindustrie stammende folkloristische Kulturbezüge.

Das änderte sich. In der Filmindustrie waren kleine Anbieter oft diejenigen, die unterhalb des Radars der Zensurbehörden arbeiten konnten und die oft nichts anderes taten als das kulturindustrielle Angebot zu radikalisieren. In dem Sinne wäre Porno immer schon Indie gewesen,[4] nämlich die Radikalisierung der sexuellen Angebote der Star-Kultur Hollywoods in verschiedene Richtungen. Indie radikalisierte auch in der Pop-Musik die Verbundenheit der übertragenen Stimmen mit Welt, filterte weniger und lebte in der Regel davon, zu liefern, was es in einer durchzensierten Welt anderswo nicht gab. Heute besteht diese Radikalisierung oft darin, Pop- und Porno-Effekte aus der Welt des reale Körperlichkeit bezeugenden Indexes auf Maschinen, Prothesen, Partialobjekte oder Hyperkörper auszudehnen: Das gilt etwa für den Soundfetischismus in der Pop-Musik, in der Pornografie für metonymisch mit Sex verbundene Szenarien von Klinik, Gefängnis, Labor etc., aber auch extreme Vergrößerungen von Körperteilen und deren Markierung als zentrale Attraktion und das Verlagern der Echtheitsindikatoren von der Person auf den Körper und Partialobjekte im klassischen industriellen Mainstream-Porno. Wichtig ist, dass auch ganz unkörperliche elektrische Soundgewitter nur so lange als pop-spezifische Attraktion genossen werden können, wie klar ist, dass sie so zu rezipieren sind, als wären sie Übertragungen von Körperlichkeit; und in Analogie hierzu, dass auch die pornografische Attraktion dann noch an die Präsenz von (sexualisierten) Personen im Bild gebunden bleibt, wenn es gar nicht mehr um Sex zu gehen scheint.

Ein bestimmter Indie-Genuss bei Porno wie bei Pop findet sich in der Camp- oder Trash-Ästhetik, die auf einer reinen Rezeptionslogik aufbauen: Man kann nicht Camp oder Trash produzieren, höchstens Symptome eines gehabten Camp-Genusses in einer konkreten historischen Rezeptionskultur. Camp und Trash sind aktive doppelte Verneinungen: An der Simulation des Kontingenten durch die Kulturindustrie wird ihr Misslingen verehrt und in einer unterfinanzierten und „armen" Indie-Ästhetik genau das entdeckt, was als Punctum nicht geplant produzierbar ist: die Direkt-Übertragung aus der Kontingenz. Im Camp handelt es sich dabei noch um ein ästhetisches Ereignis, die Erkennbarkeit deplatzierter künstlerischer und individueller Ambition und Überschüssigkeit im Industrieformat, das aber indexikale Medien überaus genau und bewegend übertragen können. Trash hingegen meint auch das Misslingen der schon um indexikale Attraktionen herum aufgebauten Kulturen früher Porno- und B-Horror-Produktionen. Der Betty-Page-Kult, der in Indie-Rock-Kreisen in den achtziger Jahren begann und letztes Jahr zu einem Mary-Harron-Film mit Gretchen Mol in der Hauptrolle führte, war um die Wahrnehmung herum gebaut, dass Betty im Herzen der kalten Industrie und der geskripteten S&M- und Pin-up-Szenarien einen unabhängigen und warmen Gesichtsausdruck zeige, der komplett aus ihrer Rolle herausführe.

Indie im emphatischen Sinne, vor allem seit der Independent-Label-Bewegung der Postpunk-Kultur, wollte dagegen erneut die Kontrolle durch Autorschaft und das Modell der intentionalen Expression, sprich die – bürgerliche – Kunst in die indexikale Kultur einführen. Das ist aber keineswegs nur ein blödes und aussichtsloses Unterfangen, sondern, würde es sich um das gezielte Arbeiten mit dem Dispositiv technischer Aufzeichnung in Industrie, Distribution, Studiotechnik, Videos und Coverästhetik, Live-Visuals und Pressefotos und dessen Kritik beschäftigen, wäre das der Beginn einer Pop-Musik, die ihre diffusen Realitäts-, Wahrheits- und Überwältigungseffekte tatsächlich künstlerisch bewältigte. Bisher findet man dazu nur Ansätze und keineswegs nur in der Indie-Kultur, die aber vereinzelt und untheoretisch bleiben.[5]

Ein begrüßenswerter Aspekt der Independent-Label-Bewegung der achtziger Jahre war, dass sie den Fokus einer politischen und ästhetischen

Olympia Film, „Colt und Köcher oder Die Ausbeutung" und „Sexokratie", 1970, Filmcover

Diskussion aktueller Pop-Musik nach Punk auf die Frage der ökonomischen Organisation legte. Leider wurde daraus bald ein eher stilistisches Etikett, das dann gerade von den Major Labels benutzt wurde. Ende der Achtziger gab es bei Schallplattengroßhändlern die rein stilistisch definierte Kategorie Indie-Rock. Die Independent Label erwiesen sich nicht längerfristig als alternatives Produktionsmodell, sofern sie dies überhaupt sein wollten und nicht einfach nur schlankere Strukturen für kleinere und schlechter planbare Marktsegmente etablierten – oftmals als Subunternehmen der Majors.

Da aber der in überschaubaren Strukturen Handelnde sich tendenziell immer eher für einen souverän Verfügenden hält, glaubten Künstler wie andere Produzenten wieder an die eigene Person als Ursache der Attraktion ihrer Musik – ohne zu berücksichtigen, dass sie immer noch innerhalb der wesentlich indexikalen Ästhetik der Popmusik operierten. Das Ergebnis war voraussehbarerweise paradox: Je mehr die Künstler an den Ausdruck der individuellen Person zu glauben begannen, desto identischer wirkten ihre Produkte. Das aktuelle Rock-Revival, an dem fast überhaupt keine ökonomisch unabhängigen Strukturen beteiligt sind, ist das beste Beispiel.

Indie-Porno ist eine etwas andere Geschichte. Ökonomisch war Porno immer Indie, aber nicht weil man anders wirtschaften und mehr Autonomie für die Künstler herausholen wollte, sondern weil das Geschäft geächtet war. Natürlich führte das in der Porno-Kultur auch immer wieder zu künstlerischen Effekten oder hohen Tabubruchkoeffizienten, so dass eine sozioästhetische Nähe zur Gegenkultur entstand: Wenn Herschell Gordon Lewis nicht Gore oder Nudies drehte, machte er was mit LSD und Black Panther. Der kulturrevolutionäre März-Verlag produzierte unter dem Label Olympia Film nebenher Pornofilme. Sein Verleger, Jörg Schröder, hatte vorher die deutsche Olympia Press geführt, deren Gründer, Maurice Girodias, das Geschäftsmodell umgekehrt vorgelebt hatte: Neben nur Pornografischem

Cover von Konkret Nr. 19, 1973

brachte er wegen derselben Paragrafen Verbotenes auf den Markt: Jean Genet, William Burroughs, Ronald Tavel. Valerie Solanas, eine andere seiner Autorinnen und früheste Anti-Indieporno-Aktivistin wollte eigentlich Girodias umbringen, bevor sie in ihrer Verwirrung Warhol angriff. Ihr Manifest „S.C.U.M. – society for cutting up men" erschien auf Deutsch bei März.

Ende der Sechziger hatte das linksradikale *Konkret* feste Seiten mit nackten Pin-ups eingerichtet. Sie hatten oft einen revolutionären Look. Der Betty-Page-Effekt – dass durch ein trist duchschaubares Arrangement ein authentischer Blick uns *punctuell* anschaut – wurde hier nicht mehr als Wärme, sondern als Radikalität empfunden. Parallel und scheinbar analog zu anderen Lockerungen der Epoche schien sich die Akzeptanz öffentlicher (und fast immer weiblicher) Nacktheit beim Mainstream in die Geschichte der linken und gegenkulturellen Revolution eintragen. Noch Mitte der siebziger Jahre glaubte Pasolini bei seiner populistischen Märchen- und Legendentrilogie über pornografische Effekte die Massen politisch erreichen zu können. Erkannte dann aber, dass es längst eine Porno-Industrie gab – parallel ent-deckte der Feminismus endgültig in der allgemeinen Sexyfizierung der Gesellschaft den ideologischen Überbau der alltäglichen Vergewaltigungskultur: „Pornografie, die Theorie, Vergewaltigung, die Praxis".

Doch nach diesem Rückschlag für eine Allianz von Gegenkultur und Pornografie kehrte diese, nachdem die politisch ohnehin unambitionierte Subkultur der mittleren achtziger Jahre sich von der alten neuen Linken (und im Zuge dessen auch von feministischen Positionen) nach und durch

Punk entfernt hatte, als quasi unerledigtes Projekt wieder zurück: Die weitläufig als Industrial bezeichnete Szene lieferte nicht nur möglichst harte Körpereffekte, sie war nun auch erstmalig nicht mehr eindeutig hetero dominiert: Coil, Throbbing Gristle und andere waren die Vorläufer eines neuen Versuches, den indexikalen Schock der pornografischen Bilder und die Härte hochaufgelöster, bald auch digitaler Beats konvergieren zu lassen.

Zugleich erwärmte sich der mehrheitlich heterosexuelle Gitarrenunderground für die Menschlichkeit der unwillkürlichen Nebenprodukte von Kulturarbeit unter unwürdigen Bedingungen: die Sexyness der Fehler, der Wildheit, und ahmte sie mit einigem Erfolg nach. Das Cinema of Transgression von Richard Kern, an dem so zentrale Figuren des Indie-Rock wie Lydia Lunch und Sonic Youth beteiligt waren, begann in dieser Zeit pornografische und Gewalt darstellende Szenen in die Narrative der Indie-Kultur einzuschreiben: Leder war jetzt Punkleder, Haare und andere Modedetails, die unmittelbar auf den Lifestyle der Postpunk-Kultur verwiesen, wurden in die erotische Inszenierung einbezogen. (Heute ist Kern eine routinierte „alternative porn"-Pin-up-Fabrik.) In Deutschland gab es ebenfalls in Indie-Venues Porn-Shows mit Post-Punk-Anbindung.[6]

Der enorme Mainstream-Erfolg der „Digital Diaries" von Natacha Merrit steht für die Phase des heutigen, Internet-basierten Indie-Porn. Die Konvergenz der ersten Person Singular des Bloggers und der sich von Webcams bereitwillig ausspionieren lassenden Autovoyeure, die wie Merrit ihr „authentisches" Sexleben sozusagen selbstbestimmt zur Verfügung stellen, etablieren neue Techniken der Nähe und der Intimität. Die sind zwar nicht nur im strengen Sinne nicht mehr indexikal – so wie eben digitale Bilder dies technisch nicht sind –, sondern auch und vor allem, weil der Nähe-Effekt nicht mehr durch die hohe Auflösung der Fotografie noch durch die Intimität des im Hals steckenden Mikrofons erzielt werden, sondern durch die Flexibilität und Omnipräsenz der Bilder, die wiederum durch die hohe Mobilität der digitalen Technologien ermöglicht werden. Der Intimitäts-Effekt entsteht auf beiden Seiten in erster Linie durch Häufigkeit der Kontakte, Beweglichkeit der Instrumente und der Simulation von One-on-One-Kommunikation. Die zwar technisch nicht mehr vorhandene, in der Rezeption hochaufgelöster Bilder dennoch rezeptionskulturell überlebende Indexikalität wird eher zur unmarkierten Voraussetzung, ist nicht mehr die pornografische Sache selbst.

Schaut man sich Indie-Porn-Portale wie www.indienudes.com oder http://sensuallib.com/ (kürzt sich als SLA ab und spielt auf die skurrile Siebziger-Jahre-Organisation „Symbionese Liberation Army" an, die Patty Hearst entführt hatte) an, fällt auf, dass sie, neben Indie-Porn-Seiten und handwerklich höherwertigen, aber ansonsten in jeder Hinsicht trist normalen Pin-ups und Videos, mit linken und ökologischen politischen Seiten sowie mit High-Art-Seiten verlinken – von Vanessa Beecroft bis Elke Krystufek, von Sarah Lucas bis Wolfgang Tillmans. Das Milieu ist also an Klimaschutz, Bush-Gegnerschaft und Gegenwartskunst interessiert. Die eigentlichen Alt- oder Indie-Porn-Seiten, mit denen die oben genannten natürlich besonders prominent verlinken, basieren aber auf genau den eben beschriebenen Prinzipien: Entweder handelt es sich wie bei den Seiten „Suicide Girls" oder „I Shot Myself" und diversen individuellen Blogs um Selbstinszenierungen und stilisierungen, die nach der Natacha-Merrit-Methode Nähe herstellen. Die Frauen auf diesen Seiten sind als Exzentrikerinnen und Vertreterinnen von Selbstverwirklichungsmilieus kenntlich, ihr Exhibitionismus eine Komponente oder Methode dieser Selbstverwirklichung, so wie die Nackheit der *Konkret*-Models mit ihrem Linksradikalismus zusammenfloss. Verrenkungen, Fischaugenoptik und bizarre Perspektiven verweisen zu gleichen Teilen darauf, dass die Betreffenden sich selber fotografiert haben und dass sie total sauschräge drauf sind. Oder aber sie sind konventionell fotografierte Pin-ups, die sich nun aber als Angehörige einer bestimmten Subkultur zu erkennen geben: Porn for Punks, Crazy Girls, Hippie Goddesses, Nekkid Nerds. Das ist alles sehr komisch, weil es genau so aussieht, wie es klingt. Eher unkomisch sind die weitgehend unangetasteten Gender-Plots.

Bei diesen letzten Seiten wird eine soziale, bei dem ersten Typus eine digitale Nähe hergestellt, die nicht auf Medieneigenschaften im engen Sinne beruht, sondern auf Fiktionen, für welche die digitale Bildverarbeitung besonders gut geeignet ist. Im zweiten Typus wird auf konventionelle Weise die unkonventionelle, aber nahe liegende Idee verfolgt, es sei „indie", wenn man das entfremdete und fetischistische Verhältnis indexikaler Pornografiekunden zu ihren Objekten versöhnt oder abmildert und in ein mikrokulturelles Näheverhältnis überführt.

Das Pin-up des Mädchens von nebenan ist natürlich ein alter Hut aus der Warteraumillustrierten. Nebenan ist nur nicht mehr lokal nebenan und spielt ansonsten im einheitlichen Kulturraum einer kleinbürgerlichen Doppelmoral, sondern meint nun meine kulturelle Nachbarschaft. Einem ähnlichen, aber doch in einem entscheidenden Punkt anderen Prinzip folgen die ganzen Kulte um Nacktfotos von Celebritys: Auch hier wird die Bekanntheit der Person eingesetzt, um Vertrautheit vorausssetzen und dann steigern zu können. Nur ist der durch Nacktheit näher gerückte Weltstar nach der Logik der Weltstar-Verehrung auch zugleich weiter weggerückt, da seine Omnipräsenz auf seiner behaupteten Einmaligkeit basiert, die Vertrautheit des Neighbourhood-Pin-ups aber auf seiner Austauschbarkeit durch jemanden seinesgleichen.

Vertrautheit ist in der Pornografie immer einer der Wege der Objektivierung und Unterwerfung, hat jedenfalls das gleiche Ziel: die mentale Verfügbarkeit des Bildes zu steigern. In klassischer Pornografie stehen der Schock oder der Kick einer indexikal übertragenen Intimität und die unbeholfenen, prämedialen Kulissen in einem drastischen Missverhältnis. Das Nichtaufgehen der Objektivierung, das Entstehen von zu Camp ermutigenden Rissen hat hier seinen Grund. Fetische werden geboren und lassen sich von den erotischen und politischen Zielen einer echte Frauen unterwerfenden, por-

www.ishotmyself.com

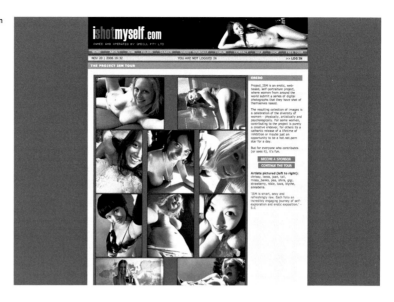

nografischen Politik trennen. Das Nebeneinander solcher punktueller oder pseudo-punktueller, sensationeller Stellen und einer falschen Rahmung bleibt eine Bruchstelle, solange die Attraktion des Pornografischen auf der Indexikalität von Film und Foto basierte.

Indiekultur will generell eine von den Vergesellschaftungsformen längst überholte Idee von Künstlertum und kommunitärer Nähe rekonstruieren. Rockbands, die sich benehmen, als hätte die Bandform noch irgendeinen sozialen Sinn, machen dabei etwas Ähnliches: Dass sich eine ganz nahe, die Intimität des Ohrs füllende Stimme aus einem Satz von Harmony Vocals herausschält, rekonstruiert eine Attraktion der persönlichen Ansprache aus der Zeit, als die Übertragung eines nicht verstellt, künstlerisch, dialekthaft oder genrefiziert singenden Körpers eine Sensation war, der keine musikalische Rahmung mehr vernünftig entsprechen konnte. Natürlich kann man auch dieses spezifische Misslingen bei der Rekonstruktion wieder fetischisieren – das gilt für Indie-Porn wie für Gegenwarts-Indie-Rock.

„Pornografie die Theorie, Vergewaltigung die Praxis" – diese klassische Formel von Andrea Dworkin und Catharine MacKinnon ist ja nicht unbedingt plausibel, wenn man sie so liest, wie das gemeinhin geschieht: als Beschreibung eines Verhältnisses von Vorbild und Nachahmung oder gesellschaftlicher Konvention und der Verbrechen, die sie schützt. Pornografie ist weniger eine Theorie der Vergewaltigung als die Simulation einer Verfügungssituation, in der die eine Seite extrem körperlich erregt und die andere stillgestellt ist – nicht einfach zum Bild fixiert, sondern zu einer ganz bestimmten, Lebendigkeit übertragenden Dinghaftigkeit. In dem Zusammenhang zwischen dieser Situation und der Erregung liegt die Parallele zur Gewalt (und wohl auch die Einübung in sie), in der sich die Verfügung auf einer Seite konzentriert und die andere Seite zum Stillhalten zwingen will.

Diese Ähnlichkeit zu echter sexueller Gewalt besteht aber nur so lange und in dem Maße, wie der Pornokunde seine Erregung dem unverstandenen indexikalen Kick schuldet, der noch im Zusammenhang der ihn rahmenden Narrative gelesen wird. In dem Maße, in dem er diesen und andere Kicks als Fetische von dem Sinn ablöst, den die konventionelle sexuelle Erzählung und ihre Genderplots ihm geben, mithin nicht mehr von den narrativen Verstetigungen und sexistischen Rationalisierungen der medialen Sensation abhängig ist, dass echtes Leben zugleich technisch übertragen wird, kann der Betreffende beginnen, die Künstlichkeit und Surrealität seines Begehrens anzuerkennen. Eine Renaturalisierung durch Community- und Milieu-Geschichten und durch digitale Nähe-Technologie, die den Index ausblendet und zugleich seine Wirkung steigert, führt in die entgegengesetzte Richtung.

Dieser Text muss interessante Probleme *for the sake of the argument* aussparen (Larry Clark!). Nicht unerwähnt bleiben soll, dass in der Alt-Porn-Welt auch eine Menge andere, nicht durchweg interessante, aber in ihrer polysexuellen Öffnung auch von Familiarisierungsstrategien relativ freie, lustige, absurde Produkte entstehen. Lustig ist dann aber auch schon nicht mehr richtig Porn. Auch diese Bilder haben aber mit dem anderen Indie-Porn die Idee gemeinsam, dass sie, wie etwa auch ein Film wie „Shortbus", sexuelle Erfahrungen und pornografische Erlebnisse immer nur als Extensionen und Eroberungen eines sich selbstverwirklichenden Selbst lesen wollen, dessen Ziel Geschlossenheit und Identität ist. Die irreduzibel fetischistische Struktur des Begehrens muss so immer wieder in erträgliche Moral, Ethik oder Selbstbilder übersetzt werden, mit dem Erfolg, dass dann entweder der Porno spießig und reaktionär wird – oder das Selbst sich zur Bosheit entschließt: Charles oder Marylin Manson – eine schlechte Alternative.

Oft liest man, der neue Hetero-Porn hätte endlich die Qualitäten des Queer Porn, der schwulen und lesbischen Pornografie, erreicht. Dabei hat er eben eine entscheidende Qualität davon nur sehr selten aufgenommen: dass der Sinn von Erzählungen rund um und über sexuelle Überwältigung nie sein kann, diese in einen Entwurf der Selbstwerdung einzutragen, sondern vom Fremdwerden, Anderswerden handeln muss. Nicht in einem romantischen Sinne, der glaubt, ein Anderer zu werden, sei erreichbar wie ein Reiseziel und ließe sich schließlich als Feder an den Hut des Selbst stecken, sondern in einem ganz technischen Sinne so, dass die Skripthaftigkeit von Sexualität zwar jederzeit dazu einlädt, Skripte zu ändern, zu verwerfen oder zu verbessern, aber nicht glauben machen darf, dieses Skript sei eine adäquate Erzählung von Personen in der Welt. Zum Beispiel von mir oder meinem Begehren. Der fetischisierte Sound-Effekt braucht, um mich zu erregen, auch die implizite Idee, er sei ein echter menschlicher Ausdruck, er darf sie nicht ironisch verbauen. Aber ich weiß halt auch, dass seine Quelle nicht menschlich ist. Ich kann im Zustand des Als-ob ganz primär einen Kick bekommen. Ob Kick-Ästhetiken generell abzulehnen wären, wäre eine weitere Diskussion wert.

Anmerkungen

1. Natürlich gibt es andere Definitionen von Pornografie und Pop-Musik. Pornografie wird meist als *Darstellung* von Sexualität beschrieben. Dies schließt dann Literatur von Petronius Arbiter bis William Burroughs ein, Malerei und Filme von Gustav Klimt bis Pier Paolo Pasolini, Subkultur von Doris Wishman bis zu Bruce LaBruce. Ich möchte dagegen Kunst über Sexualität und Pornografie anhand starker Kriterien unterscheiden, die sich wiederum von denen, mit denen ich Pop-Musik von anderer Musik unterscheide, nicht sehr stark unterscheiden. Sie betreffen das Verhältnis einer indexikal hergestellten psychologischen, „magischen" Verbindung zwischen Kunde/Fan/Rezipient und Objekt des Begehrens und einer konventionellen Künsten ähnelnden Rahmung, die auch nicht beliebig ist, aber sekundär zu der zentralen Attraktion. Nennen wir sie den Kick. Natürlich kann Kunst über Sexualität und die darin enthaltenen Darstellungen Rezeptionsvorgänge auslösen, die genauso verlaufen wie bei Pornografie, dies wäre aber gegen die Strategie solcher Kunst gerichtet, die bemüht ist, die Attraktion des Körper-Index in eine andere Attraktions-Architektur einzubetten.

2. Wenn man bei Pornografie zuerst an die in den 70er Jahren aufgekommenen Hardcore-Filme denkt, erscheint der Begriff des Punctums unangemessen. Denn hier werden Personen und ihre Gesichter, Zufälligkeiten und Realitätsspuren ja eher ausgeblendet zugunsten von seriellen Geschlechtsteilen. In der pornografischen Fotografie und in denjenigen filmischen Darstellungen, bei denen es um bestimmte Körper und Personen geht, spielt das Punctum und damit die konkreten Situationen zu erregen, die entscheidende Rolle für die ergänzende, vervollständigende Rezeption des Kunden, der sich in eine sexuelle Situation hineinwünscht. Daher versucht auch die industrielle Porno-Produktion immer wieder es zu simulieren, indem Symptome von Punctualität inszeniert werden. Im Hardcore-Film- und -Videogenre überlebt diese Simulationsbemühung als ritueller Cum-Shot.

3. Eine immer wichtigere Simulationsstrategie ist die immer detailliertere Bestimmtheit pornografischer Fotografie für Kunden, denen die bizarren Konstellation von erkennbar genau intendierten, auf den ersten Blick abwegigen Details zu sagen scheint: Du bist gemeint. Dieser industriellen Strategie ist Indie-Pornografie verwandt.

4. Wenn ich von Porno rede, meine ich die Produkte in einer Zeit der massenkulturellen und mit indexikalen Medien arbeitenden Industrie. Die bereits gefilmten und fotografierten „Erotika" für kleine Kennerkreise wären vielleicht auch schon Indie zu nennen, aber sie standen noch kaum in Konkurrenz zu den großen Kulturindustrien und waren daher auch nicht mittelbar von diesen verursacht. Eine andere Einschränkung des Gegenstands besteht darin, dass mit meinem auf neuere Epochen der Medien- und Kulturindustriegeschichte orientierten Pornografie-Begrff natürlich nicht generell jede Kunst gemeint ist, die von Sexualität handelt.

5. Willkürlich herausgegriffene Beispiele: Joe Meeks Arbeiten mit Haushalts-Soundeffekten, Brian Wilsons „kleine Sounds" auf „Pet Sounds", Lee Perrys religiös überhöhtes Bandecho und Todd Rundgrens Rekonstruktion von kontingenten Soundeffekten auf Beatles-, Hendrix- und Beach-Boys-Songs sind Beispiele für eine Pop-Musik, die ihr Aufgebautsein auf Indexikalitätseffekten reflektiert und in Attraktionsmodelle zweiter Ordnung einspeist. Das konkrete Sampling im HipHop der späten achtziger Jahre und heutige Projekte von Oval über Autopoiesis und Matmos bis zu The Books und Jason Forrest – um auch nur willkürlich herausgegriffene Künstler zu nennen – setzten dies fort.

6. Man denke an die Berliner Band The Nesthaken, die in den achtziger Jahren ewig mit ihrem Album „Porn To Be Wet" unterwegs waren, oder an die französische Elektro-Showband Die Form, bei der es Live-S/M und in den Booklets nackte Nymphen mit Schäferhunden und blitzenden Messern zu bewundern gab. In Clubs wie dem Hamburger „Kir" fanden in den mittleren Achtzigern an Post-Punk-Musik angebundene Subkultur-Sex-Shows statt.

Heimo Zobernig, 2006

## GEFÜLLTE LEERSTELLEN

Ein Gespräch über Kunst und Pornografie
mit Heimo Zobernig von Sabeth Buchmann

Der österreichische Künstler Heimo Zobernig ist hauptsächlich bekannt für seine formal oftmals rigiden malerischen und installativen Arbeiten, in denen das Erbe der Abstraktion innerhalb der spezifischen architektonischen Parameter des Ausstellungskontexts befragt wird. Umso mehr musste deshalb die Nachricht überraschen, dass er derzeit an einem Buchprojekt zum Thema Pornografie arbeitet, in dem angeeignete explizite Darstellungen von Sexualität Verwendung finden.

In ihrem Gespräch für „Texte zur Kunst" gehen Sabeth Buchmann und Zobernig der Frage nach, welche Erwartungen mit der künstlerischen Auseinandersetzung mit Pornografie einhergehen, worin Verbindungslinien zwischen dem historischen Projekt der Abstraktion und pornografischer Bildlichkeit liegen könnten und was Sex überhaupt mit Glück zu tun hat.

**SABETH BUCHMANN:** Zum Hintergrund dieses Gesprächs sollte man sagen, dass du gerade an einem Buchprojekt arbeitest und mich gebeten hast, Texte zum Thema Pornografie beizusteuern. Angesichts der Tatsache, dass Pornografie ein hoch besetztes Thema ist, stellt sich vermutlich nicht nur mir die Frage, was dich daran interessiert. Wie gehst du damit um, dass von der künstlerischen Beschäftigung mit Pornografie kritische Reflexion erwartet wird, zugleich aber auch ein vermutetes Begehren des Kunstpublikums nach mehr sinnlicher Schönheit, Erotik und Sex mit im Spiel ist?

**HEIMO ZOBERNIG:** Ich habe nicht daran gedacht, wirklich kritisch reflektieren zu können. Vielmehr interessierte mich in einer Art Versuchsanordnung die Tatsache, dass man die Wirkung von solchen Bildern nicht unterdrücken kann. Dabei geht es mir auch um die Frage, wie das Schöne in der Kunst wirkt – warum unbewusst bestimmte Formen bevorzugt und in den Kanon aufgenommen werden. Schon früh habe ich da Verbindungen oder Korrespondenzen zur Pornografie gesehen. Denen wollte ich ebenso nachspüren wie der Frage nach intimen Neigungen und der Möglichkeit, sie zu kultivieren oder sie trotz der Einschränkungen, denen man unterliegt, auszuleben.

**BUCHMANN:** Dabei ist es ja gerade das bewusste Arbeiten mit Einschränkungen, das deiner Affinität für Reduktionismus, für Form und Analyse, für die Banalität und Insignifikanz des Motivs entspricht. Aber kommst du, wenn du dich pornografischer Darstellungen bedienst, nicht in Bedeutungskontexte hinein, die du mit deinem methodischen Werkzeug nicht fassen kannst?

**ZOBERNIG:** Es ist ziemlich klar, dass ich sie nicht fassen kann und dass mit der Pornografie sehr komplexe Interessen verbunden sind. Mehr als ihre Produktion interessiert mich die Wirkung solcher Bilder im Zusammenhang mit der Produktion künstlerischer Formen: zum Beispiel Motive wie Kurven, Krümmungen, Schattierungen, die man auch in pornografischen Bildern entdecken kann und anhand derer man herausfinden könnte, woran sich die explizite Wirkung festmacht.

**BUCHMANN:** Warum machst du das gerade jetzt zu einem expliziten Thema? Ich frage das nicht zuletzt im Zusammenhang mit dem in der Umfrage von *Texte zur Kunst* zum Thema Pornografie festgestellten Trend einer zunehmenden Pornografisierung der Kunst und Popkultur. Teilst du diese These, die ja auch ein wenig nach Verfallsgeschichte klingt, ohne den Druck in Abrede stellen zu wollen, den der (Markt-)Erfolg pornografisch aufgeladener Werke zweifelsohne ausübt?

**ZOBERNIG:** In meinem Fall sehe ich das eher als ein zufälliges Zusammentreffen. Ich habe diese Verdichtung so nicht beobachtet. Dass ich die Verbindung zwischen Kunst und Pornografie explizit benannt habe, liegt schon einige Zeit zurück. Schon anlässlich einer meiner ersten Ausstellungen ist eine Besprechung mit dem Titel „Geometrie und Pornografie" erschienen. Ich habe mich damals in meinen Bildmotiven unter anderem auf de Sade bezogen.

**BUCHMANN:** Man kann sagen, dass sich deine Arbeit zwischen zwei historischen Linien anordnen lässt: zwischen dem Projekt der Abstraktion einerseits und der Tradition des Theaters und der Performance anderseits. Kann man sagen, dass genau hier deine Beschäftigung mit Pornografie verortet ist?

**ZOBERNIG:** Das ist gut möglich. Leider wirkt Sex auf der Theaterbühne ja eher abschreckend. Vielen ähnlichen Versuchen in Kunst und Performance ging und ergeht es auch nicht besser. Selten hatte ich aber doch Erlebnisse, in denen ein starkes erotisches Moment aufleuchtete. Davon gibt es eine Sammlung in meinem Gedächtnis.

**BUCHMANN:** Meiner Beobachtung nach kann man zwischen zwei unterschiedlichen Formen, Sex darzustellen oder Pornografie in der Kunst zu inszenieren, unterscheiden: hygienisch-cooler Sex als Simulakrum, wie bei Jeff Koons, wo Pornografie nicht mal unbedingt als expliziter Inhalt eingeschrieben ist und über den Fetisch-Charakter von Objekten die Gleichung aufgemacht wird: „Die Wahrheit der Kunst ist die Wahrheit des Geldes". Auf der anderen Seite traurig-abjekter Sex als Authentifizierungsfaktor beispielsweise bei britischen Künstler/innen wie Sarah Lucas und Tracey Emin. Spielen diese beiden Tendenzen innerhalb deiner Wirkungsanalyse pornografischer Bilder eine Rolle?

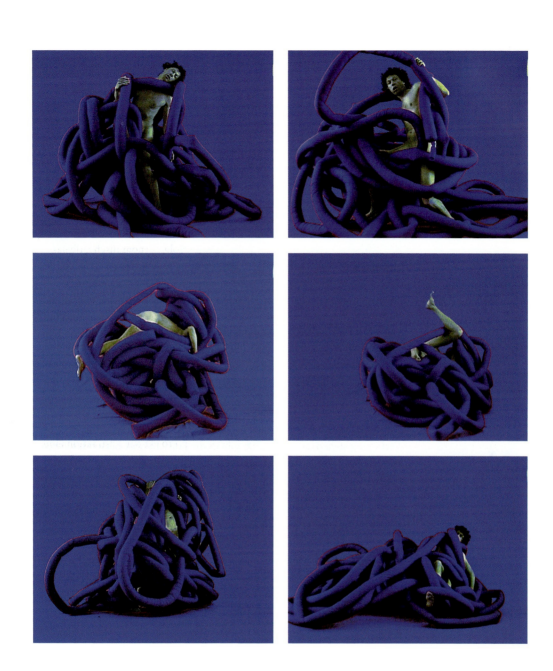

Heimo Zobernig, „Nr. 22", 2003, Filmstills

**ZOBERNIG:** Ich denke, dass in vielen deiner Beispiele das Argument „sex sells" zur Anwendung kommt. Es gibt ein großes Bedürfnis, Ausstellungen zu sehen, die „sexy" sind oder dieses Moment zumindest transportieren. Und eben auch Künstler/innen, die dieses Moment opportunistisch bedienen. Wo darin ein kritisches Potenzial liegt, ist mir ein Rätsel. Das ist allerdings auch nicht das, was ich mit meiner Arbeit bedienen will. Das Kritische liegt für mich vielmehr in der Frage, wie ich damit umgehe. Wo kann ich mir meine Wunscherfüllung holen? In welcher Umgebung und auf welche Weise formuliert sich das? Ich weiß nicht, ob ich damit wirklich in eine Konkurrenz zu den von dir genannten Beispielen trete, da ich für dieses Projekt einen relativ engen Rahmen entworfen habe.

**BUCHMANN:** Ein anderes Beispiel: Andrea Frasers Arbeit „Untitled" – das Video, das sie mit einem Sammler im Bett zeigt – bringt Begehren als Moment einer Sexualisierung ökonomisch und geschlechtsspezifisch markierter Positionen im Kunstmarkt ins Spiel. Kann man trotz aller Vorsicht gegenüber Versuchen, Pornografie mit emanzipatorischen Motiven zu überschreiben, hier nicht doch eine restutopische Kritik an der Polarisierung von öffentlicher Persona und intimen Wünschen erkennen? Hier könnte man mit Foucault fragen, was ausgesprochen werden muss, aber auch, was ausgesprochen werden darf.

**ZOBERNIG:** Ich möchte guten Sex haben, und ich möchte alle Mittel, die zur Verfügung stehen, ausnützen. Da gibt es die Einsicht oder besser das Vorurteil, das fast jeder hat: Warum geht es mir schlecht und allen anderen gut? Ich bekomme von diesem Kuchen des Glücks zu wenig – und interessanterweise erscheint mir, dass es das Kunstmilieu ganz besonders schwer damit hat. Nach dem Motto: Sex ist eine kapitalistische Erfindung, und die Bösen haben ganz besonders viel davon.

**BUCHMANN:** Begriffe wie Glück und die Erklärung, dass du guten Sex haben möchtest, würde man ja nicht unbedingt mit deiner sachlich und funktional wirkenden Arbeit in Zusammenhang bringen. Geht es dir nicht doch um eine Neupositionierung, die es, so meine Frage, nach deiner umfassenden Retrospektive vor drei Jahren unter Umständen braucht?

**ZOBERNIG:** Ich sehe das nicht als einen großen Widerspruch, da die räumlichen wie auch die bildhaften Arbeiten den Blick leiten, durch Räume dirigieren und so die Betrachter/innen sehr stark auf das zurückwerfen, was sie in diesen Momenten erleben, wie die Umgebung Stimmungen beeinflusst, erzeugt oder auch verhindert. An diesen Leerstellen taucht eine Vision oder eine Projektion auf, die ich eben jetzt mit konkreten Bildern fülle – Pornografie.

**BUCHMANN:** Bei den Bildern, die du für dein Buchprojekt vorgesehen hast, handelt es sich um eher comichafte Überzeichnungen von Pornografie. Zielt dein Interesse auf eine sich bereits subvertierende pornografische Popkultur?

**ZOBERNIG:** Das kann ich gar nicht klar so beschreiben. Ich bin auf diese Comics gestoßen und will damit zeigen, wie sie mit anderen Realitätseffekten als denen der Fotografie Personeninszenierungen machen. Mit den traditionellen künstlerischen Techniken, der Zeichnung und der Malerei, werden Dinge sichtbar, von denen ich total fasziniert bin, die mir aus meinen Vorstellungen bekannt sind, die ich schon einmal durchgedacht habe. Und da habe ich einige fantastische Beispiele gefunden.

**BUCHMANN:** Das heißt, dass du die Darstellungen ausgesucht hast, weil sie dir gefallen – also weniger im Sinne eines Archivierens und Indexikalisierens, die für deine Arbeitsweise typisch sind und die ja einen eher analytischen Umgang mit Kategorien des Geschmacks aufweisen.

**ZOBERNIG:** Die Antwort darauf ist so etwas wie ein Stottern, weil ich es nicht so genau weiß. Bei einem Bild funktioniert für mich etwas, bei einem anderen ist es ein großes Rätsel für mich, warum es das gibt und warum es für andere funktioniert. Das Spannende ist, dass diese Inszenierungen meistens extreme Ritualisierungen vorführen. Und dann dieses Aufspüren, ob es darin so etwas wie eine Authentizität gibt … Ist das jetzt nur ein bestelltes Bild für einen Verbraucher, für einen Konsumenten, den man halt bedient, ohne darin verwickelt zu sein? Das ist eine schrecklich komplizierte Angelegenheit, der ich mich nur nähern kann, indem ich mich darauf einlasse, diese Bilder zu sortieren, so wie der in Österreich sehr bekannte Pornojäger Martin Humer. Bei ihm kann man darüber spekulieren, was er für einen Umgang mit diesem ganzen Material gehabt hat, das er sortieren musste, um dagegen aufzutreten. Wie man sich auch fragen kann, wie die Richter, die die Pornografie-Gesetze exekutieren müssen und sämtliche Literatur besichtigen müssen, um sie auszuscheiden nach „erlaubtem" und „nicht Erlaubtem", damit umgehen. Was passiert in diesen Beamtenzimmern oder in den Wächterräumen, und wie gehen wir damit um, die wir uns amüsiert sehen von diesen Vorgängen. Wie kann man da eine Meinung in diesem kleinen Krieg entwickeln?

**BUCHMANN:** Meinung ist ein schwieriger Begriff, vor allem dann, wenn von einem Künstler wie dir visuelle Kompetenz erwartet wird. Formulierst du damit nicht einen Bruch zwischen der von dir unternommenen Wirkungsanalyse pornografischer Bilder und deiner künstlerischen Produktion? Vielleicht kannst du etwas zu den Gründen sagen, warum du gerade im Zusammenhang von Pornografie von Kontrollabgabe sprichst, wo doch deine übrigen Arbeiten eher für eine kontrollierte Objektproduktion stehen.

Heimo Zobernig, 2006

**ZOBERNIG:** Die Kontrolle wird eben nicht aufgegeben, die kontrollierte Auswahl der Motive ist ja gerade der Witz an der Sache. Ich glaube trotzdem, dass deine Beschreibung zu einem großen Maße ebenfalls zutrifft, dass ich eine Werkentwicklung forciert habe, die diese Momente der Kontrolle und dieser akademischen Verantwortung einzulösen versucht hat. Es liegen aber immer auch Ebenen darunter, die einen Fortschritt bringen, warum ich zu einem nächsten Motiv komme. Und die sind mir rätselhaft. Ich habe immer gerne zugehört, wenn zum Beispiel Oswald Wiener versucht hat zu klären, wie das Verstehen funktioniert. Oft war ich allerdings auch enttäuscht, wenn er versucht hat, mit einem Künstler den Moment der Kreation zu erforschen. Die Ergebnisse waren meist relativ banal. Ich erlebe, dass ich Entscheidungsmacht empfinde und Lust. Diesem Moment versuche ich nachzugehen. Ob ich Aufklärung schaffe, indem ich einen Bereich berühre, der für viele mit großen Tabus beladen ist, weiß ich nicht. Die Bilder müssen nicht vordergründig das meinen, was zum Beispiel mehrere nackte Personen in sexueller Handlung tun. Das Zentrum dieser Wirkung könnte vielleicht irgendwo am Rand liegen. Und man könnte vielleicht darüber zu einer neuen Pornografie kommen. Das wäre nicht übel.

**BUCHMANN:** Das ist ja ein klassisches Versprechen der Kunst, oftmals auch eine Legitimationsfigur, die wiederum auf Projektionen beruht, was Kunst im Sinne von Sublimierung oder Entfetischisierung leisten kann und soll. Mit pornografischen Darstellungen schaffst du den größtmöglichen Widerstand, weil sie so etwas selbst einfordern. Sie sind eben geil, weil sie geil sind. Gerade hier scheint die Frage nach der Funktion zu schnell beantwortbar zu sein: zu erregen und genau dies in künstlerisch definierte „production values" zu übersetzen, wie man zum Beispiel bei Thomas Ruff, Richard Prince und vergleichbaren Aneignungen pornografischer Darstellungen sehen kann. Könnte man sagen, dass Pornografie geradezu der interessanteste, weil widerständigste Angstgegner deiner künstlerischen Verfahrensweise ist?

**ZOBERNIG:** Mit dem Satz „die Bilder sind geil, weil sie geil sind" gebe ich mich scheinbar nicht zufrieden. Ich bin mir sicher, dass bestimmte Bilder immer wieder die gleiche Wirkung erzeugen, aber es besteht auch immer die Angst, dass sie verloren geht. Diese Angst ist ein Hauptmoment im Zusammenhang mit Sex oder auch Pornografie, die Angst, was ich zu verlieren habe und/oder die Angst, es gar nicht zu bekommen, also auch nicht verlieren zu können. Das findet man in vielen Literaturen, diese Angst vor dem Verlust der Möglichkeit der Glückeroberung. Das wäre schon ein Basismotiv.

**BUCHMANN:** Kann man sagen, dass du die strukturell pornografische Rhetorik deiner Arbeiten, die du oben angedeutet hast, nun offensiver mit der

Frage nach der geschlechtspezifisch aufgeladenen Fetischfunktion von Kunst verknüpfst, der ja im kritischen Diskurs tendenziell mit Misstrauen begegnet wird?

**ZOBERNIG:** Vor ein oder zwei Jahren war eine psychiatrische Analytikerin zu einem Vortrag in der Akademie in Wien eingeladen, und sie hat – verkürzt gesagt – alle bildhauerische Arbeit als eine fetischistische beschrieben. Diese kategorische Beschreibung dessen, was Bildhauerei ist, fand ich nicht okay. Und dem bin ich dann weiter nachgegangen, und nun bin ich bei der Einsicht, dass man ja gar nicht nicht Fetischist sein kann. Und das hat schon einiges möglich gemacht. Es hat möglich gemacht, dass ich jetzt entschlossen habe, mich explizit auf dieses Buch einzulassen.

**BUCHMANN:** Und wie siehst du in diesem Zusammenhang geschlechtsspezifische Positionierungen a) deiner Künstlerpersona und b) der Betrachter/innen?

**ZOBERNIG:** Vor allem die Frage nach der Autorschaft ist wichtig und in diesem Zusammenhang auch die Adressierung. Sie spielt bei mir im Übrigen keine Rolle bzw. ich wünsche keine Adressierung. Interessant wäre es zu fragen, macht Heimo Zobernig jetzt Pornografie, indem er pornografische Bilder in einem Buch zusammenstellt? Oder ist das nur ein Bildband vom Künstler Heimo Zobernig, der selbst gar keine pornografischen Arbeiten herstellt?

**BUCHMANN:** Nun ist das ja nicht irgendein Buch zum Thema, sondern ein Auflagenobjekt, das sich an ein Kunstmilieu richtet, das sich das auch leisten kann.

**ZOBERNIG:** Dass das Buch ein Sammlerobjekt ist, damit möchte ich mich gar nicht herausreden. Das Luxus-Moment bei einem Sammlerobjekt könnte man hier grundsätzlich verknüpfen mit der Frage: Ist guter Sex teuer? Auf die Adressierung nimmt das jedoch keinen weiteren Einfluss, denn man weiß: Es könnte sein, dass Frauen in einer ähnlichen Weise auf Pornografie reagieren wie Männer. Ich frage mich natürlich trotzdem, ob das ein Material ist, welches ich meinen Kindern in die Hand geben kann, ist es etwas, das für meine Mutter eine große Befreiung gewesen wäre, wenn sie gesehen hätte, wie toll sich ihr Sohn dieses Themas annimmt, wie sehr sie sich das auch schon gewünscht hat oder wie groß die Widerstände in der nächsten Umgebung sind. Das sind natürlich Momente, die man mitdenkt, was den Adressaten betrifft.

**BUCHMANN:** Rechnest du damit, dass das Buch – bezogen auf die allgemeine Rezeptionsweise deiner Arbeit – als *novelty*-Effekt wahrgenommen wird?

**ZOBERNIG:** Diese Spekulation habe ich gar nicht.

**BUCHMANN:** In Anbetracht deiner Abwehr allzu strategischer Überlegungen stellt sich mir die Frage, ob Pornografie für dich so etwas wie ein öffentlicher Resonanzraum kultureller Rituale ist, in den du deine Arbeit stärker hineinzustellen versuchst. Eine foucaultianische Geste?

**ZOBERNIG:** Was ein Teil der Foucault-Leser/innen nicht ertragen hat, war die Tatsache, dass er ein praktizierender homosexueller Sadomasochist war.

**BUCHMANN:** Etwas, was offenbar nach wie vor nicht mit bestimmten Vorstellungen von gesellschaftlicher Emanzipation in Einklang zu bringen ist. Wie stehst du zur sexuellen Revolte, die du ja – wenigstens zum Teil – bewusst miterlebt hast?

**ZOBERNIG:** Ich habe erlebt, dass man mir vorschreiben wollte, wie ich erleben soll. Außer viel unerotischer Nacktheit habe ich da nicht sehr viele gute Erinnerungen.

**BUCHMANN:** Wenn ich dich richtig verstehe, dann geht es ja in deiner Arbeit auch um eine verlorene Option sozialer Lebenspraxis, wie sie in Larry Clarks Bildern von Teenagern aufscheint: das Begründungslose und Konsequenzlose von Sexualität als ein intensiv erlebtes Moment von Glück. Pornografie kann also auch ein melancholisches Trauern um eine verlorene Möglichkeit von Intensität mit Leuten sein, die Sex, aber auch anders, z. B. Hedonismus, heißen kann.

**ZOBERNIG:** In der Melancholie liegt möglicherweise auch Glückserfahrung, aber ich sehe da ja eher Möglichkeiten vor mir, darum auch dieser Vergleich mit dem Stottern …

Annie Sprinkle, Kitchen Performance Space, New York, 1990

TIM STÜTTGEN

## ZEHN FRAGMENTE ZU EINER KARTOGRAFIE POSTPORNOGRAFISCHER POLITIKEN

„Why watch porn? Why not? How theorize sex performances? Why not fuck different, instead of idealising a way back to nature?" – die von Tim Stüttgen im Oktober an der Berliner Volksbühne veranstaltete „Post Porn Politics Conference" öffnete mit einer Reihe von Fragen, die sich kritisch auf Pornografie als Dispositiv der kapitalistischen Gesellschaft bezogen, in dem sich die Disziplinierung von Körpern und sexuellen Lüsten manifestiert. Gedanken zu performativen Interventionen, politischen Ambivalenzen und Gegenstrategien zur heteronormativen Ausrichtung der kommerziellen Pornografie beantworteten die eingeladenen Theoretiker/innen, Performer/innen, Filmemacher/innen, Musiker/innen und Künstler/innen auf je spezifische Weise – zumeist in Anlehnung an Theoretisierungen einer Transgender-Subjektivität und Formen der queeren Desidentifikation.

Eine politische Perspektive mit Porno gegen Porno zu entwerfen, ist in dem manifestartigen Text Stüttgens ebenso ein zentrales Anliegen wie das uneingeschränkte Vergnügen daran.

### 1.0 POSE.
Postpornografie behauptet mit performativer Übersteigerung kritisch-revolutionäres Potenzial im sexuellen Repräsentations-Regime. Doch Achtung: Die obige Behauptung ist Camp, eine brüchige Geste zwischen implizit kritischer, denaturalisierender Performance und glamouröser Affirmation (Brecht / Warhol). Das heißt aber nicht, dass sie nicht in der Realität wirksam werden kann.

### 2.0 SPRINKLE.
Annie Sprinkle ist die Mutter von Postporno.[1] Ihr Werdegang kann als Performance einer biopolitischen Desidentifikation gelesen werden: Sexarbeiterin – Porno-Performerin – Performancekünstlerin – Prosexfeministin – Glückliche-lesbische-Liebe. Aus dem Zentrum normativer Sexbilderproduktion – Mainstream-Porno – verließ Sprinkle die Rolle des Opfers, um sexuelle und künstlerische Praktiken zu entwickeln, die nicht mehr naturalisieren, sondern kommentieren, reflektieren und parodieren. Dieser performativ-kritische Zugriff auf Sex und Bilderproduktion kann als Paradigmenwechsel von Porno zu Postporno bezeichnet werden.

Die heteronormativen Dispositive des zeitgenössischen hegemoniellen Porno probieren mit jedem Bild, im Zeitalter der Digitalkamera, Internetchatsex und Amateur-Performance den Naturalisierungseffekt ihrer Bilder zu verstärken, auf Narration zu verzichten, die pseudo-dokumentarische Lesart für Lust als „wirklich stattfindendes Ereignis" zu behaupten. Folgt

Dildotopia (Praktiken kontrasexueller Inversion) aus Beatriz Preciados „Kontrasexuellem Manifest"

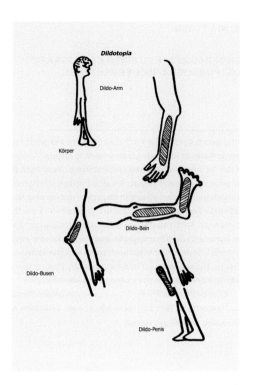

man Sprinkles Arbeit (Performances, Body Art, Transgender-Sexfilm, Fotos, Journalismus, Tantra, Burlesque, Theater), zeigt sich die potenzielle Mannigfaltigkeit eines Reservoirs an Praktiken, das nicht nur neue Formen kritisch-dekonstruktivistischer Repräsentation ermöglicht, sondern auch Gegenstrategien und alternative Lüste erfindbar macht.

**3.0 REAKTUALISIERUNG.**
Postpornografie ist eine transversale Verkettung durch diverse Bereiche des Sexes und der Bilderproduktion, ob im Internet oder der Massenkultur, der Kunst oder der Theorie, der Mikro- und der Makropolitik. Einer der prominentesten postpornografischen Entwürfe der heutigen Zeit stammt von Beatriz Preciado, die nicht nur Texte zu einer Philosophie der Postpornografie veröffentlicht, sondern auch Workshops für Dragkings im queeren Underground veranstaltete oder 2004/2005 im Museum of Contemporary Art Barcelona ein Laboratorium für die Entwicklung von Postpornografie einrichtete, in dem Sex-Arbeiter/innen, Künstler/innen und andere Kulturproduzent/innen durch Praktiken wie S/M oder Drag und Objekte wie Dildos oder Armprothesen neue kollektive Körper-Sex-Performances erarbeiteten und Kurzfilme produzierten. Auch Preciado bezieht sich auf Sprinkle: „Für mich sollte die Frage von [...] Pornografie aus der Perspektive der Performance-Theorie beurteilt werden. Das ist etwas, was ich von Annie Sprinkle gelernt habe."[2]

Zitat des Dildos auf einem Unterarm (Praktiken kontrasexueller Inversion) aus Beatriz Preciados „Kontrasexuellem Manifest"

Der Blick fällt nun auf die horizontale Ebene, auf der der Dildo zitiert wurde. Der Körper fixiert die Fingerspitzen. Die rechte Hand ergreift den Arm-Dildo und gleitet von oben nach unten, so dass die Blutzirkulation bis in die Finger hinein intensiviert wird (Operation: einen Dildo-Arm reiben). Die linke Hand öffnet sich und schließt sich rhythmisch und das Blut pocht immer intensiver. Die Affektion ist musikalisch. Die Melodie ist ein Geräusch, das Gänsehaut verursacht. Der Körper atmet und folgt dem Rhythmus der Reibung.

### 4.0 EINSCHREIBUNG.

Folgt man den grundlegenden Analysen der Filmwissenschaftlerin Linda Williams[3], ist Pornografie eine inszenierte Wiedereinschreibung der Rollenverhältnisse von Männern als sadistisch, dominant und mächtig, Frauen als masochistisch, devot und machtlos. Die Frau als Objekt des männlichen Blicks gesteht ihre Lust an dieser scheinbar endlos gleichen Narration der heteronormativen Sex-Performance. Der ultimative Beweis für die Authentizität des Ereignisses „Sex", aus der der männliche Performer als symbolischer Held hervorgeht, ist der Cumshot. Dieser funktioniert als Klimax und endgültiger Beweis, dass wirklicher Sex stattfand. Williams versteht Pornografie in der Tradition der biopolitischen Geständnisse, die Foucault in seiner „Geschichte der Sexualität"[4] untersuchte, welche der Philosoph als Beichten einer inneren Wahrheit der Gender-Subjekte verstand, die von nun an sexuelle Identitäten verankerte. Preciado weist darauf hin, dass Foucaults Sexualitätsgeschichte im neunzehnten Jahrhundert endete – damit vor der Entwicklung der fotografischen Apparate.[5]

### 5.0 QUEERE PRODUKTION.

Wenn Queerness mit der Veruneindeutigung von Geschlechter-Repräsentation assoziiert wird, wäre eine Strategie von Postporno die kritische Verkomplizierung normativer Repräsentationsmuster. Doch wie Sedgwick[6] und Preciado unterstreichen, produziert Postporno auch neue Formen sexueller Subjektivität. Akte wie Drag, Cruising oder Dildosex sind nicht als

Offenlegung der Konstruiertheit von heterosexuellen Gender-Positionen zu verstehen, sondern als Körper-Artikulationen mit eigenen Räumlichkeiten und Zeitlichkeiten, die alternative Formen sozialer Praxis und Subjektivitätsproduktion ermöglichen – und damit auch alternative Formen von sexueller Identität und Subjektivität.

**6.0 WEIBLICHE MÄNNLICHKEIT(EN).**
Offensichtlich wird Postporno heute primär in (post)lesbischen Kontexten reaktualisiert. Die Performativität und Produktion von Männlichkeit bei Frauen in Genres wie Butchness oder Drag-Kinging bis zu den konkreten Materialisierungen von Transgender-Körpern markiert einen Paradigmenwechsel im Kräfteverhältnis von Weiblichkeit und Männlichkeit. Postporno nimmt die Ankunft von Männlichkeit im Zeitalter ihrer performativen Reproduzierbarkeit wahr und verweist nach Jahrzehnten der Dekonstruktion des Weiblichen auf den nicht weniger konstruierten Charakter von Männlichkeit, die sie biologischen Männern enteignet.

**7.0 FETISCHE.**
Postporno verflucht nicht den Fetisch und fragt nicht nach dem Mangel, sondern untersucht, was mit dem Fetisch herstellbar ist. Er fragt nicht, was hinter der Entfremdung als glücklicher Naturzustand auf uns warten könnte, sondern welche entnaturalisierten Körpertechnologien wir jenseits von normativen Formen von Hetero-Sex mit ihm herstellen können. Katja Diefenbach schreibt: „Die Frage sollte nicht sein, ob Schönheit, Sex, Mode und Pornographie Macht verschleiern, sondern mit welchen Praktiken sie sich verketten und wie sie Körper und Lebensformen produzieren. Nicht aufdecken, sondern analysieren."[7] Prominentes Beispiel für die produktive Appropriation des Fetisches ist Preciados Abschied vom Status des Phallus und ihre Philosophie der Dildonik. Der Penis besitze seine eigene biopolitische Geschichte mit von medizinischen Dispositiven festgeschriebenen Penislängen und der Zerstörung devianter Formen des Penis wie

Annie Sprinkle auf der
„Post Porn Politics"-Konferenz,
Volksbühne Berlin, 2006

der Verstümmelung der Genitalien von Intersexuellen. Preciado verweist auf Derridas These, dass die heteromännliche Machtstrategie exakt darin bestünde, den eigenen Code als Original und alle anderen als Fake zu bezeichnen.[8] Deswegen spreche sie lieber vom Dildo, den sie als Teil des Körpers als Prothese versteht.[9] Der Dildo sei in vielerlei Hinsicht austauschbar, auch ein Arm könne ein Dildo sein, genauso wie ein Baseballschläger, eine Flasche oder eben ein Penis. Und der Dildo gehöre niemandem: „Der Dildo verneint die Tatsache, dass Lust etwas ist, das in einem Organ stattfindet, das dem Ich gehört."

### 8.0 KONTRASEX.

Im „Kontrasexuellen Manifest"[10] schlägt Preciado Übungen vor, um die klassischen erogenen Zonen zu deterritorialisieren und stattdessen neue zu eröffnen, fernab der Binarität von Mann und Frau und der Referenz auf reproduktive Organe. Dazu feiert sie die Proletarier des Anus, die Gründer einer neuen, kontrasexuellen Gesellschaft: Der Anus ist radikaldemokratisch, jeder Körper hat ihn. Und jede/r Protagonist/in des Sexes ist an der Produktion von Kultur beteiligt: Wir sind alle sexuelle Proletarier/innen. Dieser Aufruf schließt die Produktion des ganzen Volkskörpers ein, er bedeutet andere Formen von Beziehungspraxis, Auflösung der Familienstrukturen, die Entmystifizierung heterosexueller Liebe und die Einführung von vertraglichem Sex, der dessen Akte kritisch diskutierbar und politisch verhandelbar macht. Postporno und Kontrasexualität beeinflussen und durchdringen sich gegenseitig. Parallelen von Sexfilmen als alternativer Kulturproduktion zu grundlegenden Praktiken ökonomischer und künstlerischer Selbstorganisation im Feminismus lassen sich vom Aufruf Sprinkles, dass Frauen ihre eigenen Pornos herstellen sollten[11], bis zu den do-it-yourself-Workshops der queeren Underground-Pornofilmemacherinnen Girlswholikeporno[12] (Barcelona) verfolgen.

### 9.0 BELLADONNA.

Nicht nur an den Rändern queerer Zusammenhänge oder der Kunst-Szene wird Postpornografie produziert. Der Mainstream-Porno-Star Belladonna weist Parallelen zur desidentifikatorischen Praxis Annie Sprinkles auf, ohne dabei auf die lineare Narration des gesellschaftlichen Aufstiegs von Porno-Performerin zu bildender Künstlerin zurückzugreifen. Vor zwei Jahren gründete Belladonna ihre Firma „Belladonna Entertainment" und verwarf die klassischen Muster des Hetero-Sexes. Davor war sie eine masochistische Ikone des Gonzo-Pornos, der seit dem Digitalkamera-Boom Sex-Performance als noch „authentischer" verkauft. Neben der wackligen Handkamera-Ästhetik und einem dokumentarischen Gestus abseits glamouröser Studio-Sets steht Gonzo für eine Intensivierung des Körpers. Härterer Sex mit Analsex als Highlight, neue Techniken des Gagging (Blowjob, der die Darstellerin fast zum Ersticken bringt), mehr Speichelfluss und stärkere Affekte. Belladonna nutzte die Intensivierung des Gonzo-Sexes für eine

Fluchtlinie aus der Rolle des passiven, weiblichen Subjektes. Unter eigener Regie drehte sie bis heute mehr als ein Dutzend lesbische Filme, in denen Spaß und empathische Neuaushandlung von Machtverhältnissen selbstverständlicher Teil sind. In „Belladonna Fucking Girls Again" (2005) performt die hier dominant auftretende Regisseurin mit der devoten Darstellerin Melissa Lauren. Irgendwann befiehlt sie Lauren, ihr einen aufblasbaren Dildo, der mit zunehmender Luftzufuhr immer weniger an einen Penis erinnert, in den Mund zu stecken. Ihr Gesicht wird rot und zum (post-) vaginalen Lustzentrum, Lauren streichelt es zärtlich und küsst den Schlauch aus Bellas Mund. Macht ist durch eine neue Körpertechnologie in ein komplexes Kräfteverhältnis übergegangen, das die Symbolik des Phallischen genau so hinter sich lässt wie die Aufteilung dominant/devot oder Mann/Frau. In „Fetish Fanatic 4" (2006) konstruiert sich Belladonna einen Dildo aus einem Wasserstrahl in der Badewanne, der hier noch nicht mal mehr die materiell verfestigte Form des Dildos besitzt. In der gleichen Performance (mit der Domina Sandra Romain) ereignet sich auch eine Kussszene, in der der Dildo bis zum Verschwinden von beiden Mündern der Performerinnen geteilt wird. So wird die Referenz von Phallus-Dildo-Macht vollkommen aufgelöst. Beide Performerinnen sind quasi gleichzeitig Penetrierende und Penetrierte.

**10.0 POSTPORNOGRAFISCHE BILDER.**
Postpornografische Bilder, ob in den Film-Arbeiten von Bruce LaBruce, Virginie Despentes und Hans Scheirl oder den Fotografien von Del LaGrace Volcano, gibt es nur tendenziell, ähnlich wie die Begriffe des Bewegungsbildes und Zeitbildes aus Deleuzes Filmphilosophie nicht in Reinform existieren, sondern in einem Resonanzraum – als Annäherungen und Grade.[13] Generell lässt sich behaupten, dass ein Postporn-Bild sich von der binären Hetero-Machtlogik emanzipiert und Potenziale für andere Formen repräsentationskritischer Affirmation öffnet, die neue Subjektivitäten und Kräfteverhältnisse in der sexuellen Praktik denk- und aushandelbar werden lassen. Im besten Falle entstehen daraus affektuelle Singularitäten lustvoller Bilderpolitiken, die sich ins Interface von Theorie und Praxis schmuggeln, um dieses zu verkomplizieren. Dabei stehen auch die genderspezifischen und ökonomischen Bedingungen der Arbeiten und deren Konstruiertheit zur Disposition.

Heutige postpornografische Diskussionen sind weit von einer einheitlichen Strategie oder Position entfernt. Ließe sich beispielsweise die Sprinkle'sche Position als ein campy, jedoch ernsthaft verstandener Claim von Nächstenliebe und humanistischer Integration lesen, findet man die entschiedenste Gegenposition im Anti-Humanismus des Queer-Theoretikers Lee Edelman, für den Postporno-Bilder nur bei sexuellen Akten produziert werden (können), die die sexuell identitäre Existenzweise riskieren. Auch Terre Thaemlitz identifiziert sich mit einer solchen Position, die er jedoch mittels Formen der Institutionskritik (beispielsweise einer des Kunstmarktes) oder der Infragestellung von subkultureller Gemeinschaft (wie queerer Communitys) adressiert.[14] Diefenbach hingegen schlägt vor, Postpornografie diesseits von Gesten der Überschreitung und Befreiung oder im Verhältnis zum symbolischen Gesetz des großen Anderen zu denken, als non-utopische Strategie für andere Ökonomien zwischen Körpern und Lüsten.[15]

Anmerkungen

1 Siehe Annie Sprinkle, Post-Porn Modernist, San Francisco 1998.
2 Tim Stüttgen, „Proletarier des Anus. Interview mit Beatriz Preciado, Teil 1", in: JungleWorld 48/04 (2004), S. 24.
3 Linda Williams, Hard Core, Basel 1995.
4 Michel Foucault, History of Sexuality I. An Introduction, New York 1978.
5 Beatriz Preciado, „Gender Sex and Copyleft", in: Del LaGrace Volcano, Sex Works, Tübingen 2005, S. 152.
6 Eve K. Sedgwick, Touching Feeling. Affect, Pedagogy, Performativity, Durham 2003, S. 149.
7 Katja Diefenbach, „The Spectral Form of Value. Ghost Things and Relations of Forces", in: Simon Sheikh, Capital (It Fails us Now), Berlin 2006.
8 Preciado bezieht sich auf Derridas Dekonstruktion des Französischen als „Original" und „Muttersprache" im Verhältnis zu den minoritären Migrant/innensprachen Hebräisch und Algerisch. Vgl. Jacques Derrida, Die Einsprachigkeit des Anderen. Oder die Ursprüngliche Prothese, München 2004.
9 Tim Stüttgen, „Proletarier des Anus. Interview mit Beatriz Preciado, Teil 1", a. a. O., S. 24.
10 Beatriz Preciado, Kontrasexuelles Manifest, Berlin 2004.
11 Annie Sprinkle, „Annie Sprinkle's Herstory of Porn" (New DVD-Edition with Off-Commentary by Linda Williams, www.anniesprinkle.org, 2006).
12 Für einen Einblick in die Arbeit des Kollektivs Girlswholikeporno siehe ihren Blog mit Clips, Fotos und Kommentaren: www.girlswholikeporno.com.
13 Sieht Deleuze die Aktualisierungen des Bewegungsbildes in der linearen, ungebrochenen Narration des Hollywoodfilms, ist das Zeitbild, welches er beispielsweise in den New-Wave-Cinemas Nachkriegseuropas (italienischer Neorealismus, Nouvelle Vague, Neues deutsches Kino) entdeckt, Ergebnis einer Krise in der ungebrochenen Erzählung und der Identifikation mit dem Protagonisten: Der Einbruch der äußeren gesellschaftlichen Bedingungen in das Leben der Hauptfigur generiert einen Schock, der durch Ereignisse neue Zeitigkeiten in die Erzählung einführt und damit neue Formen von Denken. Ähnlich könnte man postpornografische Bildkategorien im Verhältnis zu klassisch pornografischen Bildern verstehen, die die heterosexuell identifizierten Erzählungsmuster des Sexaktes mit anderen Sex-Ereignissen konfrontiert und sie in eine Krise stürzt. Auch die Entwicklung dieser Bilder ließe sich auf die historischen Ereignisse seit 1968 mit den Kämpfen der feministischen, schwulen, lesbischen und queeren Bewegungen verbinden, die ja gleichzeitig zur Etablierung des Pornofilm-Marktes einsetzte – das Doublebind zwischen Porno und Postporno existiert somit von Beginn an.
14 Dies unterstrich Thaemlitz mit mehreren Statements in der abschließenden Podiumsdiskussion des Post-Porn-Politics-Symposiums in der Volksbühne, Berlin (15. 10. 2006).
15 Katja Diefenbach, „Dying in White. On Fetishistic Repetition, Commodity- and Body-Experiences" (noch unveröffentlicht, vorgetragen auf dem Post-Porn-Politics-Symposium, Volksbühne Berlin, 14. 10. 2006).

Marcel Duchamp, „Etant Donnés: 1. La chute d'eau 2. Le gaz d'éclairage", 1946–66

**FLORIAN CRAMER**

**SODOM BLOGGING**
„Alternative Porn" und ästhetische Empfindsamkeit

**Indie-Porn stellt ein derzeit florierendes Subgenre der Pornografie dar, in dem wohl bekannte Looks aus Subkulturen wie Gothic oder Punk oftmals in anti-kommerziellen, feministischen Selbstermächtigungsgesten inszeniert werden. In dieser Hinsicht werden die Konflikte, welche die Debatte um pornografische Obszönität seit den sechziger Jahren prägte, jedoch zugunsten alternativer Sexualästhetiken vermieden – Pornografie verliert so eines ihrer grundlegenden Merkmale.**
**Aber kann es Pornografie jenseits des Öbszonen überhaupt geben?**

Der Widerspruch fast aller Pornografie ist ihre Zerstörung des Obszönen. Wie das Schöne für den Klassizismus, das Erhabene für die Schauerromantik und das Hässliche fürs Groteske ist das Obszöne ästhetisches Register des Pornos, seine Aura und sein *selling point*. Sade erfindet die moderne Pornografie an einer historischen Schwelle von regelpoetischer *poiesis* und empfindsamer *aisthesis* in den Kunstlehren. Die „120 jours de Sodome" illustrieren genau diesen *clash of cultures*: eine Täterriege alter Aristokraten, die ihre Orgien regelpoetisch kombinieren und choreografieren, eine Opferriege junger Bürgerkinder, deren Empfindungen die Ausschweifung als Perversion erst sichtbar machen, und als Resultat eine wechselseitige Eskalation von *poiesis* und *aisthesis*, Konstruktion und Empfindung, Maschine und Körper. Vollständig entwickelt sind hier bereits Konzeptualismus und Performance als widerstrebend-komplementäre Pole moderner Kunst, wieder aufgenommen wird ihre pornografisch-maschinelle Verkopplung in Duchamps „Großem Glas" und Schwitters „Merzbau", großbürgerliche Sexmaschinenkonstruktion und kleinbürgerlich-empfindsame „Kathedrale des erotischen Elends".

Dass die pornografische Logik des obszönen Tabus sich nirgendwo konsequenter aufhebt als in der Pornografie selbst, zeigen beispielhaft die Performances von Annie Sprinkle. Als Darstellerin in Siebziger-Jahre-Mainstream-Pornos, die Aktionskünstlerin und „Alternative Porn"-Pionierin wurde, überschreitet sie nicht nur Genre-Grenzen, sondern stellt auch die klassische heterosexuell-pornografische Bildkultur auf den Kopf. Mit ihrer rituellen Einladung ans Publikum, ihr per Spekulum in die Vagina zu blicken, schließt Sprinkle die ikonografische Tradition von Courbets „L'Origine du Monde" (1886) und Duchamps „Étant donnés" (posthum 1968) ab, entschärft dabei jedoch den vormals geilen Blick und treibt, als Aufklärerin im zweifachen Sinn, dem Anblick Tabu und sexuelles Mysterium aus. Wenn die Schriftstellerin Kirsten Fuchs von obszöner „Wucht der Sprache" spricht und „in einem Wort wie ‚Fotze' […] viel Kraft" entdeckt,[1] so benennt sie nicht

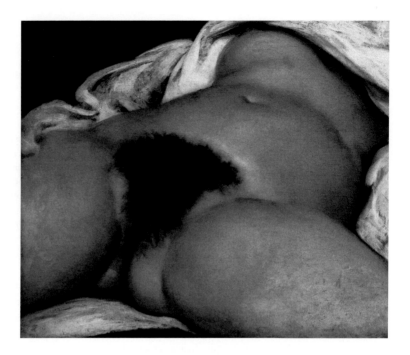

Gustave Courbet,
„L' Origine du Monde", 1866

nur das Tabu von Indie-Porno-Diskursen, die diese Wucht entschärfen, sondern auch das Scheitern industrieller Pornografie, sie zu reproduzieren. Sade, dessen systematisch konstruierte Eskalationen so abstumpfen wie jede Mainstream-Pornografie, versucht, das Tabu zu retten, indem er den Exzess bis zur rituellen Tötung treibt, eine im Kern romantisch-sentimentalische Denkfigur, die in den „urban legends" der Performancekunst-Selbstmorde Rudolf Schwarzkoglers und John Fares fortgeschrieben wird und die Genesis P. Orridges im Wettlauf gegen den Zeitgeist stets weitergetriebene Körpermodifikation auch physisch vollzieht.

Die „Exploitation" der Pornozuschauer besteht darin, ihnen Obszönität falsch zu versprechen oder – wie der Gonzo-Porno seit John Staglianos „Buttman"-Serie – sie durch aggressive Penetration und Ausstülpung von Körpern zu simulieren.[2] Genau darin treffen sich jedoch Mainstream- und Independent-Pornografie, Porno-Business und -Aktivismus: Sprinkles Performances sind Gonzo mit feministischem „Empowerment", der die Ausgestülpte wieder zum Subjekt macht. Und jene Independent-Pornografie, die sich seit kurzem und vor allem im Internet als Genre etabliert hat und durch sexuell explizite Autorenfilme wie „9 Songs" und „Shortbus" flankiert wird, kann auch deshalb ohne schlechtes Gewissen diskutiert werden, weil sie „guten" Sex ohne Obszönität darstellt. So löst sich, nach Unterbrechungen durch die feministische Anti-Porno-Debatte der 1980er Jahre, Peter Gorsens Befund einer neovitalistischen Tendenz in zeitgenössischen Sexualästhetiken ein, die das Programm der Lebensreform- und Freikörperbewegung vollenden.[3]

Damit verschwimmen auch die Grenzen pornografischer Ausbeutung subkulturell-experimentalkünstlerischer Codes einerseits sowie subkultureller Aneignung pornografischer Codes andererseits. Die australische Pornoholding gmbill.com betreibt mit dem „Project ISM" auf ishotmyself.com eine Website als simuliertes Konzeptkunstprojekt von Frauen, die sich selbst fotografieren, und mit beautifulagony.com eine – erotisch durchaus gelungene – Website mit Videos, die allein Großaufnahmen der Gesichter von Männern und Frauen bei Sex und Orgasmus zeigen und somit das Konzept von Andy Warhols „Blow Job"-Film serialisieren, in rekursiver Anwendung von Warhols Ästhetik auf sich selbst. Scheinbar fließend gehen Milieus, Rollen und Interessen von Kunst und Kommerz, Künstlern und Sexarbeitern, Sexindustrie und Kulturkritik ineinander über: Fotomodelle und Sexperformerinnen auf suicidegirls.com oder abbywinters.com diskutieren über feministische Literaturseminare, die Künstlerin Dahlia Schweitzer ist zugleich Electropunk-Sängerin, Buchautorin, Ex-Callgirl, Fotokünstlerin und eigenes Aktmodell mit College-Abschluss in Women's Studies, während umgekehrt sich die Geisteswissenschaften in Gestalt von Porn Studies und den jüngsten „Netporn"- und „Post Porn Politics"-Konferenzen dem Gebiet in teilnehmender Beobachtung annähern.

Dies geschieht um den Preis der Konfliktvermeidung. Ob als Provokation, Ausdruck der Macht des Sex oder von Geschlechterpolitik – es war das nunmehr liquidierte Obszöne, das die Schnittpunkte experimenteller Künste und gewerblicher Pornografie markierte, bei Courbet und Duchamp, in Batailles Romanen, Hans Bellmers Puppen, dem Wiener Aktionismus, Carolee Schneemanns „Meat Joy", aber auch bei später zu Kunstehren gekommenen Pornografen wie den Fotografen Nobuyoshi Araki und Irving Klaw, dem Fetish-Comiczeichner Eric Stanton und den Sexploitation-Filmern Russ Meyer, Doris Wishman, (dem von Aïda Ruilova auf der letzten Berlin-Biennale gewürdigten) Jean Rollin und Jess Franco.[4] Obszön in diesen Konstellationen sind Fetische, die zu Tauschobjekten zwischen Porno- und Undergroundkultur werden. In seinen Überblendungen von Biker-, lederschwuler S/M-Kultur, Satanismus und faschistischer Ikonografie spielt Kenneth Angers Experimentalfilm „Scorpio Rising" 1964 diese Tauschgeschäfte beispielhaft durch. Zurück in Jugendkulturen kopieren sie ein Jahrzehnt später Genesis P. Orridges und Cosey Fanny Tuttis pornografische Performancegruppe COUM Transmissions, aus der die Band Throbbing Gristle und die Industrial Music hervorgeht, sowie die Punk-Mode, die Vivienne Westwood in ihrer Londoner Boutique „SEX" aus Bondage- und Fetisch-Accessoires collagiert.

McLarens und Westwoods Punk ist negativ gewendete bürgerliche Empfindsamkeitskultur, die die Register des Hässlichen, des Ekels und des Obszönen gegen das Schöne ästhetisch in Stellung bringt. Umso weniger verwundert es, dass er in seiner späteren, nicht minder bürgerlichen Mutation zur Autonomenkultur besetzter Häuser, Wagenburgen und Kulturzentren nunmehr ein anderes, „alternatives" Schönes für sich reklamierte. In

www.suicidegirls.com

www.nofauxxx.com

derselben Logik wandeln sich, von den Sexbühnenshows der frühen Hardcore-Punkband Plasmatics mit der Frontfrau Wendy O. Williams, einer Ex-Stripperin und Pornodarstellerin, und später der Punk-/Metal-Frauenband Rockbitch bis zum vermeintlich punkkulturellen „Indie Porn" im Internet, die Konnotationen der Fetische vom Obszönen zum Anti-Obszönen. Spezialisierte Pornowebsites etablieren in den 1990er Jahren „Gothic Porn" als Genre, mit ansonsten konventionellen Pornobildern und -videos von Frauen im Dark-Wave-Look. Aus ihrem Umfeld geht 2001 „Suicide Girls" hervor, die erste erfolgreiche kommerzielle Indie-Porn-Website.[5]

Doch im linksradikalen Alternativgewand verleugnete Punk seine fetischistischen Wurzeln oder zeigte vielmehr seine Kehrseite, die Spike Lees Film „Summer of Sam" bereits für die späten 1970er Jahre mit ihrer Konkurrenz von Punk und Disco nachzeichnet und in der die Punkkultur – männlich, weiß und heterosexuell dominiert – ihre Ressentiments gegenüber der polysexuellen, schwul geprägten und multiethnischen Discokultur pflegte. Der abschätzige Refrain „Samstag Nacht, Discozeit/ Girls Girls Girls zum Ficken bereit" der deutschen Polit-Punkband Slime drückte 1981 eine Haltung aus, die sich sechs Jahre später und auf dem Höhepunkt der feministischen „PorNo"-Kampagne im Berliner Eiszeit-Kino gewalttätig entlud, als ein autonomes Rollkommando eine Vorführung von Richard Kerns und Lydia Lunchs Underground-Pornofilm „Fingered" stürmte. Selbst heute noch arbeiten sich Pornografie-Diskussionen an diesem Konflikt ab, wenn auch weniger ausdrücklich. Proklamationen alternativer pornografischer Kultur und Imagination sind immer auch, und nach wie vor, Stellungnahmen gegen Anti-Porno-Feminismus. Und neben kommerziellen Gothic-Porno-Seiten hat die Indie-Pornografie ihre Ursprünge in jenem „sex-positive feminism", der von Susie Bright, Diana Cage und anderen als Gegenbewegung zur PorNo-Kampagne Andrea Dworkins, Catharine MacKinnons und, hierzulande, Alice Schwarzers gegründet wurde und der zum Beispiel in der lesbischen Zeitschrift *On Our Backs*, im Jahrbuch „Das heimliche Auge" des deutschen Konkursbuch-Verlags und auf der Website Nerve.com eine feministisch reflektierte, „andere" Pornografie nicht nur diskutierte, sondern auch praktisch schuf.

Beide feministische Tendenzen, Anti- und Pro-Porno, unterscheiden sich zwar in ihrer Therapie, nicht aber in der Diagnose, dass Mainstream-Pornografie sexistisch und abstoßend sei.[6] Übersehen wird dabei vor allem in Europa, dass Dworkin und MacKinnon mitnichten Verbot oder Zensur von Pornografie forderten.[7] Vielmehr würdigt ihre Kampagne die Macht des Sex und der obszönen Imagination – jene Macht, die in praktisch sämtlichen Varianten alternativer Pornografie zum folgenlosen Spiel verharmlost, rationalisiert und verdrängt wird. An die Stelle einer Rhetorik des Künstlichen in der klassischen Mainstream-Pornografie – künstlicher Körperteile, steriler Studios, hölzernen Schauspiels – tritt in der Indie-Pornografie eine Rhetorik des Authentischen: Statt maskenhafter Normierung von Körpern durch Make-up, Perücken und Implantate wird die authentische Person bloßgestellt und, im Vergleich zum Gonzo, nicht mehr physisch, sondern psychisch ausgestülpt. Indie-Porno-Websites, wie sie die Seite www.indienudes.com umfassend verlinkt, emulieren nicht mehr die Cover-Ästhetik von Pornovideos und -heften, sondern haben auf ein Standardformat von Tagebüchern, Blogs und Diskussionsforen umgestellt, auf dem Nutzer mit Fotomodellen und Fotomodelle untereinander kommunizieren, in einem rationalisierten Diskurs vermeintlichen gegenseitigen Respekts bei simultaner totaler „authentischer" Zurschaustellung der privaten Person, in genau jener Logik, die Foucault für die Entwicklung des Strafvollzugs von der physischen Verstümmelung bis zum Psychoterror des modernen panoptischen Gefängnisses nachzeichnet.

In dieser Personalisierung und Psychologisierung vollzieht Indie-Porno den nächsten logischen Schritt einer fortschreitenden Demaskierung pornografischer Akteure, der mit der (im Film „Boogie Nights" episch nacherzählten) Umstellung von 35-mm-Pornokinofilmen auf billiges Video in den 1980er Jahren begann, sich im Gonzo-Analporno fortsetzte und in der Internet-Pornografie kulminiert. Der Gonzo-Porno ist insofern sogar subversiver und transgressiver als Indie-Pornografie, als er schwules Begehren im heterosexuellen Mainstream unterschwellig bedient und etabliert: analer Barebacker-Sex, drag-queen-artig gestylte Frauen und – im Gegensatz zu den meisten Pornos der 1970er und 1980er Jahre – offensiv sexualisierte männliche Stars wie Rocco Siffredi im Fokus der Kamera. Was im Gonzo als radikale *poiesis* und proletkulturelle „Jackass"-Körperperformance inszeniert wird, wandelt sich im Indie-Porno zur empfindsamen Beichte mit dem zahlenden Publikum als voyeuristischen Beichtvätern, bei ständiger Vergewisserung der bürgerlichen Normalität und, unabhängig vom Härtegrad, spielerischen Harmlosigkeit des gezeigten Sex.

So, wie Indie-Pop nur eine Scheinalternative zum musikindustriellen Mainstream ist und in Wahrheit auf demselben Geschäftsmodell basiert, das durch immer absurdere Urheberrechtsgesetze, Verhinderungstechnik, Abmahnungen und Hausdurchsuchungen abgesichert wird, ist auch Indie-Porno mitnichten „unabhängig", sondern kommerzialisiert und von freien Kanälen abgeschottet, ja sogar strategisch gegen diese positioniert: Gerade weil Mainstreamware problemlos in Peer-to-Peer-Tauschbörsen zu haben ist, wird Pornografie, wie Popmusik, nur noch durch Differenz verkaufbar, einschließlich jener zu sich selbst.

Anmerkungen

1 „Sex ist das Spiel der Erwachsenen", Interview im *Tagesspiegel*, 2. 7. 2006.
2 Vgl. Mark Terkessidis, „Wie weit kannst du gehen?", in: *Die Tageszeitung*, 18. 8. 2006.
3 Peter Gorsen, Sexualästhetik, Reinbek 1987, S. 481 ff.
4 Porno und Kunst verschmelzen bei Otto Muehl, dessen formelhaft sexistisch-voyeuristische Materialaktionen einerseits Logik und Bildsprache des Mainstream- und Scat-Fetischpornos vorwegnahmen und der andererseits an den Sexploitation-Filmen „Schamlos" (1968) und „Wunderland der Liebe – Der große deutsche Sexreport" (1970) mitwirkte; einen ähnlichen Weg beschritt 1981 der Schlagersänger und spätere Sexguru Christian Anders mit seinem Film „Die Todesgöttin des Liebescamps".
5 Weniger bekannt ist, dass der *Hustler*-Verleger Larry Flynt mit „Rage" bereits 1997 ein Pornomagazin im „Alternative Pop"-Stil in Fotos, Typografie und Texten auf den Markt gebracht, aber kurz darauf wieder eingestellt hatte. Heute arbeitet Joanna Angel, Betreiberin der Indieporno-Website burningangel.com, für Flynts „Hustler Video".
6 Oder sie schließen sich, wie in Catherine Breillats Filmen, zur Synthese kurz, dass Sexualität zwar per se sexistisch sei, daraus jedoch abgründiger Lustgewinn erzielt werden könne.
7 Siehe dazu Barbara Vinkens Vorwort zu Drucilla Cornell, Die Versuchung der Pornographie, Frankfurt/M. 1997.

**MANFRED HERMES**

**BLEAKHOUSE**
Über neue Formen pornografischer Schmähung

Die ausbeuterische Dimension der Pornografie ist viel debattiert und kritisiert worden. In den neunziger Jahren verlagerte die akademische Diskussion um Pornografie den Schwerpunkt der Analyse allerdings auf das emanzipatorische Potential sexuell expliziter Darstellungen – überraschender Weise vor allem im Hinblick auf den Bereich des heterosexuellen Mainstream-Pornos.
    Neuere im Internet entwickelte Porno-Formate können Anlass dazu geben, das bewusste Moment der Ausbeutung in der Pornografie neu zu bewerten sowie die blinden Flecken akademischer „porn studies" offen zu legen.

Den Feminist/innen der achtziger Jahre waren die theoretischen Vorgaben der Vorgänger-Generation zu rigide geworden. In Kategorien wie *male gaze*, bzw. dem ihm zu Grunde liegenden Schema von Geschlechterhierarchie, sahen sie nur noch eine beengende und lähmende Kanonisierung. Als Abwehrbewegung – und im Zuge einer Hinwendung der Filmtheorie zu narrativen Strukturen – war auch die Pornografie als das bis dahin besonders Geschmähte als Untersuchungsmaterial an Universitäten durchsetzbar. Die Freude daran, im akademischen Bereich nun selbst *hardcore* zu sein, führte aber in das Dilemma, die Härte des neuen Stoffes mit intellektueller Gewissenhaftigkeit auffangen zu müssen, was zu anzweifelbaren theoretischen Annahmen führte. Nimmt man etwa Linda Williams' „Hard Core" von 1989 als Beispiel, so kann man heute feststellen, dass weder die Bestimmung „Film als Text" angemessen noch der Versuch brauchbar ist, Pornografie als „Genre" bestimmen zu wollen und mit jenen anderen vermeintlich verfemten, niederen Genres, die sowohl körperliche Wirkungen haben als auch Flüssigkeiten freisetzen, wie es im Melodram der Fall ist, zu verbinden. Auch Foucaults „Geständnis"-Theorem ist auf die von Williams untersuchte heterosexuelle Mainstream-Pornografie nicht anwendbar, weil es in ihr nicht die Akteure, sondern höchstens die Produzenten zu etwas wie Subjektivität bringen. Das mag in manchen „Fetisch"-Bereichen anders sein, mit Sicherheit spielte das Geständnis aber in den in einer surrealistischen Tradition stehenden experimentellen Filmen wie Kenneth Angers „Fireworks" oder Barbara Rubins „Christmas on Earth" eine Rolle, also in einer Art von Produktion, die wiederum bei Williams nicht vorkommt.
    Angesichts dieser neueren Entwicklungen in der Pornografie erscheint es nun sinnvoll, die von akademischer Seite vorangetriebene Enttabuisierung pornografischen Materials unter anderen Gesichtspunkten erneut zu betrachten: nämlich in Pornografie nicht mehr das Körperballett zu sehen, das eine geeignete Form für Einschreibungen differenzierter Lüste darstellt

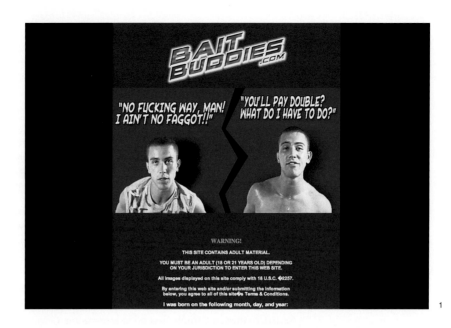

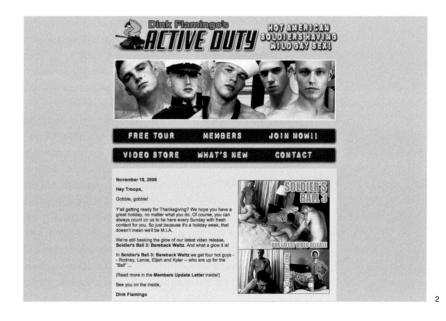

1 www.baitbuddies.com
2 www.activeduty.com

oder den Beleg für eine Konstruiertheit des Sexuellen liefert. Pornografie kann genauso wieder als Repräsentation einer nicht selten unangenehmen menschlichen Arbeit gesehen werden, als ein abgefilmter Prostitutionsakt, dem keine emanzipative Funktion zugewiesen werden kann.

Es soll hier deshalb um eine Sorte von Pornografie gehen, die eigentlich nur die Untergruppe einer Untergruppe ist, als solche in den letzten Jahren durch das Internet allerdings überdurchschnittlich expandierte und außerdem vielfältig aufgesplittert ist. Die Rede ist von einer „Amateur"-Pornografie, deren Angebot die pornografische Aufbereitung heterosexueller Männer für ein homosexuelles Publikum ist.[1]

Man muss sich einen denkbar einfachen Aufbau vorstellen. In einer Zimmerecke steht eine Couch oder ein Bett, auf die ein oder zwei Kameras gerichtet sind. Der Produzent dieses Genres ist in der Regel ein Heimwerker und also gleichzeitig für Kamera und Regie zuständig: Ein Mann tritt ein oder sitzt bereits da. Eine aus dem Off sprechende Stimme fordert ihn nun auf, von Hobbys oder sexuellen Erlebnissen zu erzählen, bewertet seine körperliche Ausstattung und leitet die folgenden sexuellen Aktivitäten in einem nicht selten gut gelaunten Ton ein. Diese Grundstruktur kennt viele Variationen, einige Elemente sind jedoch ziemlich stabil.

So ist die Szene deutlich auf Grenzverletzung angelegt und durch einen gewissen Zynismus geprägt, im Übrigen sind die Filme meist sehr kurz. Wichtig ist hier vor allem, dass die Modelle ihre Heterosexualität authentifizieren, was schon durch das Verhalten geschieht oder sich im Kleidungsstil zeigt. Ohnehin laufen zur Stimulierung *hors champs* Heteropornos. Die Heterosexualität soll sich aber vor allem in den unwillkürlichen Reaktionen abbilden, in einer gewissen mimischen Erstarrung, in die sich Zeichen von Peinlichkeit, Ärger oder unterdrückter Wut mischen können. In diesem „Hetero für Homo"-Rahmen wirken ja bereits Nacktheit und einfachste sexuelle Aktivitäten als Übertritt. Jede weiter gehende Forderung wird zudem als Zumutung inszeniert, so dass eine Irritation nur zu verständlich ist. Reicht beim ersten Auftritt eine Masturbationsszene aus, werden beim nächsten Mal schon alberne Posen verlangt, oder es müssen sexuelle Akte neben oder mit anderen Männern oder Dildos vollzogen werden.[2] Manchmal treten die Produzenten auch selbst ins Bild und bedienen sich bei ihren Modellen, womit sie ein weiteres *Ugly-George*-Kriterium erfüllen.[3] Möglich, dass das Ejakulat im Heteroporno die Aufgabe hat, die unscheinbare weibliche Lust zu repräsentieren. In diesem Zusammenhang werden die Höhepunkte aber vor allem durch die Kette der Erniedrigungen erzeugt, obwohl der Orgasmus trotzdem das dramatische Ende der Szene bleibt, etwa wenn ein mit Sperma verschmiertes Gesicht, um Atem und Fassung ringend, in die Kamera lächelt und die Schmach auch noch verbal verdoppeln muss. Durch diese sich verschärfende Reihe der Erniedrigungen wird auch die „Virginität" erheblich ausdehnbar. (Die allerdings, verglichen mit dem, was von Frauen in manchen Heteropornos erwartet wird, noch ziemlich harmlos bleiben.)

Die auch in den Fällen größter pornografischer Unerbittlichkeit schnell einsetzende Monotonie und die Abnutzung des Schockeffekts wird durch immer neue Modelle kompensiert. Allein in den USA, wo diese Gattung am stärksten floriert, dürften in den letzten Jahren mehrere zehntausend Männer in die gerade beschriebenen Verhältnisse eingewilligt haben.

Ist es das Superlative solcher Darstellungen, das hier die Faszination und den Schauder ausmacht, so spielen auch die Implikationen eine Rolle, die sich aus der Kontraktion von öffentlicher und intimer Sphäre ergeben könnten, die das Internet zunehmend produziert. Überschneidungen mit der Lebenswelt der Akteure sind leicht vorstellbar – was für Dramen eine mögliche Entdeckung durch das direkte soziale Umfeld nach sich ziehen würde, eine nach Lage der Dinge nicht unwahrscheinliche Aussicht[4], da einmal im Umlauf befindliche Dateien nun tendenziell ewig in der öffentlichen Domäne verbleiben werden.[5]

Bei den Modellen stellt sich übrigens schnell eine „Professionalisierung" ein, die als Angleichung des Verhaltens an pornografische Normen, als eine Aneignung überdramatisierter Gesten und Mimiken aufgeführt wird (stöhnen, „oh, fuck, yeah", Augen verdrehen, Lippen anspitzen – das alles evtl. auch ohne Erektion). Man wohnt hier also auch einer Selbstzurichtung bei, in der sich Nähen zum Showgeschäft herstellen oder die Einblicke in die Aufstellung einer Selbstvermarktung bieten (mit Überschneidungen zu Kontaktbörsen, Selbstdarstellungsforen wie „Youtube" oder den per Webcam von der eigenen Wohnung aus angebotenen Sexdienstleistungen). Die Grenzen zwischen amateurhaft und professionell werden dadurch fließend, wobei durch solche Anpassungen aber genau das entwertet wird oder sich zersetzt, was zunächst dem homosexuellen *worship* angeboten war – eine maskuline Essenz, der „Mann" als kleine Götterstatue.

Zwar bilden diese Produktionen eine vergleichsweise marginale Gattung, sie zeigen aber in ihren kahlen Realitätseffekten, der vollkommenen Transparenz der Verwertungskette und dem Mangel an Struktur und Referenzen Implikationen, die durchaus verallgemeinbar sind. Das betrifft zum einen die Verbilligung des Visuellen selbst, aber auch die Verfügbarkeit zu allem williger Arbeitskräfte – auch wenn das Gefälle zwischen den Marktbeteiligten verschwindend gering sein und nur in ein wenig Initiative, einer Digicam und ein paar Hundert Dollar bestehen kann.

Zwar sind die sexuellen Handlungen medial transportiert und in Hinblick auf eine konkrete Verbreitung entstanden, doch weist die relative Drastik und betonte Nicht-Fiktionalität, die hier erzeugt wird, über das hinaus, was „textlich" zu erfassen wäre. In den filmisch fixierten Schockmomenten erhält sich eine Nähe zur Lebenswirklichkeit, die hier für die Kamera arrangierten Szenen könnten unter Prostitutionsbedingungen ganz ähnlich ablaufen. Trotzdem kann es nicht darum gehen, Pornografie nur von der Basis eines gesunden Menschenverstands und von der Offensichtlichkeit ihrer Zwecke her zu denken. Auch wenn man hier mit ziemlich real wirkenden Bildern konfrontiert ist, lassen sich doch Unterscheidungen

herstellen, führt das nicht unbedingt zu einer neuen Bestätigung von Abbildungsrealismus. Vielmehr erschöpfen sich die Implikationen der Pornografie nicht im filmischen Substrat selbst oder im jeweiligen medialen Rahmen. Das visuelle Feld wird auch hier durch eine Ordnung organisiert, in der sich die Spaltungen darstellen, die den Bereich des Sexuellen insgesamt strukturieren.

In ihrem Buch „Porn Studies" hat Linda Williams Slavoj Žižek vorgeworfen, die textliche Dimension populärer Pornografie abgetan zu haben –„charakteristischerweise", wie sie fand. Tatsächlich hatte Žižek in „Looking Awry" gegen Pornografie eingewandt, sie gehe immer „zu weit", immer über den entscheidenden Punkt hinaus. Während man das einerseits bestätigen kann, trifft das auf den weiteren Gang des Arguments aber nicht unbedingt zu. Der entscheidende Punkt sei, so lautet der lacanianisch ausformulierte Einwand von Žižek, dass sich in der Pornografie der Blick vom Gegenüber zurückgezogen habe und den geilen Betrachter auf ein stumpfes Starren zurückwerfe. Möglicherweise trifft das auf die roh agierende Pornografie mit ihren allseitigen Rissen gerade nicht zu. Hier muss Lust nicht nur nicht gespielt werden, sondern sie ist nicht einmal erwünscht, das Begehren des anderen wird gerade nicht begehrt. Das „du blickst mich nie von da an, wo ich Dich sehe" ist hier ein so integraler Teil des Arrangements, dass sich gerade das „zu weit gehen" als Knackpunkt erweisen könnte, der bewirkt, dass der Zuschauer sich als jemand gesehen fühlt, der den Riss erträgt und durchlebt.

Auf die hier beschriebenen Szenen pornografischer Schmähung kann man aber sicher anwenden, was Susan Sontag in ihrem Buch über die Kriegsfotografie („Regarding the Pain of Others") gesagt hat. Auch ihr ging es um Kameras, um die Schamlosigkeit und darum, dass Fotos einen Betrachter zu nah an „dripping bodies" herankommen lassen. Hin- und hergerissen zwischen der Frage nach der Berechtigung, ob Kriegsbilder zerfledderter Leichen betrachtet werden dürfen, hat Sontag aber die Faszination anerkannt, die von Bildern des Schreckens und Anblicken von Degradierung und Qual ausgeht. Damit hat sich auch den traumatischen Kern angesprochen, auf den wir nicht nur als unersättliche Voyeure, sondern als potenziell selbst jederzeit Betroffene reagieren.

Ich habe diese neuartigen pornografischen Figurationen, die das Internet in großer Zahl hervorgebracht hat, auch deshalb als Beispiel herangezogen, um bestimmten Formen einer feministischen und queeren Auseinandersetzung mit Pornografie im akademischen Bereich etwas entgegenzusetzen. Denn auf dieser Ebene ergibt sich ein vielfach verschobenes Bild. In diesem Zusammenhang spielt natürlich vor allem die Tatsache eine Rolle, dass es heterosexuelle Männer sind, die hier in Situationen gebracht werden, die sonst eher Frauen zugemutet werden, und das zudem in von Homosexuellen ins Werk gesetzten Szenen. Daraus ergibt sich eine entscheidende Drehung, durch die einerseits jene ethisch motivierten Einwände gegen Pornografie an Bedeutung gewinnen könnten, die bis in die achtziger Jahre von feministischen Kritiker/innen als Fundamentalverdikt gegen Pornografie benutzt wurden (Dworkin, MacKinnon, hierzulande Schwarzer). Bloß dass sie dabei eben auch deren Argumente aushebeln, in der Pornografie zeige sich vor allem die aggressive Hierarchisierung der Geschlechterverhältnisse. Solche Einwände erschienen der nächsten Generation von Filmtheoretiker/innen ohnehin anachronistisch und unproduktiv. Laura Mulvey hatte den Spielfilm als ein Regime beschrieben, in dem die Frau als Zuschauerin schon vom Darstellungsprinzip selbst nicht vorgesehen ist. Wollte man die Unhintergehbarkeit dieser Behauptung zurückweisen, dann war es natürlich eine schöne Impertinenz, sich als Frau gerade in einen Bereich zu drängen, in dem sie tatsächlich am wenigsten vorgesehen war. Allerdings musste damit dann auch die Konsequenz bejaht werden, selbst in der grellsten spielfilmartigen Pornografie, in der die Erniedrigung des jeweiligen Objekts tatsächlich institutionalisiert ist, eine gut gelaunte „Neuerfindung", „Diversifizierung" und „Intensivierung" der Sexualitäten am Werk zu sehen, was ja – neben einer vehementen Anti-Zensur-Position – der ausdrückliche emanzipative Bodensatz der Porno affirmierenden Arbeiten dieser Theoretiker/innen-Generation war.[6]

Nun ist die zwanghafte Freudlosigkeit und visuelle Armut der in diesem Text besprochenen Pornografie (und der heterosexuelle Sektor liefert auch auf diesem Gebiet natürlich noch wesentlich mehr Material) noch viel weniger angetan, etwas zu diesem Modell von „Textlichkeit" und „Aufspaltung der Lüste" beizutragen.

Müsste ich mir über die Gereiztheit Rechenschaft ablegen, die akademische Porn-Texte wie etwa der von Linda Williams in mir ausgelöst haben, dann würde ich auf folgende Punkte kommen: Insensitivität gegenüber sozialen Aspekten und der Rolle des Geldes, unangemessene Verkopplungen und verwischte Kategorien, durch die der pornografische „Schrecken" aus dem Blick gerät, aber nicht zuletzt auch eine innerlich lächelnde Selbstgefälligkeit, die universitären Filmstudien mit massenkultureller Drastik aufgepolstert zu haben.

Aus Pornografie eine Unterkategorie eines interdisziplinären Studiengebiets zu machen, liegt natürlich nahe in einem kulturellen Umfeld, das um Ausdehnung der eigenen Zuständigkeit bemüht ist und letztlich alles in Studien verwandeln kann. So entstand aber auch der Widerspruch, dass zwar die Universität das vormals scharf Ausgegrenzte integrieren konnte, dies aber um den Preis, die eigenen Bedingungen nicht zu invertieren. Das inhärente Versprechen, mit der Drastik des außerkünstlerischen visuellen Materials die akademischen Normen selbst zu unterlaufen, ist auch deshalb nie eingelöst worden, weil es gar nicht erwogen wurde.

Anmerkungen
1 Hier eine kleine Auswahl entsprechender Angebote: www.activeduty.com, www.all-americanheroes.net, www.bukbuddies.com, www.geminimen.com, www.nextdoormale.com, www.seducedstraightguys.com, www.straightboysfucking.com, www.jakecruise.com, www.brokestraightboys.com, www.baitbuddies.com, www.militaryclassified.com, www.awolmarines.com.

2 Einige dieser Produzenten legen Zweitmarken auf, in denen die selben Modelle mit Frauen oder in bisexuellen Konstellationen auftreten. „Straight Guys for Gay Eyes", kurz SG4GE ist nicht das einzige Unternehmen, das heterosexuelle Geschlechtsakte für homosexuelle Zuschauer aufbereitet.

3 „Ugly George" belieferte zwischen den siebziger und neunziger Jahren einen New Yorker Kabelkanal mit seinen Produktionen. Mit seiner Videokamera, die so dicht am Körper montiert war, dass er mit ihr wie verwachsen schien, lief er durch die Straßen von New York, um willige Frauen für Softporn-Aktionen zu ködern. „Ugly George" wurde wegen seiner zynischen Anmachrituale geschätzt und gilt als Vorreiter der Gonzo-Pornografie. Im Übrigen gehören auch die hier beschriebenen Videos zu diesem Genre.

4 Es hat kürzlich in Florida eine spektakuläre Entdeckung durch die Militärbehörden gegeben. Ein Teil der von „Active Duty" gecasteten Modelle stand wirklich im Militärdienst, der Firmenname war also keine Übertreibung. Die Entdeckung führte nicht nur zur Entlassung, sondern vor allem zu Anklagen wegen Unzucht, Unvereinbarkeit mit der Ehre des Militärs – und Ehebruch.

5 Pornofilme mit Joe Dallesandro aus den frühen sechziger Jahren, dessen Karriere vom Physique-Bereich direkt zu Andy Warhol und von da zu Nebenrollen in Spielfilmen und Fernsehserien führte, sind heute, obwohl sie lange als Rarität galten, im Internet ohne weiteres verfügbar.

6 Zum Sexkitsch einer Annie Sprinkle ist es da nicht immer weit. Sprinkle war es, die den Begriff „Post Porn" geprägt hat, wobei das Post hier vor allem für „nach meiner Pornokarriere" steht. Ihr Showprogramm, das Sexualität eine spielerische, volksaufklärerische Seite abgewinnt, ist auch heute aber vor allem noch deshalb erfolgreich, weil ihre parodistische Präsentation historischer Pornostile als Witz funktioniert.

Hans Bellmer, „La Poupée", 1936/1949

**EMILY SPEERS MEARS**

**OHNE AUFSCHUB**
Über die DVD-Kompilation „Destricted"

Was will die Kunst vom Porno? Schon länger lässt sich die Tendenz beobachten, dass Künstler/innen die ihnen im Allgemeinen zugeschriebene visuelle Kompetenz auf den Bereich der Pornografie ausweiten. Die DVD-Kompilation „Destricted" versammelt nun sechs Beiträge, in denen die eingeladenen Künstler/innen ihre Sicht auf Sexualität und Pornografie zum Besten geben sollen. Das Spektrum dieser kurzen Filme reicht von Masturbationsfantasien über skizzenhaften Trickfilmsequenzen bis hin zu im dokumentarischen Gestus inszeniertem Teenage Sex.

Vor dem Hintergrund kunsthistorischer Vorläufer stellt sich die Frage, worin sich diese Zugänge von Pornos ohne künstlerischen Ambitionen unterscheiden. Und ist es sexy?

„Auch der Satz ist wie ein Körper, der uns einzuladen scheint ihn zu zergliedern, damit sich in einer endlosen Reihe von Anagrammen aufs Neue fügt, was er in Wahrheit enthält."
(Hans Bellmer)

Oktober 2006: „Destricted", eine von Mel Agace, Andrew Hale und Neville Wakefield kuratierte Sammlung von sieben Künstlerfilmen über Sex und Pornografie wird der breiten Öffentlichkeit präsentiert. Sie fällt so breit aus, dass man es bei HMV auf der Oxford High Street bekommt; die Verpackung posaunt einem entgegen, „Destricted" sei der kontroverseste und sexuell freizügigste Film, der jemals vom British Board of Film Classification das „Ab 18"-Siegel erhalten habe. Dummerweise sind die Filme, mit Ausnahme von Marina Abramovics „Balkan Erotic Epic" und vielleicht auch von Matthew Barneys „Hoist", nicht nur durch die Bank hetero-westlich – sie sind außerdem auch noch absolut unsexy.

In „Death Valley" filmt Sam Taylor-Wood einen jungen Hollywood-Hengst, der mitten in die Wildnis von Nevada hinausläuft. Er zieht sein Hemd aus und holt sich einen runter. Der besondere Kniff von Taylor-Wood ist nun, dass er nicht kommt. Stattdessen reibt er sich sein (gar nicht so unattraktives) Glied wund, geschlagene acht Minuten lang. Coole Metapher für künstlerische Frustration, schon möglich – leider ist, was Taylor-Wood zeigt, wie die meisten anderen Filme dermaßen abgehoben, dass es letzten Endes kaum mehr als den banal boshaften Nachgedanken zu einer klassischen Sexmetapher zu bieten hat.

„Death Valley" ist einer von drei Beiträgen zu dem Filmprojekt, bei denen Selbstbefriedigung im Vordergrund steht, bis auf einen Fall übrigens immer die männliche. Gaspar Noés „We Fuck Alone", in dem eine

Sam Taylor-Wood, „Death Valley", 2004, Videostills

aufblasbare Sexpuppe, eine Pistole und ein Teddybär vorkommen, ist allzu offen misanthropisch, um einem Stoff für irgendeinen weiteren Gedanken geben zu können; in „Hoist" von Matthew Barney reibt ein brasilianischer Baumgeist, der „Blooming Greenman", seinen Schwanz an der Antriebswelle einer Abholzungsmaschine. Zwar versucht sich Barney an einer abstrahierteren, irgendwie dooferen Darstellung von Sexualität als der Rest der Beteiligten – allein, sein Werk, das so viel stärker zurechtgestutzt ist als seine üblichen Opulenzen, leidet letztlich am gleichen Gebrechen, das auch die anderen „Destricted"-Künstler/innen plagt: Sie stellen sich selbst auf sichere Distanz zur dargestellten Handlung. Vielleicht ist das ja auch ein Fehler der Kuratoren: Schließlich haben sie die Künstler dazu eingeladen, in Kurzfilmen eine *Darstellung* ihrer jeweiligen Sicht auf Sex und Pornografie zu geben. Damit haben sie womöglich ein konzeptuelles Schlupfloch geschaffen, das es den Künstlern erlaubte, sich nicht allzu schlimm zu verrenken.

Natürlich ist das nicht unbedingt der Grund dafür, dass die Filme so unsexy geworden sind. Larry Clarks Involvierung macht seinen Beitrag „Impaled" geradezu unerträglich. Im mit stattlichen 38 Minuten längsten Teil der Sammlung castet Clark für den Film, den er gerade (für „Destricted") dreht, einen Jungen, der dann Sex mit einer Pornodarstellerin hat. Er befragt erst einmal einige der Jungs, die sich auf die Anzeige gemeldet haben, wählt schließlich den Jungen mit den größten Bambi-auf-Drogen-Augen aus, der dann wiederum eine Reihe von Pornodarstellerinnen interviewt, um sich zu entscheiden, welche er gerne in den Arsch ficken möchte. Und dann tun sie's. Das ist eklig. Und zwar nicht nur wegen der schieren Sinnlosigkeit solcher Exploitation, sondern auch wegen der Dinge, die man so über die Jungs erfährt: Man sieht verzogene amerikanische Jugendliche mit ihrer ganzen frauenfeindlichen und angeberischen Einstellung zum Sex – „corn-fed", oder besser, wie einer der Befragten sagt, „porn-fed". Schließlich und endlich ist „Impaled" alles andere als erhellend; wie so manches andere an Clarks jüngeren Arbeiten, von der Ausstellung „punk Picasso" bis hin zu dem Film „Ken Park" ist auch dieser Film deprimierend und erniedrigend, umso mehr, als er die Perpetuierung jener moralischen Heruntergekommenheit, die er mit solcher Begeisterung diagnostiziert, noch weiter herausfordert.

Es scheint hier sinnvoll, „Impaled" direkt mit Marina Abramovics „Balkan Erotic Epic" zu kontrastieren. Die jugoslawische Künstlerin trägt sexy Schulmeisterinnen-Kleidung und berichtet von heidnischen Traditionen auf dem Balkan, bei denen Sexualität eine entscheidende Rolle spielt, wie etwa Methoden zur Abwehr des bösen Blicks oder zur Steigerung der Ernteerträge, und so weiter. Während sie erzählt, werden diese Traditionen illustriert: entweder von Männern und Frauen aus Belgrad, die sie in Balkan-Bauernkleidung als Spielszenen aufführen, oder durch Rotoscope-Zeichentrickszenen, die mit ihren klaren Linien und einfachen Bewegungen sehr gelungen die Ästhetik von Sexerziehungsvideos andeuten. So sehen wir Männer, die zur Urbarmachung des Nährbodens die Erde aufpflügen, Frauen, die ihre Mösen dem Regen darbieten, um den Göttern einen Schrecken einzujagen, außerdem eine einfache Animation, bei der sich eine Frau einen Fisch in ihre Vagina einführt: Wenn der am nächsten Morgen tot ist, wird sie daraus einen Trank bereiten und ihrem Mann in den Kaffee rühren, damit er sie liebt. Doch wird das Video zum Schluss melancholisch, und während die Schlusstitel ablaufen, sieht man eine Frau, die einen Schädel gegen ihre baren Brüste hämmert. Mit dieser bukolisch gestimmten, dabei jedoch scharfsinnigen und letztlich auch sehr lustigen Abhandlung bietet Abramovic nicht nur eine Alternative zu den schaleren Varianten der Darstellung von Sexualität, die sich sonst noch so in „Destricted" finden, sie kriegt es auch mit großem Geschick hin, Themen mit anzuschneiden, die sich außerhalb der unmittelbaren Sex-Sphäre befinden, am treffendsten dort, wo sie eine zusammenhängende Balkan-Identität in einer zersplitterten Region positioniert, in den Nationalismen des Balkans.

Zumeist – und das hat mich vor allem enttäuscht – liefern diese Filme, statt wie Abramovic etwas eigenwilligere Sichtweisen zu Sex und/oder Pornografie anzubieten, nur einen ganz schwachen Aufguss konventioneller Darstellungen von Begehren. (Es finden sich auch angeeignete Beiträge von Richard Prince und Marco Brambilla.) Sieht man einmal von „Balkan Erotic Epic" und „Hoist" ab, so sind alle Hauptdarstellerinnen weiß und spitz, alle Hauptdarsteller weiß und stumpf; hinzu kommt, dass das Ficken mit überwältigender Mehrheit heterosexuell ausfällt. In ihren besten Momenten erinnern einen die Filme an Jeff Koons' Pornoserie „Made in Heaven"

Marina Abramovic,
„Balkan Erotic Epic",
2005, Videostills

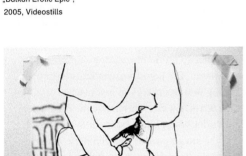

Larry Clark, „Impaled",
2005, Videostills

(1991), bei der er mit seiner damaligen Frau La Cicciolina posierte. Durch die kitschüberladenen Hintergründe, die irren Verkleidungen der Cicciolina und nicht zuletzt auch noch durch Koons' eigenen, durchgedreht überzogenen Look, der Unbeteiligtheit suggerieren will, bügeln diese Bilder und Skulpturen jeden Gedanken an irgendein Begehren nieder; sie sind eher als eine Art rückhaltlos profitträchtiges Kinderspielchen anzusehen. Wie wir seit dem Sequel zu „Made in Heaven" wissen (der Schlammschlacht um Scheidung und Sorgerecht unter Austausch einseitiger Unsittlichkeitsanschuldigungen), geht es bei der Darstellung von Sex in der Kunst stets um mehr als „Made in Heaven" oder „Destricted" je nach außen dringen lassen – außer wenn sie sich über ihre eigene Freizügigkeit auslassen. „Destricted" stellt selbstgefällig seine eigene Gewagtheit zur Schau – wie das Zitat auf dem Cover und die silberfarbene Plastikhülle zeigen, stößt einen alles an der Präsentation und Marketing mit der Nase darauf, wie „schlimm" die Sammlung ist.

Der Kurator Stuart Comer, der die Tate-Modern-Paneldiskussion im letzten September einleitete, nutzte diese Gelegenheit, um auf die Auswirkungen des Internets auf die Distribution und Rezeption von Pornografie hinzuweisen. Er beschrieb die Vorführung der Filmsammlung als eine „seltene Gelegenheit, sich in der Öffentlichkeit zu versammeln", um gemeinsam sexuell explizite Filme anzuschauen. Es scheint einigermaßen geschenkt, die lange Litanei der tatsächlich transgressiven Avantgardefilme und die Beschneidungen ihrer Aufführungsmöglichkeiten durch Zensurakte herunterzuleiern, außer vielleicht um festzustellen, dass deren beeindruckende Geschichte gut einstudiert ist. „Destricted" als das selbstbezügliche Spektakel, das es ist, wirkt andererseits wie ein Scherz. In einer „offenen Gesellschaft" wie der unseren kommt es einem (ohne Comer zu nahe treten zu wollen) reichlich hohl, wie eine sanfte Massage der Konventionsgrenzen vor, sich mit der eigenen Fähigkeit zu brüsten, für eine Penetrationsszene (in „Impaled") eine „Nicht jugendfrei"-Bewertung einzuheimsen.

Die Idee, Künstler/innen dazu einzuladen, „Kurzfilme zu machen, in denen deren eigene Sicht auf Sex und Pornografie gezeigt wird", erscheint dabei aber eigentlich ganz gut – und sei es in der Hoffnung, sie vermöchten durch eine unparteiische, „künstlerische" Vorgehensweise einen erhellenden Einspruch in einer verworrenen und mit Klischees befrachteten Diskussion einlegen, in einer Kultur, in der gesellschaftliche Probleme noch immer auf dem Rücken der Frauen ausgefochten werden (man denke etwa an die jüngste erregte Debatte über das Tragen von Schleiern, die sich zeitgleich mit dem neuesten Mode-Magersucht-Skandal entwickelte). Ganz besonders unangenehm also, dass die Betrachter/innensituation von Beginn an so verzerrt ist. Dennoch liefert „Destricted" zumindest eine Gelegenheit, noch einmal mögliche Kriterien einer Kunst zu überdenken, die tatsächlich (in Ermangelung eines besseren Ausdrucks) *sexy* wäre – sexy nicht im Sinne kommerzieller Konventionen, sondern im Bewusstsein der Tatsache, dass Erregung nicht durch festgelegte Formeln ausgelöst wird, sondern eher durch ein kaum sichtbares Muster von Bedingungen, die so zufallsbestimmt und flüchtig sein können wie eine Berührung, ein Duft, ein Lächeln, eine unwillkürliche Erinnerung ... Bedingungen für eine sexy Kunst zu bestimmen, die offen über die Unantastbarkeit von Prinzipien der Erregung spräche, könnte eine Neubestimmung – und hoffentlich auch eine Entflechtung – des Verhältnisses zwischen Begehren und physischer Repräsentation ermöglichen.

Noch einmal zurück zu Abramovics Arbeit, um herauszufinden, wie vielleicht doch eine wirklich sexy zu nennende Kunst herzustellen wäre: Was das „Balkan Erotic Epic" mit anderer sexy Kunst gemeinsam hat, ist die indirekte Art, wie Körperlichkeit dargestellt wird – durch das kurze Einblenden von Geschlechtsteilen, Cartoons, Humor. Diese Techniken deuten auf eine Auflösung des Körpers, etwa so wie sie von Hans Bellmer beschrieben und praktiziert wurde. Lässt man einmal die Beschuldigungen wegen Frauenfeindlichkeit beiseite, dann bewirken die Zeichnungen und die Puppen des deutschen Surrealisten mit ihren baumelnden, verdoppelten Gliedmaßen und wulstigen Körperteilen tatsächlich eine Art Synästhesie-Effekt, der in seiner Verwirrung der Sinneseindrücke auf unheimliche Weise erotische Verwirrungszustände wiederzuerschaffen – ich glaube sogar: zu erschaffen – vermag. Dieses abstrahierte und dadurch gesteigerte Gefühl des Begehrens findet sich auch am anderen Ende des ästhetischen Spektrums, in Andy Warhols filmischem Frühwerk, das todlangweilig, aber trotzdem auch sexy zu nennen ist, wie dies der Autor Wayne Koestenbaum im Gespräch mit Bruce Hainley schön formuliert hat, das im Sommer 2002 in Artforum veröffentlicht wurde: „Ich versuche immer noch herauszufinden, warum meine Erotisierung durch die frühen Warhol-Filme so intensiv ist. ‚Blow Job' (1963), aber auch ‚Couch' und ‚Kiss' (1963) und ‚Sleep' erteilen einem – neben anderen Filmen – eine Lektion über die sakrosankte Qualität des Wartens. Ich zähle die Stunden, die ich beim Anschauen von Warhol-Pornos im MoMA Film Study Center verbracht habe, zu den intensivsten sexuellen Erfahrungen meines Lebens."

Zu den zeitgenössischeren Anwendern solcher sexy Techniken des Aufschubs gehört vielleicht auch der schon verstorbene Filmemacher Derek Jarman – wegen der ruckeligen Super-8-Kamerabewegungen und der mit warmen, schreienden Farben durchmischten Belichtungsschichten, was absichtlich zu einer unterbrochenen Betrachtung jener Körper führt, die seine zersplitterte Erzählung in „The Last of England" (1986) umsetzen, wodurch jeder einzelne Blick so viel begehrenswerter wird; Matthew Barney wegen der unglaublich intensiven, in die Länge gezogenen Grabungen in unterirdischen Vaselineströmen, wie sie in „Cremaster 4" zu sehen sind; Angus Fairhurst wegen seiner Collagen – Werbe- und Modemagazin-Bilder ohne Körper und ohne Texte, die übereinander gelegt sind und dadurch Auflösungen erzeugen, um die Strategien des Begehrens neu zu konfigurieren; Meredyth Sparks wegen ihrer zerkratzten Collagen von Glampunk-Idols. Alle diese Künstler/innen (beunruhigenderweise fallen einem im ersten Moment mehr Männer als Frauen ein) fassen den Körper irgendwie indirekt auf, wodurch sie zugleich die spektakuläre Begehrensproduktion unterbrechen, aber auch seine Darstellung neu beleben.

Setzt man diese Vorgehensweise gedanklich fort, dann könnte man möglicherweise von einem noch verkürzenderen Idiom von sexy Kunst sprechen, einem, das sich weniger auf bildliche Darstellungen, dafür aber mehr auf andere Erfahrungsformen stützt: Klang, Atmung, Tastsinn. Denn schließlich beschränken sich weder Erregung noch Begehren auf das Visuelle. Mein Schlüsselwerk in dieser Hinsicht wäre „Body Pressure" (1974) von Bruce Nauman, eine Liste von Handlungsanweisungen für eine Person, die ihren Körper an eine Wand presst, zu der auch der hintergründige Satz kommt: „Hieraus kann sich eine sehr erotische Übung entwickeln" – tatsächlich sind viele jener frühen Arbeiten Naumans, bei denen es um die Erforschung der Leistungsgrenzen geht, in diesem Sinne sehr sexy. Ein etwas aktuellerer Vorschlag für diese Liste ist vielleicht Micol Assaël mit seinen Environments aus Heißluftgebläsen, elektrischen Funken und tropfendem Wasser, die den Betrachter abrupt mit seiner eigenen Körperlichkeit konfrontieren. Diese auf Erfahrung abgestellte Kunst ist klarerweise das genaue Gegenteil von Pornografie, denn wir stehen ihr ganz physisch gegenüber – und müssen uns nicht auf unsere Einbildungskraft verlassen. Eine solche Wechselbeziehung mit dem Begehren, bei der sich die simpel direkte Darstellungsweise verbietet, bei der es – zugunsten indirekter, anspielungsreicherer, eigenwilliger, verführerischer Qualitäten – manchmal sogar ohne eine tatsächliche Bildebene abgeht, ist wichtig für eine Neubestimmung der erotischen Außenseite der Grenzen normativer Repräsentation – und das hätten die Initiatoren von „Destricted" wahrscheinlich besser im Kopf behalten, als sie sich auf ihre jeweiligen Projekte einließen.

(Übersetzung: Clemens Krümmel)

**UMFRAGE**

In Kunst, Popkultur, Modefotografie, Literatur und Film lässt sich seit einiger Zeit eine Konjunktur von expliziten, obszönen und drastischen Darstellungen sexueller Praktiken beobachten, die mit der zunehmenden Verbreitung pornografischen Materials durch ein in unterschiedlichen Medienformaten operierendes Segment der visuellen Industrie einhergeht.

Gleichzeitig avanciert Pornografie zu einer kulturanalytischen, gelegentlich zu einer kulturkritischen Kategorie. Unter dem Schlagwort der „Pornografisierung" werden beispielsweise strukturelle Parallelen zwischen pornografischer Affektproduktion und neo-liberalem Kapitalismus hergestellt oder die Fernsehbilder des 11. September mit dem Realitätseffekt pornografischer Videos verglichen. Pornografie wird mithin weniger als spezifisches Genre denn als kulturelle Logik oder politisches Prinzip innerhalb des zeitgenössischen Regimes der Sichtbarkeit begriffen.

Seit den frühen neunziger Jahren haben sich die feministischen Debatten um Pornografie von der Fokussierung des Widerstreits zwischen Anti-Zensur- und Anti-Porno-Positionen hin zu einer subjekttheoretischen Auseinandersetzung mit Pornografie als Teil des Mainstreams verlagert, was schließlich auf institutioneller Ebene die Einführung von „Porn Studies" an US-amerikanischen Universitäten nach sich zog. Gegenwärtig erscheint Pornografie nicht länger als Genre, das die Grenzen der universitären sowie außerakademischen Kulturanalyse überschreitet, sondern als Phänomen, dessen Konventionen und Ästhetiken historisiert, theoretisiert und identitätspolitisch in Stellung gebracht werden können. Gerade im aktuellen Feld der „Post-Porn Politics" wird das performative Potenzial der Pornografie ins Zentrum gerückt, normative Identitätszuschreibungen und auf Sexualität bezogene Machttechnologien durch queere Körperpolitiken herauszufordern.

Vor diesem Hintergrund stellt sich die Frage nach den unterschiedlichen (programmatischen) Einsätzen von feministischen, (identitäts)politischen und popkulturellen Debatten um Pornografie.

Wie beschreiben Sie Ihren Zugang zur Pornografie? Stimmen Sie der These einer zunehmend pornografischen Logik sozialer Beziehungen und politischer Verhältnisse zu? Hat sich die Kritik an Pornografie angesichts der Behauptungen ihres immanent emanzipatorischen Potenzials erübrigt? Why Porn Now?

**LEE EDELMAN**
Es gibt ein Paradox im Diskurs über Pornografie, das ich zur Einleitung betonen möchte. Pornografie, wenn sie als solche zählen soll, kann durch keinen ästhetischen Wert rehabilitiert werden, insofern sie jedem ästhetischen Wert widerspricht. Selbst dieser Widerspruch, indem er ein Wertmaß gegen ein anderes abwägt, gehört noch zu dem ästhetischen Imperativ, den die Pornografie verachtet. Dieses Paradox hat gewichtige Auswirkungen darauf, was ich hier zur Diskussion stellen will: dass die Pornografie, wie Queerness, implizit auf die Ankunft des Posthumanen verweist, und damit auf das Ende eines Wissensregimes, das Normativität vermittelt. Denn um Pornografie als eine Herausforderung an die ästhetischen Prinzipien von Einheit und Kohärenz zu lesen, und damit als eine Herausforderung an die Werte, die essenziell für das Konzept des „Humanen" sind, muss man vollständig in der Domäne des „Humanen" verbleiben (entsprechend dem Privileg, das aus der Möglichkeit einer Lektüre erwächst). Man bleibt der epistemologischen Meisterschaft verpflichtet, Substanz einen Sinn abzuringen – all das zerstört die Pornografie. Absichtlich oder unabsichtlich wird auf diese Weise die Logik der Lesbarkeit bekräftigt, die unsere Formung als Subjekte immer zu einer ästhetischen Erziehung werden lässt. Diese repräsentiert ein Universum, das in erster Linie pädagogisch ist. Beständig wird der spirituelle Wert einer mit Sinn erfüllten Materie bekräftigt. Daraus folgt, dass Pornografie, genau genommen, niemals „gelesen" werden kann. Das Pornem, die essenzielle Einheit der Pornografie, das fundamentale Element ihres Widerstands gegen das kulturelle Gesetz, wird durch Interpretation ausgetrieben. Es verschwindet, sobald wir aus ihm einen kulturellen Profit zu schlagen versuchen.

Obwohl sie weit verbreitet ist und man ihr häufig begegnet, funktioniert die Pornografie niemals als ein normatives kulturelles Produkt. Sie widerspricht dem „Prinzip" der Kultur, dem ästhetischen Imperativ von Wachstum und Entwicklung, von Reif- und Ganzwerden. Sie widerspricht der Totalisierung, die dem „Humanen" immer implizit ist – ein Begriff, der im Rahmen unserer ästhetischen Erziehung als das universale

Zeichen des Ästhetischen als unserem universalen Wert dient (der Wert, um es genau zu sagen, von konzeptueller Einheit, Kohärenz und epistemologischer Meisterschaft). Als ästhetische Kategorie befördert „das Humane" auch die Inhumanität, manche Leute auszuschließen, die als Bedrohung dieser besonderen Universalität erachtet und deswegen nicht dem Bereich des „Humanen" zugerechnet werden. Pornografie hingegen trägt zu dem bei, was ich das queere Ereignis nenne: das Ereignis der „Dehumanisierung", das der universalen Reproduktion des Werts entgegensteht (und dem universalen Wert der Reproduktion), das auf dem besteht, was Adorno häufig das Nichtidentische genannt hat, und das sich in der anti-identitären Negativität des Todestriebs zum Ausdruck bringt. Dieses queere Ereignis bringt das „Humane" und das Inhumane mit einem Schlag an ein Ende. Aus dem Werk von Alain Badiou borge ich das Konzept eines Wahrheitsereignisses und behaupte, dass Pornografie in dem Maß, in dem sie dem Pornem, der antisozialen Transgression, um die es im Pornografischen geht, verpflichtet bleibt, das bestätigt, was wir noch immer nicht erkennen oder anerkennen können: das Ende der Ära des Humanen.

Aber wie jeder konservative Schlachtruf hat auch „das Humane" den Vorteil, dass es affirmiert, was wir schon wissen: den universalen Wert, dass wir uns durch abstrakte Universalien konstruieren, die durch Ansprüche des Lokalen, des Transienten, des Queeren bestritten werden. „Das Humane" konfrontiert uns mit dieser Gefahr und überlebt durch das Pathos seiner mutmaßlichen Verwundbarkeit. Jeder Versuch, es zu hinterfragen, geschweige denn zu dekonstruieren, wirkt wie ein gewalttätiger Anschlag auf seine kategorische Integrität. Das Pathos, das „das Humane" immer mit sich bringt, wird auf diese Weise wieder ins Spiel gebracht. Jede Hinterfragung des „Humanen" bestärkt es nur auf eine paradoxe Weise. Aus der Möglichkeit seiner Auflösung bezieht es neue Kraft. Seine Ablösung entzieht sich, sein posthumes Überleben – nach unserem „Wissen" von seinem Tod – macht uns, die „Posthumanen", zu Gespenstern, zu Nachbildern der ästhetischen Ideologie, zu Geistern, die uns endlos heimsuchen und uns mit rücksichtsloser Sentimentalität und hartnäckigem Vertrauen in die Sublimierungen, die „das Humane" als Konzept intendiert, an unsere Phantomidentitäten klammern. Das Pornem verweigert sich diesem Sentiment, stattdessen bietet es das geistlose, maschinelle Pulsieren des Triebs – des Triebs, dessen Automatismus das Hochgefühl des Erhabenen unterlaufen. Wo bei Kant das Erhabene das Gefühl der Ruhe angesichts einer bedrohlichen Unendlichkeit gewährt, wo es die Macht des Subjekts bestärkt, diese zu verstehen und zu meistern, entledigt der Trieb das Subjekt dieser Beherrschung. Stattdessen erscheint das Subjekt im festen Griff der niemals versiegenden Kraft des Triebs. Pornografie trägt zum queeren Ereignis bei, indem sie „das Humane" vom Erhabenen trennt und es entsublimiert. Denn nichts bedroht das universalisierende Ideal, das dem „Humanen" implizit ist, mehr als die Einsicht, dass es nichts gibt, was so extrem, abscheulich oder undenkbar wäre, dass es nicht den libidinösen Trieb einiger unserer Nachbarn mobilisieren könnte. Der Schrecken, den diese Einsicht – wie wir in Freuds „Das Unbehagen in der Kultur" sehen – hervorruft, entspricht der radikalen Besonderheit, die in der Begegnung jedes einzelnen Subjekts mit der *jouissance*, mit dem Realen liegt. Und verrät diese radikale Besonderheit nicht eine universale

Queerness, die im Widerspruch zu dem „besonderen" Universalen steht, das in der Normativität „des Humanen" bewahrt wird?

Pornografie bezeichnet unsere Unterwerfung unter die universale Queerness des Triebs, aber sie verspricht keine Befreiung aus den Fesseln „des Humanen". Was bindet uns fester daran als unsere Fantasie, davor flüchten zu können, die Fantasie, durch die Kraft des Geistes die Freiheit erlangen zu können? Wäre das Posthumane möglich, so wäre es doch nicht möglich für „uns", die wir bestimmt sind, in der Wüste des „Humanen" herumzuirren und, „posthuman", ein Konzept zu bewahren, das wir überlebt haben. Das queere Ereignis, die Dehumanisierung, von der die Pornografie zeugt, bleibt deswegen undenkbar, während sie sich doch gerade ereignet. In meinem jüngsten Buch „No Future. Queer Theory and the Death Drive" habe ich das „unmögliche Projekt" beschrieben, das darin liegt, die herrschende Logik des Zukünftigen, die in heteronormativen Begriffen das politische Feld bestimmt, zurückzuweisen. Das queere Ereignis, so meine ich, geht über das Zukünftige hinaus und zielt auf eine Politik, die nicht durch das Subjekt des ästhetischen Werts bestimmt ist – eine Politik dehumanisisierter Subjekte, aus der wir, die „Posthumanen", nicht mehr Sinn ziehen können, als wir das Pornem lesen oder deuten können, das hoffnungslos seine Ankunft verkündet.

(Übersetzung: Bert Rebhandl)

**BARBARA VINKEN**

Sex ist out, Leidenschaft ist in. In Frankreich, dem Land, das nach der Antike den Leidenschaftsdiskurs für das moderne Europa zwischen Abélard, Gottfried von Straßburg, Racine, Duras und Lacan wirkungsmächtig geprägt hat, heißt die neue Formel: Voraussetzung für leidenschaftliche Liebe ist der Abschied vom Register des ins Pornografische abgeglittenen Sexuellen. In „Confidences trop intimes", dem 2003 von Patrice Leconte gedrehten Film, um nur ein Beispiel zu nennen, finden wir das klassische Trio von Ehemann, Ehefrau und Liebhaber. Die sexuelle Lust des Ehemanns liegt darin, dem Liebhaber die Rolle des Voyeurs aufzuzwingen. Per Handy dirigiert er ihn vor die offenen Vorhänge der gegenüberliegenden Wohnung, wo er gerade in den Genuss seiner Frau kommt. Dieser abgegriffenen pornografischen Standardinszenierung steht ein von Quidproquos und hilfloser Sprachlosigkeit verstelltes Liebesgespräch mit dem Liebhaber gegenüber, das die Frau dazu bringt, ihren Mann zu verlassen. Noch bevor sich Geliebte und Geliebter auch nur berührt hätten, ist ihr Leben zu einer leidenschaftlichen Reise zum Andern geworden.

Dieses neue Misstrauen dem Sex gegenüber hängt nicht nur mit dem Überdruss an der abgedroschenen Rhetorik von sexueller Revolution und sexueller Befreiung zusammen. Es gründet vielmehr darin, dass sich Liebende in einer Kultur, in der die pornografische Zurichtung der Körper von der Reizwäsche längst bis zur Intimbehaarung vorgedrungen ist, deren Moden sie gut ausgeleuchtet ins Bild gesetzt und bis in die letzten Haarspitzen hinein prägt, dazu verdammt sehen, schon Gesehenes, Gehörtes, Praktiziertes nur noch ein weiteres Mal nachzustellen. Durch die flächendeckende Pornografie hat die Melancholie des ewig Gleichen in die Leidenschaft Einzug gehalten. Das Einzigartige des begehrten Anderen droht gerade im Liebemachen in die Klischees der heterosexuellen Matrix gezwungen, ganz auf die Nummerndramaturgie der Pornografie, auf die beliebige Ersetzbarkeit der Körper, reduziert zu werden. Diese hinterlässt bekanntlich einen schalen Geschmack: *post coitum omnium animale tristus est*, und eben diese Traurigkeit des Fleisches kann nur durch Leidenschaft, durch etwas Metaphysisches, das sich eben in diesem und in keinem anderen Körper inkarniert, verwandelt werden.

Pornografie mag ja mal ein aufklärerisches und meinethalben sogar ein emanzipatorisches Potenzial gehabt haben. Der Reiz des libertinen Romans des 18. Jahrhunderts, in dem das Wort „Pornografie" zwischen Rétif de la Bretonne und Sade eine neue Blüte erlebte, liegt darin, vorzuführen, dass alle ausnahmslos menschlich, allzumenschlich sind. Von der Comtesse über die Äbtissin bis zum Bischof wollen die Vertreter der Autorität, die Repräsentanten der göttlichen Ordnung, immer nur das eine: vögeln. Der Reiz dieser Romane lag einmal in einem alle Hierarchien und symbolischen Ordnungen zerstörenden Tabubruch. Dieser Tabubruch ist in einem Milieu, in dem die tägliche Nackte so zuverlässig wie unermüdlich auf der ersten Seite von *Bild* Busen mit Lächeln in die Kamera hält oder eine universitäre Verwaltung sachlich darauf hinweist, dass Bilder pornografischen Inhaltes nicht während der Arbeitszeit über den Uni-Server verschickt werden sollten, nicht mehr gegeben. In dieser Welt ist „life changing sex" keine aus der Bahn werfende Erfahrung, sondern, wie die als LCS abgekürzte readymade Formel in *Cosmopolitan* schon anzeigt, Messlatte, normativ fixiertes Erlebnis der sexuell Fitten geworden. Seit ein guter Orgasmus proklamiertes demokratisches Ziel und die sexuelle Grundversorgung kurz davor ist, einklagbares Menschenrecht zu werden, denkt man mit Wehmut an die Gräfinnen des 18. Jahrhunderts zurück, die auf dem Erotischen bestanden und sich für das pornografische Reiz-Reaktions-Schema zu gut waren, weil schließlich jede erste beste Gänsemagd in ihrem Stroh genauso kommt.

Vollends mit dem Internet scheint Sex zu einem behavioristischen Pattern verkommen zu sein, in dem stumpfsinnig auf jedermanns Recht auf Befriedigung bestanden wird. Es enthebt davon, im Begehren vom Anderen erhört zu werden. Als masturbatorische Praxis, die jedermann jederzeit zur Verfügung steht, scheint Sexualität entsorgbar und sauber parzelliert, um die von aller Erotik Entlasteten in Arbeit und Familie reibungslos funktionieren zu lassen. Die jederzeit für jedermann griffbereite Pornografie, praktisch, quadratisch, gut (satisfaction guaranteed), macht die anonymen, beliebig auswechselbaren, ewig bereiten Körper zu einem so folgen- wie risikolosen Mittel von Triebabfuhr. Leider hat diese Verdinglichung und beliebige Verfügbarkeit des Ersatzes für den Anderen nichts mehr von der abgründigen Faszination, die Rilke oder Baudelaire beim Blick in die blicklos spiegelnden Augen der Objekte ihres Begehrens empfanden. Die an Formelhaftigkeit kaum mehr überbietbare öde Wiederholung von Positionen und Wörtern in einem restringierten Code kommt vermutlich jedem – ist der Moment der unmittelbaren Erregung vorüber – geistlos, langweilig und abgegriffen vor – déjà vu all over again, um einen Baseballcoach zu zitieren. In einer von Pornografie übersättigten, in Dauerbefriedigung geronnenen Welt muss sich eine neue Sprache der Leidenschaft herausbilden, deren Paradox darin liegt, Sex nicht mehr als Vehikel, sondern als durchkreuztes Vehikel zu gebrauchen.

**JÖRG SCHRÖDER**

Wie die meisten Jungen meiner Generation – ich wurde 1938 geboren – beschaffte ich mir während des Triebdurchbruchs alles Erreichbare zur Stimulierung der Onaniefantasien. Angefangen von der aufklappbaren Frau im Konversationslexikon über Versandkataloge mit Abbildungen miedergepanzerter Modelle bis zu FKK-Heften – seinerzeit waren Letztere das Höchste der Gefühle. Und natürlich las ich alles, was mir in die Finger kam, besonders gern gewisse „Stellen", rannte in Filme wie „Sie tanzte nur einen Sommer", in dem ganz kurz die nackte Ulla Jacobsson zu sehen war, aber es reichte! Alles keine pornografischen Stücke, woraus sich mir jedoch das erste Axiom erschloss: Bilder, Bücher, Filme sind nicht konstruiert wie die sexuelle Wirklichkeit. Aber sie waren immer noch besser als gar nichts! Denn bis zur Erfüllung der sexuellen Wünsche mit einer Partnerin war es für einen pubertierenden Knaben noch unendlich lange hin.

Wirkliche Pornografie, die ich später als junger Buchhändler als so genannte „galante Literatur" kennen lernte, wurde dann zum begleitenden Habitus. Inzwischen gab es auch sexuelle Kontakte. Als ich noch die Kleider des jungen Mannes trug, lernte ich so das zweite Axiom: Pornografie ist virtuelle Welt – avant la lettre –, mithin unstillbare Lust. So, dachte ich, würden es auch die meisten anderen lesen oder sehen, wenn sie es nur lesen oder sehen könnten. Als ich schließlich 1969 selbstständiger Verleger wurde, startete ich daher neben MÄRZ, einem Verlag für Literatur und Sachbücher, die deutsche Olympia Press. Dies war eine Pornoliteratur und -filmproduktion trotz des noch geltenden § 184 StGB, der solche Produktion von „unzüchtigen Schriften" mit Gefängnis bis zu einem Jahr bestrafte. Neben meinem privaten Interesse an Pornografie waren noch andere, gleichrangige Motive mit im Spiel: die Lust am Skandal und der Übertretung lächerlicher Gesetze. Dazu kam das Privileg, mit solchen Büchern und Filmen viel Geld zu verdienen. Der Spaß hörte auf, als die Verbotsbarrieren fielen, die Pornografieproduktion immer öder und routinierter wurde und die Geldquelle nicht mehr so ungehemmt sprudelte – die Konkurrenz schlief nicht.

Die Sache wurde ein langweiliges Geschäft. Und das war schlimmer als alles, was man der Pornografie sonst noch nachsagt: Sie stelle in verschlüsselter Form kollektive und sexuelle Fantasien und Zustände dar, sie verschlinge in „kannibalistischer Weise" (Susan Sontag) alle diese Erscheinungsweisen und sie werde ständig verbraucht; da ihr Konsum keine absatzmindernde, bedürfnislose Zeit schaffe, müsse sie permanent produziert werden. Das ist richtig! Jedoch warum sollte ausgerechnet die Pornografie eine Sonderrolle in kapitalistischen Produktionsverhältnissen und im Warenverkehr spielen?

Bevor man sich also von ihren stumpfsinnigen Wiederholungen und Brutalitäten abwendet – das sage ich nun in den Kleidern des alten Mannes – und ihre Ausformungen als Kapitalismuskritik formuliert, wie es Georg Seeßlen tut: „Dein Körper gehört dir, nicht wie ein geistiges oder historisches Eigentum, sondern wie ein Auto oder ein Bankkonto. Du kannst ihn verkaufen, vermieten, drauf sitzenbleiben, ihm Mehrwert abtrotzen oder ihn verspekulieren", sollte man sich klarmachen, dass der Sexualtrieb des Menschen noch nie eine nur erfreuliche Angelegenheit war und es niemals sein wird. Er bleibt einer der „dämonischen Mächte, die immer wieder verbotene oder gefährliche Wünsche in uns wecken, jenseits von Gut und Böse, jenseits der Liebe und jenseits geistiger Normalität" (Susan Sontag).

Deshalb beantworte ich die Frage „Why Porn Now?" mit der schlichten Gegenfrage: Why not?

**MARIE-LUISE ANGERER**

Die Sorge um das Selbst steht im Zentrum des zweiten und dritten Bandes von Michel Foucaults „Sexualität und Wahrheit"[1]. Darin analysiert er die Sorge als Selbst-Formation des Subjekts, das mit Hilfe eines Apparates von Regeln und Ritualen den „Gebrauch seiner Lüste" organisiert. Von der griechisch-römischen Antike über das von der Wahrheit des Sexus besessene 19. Jahrhundert bis zur biopolitischen Gouvernementalität hochkapitalistischer Staaten lassen sich diese *Technologien des Selbst* in ihren unterschiedlichen Manifestationen verfolgen.

Nicht ohne Grund hat Foucault sein Projekt „Sexualität und Wahrheit" weit über die Sex-Formation (wie sie sich als spezifisches Dispositiv im 19. und 20. Jahrhundert entwickelt) angelegt. Die Wahrheit des Subjekts wurde in seinen Essgewohnheiten, seiner Kleidung, seinen Bewegungen und seinen Ruhephasen an unterschiedlichen Orten im Privaten und Öffentlichen untersucht. Der Sexualität als Fortpflanzungs- und Lustmaschinerie wurde in dieser Wahrheitsformation eine wichtige, jedoch nicht ausschließliche Bedeutung zugesprochen.

Was, so muss die Frage heute formuliert werden, geschieht jedoch, wenn diese Sexualität womöglich bedeutungslos wird, wenn sie so, wie sie im 19. Jahrhundert aufgetaucht ist, im 21. wieder spurlos verschwindet? Wenn die Sexualität aus dem Kanon der Selbsttechnologien im Sinne einer Wahrheit des Subjekts ausscheidet und heute als Selbst-Pornografisierung eine der Taktiken der Biomacht ausspielt, die den Körper dieses Subjekts als Ware und nicht mehr länger als Wahrheit kennzeichnet?

Alle kennen diesen Anblick: Eine junge Frau geht in die Hocke und bietet dem Passanten einen naiv-unschuldigen Einblick auf eine mit dem üblichen Hirschgeweih tätowierte Po-Falte mit String. Beim Hinschauen fühlt man/frau sich unangenehm gezwungen, und auch die Umstehenden beobachten die Situation mit betontem Desinteresse.

Eine andere Variante an einer Kasse im Supermarkt: Eine junge Mutter packt ihr Baby und die eingekauften Waren in den Kinderwagen. Dazu muss sie sich hinunterbeugen und bietet allen hinter ihr Stehenden den oben beschriebenen Anblick – nur dass zur Tätowierung und dem String die Pampers und Babynahrungsfläschchen als zusätzliche Accessoires hinzugekommen sind.

Die weit unterhalb des Hinterns schlabbernden Jeans junger Männer, die allen ihre Unterhosen-Marke mitteilen, und die nackten Bäuche junger und weniger junger Frauen in verschiedenen Ausmaßen prägen heute selbstverständlich die öffentliche Wahrnehmung.

In Saunalandschaften und Fitness-Studios inszenieren sich körpergestylte Männer ganzkörperrasiert mit passendem Piercing sowie Frauen mit brasilianischer oder amerikanischer Bikinirasur[2]. Die Zunahme der Schönheits-OPs soll hier nur als weiteres Indiz einer selbst-pornografischen Tendenz erwähnt werden.

Schon immer haben Frauen und Männer ihre Körper bearbeitet, manchmal mehr, manchmal weniger gewaltsam – der Körperbehaarung ist dabei immer sehr große Bedeutung zugekommen. Das Phänomen ist daher nicht neu, verändert hat sich jedoch sein Stellenwert in einer postideo-

logischen Zeit (der eben auch die Ideologie von Sexualität und Wahrheit abhanden gekommen zu sein scheint).

Gegenwärtig stehen sich zwei auf den ersten Blick konträr wirkende Tendenzen gegenüber. Der Einfachheit halber hier als Post-Porn/Queer versus neoliberale, globale Ökonomisierung bezeichnet. Doch trotz unterschiedlicher Ziele, die sie gemäß ihrem Programm verfolgen, ist das Resultat dasselbe: Selbst-Pornografisierung – im Sinne identitärer Vermarktung.

Unvermeidlich? Ein Denkfehler? Politischer Widerspruch? Ein kapitalistischer Zirkelschluss?

Statt einer Antwort:

Beatriz Preciado proklamiert in ihrem „Kontrasexuellen Manifest"[3] die Herrschaft des Dildos, Rosi Braidotti ruft das Leben („just life") zum neuen Subjekt aus, und Luciana Parisi entwirft „Abstract Sex" als neues utopisches Modell einer biodigitalen Gesellschaft.[4]

In welchem Verhältnis stehen diese Theorie-Ansätze zur oben benannten Situation? Oder anders gefragt: Was haben diese Autorinnen mit der hier verfolgten These einer Selbst-Pornografisierung zu tun?

Von allen dreien wird Sexualität als spezifisches Moment der Subjektivierung verworfen. Im ersten Band von Foucaults „Sexualität und Wahrheit" spielt Sex als Fortpflanzungsritual und -kontrolle sowie Luststrategie die zentrale Rolle, im Zeitalter von „Abstract Sex" dient er weder dem einen noch dem anderen, vielmehr mündet er in digitale Verschaltungen und masturbatorischen Selbstgenuss. Vielleicht sollte man auch noch an Volkmar Siguschs Begriff der „Asexualität"[5] erinnern, der ein neues Phänomen in unserer Gesellschaft (quasi als Subphänomen zur Pornografisierung) benennt.

Alle Genannten – vom Sexualwissenschaftler über die Kulturwissenschaftlerin zur feministischen Philosophin – stimmen darin überein, dass Sexualität als spezifisches Moment einer Wahrheit des Subjekts keine oder allenfalls eine nur mehr geringe Rolle spielt – sowohl in überlebenstechnischer als auch identitätsstiftender Hinsicht.

Sexualität als Tabubruch, wie es in der Kunst und den Medien im 20. Jahrhundert praktiziert wurde, hat seine Wirksamkeit ebenfalls eingebüßt. Angesichts der vielen nackten Körper in Film und Theater, die in einem verzweifelt-aussichtslosen Geschlechter- und Existenzkampf dargestellt werden, angesichts queerer Musiker/innen und Theoretiker/innen, die das Verquere, Schräge und Multipel-Werden zu ihrem Thema und Programm erheben, sind Müdigkeit und Überdruss keine überraschenden Reaktionen.

Meine Ausführungen sollen keine linearen, sich gegenseitig nur immer wieder verstärkenden Entwicklungen andeuten. Stattdessen sehe ich das Ausrufen einer „analen Kultur", das Feiern „sich gegenseitig affizierender Körper" sowie die Installierung von „bio-digitalen Einzellern als utopischnahe Lebensformationen" in ihrer gegenseitigen Beeinflussung und deute sie als ein Begehren, das den sexualisierten, polymorph-perversen Körper verschwinden lässt.[6] Der sich selbst-pornografisierende Körper unterhält dabei ein zynisches Verhältnis mit den immer flexibler werdenden Arbeitskräften: Was verwertbar ist, wird benutzt – der Rest bedarf ständiger Überholung und Zurüstung. Im selbst-pornografischen Zeitalter hat sich nicht nur das Bild (des Anderen) aus dem Staub gemacht, auch Fotograf und Kameramann fehlen immer öfter am Set eines Pornofilms – und den Pornodarsteller/innen bleibt schließlich nichts anderes übrig, als sich selbst zu filmen.

Anmerkungen
1   Michel Foucault, Der Gebrauch der Lüste. Sexualität und Wahrheit 2, Frankfurt/M. 1986; ders., Die Sorge um sich. Sexualität und Wahrheit 3, Frankfurt/M. 1986.
2   „Brasilianisch" und „amerikanisch" verweist auf den jeweiligen Grad der Intimrasur, dabei sind die Labien entweder komplett rasiert, oder es verläuft nur noch ein Streifen Haare über der Scham.
3   Beatriz Preciado, Kontrasexuelles Manifest, Berlin 2003.
4   Rosi Braidotti, Transpositions. On Nomadic Ethics, Cambridge (UK) 2006; Luciana Parisi, Abstract Sex. Philosophy, Bio-Technology and the Mutations of Desire, London, New York 2004.
5   Volkmar Sigusch, Neosexualitäten. Über den kulturellen Wandel von Liebe und Perversion, Hamburg 2005.
6   Vgl. Marie-Luise Angerer, Vom Begehren nach dem Affekt, erscheint 2007 bei diaphanes.

**CATHARINE A. MACKINNON**

Der Glaube, Pornografie spiele sich in einer ganz eigenen physischen und mentalen Welt ab, ist eine Illusion. Nichts vermag ihrer Wirksamkeit Schranken zu setzen. Dennoch hält sich der schützende Mythos ihrer räumlichen Abgetrenntheit und bewußtseinsmäßigen Eingegrenztheit, selbst angesichts der sichtbaren Ausbreitung von Pornografie in immer weitere Bereiche des öffentlichen und privaten Raums und ihrer Verwandlung der Populärkultur.

Es gibt durchaus eine Pornografie, wie ihre Produzenten und Konsumenten sehr gut wissen. So erwirtschaftet niemand mehrere zehn Milliarden Dollar mit der Bibel, oder masturbiert gar mit ihr. Im Namen des guten Geschmacks, der Wertvorstellungen oder der Arbeitsteilung haben die respektable Film- und Verlagsindustrie und sonstige Medien das sexuell Explizite traditionell umgangen oder haben es schüchtern vermieden; die „Erwachsenen"-Filmindustrie, das Kabelfernsehen und „Herrenmagazine" haben sich dagegen frontal auf sie spezialisiert. Diese von beiden Seiten klar gezeichnete Trennlinie – die in der Praxis eingehalten wird – koexistiert mit dem weithin verbreiteten Gerede, Pornografie lasse sich nicht definieren oder von anderen Dingen trennen.

Zugleich durchbricht die Pornografie diese Trennmauer in zunehmendem Maß, indem sie die Populärkultur Tag für Tag pornografischer macht. Das wird ständig beobachtet und mitunter auch beklagt, entweder, weil die Unausweichlichkeit der Degradierung von Frauen zu Sexobjekten noch zugenommen habe oder weil das Verbotene seiner Sexiness beraubt werde, doch zugleich bleibt stets unerwähnt, dass Pornografie selbst schon lange ein populärer Bestandteil von Kultur – das massenwirksamste aller Massenmedien – ist.

Die gesellschaftliche Ideologie von der sauberen Aufteilung in getrennte Bereiche – dass das Leben im Übrigen unbeeinflusst in seinen Bahnen verlaufen könne – scheint sich von der Allgegenwart der Pornografie nicht in Verlegenheit bringen zu lassen. Tatsächlich findet sich Pornografie gleich um die Ecke, im Regal des Supermarkts, in der Büroschublade, um nicht das Fernsehen oder die Schlaf- und Badezimmer von Häusern zu erwähnen, wo ihre Benutzer selten allein leben. Doch auch wenn die Industrie gedeiht und mit jedem neuen Technologieschub weiteren öffentlichen Raum für sich einnimmt und weiter ins Privatleben vordringt, wird sie so behandelt, als sei sie irgendwie gar nicht da.

Die selbe dissoziative Logik strukturiert auch die gesetzlichen Regelungen zur Pornografie. „Obszönität", in wörtlicher Bedeutung „neben der Bühne", wird in den meisten Ländern in einigen Gegenden verkauft, in anderen nicht. Irgendwo muss es Pornografie geben, so die allgemeine Haltung, die Frage ist nur wo. Die Frage nach ihrem Ort ist in ähnlicher Weise Gegenstand politischer Auseinandersetzungen wie die Lagerung von Giftmüll, als ließen sich auch ihre Auswirkungen ähnlich begrenzen. Pornografie ist nach dieser Auffassung abgehandelt mit einem rechtlichen Taschenspielertrick, durch den sie in der Vorstellung in eine Art Halbwelt versetzt ist: dort drüben, aber nicht gerade hier.

Die psychologische Art der Distanzbildung ist die gesellschaftlich vielleicht wirksamste: der Wahn, bei Pornografie handle es sich um „Fantasie". Keine Frau wurde je durch ein Buch zugrunde gerichtet, wie die Redensart geht. Das verleiht Pornografie Bestreitbarkeit. Was kümmert es da, dass zur Herstellung des visuellen Materials, das den größten Anteil des Ausstoßes dieser Industrie ausmacht, jemand sexuell benutzt wird, und meistens sind das Frauen, die keine große Wahl haben; ebenso wenig, dass zu den ersten und anhaltendsten Auswirkungen des Konsums dieses Materials die unvermittelte Entwicklung von Vergewaltigungsphantasien gehört, oder dass Leute oftmals genau das tun, was sie in ihrer Vorstellung tun wollen. Oder dass „Fantasie" eben die Worte sind, die ein wegen der Absicht, einen Snuff-Film mit einem Jungen zu drehen, verurteilter Mann gebrauchte, um die detaillierten Pläne, bei deren Diskussion er abgehört wurde, zu beschreiben; oder dass es, den Medien zufolge, „Fantasie" war, was ein Mann hatte, der eine Prostituierte in einer Badewanne ertränkte.

Eine bezeichnende Episode in diesen Annalen der Leugnung entwickelte sich rund um die Veröffentlichung von „American Psycho", einem Romanprodukt der intellektuell gehobenen

Klasse, in dem eine Frau nach der anderen sexuell abgeschlachtet wird. Frauen werden lebendig gehäutet, verstümmelt, vergewaltigt, ein abgetrennter Kopf wird für Oralsex benutzt, und all dies wird in brutaler und expliziter Sprache dargestellt. Die Verleger Simon & Schuster traten in einem außergewöhnlichen Schritt von ihrem Veröffentlichungsvertrag zurück, kurz bevor das Buch erscheinen sollte. Insider wollten wissen, dass die weiblichen Beschäftigten sich einer Veröffentlichung in ihrem Haus entgegenstellten.

Die Verlagsindustrie hat lange in Koexistenz mit der pornografischen gelebt, ja ist deren Verteidigung zuweilen tätig beigesprungen. Das schließt auch den Film „Snuff" ein, einen Sexfilm, den es seit 1972 um die Ecke von Simon & Schuster zu kaufen gibt, in dem einer Frau bei lebendigem Leib die Eingeweide herausgenommen werden. Das Schockierende an „American Psycho", das auch die Ablehnung erklärt, war anscheinend, dass sich das alles eben hier, im verlegerischen Mainstream zutrug. Solange Sexualmorde „da drüben" stattfinden, ist es so, als fänden sie überhaupt nicht statt. „American Psycho" schien diese Kontext-Illusionen für manche zu erschüttern, zumindest für den Augenblick. Das Buch wurde dann schnell von Vintage, einem Tochterverlag von Random House, aufgekauft und veröffentlicht.

Zu ähnlichen märchenhaften Einrahmungsmaßnahmen kam es im Zusammenhang des Abu-Ghraib-Skandals. Die Presse bezeichnete die Fotografien nackter arabischer Männer, die von den sie bewachenden amerikanischen Soldaten misshandelt wurden, immer wieder als Abbildungen von Folter und sexueller Demütigung. Wo die Tatsache überhaupt vermerkt wurde, dass diese Bilder von üblicher Pornografie ununterscheidbar (wenn auch nach deren Maßstäben milde) waren, geschah dies mehrheitlich zur Entschuldigung der Verbrechen, nicht in Anklage gegen die Pornografie. Dann ließ sich ein auflagenstarkes amerikanisches Nachrichtenblatt Bilder zur Veröffentlichung andrehen, die die Vergewaltigung einer Irakerin durch amerikanische Soldaten zeigen sollten; es stellte sich heraus, dass sie der Pornografie entnommen waren. Die Öffentlichkeit war über die Bilder entsetzt – bis sie erfuhr, dass sie der Pornografie entstammten. Die Zeitung entschuldigte sich, nicht aber etwa für die Veröffentlichung von Bildern, auf denen eine Frau vergewaltigt wird, sondern für eine unzureichende Prüfung der Bilder auf ihre Echtheit hin.

Wären die Bilder das gewesen, als was sie dargestellt worden waren, hätten sie grauenhafte Verbrechen belegt. Dasselbe Bild aber, nun als Pornografie eingerahmt, wurde zur Masturbationsvorlage; eine respektable Nachrichtenquelle hatte sich hereinlegen lassen, es auf die Titelseite zu setzen, ein weiterer Volltreffer zu Gunsten der sexuellen Meinungsfreiheit.

Als Pornografie waren die Umstände seiner Herstellung – wer war sie? wie war sie in diese Lage gekommen? wurde sie vergewaltigt? – nicht Gegenstand von Untersuchungen oder Echtheitsprüfungen. Das sind sie niemals. Nach allem, was man wusste, konnte es sich um genau das handeln, als was es zunächst bezeichnet worden war: eine Aufnahme von einer Irakerin, die vergewaltigt wird.

Die Annahme, dass die Gewalt, die Schändungen, die Misshandlungen, die in der Pornografie gezeigt werden, auf irgendeine Weise „im Einvernehmen" geschähen, ist eben nichts als eine Annahme. Diese besteht fort im Angesicht reichlicher Belege für Gewaltanwendung und Zwangsausübung, die sich oft schon aus den pornografischen Materialien selbst ergeben. Massenwerbung für Fotografien, die „vergewaltigte Geiseln!" zeigen sollen, wird an Internetkonten versendet, ohne dass das zu einer Untersuchung führte, ob das eine oder das andere zutreffend ist. Eine Webseite namens Slavefarm bietet Frauen als „Sexsklavinnen" zum Verkauf an, mitsamt Verträgen, in denen die jeweils Betreffende mit einer Unterschrift alle Menschenrechte aufgibt, und drastischen Fotografien von der Folterung der Sklavin. Die Behörden mauern.

Liveübertragungen ermöglichen den unmittelbaren sexuellen Gebrauch der Prostituierten auf dem Schirm. Wie real sie auch werden mag, welche Verletzungen sie immer beibringen mag, Pornografie, in Wirklichkeit eine Form des Handels mit Frauen, eine Praxis der finanziellen Verwertung von Prostitution, spielt sich in diesem Paralleluniversum ab, in dem alles, was geschieht, in Harmlosigkeit und Unwirklichkeit verwandelt wird.

Obwohl sie insgeheim seit langem mit dem legalen Unterhaltungsbetrieb verzahnt ist, war Pornografie in erster Linie ein Geschäftszweig der verbrecherischen Unterwelt. Ihre Herstellung ist es immer noch. Aber nach ihrer explosionsartigen Entwicklung – die Industrie soll in den 80er Jahren jährlich vier Milliarden Dollar verdient haben, im Jahr 2001 schon zwischen zehn und 14 Milliarden, und im Jahr 2005 hat der Videoverleih nach Schätzungen allein in den USA 20 Milliarden eingebracht, weltweit 57 Milliarden – sitzen die an ihrer Distribution Beteiligten nicht länger im Nirgendwo. Respektable Unternehmen betreiben nun den Handel mit Pornografie, oftmals durch Tochterfirmen, und ihr finanzieller Einsatz ist ebenso riesig und dauerhaft wie offenherzig.

Die Bedrohung und Beschädigung, die für den Status von Frauen, für die Weise, wie Frauen behandelt werden, und für die Gleichheit der Geschlechter von Pornografie ausgeht, wachsen sicher in dem Maß an, wie diese zum Teil des Mainstream wird und als legitimer angesehen wird. Das bedeutet freilich nicht, dass Pornografie nicht schon seit jeher ein gefährlicher, beschädigender und realer Teil des sozialen Lebens gewesen wäre. War die räumliche Abtrennung der Pornografie in ihrer eigenen kleinen Welt schon zweifelhaft, so ist ihre bewusstseinsmäßige Isolierbarkeit reiner Wahn. Die Pornografie verändert ihre Konsumenten, die daraufhin immer und überall unter ihrem Einfluss stehen; nichts hält sie in Gehegen fest.

Hervorragende soziologische Forschung der letzten etwa 25 Jahre hat die Effekte des Pornografiekonsums dokumentiert und so eine Basis geschaffen, von der aus sich die vorhersagbaren Auswirkungen einer Sättigung der Massengesellschaft mit Pornografie abschätzen lassen. Die Katharsishypothese – die Vorstellung, dass Männer, je mehr Pornografie sie konsumieren, desto weniger andernorts missbräuchlichen Sex verlangen werden – ist wissenschaftlich widerlegt.

Eher das Gegenteil hat sich gezeigt: Pornografie heizt erst recht an. Wie Frauen seit langem wissen, konditioniert ihr Gebrauch ihre Konsumenten zu verdinglichtem und aggressivem Sex, desensibilisiert sie für Zwangsverhältnisse und Misshandlung, und macht eskalierende Gewaltausübung zur Erreichung einer sexuellen Reaktion nötig. Der Gebrauch von Pornografie korreliert auch mit vermehrten Angaben von Tätern, aggressiven Sex zu praktizieren, und mit einer zunehmenden Unfähigkeit, Nötigung zum Sex als solche zu erkennen. Konsumenten sind zunehmend unfähig, Vergewaltigung von anderem Sex zu unterscheiden. Manche werden danach süchtig, und kaum einer bleibt unbeeinträchtigt, wie die Beweislage im Ganzen zeigt.

Der Konsum von Pornografie erzeugt, bei einer gewissen Variationsbreite zwischen Individuen, Haltungen und Verhaltensweisen, die von Diskriminierung und Gewalt insbesondere gegen machtlose andere gekennzeichnet sind. Mit anwachsendem Konsum von Pornografie, so lässt sich hochrechnen, wird es daher gesellschaftlich und sogar für manche Opfer schwieriger werden, Vergewaltigung als solche zu identifizieren. Eine Zunahme sexueller Angriffe in Verbindung mit abnehmenden Anzeige- und Verurteilungsraten lässt sich vorhersagen. All dies ist bereits geschehen.

Eine massenhafte Desensibilisierung eines großen Teils der Zuschauerschaft hat entsprechende Auswirkungen auf die übrige Populärkultur. Das Publikum der Populärkultur ist das selbe wie das der Pornografie. Zehn arme Säufer in Regenmänteln könnten kaum für den Umsatz der Pornoindustrie sorgen. Die Populärkultur, von der Werbung bis zu respektablen Filmen und Büchern, muss entsprechend die sexuell eindeutigen – und insbesondere die sexuell aggressiven und Frauen gegenüber herabwürdigenden – Darstellungen verschärfen, um die Aufmerksamkeit des selben Publikum zu erlangen. Die Werbung ist ein besonders empfindliches Barometer dieses Effekts.

Über das, was dieses Publikum kauft, wonach es verlangt, wie es reagiert und was es sehen will, üben Pornographen erheblichen und verzerrenden Einflus, aus. Die Grenzen zwischen Softpornografie und leichter Unterhaltung werden verwischt. Die machtvolle Konditionierung großer Teile des männlichen Publikums veranlasst sie, von den Frauen in ihrer Umgebung zu verlangen, dass sie pornografischen Normen in Aussehen und Verhalten gerechtwerden. Wir leben zusehends in einer von Pornographen hergestellten Welt.

In der Pornografie werden Frauen öffentlich als Angehörige einer niederen, durch Geschlecht definierten Kaste behandelt und entworfen, manche von ihnen individuell und schon bevor sie irgend persönlich bekannt sind. Sexuelle Reizung, Erregung und Befriedigung werden ins Geschirr dieser Darstellung genommen, bestärken und naturalisieren sie, machen sie unhinterfragbar und unwiderleglich. Dasselbe gilt für all die namenlosen Frauen, die in der Pornografie benutzt werden – die „Nutten" der Gesellschaft. Pornografie ist ein Masseninstrument zur Erzeugung der Arten und Weisen, in denen Frauen im Allgemeinen und bestimmte Frauen und Gruppen von Frauen im Besonderen wahrgenommen, behandelt und aufgenommen werden. Sie stellt ihren ungleichen Status und schlechten Leumund her.

Unterdessen verteidigen fortschrittliche Menschen, was auch immer sie in Wahrheit denken mögen, das Existenzrecht der Pornografie und das Recht anderer Menschen auf ihren Gebrauch in edelmütigem Ton und mit frommen Vokabeln. Esoterische Debatten über Ästhetik und Verknüpfungen von Ursache und Wirkungen finden statt, während der moralische Eifer sich in schöner Regelmäßigkeit entlädt und gelegentlich zu Verurteilungen wegen Unzucht oder Beschränkungen der Freiheit zur Unanständigkeit führt. Die Industrie passt sich in ihren Formen dem Gesetz an, und das Gesetz der Industrie. Von grund-

sätzlichster Bedeutung ist, dass Pornografie die Kultur zum Schutz ihrer eigenen Existenz und zur Vergrößerung ihrer Reichweite verändert, so dass es am Ende wahr werden wird, dass zwischen Pornografie und allem anderen kein Unterschied besteht. Die beste Tarnung ist, für jeden offen sichtbar zu sein.

Von Menschen, die nicht von Pornografie visuell angepöbelt werden möchten, wird erwartet, dass sie ihre Augen abwenden. Da zunehmend weniger ersichtlich ist, wohin sie ihre Augen abwenden sollten, da in der Öffentlichkeit immer weniger und im Privatleben gar keine Auswege offenstehen, werden vor allem Frauen – denen von diesen Materialien die größte Gefahr droht und die sich dieser Tatsache oft bewusst sind – ausgegrenzt und immer weiter in die Enge getrieben. Die weibliche Fassung des männlichen Mythos von der Unterteilung ist die Auffassung, dass „Pornografie nichts mit mir zu tun hat".

Andrea Dworkin, die vor kurzem verstorben ist, und ich brachten 1983 einen Gesetzesvorschlag ein, wonach es das bürgerliche Gesetzbuch jedem, der eine Verletzung durch Pornografie nachweisen kann, erlauben sollte, die Pornographen auf Menschenrechtsverletzung zu verklagen. Wir bestimmten Pornografie als das, was sie ist – die anschauliche und unzweideutig sexuelle Unterdrückung von Frauen durch Wort und Bild, einschließlich bestimmter Präsentationsformen – und definierten Klagegegenstände wie Zwangs- und Gewaltausübung, Körperverletzung und Frauenhandel. Wir dokumentierten ihre Effekte und sagten ihre Auswirkungen für den Fall, dass nichts getan würde, vorher. Unser Gesetz wurde in den USA für verfassungswidrig erklärt;

das Urteil befand, dass Pornografie als „Rede" geschützt sein müsse gerade deshalb, weil sie so wirksam darin ist, die Schäden zu verursachen, die das Urteil übrigens – sie mit nationalsozialistischer Rede vergleichend – eingestand. Seither hat sich die Pornografie nicht nur explosionsartig vermehrt, obwohl man das Gesetz erneut verabschieden und dieses offenkundig falsche und möglicherweise gesetzwidrige Urteil hätte anfechten können; sie hat die Welt um uns herum verändert. Sie kolonisiert den Erdball.

Die Pornografieindustrie ist bei weitem größer, mächtiger, legitimer, schädlicher, und allen aufdringlicher präsent, als sie es vor einem Vierteljahrhundert war, aber noch könnte ihr Aufstieg allerorten durch dieses Gesetz gestoppt werden. Falls nichts getan wird, werden sich die Auswirkungen weiterhin verschlimmern.

(Übersetzung: Clemens Krümmel, Gerrit Jackson)

Eine frühere Fassung dieses Textes wurde unter dem Titel „X-Underrated" in der Londoner Times, Nr. 1692 (Higher Education Supplement) am 20. Mai 2005, S. 18, veröffentlicht.

**MARTIN CONRADS**

Circa 1999 saßen wir im Kollektiv lange Nächte in einer West-Berliner Villa zusammen. Die einen produzierten vor den Klang- und Schnittapparaten, andere durchkämmten nebeneinander aufgereihte Workstations nach Abgelegenem und Abseitigem im Netz. Während in der MTV-„Chill Out Zone" auf dem Monitor über uns mit Aphex Twins „Windowlicker", Björks „All is Full of Love" und Autechres „Second Bad Vibel" die Cunningham'sche High-End-Oberfläche seinerzeit sendbarer (und bald darauf zudem kuratierbarer) Sex-/Technologieverschränkungen dauerausgestrahlt wurde, dachten wir uns netzgewieft genug, dabei den Quellcode „gegenklicken" zu können, der diesen Videos überhaupt die Aktualität ihrer Sprache gab: Internetpornografie.

Rückblickend wurde in der damaligen Rezeption die Grammatik erwähnter Videobilder noch oft mit „Post-Human"-Reflexen, jedoch kaum in Verbindung mit dem Netz als Hail-To-The-New-Flesh-Adapter begriffen, als System, das längst eine unmittelbare Verlinkung zwischen einer neuen selbstgenutzten Technologie und fremdproduziertem sexuellen Begehren eingegangen war, die auch auf die MTV-Bilder rückwirkte.

In der Auseinandersetzung mit Netzpornografie richteten zu dieser Zeit verschiedene Autor/innen den Fokus bereits von den Inhalten auf die Technologie selbst: Ausgehend von der Annahme, dass pornografische Inhalte schätzungsweise ein Drittel kommerzieller Internet-Aktivitäten ausmachten – bei einem Umsatz von jährlich etwa einer Milliarde Dollar alleine in den USA –, wies etwa Joseph W. Slade in seinem Buch „Pornography in America" (2000) darauf hin, dass eine Firma wie die damals in Internetpornografie investierende „Internet Entertainment Group" nicht nur das erste erfolgreiche Online-Kreditkartenbezahlsystem entwickelt hatte, das kurz darauf von anderen kommerziellen Branchen kopiert wurde, sondern auch Pionier in der Entwicklung von Streaming-Technologien war. Letzteres just die Technik, die wir selbst seinerzeit künstlerisch erprobten. Mit anderen Worten: Die New Pornographers oder zumindest deren (un)freiwillige netzkulturelle Beta-Tester – das waren wir selbst.

Dies so gedacht zu haben (wenn auch teils im Nachhinein und hier post-kollektivistisch vereinnahmend), war weder ein Schock noch eine medientheoretische Neuheit, jedoch in einer jener gemeinsamen Produktionsnächte Anlass zur spontanen Entwicklung des Online-Spiels „How to Escape the Porn Empire". Über den Umweg unseres auf der Mailingliste OKT geposteten, das Spiel kontextualisierenden und mittlerweile verschollenen Textes „The Porn Empire Links Back" wurde es schließlich in der *Spex* zum Spiel des Jahres 1999 erklärt. Auf der Grundlage unserer Beobachtung, dass kommerzielle Netzpornoangebote nach dem Reusensystem funktionierten, bei dem – hat man sich erst einmal auf eine entsprechende Site begeben – es sowohl die Logik der Verlinkungen als auch die sich theoretisch ins Unendliche multiplizierende Angebotsvielfalt von Pop-ups kaum ermöglichen, etwas anderes als pornografische Seiten aufzusuchen, gingen wir in unserem Spiel den umgekehrten Weg – nicht ins System, sondern aus diesem heraus. Nach der Wahl eines online möglichst selten zu findenden Fetischs als Ausgangspunkt (damals noch denkbar: Männer mit Brillen, Kontortionistinnen etc.; Deutscher War Porn wäre vielleicht ein zeitgenössisches Äquivalent) galt es, nebeneinander sitzend an jeweils einem Rechner und lediglich durch das Klicken von Links den Weg entgegen den Reusen und zur eigenen Projektwebsite zu bestreiten. Einzige Bedingung war, keine Software- oder Ad-Links zu verwenden. Das Ziel des Spiels (dessen Sieger/in der/die Erste war, dem/der die Umkehrbewegung gelang) war nicht nur, unabhängig von den sichtbaren Inhalten und Bildern eine Aussage über die webtechnologisch verankerten Mechanismen des Netporn-Business treffen zu können, sondern darüber hinaus auf der Suche nach dem kürzesten Linkverlauf zum eigenen, damals noch weitgehend pornografieresistenten, kulturproduzierenden Umfeld auch eine Aussage über die Nähen, Nachbarschaften, Verwandtschaften, Verknüpfungen und Parallelitäten netzpornografischer Strukturen und Inhalte zu eigenen kulturellen Kontexten herzustellen. Der oft langwierige Prozess wurde mit dem Erscheinen sonst nicht sichtbarer, kunstvoll durchs Netz geschwungener Fäden belohnt.

Zugegeben, „How to Escape the Porn Empire" spielten wir nur äußerst selten, insgesamt vermutlich dreimal, und wenn überhaupt, waren dies dann meist männliche Mitglieder des weitgehend ebenso bürgerlichen wie heterosexuellen Kollektivs. Wichtiger vielleicht als das Spiel selbst war aber die Idee, den neuen Verschränkungen von Kapitalismus, Sex und Medientechnologie in produktiver Umkehrung zu begegnen, um die Bedingungen jener Sprache benennen zu können, die aus „Windowlicker" flackerte; und um zu sehen, wie sich ein kritischer Zugang zu Internetpornografie finden lässt, wenn man nicht bei Fragen der Repräsentation ansetzen möchte, sondern eine Analyse der technologisch produzierten Verknüpfungsstrukturen des Begehrens vorantreiben will. In diesem Sinne lässt sich „How to Escape the Porn Empire" jederzeit aus berechtigtem Anlass wiederholen.

**STEVEN SHAVIRO**
Warum Porn Now? Ich glaube eigentlich nicht, dass Jetzt die Zeit dafür ist. Sicher, es gibt heute mehr Zeug als jemals zuvor: extreme Pornos, Gonzo-Pornos, DIY-Pornos und was immer du willst. Explizite Bilder sind überall. Kein Fetisch, kein Reiz ist so obskur, dass man nicht im Netz eine Gruppe dazu finden würde, komplett mit Videos zum Herunterladen. Ich habe aber meine Schwierigkeiten, das alles als einen Triumph zu sehen, der über bloßes Nischenmarketing hinausgeht. Heute, in der Zeit der Globalisierung, der elektronischen Medien und der postfordis-

tischen, flexiblen Akkumulation, ist alles eine Ware. Wir haben einen Punkt erreicht, an dem auch die unmerklichsten und geringfügigsten, die intimsten und privatesten Aspekte unseres Lebens – nicht nur physische Gegenstände, sondern auch Dienstleistungen und Aufmerksamkeiten, Affekte und Stimmungen, Stile und Atmosphären, Sehnsüchte und Fantasien, Erfahrungen und Lebensstile – quantifiziert, mit einem Preis versehen und zum Kauf angeboten werden. Es stimmt, dass viele soziale Kräfte sich der Proliferation von Pornografie widersetzen, wie auch in einem generelleren Sinn der Verbreitung von sexuellen Fantasien und Möglichkeiten. In den USA stimmt das Wahlvolk immer wieder für Gesetze und Verordnungen, die gegen Homosexuelle gerichtet sind; Politiker und Prediger suchen Zuspruch, indem sie nach Aktionen gegen die Flut von „Obszönität" rufen. Aber ist dieser hysterische Moralismus nicht einfach nur die Kehrseite von Marketing? Der hauptsächliche Effekt dieser Kreuzzüge ist, dass Pornografie – und in einem weiteren Sinn alle Formen von Sex, die nicht auf Fortpflanzung ausgerichtet sind – die attraktive Anmutung von Transgression und Tabu bekommen. Was wiederum nur dazu dient, die Nachfrage der Konsumenten nach Porno als Ware und Sex als Ware zu stimulieren …

Dabei ist nichts banaler als das Spektakel eines rechten Politikers, von dem sich herausstellt, dass er eine Leidenschaft für Teenagerjungen hat, oder eines Priesters einer fundamentalistischen „Megachurch", über den jemand herausfindet, dass er nebenbei Strichjungen bestellt. (Ich beziehe mich nur auf die zwei jüngsten aus der langen Reihe von Pseudo-Skandalen, die in den amerikanischen Medien für Schlagzeilen gesorgt haben.) Es ist heute nicht mehr möglich, diese Fälle einer peinlichen Heimlichkeit in den Begriffen der Freud'schen Verdrängung oder des Lacan'schen Symbolischen oder anderen Kategorie der alten Tiefenpsychologie zu verstehen. Vielmehr folgen sie einer Warenlogik. Fetischismus im Sinne von Marx statt von Freud. All unsere Gefühle und Leidenschaften sind vollkommen austauschbar, unterliegen dem Gesetz der universalen Äquivalenz. Sie sind jeweils Waren. Abgetrennt von den subjektiven Umständen der Affektproduktion werden sie auf dem Markt zum Verkauf angeboten. Unsere Fantasien und Sehnsüchte – tatsächlich „unsere Körper, wir selbst" – scheinen außerhalb von uns zu sein, getrennt von uns, nicht in unserer Macht. Das ist eine völlig andere Situation, als wenn sie verdrängt und tief in uns begraben wären. Waren haben eine magische Anziehungskraft. Wir finden sie unwiderstehlich und unverzichtbar, weil sie die „bestimmten gesellschaftlichen Verhältnisse" (wie Marx sagt) konkretisieren und verkörpern, die wir untereinander nicht entdecken können. Im Warenfetischismus, schreibt Marx, nehmen diese sozialen Beziehungen „die phantasmagorische Form eines Verhältnisses von Dingen" an. Das heimliche Sexleben des rechten Politikers oder Predigers ist deswegen eine Art Verzweiflungsakt, ein Versuch, diesen Sozialbeziehungen, die nur auf dem Markt zu haben sind und nur als „enthüllte Vorlieben" in dem endlosen Austarieren von Angebot und Nachfrage zum Ausdruck kommen können, auf die Spur zu kommen. Kurz gesagt, ist so ein heimliches Leben nicht mehr (und nicht weniger) als eine Weise, sich Erleichterung zu verschaffen – wie das Einkaufen, also etwas, das wir alle tun. Diese Einsicht trübt jede Schadenfreude, die ich andernfalls aus diesen Ereignissen ziehen würde.

Ich kann mich also der These einer zunehmend pornografischen Logik der sozialen Beziehungen und politischen Umstände nicht anschließen. Im Gegenteil: Pornografie und „das Pornografische" sind heute weder außergewöhnlich noch zentral noch vorrangig. Die Pornografie unterliegt einfach denselben Regeln und sozialen Bedingungen, derselben Warenlogik wie alle anderen Formen von Produktion, Zirkulation und Konsumption. Es gibt heute keinen Unterschied zwischen Pornos, Autos, Mobiltelefonen oder Laufschuhen. Die Pornografie verkörpert eine Logik der indifferenten Äquivalenz, auch wenn sie das erregende Versprechen von Transgression und Transzendenz enthält – ein Versprechen, das natürlich niemals eingelöst wird.

Ist es möglich, sich eine Pornografie vorzustellen, die frei von dieser Logik wäre? Neuere Arbeiten von Samuel R. Delaney deuten vielleicht auf eine Alternative hin. In Romanen wie „The Mad Man" und „Phallos" zeichnet Delaney eine Sexualität, die bis an den Punkt des Extremen und der Erschöpfung getrieben wird. Es gibt Orgien mit Ficken und Blasen, ausgeklügelte Spiele von Dominanz und Unterwerfung und Episoden der Gewalt und Zerstörung. Enorme Mengen von Pisse, Scheiße, Schweiß und Saft sind im Spiel. Aber es geht in diesen Texten nicht um Transgression. Die sorgfältige, naturalistisch dichte Beschreibung verortet diese Episoden deutlich im Reich des Alltäglichen. Delaney präsentiert „extremen" Sex als eine Form von Zivilität und Gemeinschaft, eine Verschönerung des Lebens, einen notwendigen Bestandteil guten Lebens. Seine Schriften sind die einzige mir bekannte Antwort auf Foucaults Aufruf zu einer Ethik / Ästhetik des Körpers und seiner Lüste, die sich aus der eintönigen Dialektik von Sexualität und Transgression befreit. Sie bieten so auch eine Alternative zu der rücksichtslosen Kommodifizierung, die jeden Winkel unserer postmodernen Existenz erfasst.

(Übersetzung: Bert Rebhandl)

### SVENJA FLASSPÖHLER

Frauen haben keine Bilder für ihre Sexualität. Männer dagegen haben die Pornografie. Ungerechte Welt. Wenn diese Beobachtung tatsächlich stimmen würde, dann wäre alles sehr einfach: hier die Frauen in einem gähnend langweiligen, halb vertrockneten Wüstenpuploch, dort die Männer im feuchtfröhlichen, unersättlichen Muschi-Eldorado. In Wahrheit aber spielt das Puploch gerade im Porno eine herausragende Rolle – und was noch viel verwirrender ist: Frauen stehen drauf. „Wenn ich mich für den Rest meines Lebens für eine Art der Penetration entscheiden müsste", schreibt zum Beispiel Toni Bentley in ihrem jüngst auf deutsch erschienenen Tagebuchroman „Ich ergebe mich", „dann entschiede ich mich für meinen Arsch." Während eines Arschficks liefere sich die Frau in höchstem Maße aus und gelange auf diese Weise zur größtmöglichen Lust: nämlich zur Lust an der Unterwerfung. In dem ebenfalls gerade frisch auf dem Buchmarkt erhältlichen, von Thea Dorn herausgegebenen Sammelband „Die neue F-Klasse. Wie die Zukunft von Frauen gemacht wird" mutmaßt die Ex-VIVA-Starmoderatorin Charlotte Roche entsprechend in einem Interview: „Ich glaube, dass auch Frauen ein Interesse an harter, ehrlicher Sexualität haben. […] Die Frau, die eine selbstbewusste Sexualität hat, fühlt sich bei den Sachen, wo die Feministin sofort ‚erniedrigend' kreischt, nicht erniedrigt." Ja, selbstverständlich schaue sie sich Pornos an. Und nein, auch sexüberladene

Hip-Hop-Videos finde sie nicht schlimm. Im Gegenteil: „Die Frauen, die da so unglaublich mit ihren Unterleibern zucken, tanzen ja nicht: Die haben Sex! Die zeigen im Prinzip nur, was sie mit ihrer Muschi könnten, wenn sie auf einem Mann säßen. Das ist doch eine klare Demonstration von Macht."

„Als die Frauen noch Schwänze trugen ..." titelte neulich die *Süddeutsche Zeitung*. Vergangenheitsform. Bezogen hat sich die Zeitung mit dieser Formulierung auf ein gerade erschienenes Album der Wahlberlinerinnen Chicks on Speed. Titel des Albums: „Girl Monster".

Covergestaltung: Ein phallusartiges Gebilde mit einem wütend aufgerissenen weiblichen Mund, schräg darüber ein geöffnetes Auge. Wer sich nur eine halbe Stunde MTV oder VIVA anschaue, schreibt der Rezensent, der bemerke schnell, „dass der Postfeminismus und seine Protagonistinnen sich so gar nicht von Pornodarstellerinnen, Stripperinnen und Prostituierten unterscheiden lassen." Deshalb sei es umso erfreulicher, dass mit „Girl Monster" endlich mal wieder gezeigt werde, wo der Hammer hängt.

Phallus haben, Phallus sein – die Frauen können sich also offensichtlich mal wieder nicht entscheiden. Das lange oder das kurze Kleid? Sag du doch mal, Schatz. Der Phallus, das ist der Lacan'schen Lesart zufolge der Logos, er repräsentiert die Vernunft, das Denken, den Verstand. Und was hat der bitteschön im Arsch verloren? „Auf den Bauch gedreht, den Hintern in der Luft, habe ich kaum eine andere Möglichkeit als mich zu ergeben und den Kopf zu verlieren", schreibt Toni Bentley. Arsch oder Kopf – das ist hier offenbar die alles entscheidende Frage.

**OLAF MÖLLER**

Pornos (meint hier ausschließlich Filme bzw. Videos) sind Genrefilme, die bestimmten – sich beständig verändernden – Konventionen folgen, eine bestimmte Produktionsrealität haben und sich auf eine gewisse Art und Weise zum Rest der Filmgeschichte verhalten; will sagen: Mein Verhältnis zum Porno ist nicht anders als mein Verhältnis zum Musical, zum Horrorfilm, zur Komödie, zum Surffilm, was auch immer.

Vielleicht ist es erst einmal sinnstiftend, Pornos als eine Normalität zu betrachten, so wie man Sex – das Bedürfnis danach – als eine Normalität betrachtet oder zumindest betrachten sollte. Ergo: Pornos befriedigen genauso ein Bedürfnis, wie es ein schwedisches Spiritualgruppentherapiemelodram tut oder irgendeine Michael Bay-iden Rüpelei.

Der Unterschied ist, dass man über ein schwedisches Spiritualgruppentherapiemelodram auf einer primär liberal bis links besuchten Geburtstagsfeier reden und sich in dessen sozial voll verantwortungsvollen „Genuss" über den Bay-Plebs erheben kann – während der Porno gar nicht erst satisfaktionsfähig ist, seiner Erwähnung begegnet man im besten Fall mit der Frage, ob man jetzt originell sein wolle. Dass das schwedische Spiritualgruppentherapiemelodram genauso die – oft gar nicht so arglosen, nach billig allgemeingültigen Antworten wie Absolution heischenden – Bedürfnisse seiner Zuschauer ausbeutet, will man so nicht dargestellt, wahrgenommen sehen.

Und überhaupt: Dass das schwedische Spiritualgruppentherapiemelodram gut ist und der Porno nicht, sieht man doch schon daran, wo was läuft bzw. eben nicht stattfindet. Will sagen: Man weiß eh immer schon alles, man muss sich einfach nur dazu verhalten, Pornos muss man nicht

kennen, um darüber abfällig zu reden, und das schwedische Spiritualgruppentherapiemelodram muss man sich eigentlich auch nicht anschauen, da man ja weiß, dass es gut ist, weil es ja in dem Kino läuft, wo die guten Filme halt so laufen. Und wenn man dann den Film doch nicht gut findet, aber nicht wie der Depp dastehen will, dann kann man sich immer noch entschuldigend auf seinen persönlichen Geschmack zurückziehen, womit man im Prinzip der Gesellschaft gegenüber für sein Fehlverhalten Abbitte leistet und von ihr auch sofort die Absolution erteilt bekommt, weil man ja gerade ihren designierten Pluralismus demonstriert hat. Und nichts hat am Ende mehr mit Geschmack zu tun als der Porno, das eine Genre, dem man gar nicht erst versucht mit künstlerischen Kategorien beizukommen und bei dem es schon als Ausdruck feinsinnigsten Humors gilt, überhaupt ernsthaft darüber zu schreiben.

Was hilft also gegen die Diktatur des Geschmacks, wozu im Übrigen auch die Ideologie der (künstlerischen) Position gehört? Vielleicht dass man damit aufhört, von einer „Pornografisierung" der Politik etc. zu sprechen, was letzten Endes die totale Pervertierung der Idee des Politischen im Privaten ist – man lädt die Politik mit jenen Vorurteilen weiter auf, mit denen die Pornografie schon aufgeladen ist und durch die man sie marginalisiert hat.

Vielleicht sollte man auch damit aufhören, das Leben der Pornografie zu entfremden. Vielleicht sollte man sich das pornophile Übergrößen-Model zum Vorbild nehmen: Sehnendes, kritisch seiner Lust bewusstes Sehen macht geil.

**MARC SIEGEL**

Ihr fragt nach meinem Zugang zur Pornografie, nach meinen Einsätzen in der Beschäftigung mit ihr. Zuerst einmal: Sie gefällt mir. Lasst mich es weiter ausführen … Schon seit einigen Jahren bevorzuge ich pornografische Texte gegenüber Bildern. Seitdem ich einen Highspeed-Internetanschluss habe, bin ich dazu übergegangen, pornografische Geschichten online zu lesen und sie für den zukünftigen Gebrauch herunterzuladen. Normalerweise wähle ich Geschichten aus, die als „bisexuell" kategorisiert sind – auch wenn ich meine außerpornografischen Stunden niemals so bezeichnen würde –, und solche, die unter den Subkategorien „anal", „Fetisch", „liebende Ehefrauen" oder „Urinieren oder Geschichten, in denen Obszönität ein herausragendes Element der Handlung ist", firmieren. Innerhalb dieser Subkategorien turnen mich vor allem solche Geschichten an, die nicht allzu literarisch sind. An langwierigen (historischen, psychologischen etc.) Begründungen für die sexuellen Akte in den Geschichten bin ich nicht interessiert. Eine einfache Ausgangslage genügt üblicherweise. Für mich ist die Suche nach der guten Story gewissermaßen eine Art Vorspiel, so dass ich, wenn ich schließlich eine gefunden habe, die mich interessiert, so aufgegeilt bin, dass ich mich nicht erst durch ein ausführliches literarisches Geschehen hangeln, sondern gleich zur unverblümten Schilderung von Sex kommen will. Seitdem es Computerpornografie gibt, inkorporiert und erotisiert dieses Vorspiel zur Masturbation, das natürlich ein Aspekt der Masturbation selbst ist, die technische Apparatur meines Computers – Tastatur, Maus, Bildschirm, Software etc. Als ich noch zu Boyd McDonalds „Straight to Hell (STH)"-Heften über echte homosexuelle Erlebnisse masturbierte, bestand mein Vorspiel darin, zum Bücherregal zu gehen, nach dem richtigen „STH"-Band zu suchen, mich mit dem Heft an einen geeigneten Platz zu setzen oder zu legen und auf der Suche nach einer ausgesprochen geilen Stelle mit einer Hand durch die Seiten zu blättern. Dieser ganze Vorgang des Antizipierens der scharfen Geschichte – sei es „He Said He Preferred Women" oder „Swills a Dozen Loads of Piss" – turnte mich an und bereitete sozusagen die Bühne für die anschließende Masturbation. Im Internet-Zeitalter besteht mein masturbatorisches Vorspiel jedoch vor allem darin, meinen Arm auszustrecken, um die Maus zu ergreifen, diese eine Weile umherzubewegen und dabei zuzuschauen, wie der kleine schwarze Pfeil auf den Kreis mit dem blau-grünen „N" klickt; zu beobachten, wie sich der Kreis schwarz färbt, während das Netscape-Fenster sich auf dem Bildschirm öffnet; die Adresse einer bestimmten Story-Website einzutippen, die mich interessiert (entweder nifty.org oder literotica.com); und mich durch die Storys zu klicken und zu schleppen, um diejenigen zu finden, die mich ansprechen. Ich werde weitere technische Details überspringen und am Ende dieses Berichts über meinen Zugang zur Pornografie lediglich die Beobachtung anfügen, dass das Internet die Art, in der ich sexuelle Erfüllung finde, erweitert – wenn auch nicht radikal verändert – und daher mein Sex- und Fantasieleben bereichert hat.

Ich habe zu beschreiben versucht, welche Art von Pornografie mir zurzeit gefällt. Dabei hoffe ich auch deutlich gemacht zu haben, dass ich unter Pornografie explizite sexuelle Darstellungen verstehe, die vor allem den Zweck haben, sexuell zu erregen. Ich würde es vermeiden wollen, den Begriff Pornografie in dem Sinne zu verwenden, dass er eine „Logik der sozialen Beziehungen und politischen Bedingungen" beschreibt, wie ihr in eurer Frage geschrieben habt. Ich weiß, dass es zum Beispiel einige Theatermacher hier in Berlin gibt, die Gefallen daran finden, genau dies zu tun. Wie ihre Arbeit jedoch zeigt, führt ein solcher vorschneller analogischer Gebrauch des Wortes Pornografie oftmals dazu, dass die Annahme, Pornografie sei eine niedere Form sozialer Beziehungen, bestätigt – zumindest nicht hinterfragt – wird. Hinter diesem Drang zur Analogiebildung vermute ich eine Einstellung zur Pornografie, die besagt: „Wir alle wissen, was das ist". Ich denke aber nicht, dass *wir alle wissen*, was Pornografie ist, was sie sein kann und wie sie funktioniert. (Von welcher Pornografie reden wir? Von Hetero-Pornografie? Schwuler? Lesbischer? Bi? Tranny? Ethnic? SM? Scat? Von Texten? Bildern? Tönen?) Dank einiger Konferenzen, Filmfestivals, Workshops, Bücher, gelegentlicher Universitätsseminare und der Herausbildung dessen, wofür die französische Theoretikerin Marie-Hélène Bourcier den Begriff „Post-Porn" geprägt hat, beginnt sich sowohl ein kritisches Vokabular zu entwickeln, mit dem wir über pornografische Bilder reden können, wie auch eine kritische Praxis, mit der wir sie (besser) machen können. Diese verstreuten Versuche jedoch, Pornografie als kulturelles Phänomen ernst zu nehmen, begründen nicht gleich eine Disziplin. „Porn Studies" lautet der optimistische Titel einer wunderbaren Anthologie von Linda Williams, es ist jedoch nicht – so weit ich weiß – die Bezeichnung eines Instituts oder eines Studiengangs an einer nordamerikanischen Universität. (Wenn es das nur wäre.) Des weiteren beschreibt „Post-Porn" in Bourciers hilfreicher Formulierung keine Logik unserer derzeitigen politischen Situation, sofern damit eine Logik gemeint ist, die der Pornografie ihre Eigenschaft als sexuell explizit und stimulierend nimmt oder die sie jenseits von Kritik und Analyse verortet. Im Gegenteil beschreibt Post-Porn, im Sinne Bourciers, jene allzu seltenen kulturellen Produkte – den Film „Baise-moi" von Virginie Despentes und Coralie Trinh-Thi, die Filme von Bruce LaBruce sowie Annie Sprinkles Arbeit –, die sich aus feministischer Perspektive kritisch mit Pornografie beschäftigen. Post-pornografische kulturelle Arbeit, so Bourcier, stellt die Trennung zwischen erregenden expliziten Darstellungen sexueller Akte und anderen Repräsentationsmodi infrage und denkt gleichzeitig die Differenz von Gender und Sex neu. Meine Meinung zur Pornografie? Post-PorNOW!

(Übersetzung: Robert Schlicht)

**FRANCES FERGUSON**

In meiner Arbeit zum Thema Pornografie habe ich versucht, eine kulturelle Logik des Zurschaustellens und die unterschiedlichen Charakterisierungen dieses Zurschaustellens in spezifischen sozialen Umgebungen zu beschreiben. Da die Welt doch immer sichtbar ist, warum sehen wir bestimmte Aspekte daran irgendwie hervorgehoben?

Dieses Thema wurde häufig in den Begriffen einer generalisierten Politik der Anerkennung verhandelt. Bestimmte Typen von Individuen – Frauen, Queers, Bedienstete, Mitglieder von ethnischen und rassischen Minoritäten – werden ungerecht behandelt, so die entsprechenden Formulierungen, weil sie sichtbar sind, jedoch de facto nicht gesehen werden. In dieser äußerst metaphysischen Version des Empirismus nehmen die Ansprüche individueller politischer Akteure die Form eines Anspruchs auf eine gerechte Sichtbarkeit an. Die Realität von (manchen) sichtbaren Existenzen soll nicht durch Ideologie verdunkelt werden.

Mich hat Catharine MacKinnons Darstellung der Pornografie interessiert, weil mir darin die Frage nach der Sichtbarkeit im Verbund mit der Frage nach Dominanz und Unterordnung gestellt zu sein schien. Mir kam jedoch vor, dass sie – auch wenn sie Formulierungen wie „eine durch Pornografie hergestellte Kultur" verwendet

– zu großen Wert auf das Gewicht individueller kultureller Objekte legte und sie in Bezug auf das bewertete, was sie für deren explizite Bedeutung hielt, mithin wie sie (männliche) Dominanz und (weibliche) Unterordnung befördern. Damit begegnet sie der Pornografie zwar nicht mit den alten Einwänden der Sexualmoral und der Prüderie. Ich glaube aber, dass ihr Ansatz – der deutlich auf eine generelle Theorie von männlicher Dominanz und weiblicher Unterordnung hinausläuft, in welcher Realität den Männern zugeordnet wird und eine Kombination von zwanghafter Zurschaustellung und Unsichtbarkeit den Frauen – letztlich zu sehr auf einer Vielzahl von lokalen Beispielen beruht, als ob diese alle in dieselbe Richtung weisen würden. Eine bestimmte Einschätzung (ihre eigene) ist für sie, in ästhetischer Hinsicht, das letzte Wort.

Weil ich im Feld der Literaturwissenschaft arbeite, kann ich gut verstehen, wie einladend es ist, auf ein bestimmtes Werk zu deuten und zu sagen: „Hier haben wir es. Alles, worüber ich gesprochen habe – alles, was in der Welt von Bedeutung ist – , kommt in diesem Werk zum Ausdruck." Es ist nützlich, Texte und Bilder als Bedeutungsträger zu identifizieren. Ich fand aber auch, dass die Rezeptionsgeschichte nicht außer Augen gelassen werden sollte. Mit der Rezeptionsgeschichte literarischer Werke meine ich nicht die liberale Sichtweise, die unseren Fortschritt auf dem Weg zur sexuellen Aufklärung misst und uns dazu gratuliert, dass wir über die Viktorianer oder andere sexuell zurückgebliebene Gruppen inzwischen hinaus sind, weil wir sexuelle Deutlichkeiten zulassen, die damals noch unterdrückt worden wären. Ich möchte nur festhalten, dass die Vielzahl der Einschätzungen von Texten und Bildern jeden Versuch, einen stabilen, universalen und transhistorischen Sinn individueller Texte und Bilder festzuschreiben, in einer Chimäre enden lassen. Der Teufel zitiert die Bibel, und die Bibel zitiert den Teufel, und Leser und Betrachter haben jeweils sehr unterschiedliche Auffassungen darüber, wer wann gerade spricht.

Die unterschiedlichen Auffassungen von Texten und Bildern nötigen uns aber keineswegs zu einem simplen Relativismus, demzufolge alle jederzeit irgendetwas Plausibles über irgendetwas sagen können. Darauf wollte ich hinaus, als ich mein Buch über Pornografie mit einer kurzen Diskussion von Bret Easton Ellis' „American Psycho" abschloss. Ein Teil meines Interesses rührte aus der Tatsache, dass dieses Buch, das vor einem Jahrzehnt noch heftig gegeißelt worden war, nun sehr viel Lob bekam (zum Teil von denselben Leuten). Eine derart schnelle Veränderung in den Reaktionen erschien mir signifikant für ein Verständnis der Systematik von Pornografie und dafür, wie individuelle Fälle in der Rezeption jeweils aufgegriffen und wieder verworfen werden. Der Text hatte sich im Verlauf der Dekade, in der „American Psycho" von einem Kuriosum zum Werk eines Moralisten (nach Art von Swift und Flaubert und Dostojewski) umgewertet wurde, nicht verändert. Warum gab es also 1991 eine ganz andere Reaktion als 2001? Ich kam unter anderem zu dem Ergebnis, dass „American Psycho" das letzte Beispiel in einer (bis zu den Romanen von de Sade zurückreichenden) Reihe von Vorfällen ist, die vor allem durch das intensive Gefühl einer Zeitgenossenschaft schockieren, das sie für eine Weile auslösen – wir fühlen uns so in die Zeit und an den Ort der repräsentierten Welt versetzt, dass unsere Fähigkeit zur Distanznahme kurzzeitig Schaden zu nehmen scheint. „American Psycho" hat dieses Gefühl für die

Jahrzehnt noch heftig gegeißelt worden war, nun sehr viel Lob bekam (zum Teil von denselben Leuten). Eine derart schnelle Veränderung in den Reaktionen erschien mir signifikant für ein Verständnis der Systematik von Pornografie und dafür, wie individuelle Fälle in der Rezeption jeweils aufgegriffen und wieder verworfen werden. Der Text hatte sich im Verlauf der Dekade, in der „American Psycho" von einem Kuriosum zum Werk eines Moralisten (nach Art von Swift und Flaubert und Dostojewski) umgewertet wurde, nicht verändert. Warum gab es also 1991 eine ganz andere Reaktion als 2001? Ich kam unter anderem zu dem Ergebnis, dass „American Psycho" das letzte Beispiel in einer (bis zu den Romanen von de Sade zurückreichenden) Reihe von Vorfällen ist, die vor allem durch das intensive Gefühl einer Zeitgenossenschaft schockieren, das sie für eine Weile auslösen – wir fühlen uns so in die Zeit und an den Ort der repräsentierten Welt versetzt, dass unsere Fähigkeit zur Distanznahme kurzzeitig Schaden zu nehmen scheint. „American Psycho" hat dieses Gefühl für die Gegenwart so stark intensiviert, indem der Roman sich beinahe wie ein zur Erzählung gewordener Werbekatalog gab. Dazu kam die Pedanterie, mit der damals gängige Markennamen und damalige Berühmtheiten beschworen wurden, und die extreme Ignoranz gegenüber allem, was sich jenseits der kleinen Welt und der kurzen Zeit zuträgt, in denen der Roman (und die Leser von 1991) übereinkommen.

In meinem Buch über Pornografie habe ich versucht, herauszuarbeiten, dass die Dinge, die wir als Pornografie bezeichnen, nicht so sehr einfach wegen ihres Inhalts – ihrer sexuellen Explizitheit oder ihres Sadismus – ein Genre darstellen, sondern auch, weil sie uns näher erscheinen als andere Texte oder Bilder. Und ich habe versucht, eine vollständigere Erklärung für dieses Gefühl von Nähe zu geben, indem ich davon sprach, wie am Ende des 18. Jahrhunderts in Westeuropa (zum ersten Mal seit der römischen Antike) ein Schreiben auftauchte, das den Namen Pornografie für sich selbst verwendete. Es ist genau der Moment, in dem der Utilitarismus ein Verständnis dafür entwickelt, wie die Interaktionen zwischen einem Akteur und einer Umgebung zu einem neuen Begriff von Aktion führen, einen Begriff, demzufolge Individuen Aktionen in organisierten sozialen Gruppen beisteuern und dabei den Wert dieser Aktionen innerhalb dieser Gruppen entdecken. Wie Roland Barthes sah ich tiefgehende Affinitäten zwischen Sade und Fourier und deren Versuchen, Umgebungen zu erschließen, in denen auch kleine Aktionen erfasst und bewertet werden. Beide wurden durch die Operationen ihrer vergleichenden Logik zu Verfechtern zunehmend extremerer Aktionen. Von dieser Verbindung zwischen Sade und Fourier und ihrem Denken über abgeschlossene Umgebungen kam ich auch zu einer Einschätzung der utilitaristischen Strukturen bei Bentham, die eine Revision von Foucaults einflussreicher Sichtweise darauf darstellen. Utilitaristische soziale Strukturen sind wichtig, damit wir verstehen können, dass in der Kommodifizierung von Aktion mehr geschieht, als wir durch die Rede vom Arbeitswert erfassen. Sie helfen uns, zu verstehen, warum manche Handlungen – auch minimale – in einer klar umgrenzten Umgebung enorme Auswirkungen haben können (und warum man deswegen plausibel argumentieren kann, dass schon der Anblick eines geschlossenen Buchs eine sexuelle Bedrohung darstellen kann). Indem ich die Bedeutung bestimmter utilitaristischer

Strukturen (Schulen, Arbeitshäuser, Gefängnisse in der frühen utilitaristischen Phase; Schulen und Arbeitsplätze heute) für unser Verständnis davon, wie der Wert von Personen und deren Aktionen in bestimmten Technologien der Zurschaustellung erfasst wurde, zu zeigen versuchte, wurde mir auch die Differenz zwischen einer Umgebung und einer Welt bewusster. Wir leben in einer Welt, aber eine Umgebung arbeitet an uns und trägt wesentlich dazu bei, wie wir arbeiten und wie wir und andere Menschen den Wert unserer Arbeit einschätzen. Solange der Roman von Ellis nur Teil der Welt ist (und als solcher auch historisch wird, sodass manche der inzwischen archaischen Markennamen heute schon nach Fußnoten verlangen), hat er weniger Gewicht für uns, als wenn er tatsächlich eine Umgebung darstellen könnte. Womit ich bloß sagen will, dass die deontologischen Projekte, die Bentham verfolgte, auch für anscheinend untheoretische Praktiken wie Pornografie von Bedeutung sind, weil sie uns helfen, über das Ausmaß der Gewalt, dem eine Umgebung die individuellen Akteure, Aktionen und Objekte unterwirft, nachzudenken. Und auch darüber, was für eine Umgebung notwendig ist, um ihnen Wert hinzuzufügen oder zu entziehen.

(Übersetzung: Bert Rebhandl)

## ENGLISH SECTION

114    PREFACE

116    DIEDRICH DIEDERICHSEN
        INDIE AT WAR WITH THE INDEX
        On the relation between pornography and pop culture

123    FILLED VOIDS
        A conversation on art and pornography with Heimo Zobernig by Sabeth Buchmann

128    TIM STÜTTGEN
        TEN FRAGMENTS ON A CARTOGRAPHY OF POST-PORNOGRAPHIC POLITICS

133    FLORIAN CRAMER
        SODOM BLOGGING
        "Alternative porn" and aesthetic sensibility

137    MANFRED HERMES
        BLEAKHOUSE
        On new forms of pornographic abasement

141    EMILY SPEERS MEARS
        NO DELAY
        On the DVD compilation „Destricted"

## PREFACE

While preparing this issue of *Texte zur Kunst*, we were confronted not only with the ongoing topicality of explicit or drastic depictions of sexuality in art and pop culture but also with a host of conferences, films and festivals on the theme of "pornography". In Berlin, the "Post Porn Politics" conference held at the Volksbühne aroused considerable attention in the art sections, while the first porn film festival took place accompanied by the CUM2CUT Indie-Porn-Short-Movies-Festival, during which the participants provided with digital cameras were asked to shoot heterosexual, gay, lesbian, or transsexual DIY porn movies on three consecutive days anywhere in the city ("Enjoy the pleasure of sharing pornography all over the city"). Obviously, pornography is booming – both in the mainstream and in so-called independent contexts and in theoretical debates revolving around subjectivity and the politics of identity, to say nothing of the porn industry flanked on the Internet by innumerable individual blogs pandering to all niches of sexual desire and fantasies.

At present, the range of approaches in theorizing pornography or criticizing it, is as diversified as the depictions of sexuality themselves which are subsumed under this term. For quite some time, the feminist debates concerned with pornography were characterized by the antagonism of anti-porn and anti-censorship positions, where on the one side the misogynous aspects of heterosexual pornography – at times also causalities between pornographic scenarios and rape statistics – were stressed, and on the other the right to freedom of speech and expression vis-à-vis attempts at censorship was brought to bear. At the beginning of the 1990s, with publications such as "Hard Core" by Linda Williams, who in 2004 followed up with an anthology programmatically titled "Porn Studies", a paradigm shift commenced under the influence of models of textuality all the way to questions pertaining to the historically variable conventions, mediums and aesthetics of pornography as a genre – through which porn tended to lose its status as an alleged transgression of social norms and became a subject of academic research. In Williams' words, porn changed from a position of "ob/scene" to one of "on/scene". The term "postporn", coined by the American artist and former porn actress Annie Sprinkle and the French theoretician Marie-Hélène Bourcier totally contradicts the „PornNO" campaigns of the 1970s and 80s and ultimately stands for the attempt to develop alternative sexual economies by means of pornographic *mises en scène* that lie beyond normative ascriptions of identity. In this context, pornography is not understood as a specific genre. Instead – for example, in the works of the French theoretician Beatriz Preciado – references are made to the aesthetic practices of performance art via gestures of queer self-empowerment, thus positioning the lively presence of sexualized bodies against the pornographic logic of visual pleasure and consumption.

However, the majority of the artists who in the past years have dealt with pornography seem to follow the assumption that under the present economic and technological conditions an outside of pornography can no longer exist – a hypothesis which was recently discussed under the catchword of the "pornographization" or "pornoization" of society, for example, by Mark Terkessidis in the *taz* daily newspaper in which he made reference to the "regime of a permanent overtaxing" of female performers staged in the increasingly harder gonzo films in analogy to neo-liberal working conditions. Today, attempts at censorship, as in the case of Robert Mapplethorpe's gay S/M stagings in the 1980s in the United States, are hardly encountered anymore in the field of art. One can instead discern that pornography in the "salons of high culture has become worthy of depiction" – as it was formulated in the current issue of the art magazine *Kunstjahr* for 2006. Even if the present "porn boom" in art and pop culture is not a provocative expansion of the bourgeois art canon by sexually-charged motifs, but instead a reflex to – and in some cases a reflection on – the desires of the art market, artists from Vanessa Beecroft, David LaChapelle and Jeff Koons, to Richard Philipps, Richard Prince and Thomas Ruff, all the way to Larry Clark, Tracey Emin and Andrea Fraser have for quite a while now discovered pornography as a field in which analytical-critical distance and the affective involvement on the sides of both the producers and recipients meet and can be utilized.

Against this background, the contributions of this issue, which we conceived together with Diedrich Diederichsen, attempt to approach the theme of pornography in art, pop, independent culture, digital media, and critical theory, and take stock of the current state of (identity) political debates on the explicit depictions of sexuality. Since the last three issues, we have been making all texts and conversations in the main section available in English for our non-German-speaking readers. All reviews that are not in German – as well as the original English versions of several statements in response to our survey – can again be found at our Web site www.textezurkunst.de.

**DIEDRICH DIEDERICHSEN / ANDRÉ ROTTMANN / MIRJAM THOMANN**

(Translation: Karl Hoffmann)

DIEDRICH DIEDERICHSEN
INDIE AT WAR WITH THE INDEX
On the relation between pornography and pop culture

Multinational porn companies are facing competition: on the internet one encounters diverse sites and blogs offering indie porn, produced and distributed by amateurs, covering special interests such as girls wearing glasses (JoyofSpex) or deemig themselves nerds (nerdgirlnetwork). Pornography is generally based on the notion of immediacy, by which the representation of corporeality and sex is supposed to be brought as close to the consumer as possible. This effect is further emphasized by the promises of authenticity in indie porn and therein shows correspondance to indie cultures in pop music.

Yet such indexical aesthetics are difficult to control from the part of the producer. Indie pop and indie porn want both: the effect of straightforwardness provided by indexicality and the unfractured self-realisation of the artist and the consumer of experiences alike.

When I heard of the term "Indie porn" for the first time, it was not initially clear to me whether this meant a kind of pornography that would relate to ordinary pornography as Indie media do to the mass media; or a kind of pornography that would relate to mainstream porn as Indie Rock does to Rock. Was it conceivable that – in analogy to the model of a public implicit in "Indymedia" and similar projects – the institutionalized breaking of taboos in pornography equally erected taboos, that there was – quite in contradiction against Foucault's generally accepted idea that sex is under the control of the discourses of all kinds about it – a new silence about sexuality that would need to be broken, just like the mainstream's monopoly needed to be broken by independent news agencies and channels?

Or is it rather that Indie pornographers, just like Indie Rockers, want to save something like true pornography from its mainstream version, a project that prevails whenever there is no recognizable mainstream version? There is no unified pornographic genre, just as there was no economically relevant mainstream Rock in the late eighties, when Indie or Alternative Rock emerged as the genre of a new institutional diversity. The most interesting aspect to the terminological innovation "Indie porn" is in fact that it parallelizes pop music and pornography. That the two again and again grew Indie branches suggests employing the versatile ideological term "Indie" as a *tertium comparationis*.

Porn and pop music are first-degree cousins.[1] Both originate from the conjunction of industrial cultural production based on the division of labor, and indexical recording technologies. Both put one in touch with the desirable traces of human bodies. They transmit voices and other signs of corporeality via sound storage media, or emit images of surprisingly high definition via photography, film, and video. In both cases, this indexicality is responsible for the specific excitement: the effect of authenticity, the recognition, expected and yet deemed impossible, of one's own bodily desires as and in a technically transmitted other that seems entirely different – a feeling like love but of an overwhelming swiftness and directness which, bypassing any psychological processing, elicits the strangely stale happiness of fans and wankers: as Linda William puts it, the frenzy of the visible.

Both pornography and pop music are based on the aesthetic of the *punctum* as described, for photography, by Roland Barthes.[2] Art does not reach to the punctum, the moment or site, unplanned and not susceptible to planning, where indexicality communicates itself as a technically authenticated yet contingent reality to an absolutely non-fictional reality. It remains a phenomenon of pure reception for which one can, at best, create preconditions. Art, as poiesis, cannot intend to be accidental, though it has made the attempt again and again in improvisation and aleatory practices. The adequate reaction, from the side of the producer, to the punctum's overwhelming power can only be the pose, that is to say, a form of performed willingness to be marked by contingency and to make one's own body's susceptibility to fetishization available – this pose is the central performative technique in pop music and pornography.

Certainly, there exists also art employing indexical media, but it is not primarily, in adequacy to its medium, interested in the enormous attraction, the *special effect* of the technological trace of the real. The industry also, of course, attempts to produce the punctum, the porn industry as much as the pop industry. It does so by subjugating or exalting the posing body. This procedure, far from generating only masochistic or sadistic pleasures that are merely quantitatively distinct from other artistic or aesthetic experiences, works because it creates the impression that one has been touched by an absolute reality, not just a subjective fiction. These methods aimed at simulating punctum effects in the form of, on the one hand, the glamorously exalted star and, on the other hand, the virtual rape victim in pornography, have engendered the Indie complex in both pornography and pop music.[3] People want the real thing again.

The decisive difference between pornography and pop music, however, is that pornography objectifies its subjects entirely – that is precisely how it suggests that they are at the recipient's disposal – whereas pop music, at least in felicitous moments, and thus structurally and in principle, stages the becoming of subjects, often of persons who had before not even attained to the status of subject, at least on the side of producers and/or stars; and on occasion enables such becoming on the side of the recipients. In pop music, the staging of the desirable subject-object as exalted implies the suggestion that one assume a position of deference and adoration toward this person, or adopt the latter's construction as a narcissistic program, as an empowering identification. The person in pornography is in most cases debased, diminished, and exhibited rather than exalted. The division of labor between pop and (heterosexual) porn is a classically patriarchal one: pop music is usually about the love for a man, pornography about disposal over women.

These structures of reception – submission/identification vs. objectification/debasement – in conjunction with indexical mediations of corporeality produce an industrial-standard simulation of the contingent punctum effect by reconstructing its symptoms and preconditions, the simultaneity of individual aliveness and disposability. Indie cultures conceive of themselves as a correction of this disaccord between the unplanned authentic effect of reality, and its mass-produced simulation. They hence also always believe to be ethically righteous even though they do not in fact question the subjection of women in the dispositive of heterosexual porn but merely intend to replace the simulation inherent in it with reality. After all, they want to save the authentic.

Indie culture in general refers to the economic notion of independent producers in a market otherwise controlled by dominant mass suppliers. The term, like the phenomena that derive their names from it, is in principle a historical reaction to the culture industry, arising during and after its bloom – when fewer and fewer studios divided the commercial film market up between themselves and, subsequently, fewer and fewer major companies shared the market for pop music. At first it was pop labels, locally influential but without a chance at the national level, which rendered the term a title of honor in the perspective of collectors and ethnographers, for instance of Blues and Country. During the fifties, it indicated above all a certain authenticity, an integration into folkloristic cultural relations antedating the rise of the culture industry.

This changed. In the movie industry, small producers were more often able to work below the censors' radars, and often did nothing but radicalize the products offered by the culture industry. In a sense, then, porn has always already been Indie,[4] the radicalization in various directions of the sexual offers supplied by Hollywood star culture. In pop music, too, Indie radicalized what bound the transmitted voices to the real world, filtering less and generally making it its raison d'être to supply what was otherwise unavailable in a world pervaded by censorship. Today this radicalization often consists in extending pop music's and porn's effects of indexicality, witness to real-world corporeality, to machines, prostheses, partial objects, or hyper-bodies: that applies, for instance, to the sound fetishism of pop music, and in pornography to scenarios metonymically linked to sex such as the clinic, the prison, the laboratory, etc., but also to extreme magnification of body parts that mark them as the central attraction, and to the dislocation of indicators of authenticity from the person to the body and to partial objects in classical industrial mainstream porn. It is important to note that even entirely incorporeal electric sonic tempests can be pleasurably consumed as a pop-specific attraction only as long as it is clear that their adequate reception is one as of transmissions of corporeality; and, by analogy, that the pornographic attraction is bound to the presence of (sexualized) persons in the image even when sex doesn't seem to be what a movie is about.

A specific pleasure of Indie-ness can be derived from both porn and pop, that of an aesthetic of camp or trash. Both follow a logic purely of reception: camp or trash cannot be produced; only, at best, the symptoms of a pleasure of camp that was had in a concrete historical culture of reception. Camp and trash are active double negations: in the cultural industry's simulation of the contingent, they venerate its failure, discovering in an underfinanced and "poor" Indie aesthetic precisely what, as the punctum, cannot be produced according to a plan: a live transmission from contingency. Camp, more specifically, is still an aesthetic event – the recognizability of displaced artistic and individual ambitions and incongruencies within the industrial format – that is transmissible with great exactitude and to moving effect by indexical media. Trash, by contrast, means the failure also of the cultures, already configured around indexical attractions, of early porn and b-horror productions. The Betty Page cult that began in Indie Rock circles during the eighties and culminated last year in a Mary Harron movie starring Gretchen Mol was configured around the perception that, at the industry's cold heart and amid scripted S/M and pin-up scenarios, Betty's facial features expressed an independence and personal warmth that far transcended the boundaries of her role.

Indie in the emphatic sense, however, especially since the independent-label movement of post-punk culture, designed to reintroduce authorial control and the model of intentional expression – that is to say, (bourgeois) art – into indexical culture. That is by no means an altogether stupid and futile enterprise; if it undertook to specifically engage and critique the dispositive of technical reproduction in industry, distribution, studio technology, video and cover aesthetics, live visuals and press photographs, that would be the beginning of a pop music that could indeed accomplish artistic control over its diffuse effects of reality, truth, and overwhelmment. To date, there are only the beginnings of such engagement, but they remain scattered and untheoretical[5] — and they are not at all a privilege of Indie culture.

It was a welcome aspect of the independent-label movement of the eighties that it put the focus of a political and aesthetic discussion of current post-punk pop music on the question of pop's economic organization. Unfortunately, this soon devolved into a mostly stylistic marker which was in turn used especially by the major labels. By the late eighties, record wholesalers offered the category "Indie Rock", defined in purely stylistic terms. The independent labels did not in the long run prove to represent an alternative model of production, whether they in fact intended to do so — they may only have established leaner structures for smaller and less predictable segments of the market, often as subcontractors of the majors. Yet because agents in structures they can comprehend will always tend to see themselves as sovereign actors, artists like other producers came to believe once again in their own person as the source of their music's attractiveness — disregarding the fact that they continued to operate within pop music's essentially indexical aesthetic. The result was a foreseeable paradox: the more artists began to believe in the individual person's expression, the more identical their products seemed. The current revival of Rock, in which economically independent structures play virtually no role, is the perfect example.

Indie porn is a somewhat different story. Economically, porn was always Indie, but not because of an intention to work in different economic structures or to create greater autonomy for the artists; the reason was that the business was ostracized. Of course, this did again and again lead to artistic effects within porn culture or to the highly concentrated breaking of taboos, creating a socio-aesthetic proximity between porn and the counterculture: when Herschell Gordon Lewis wasn't shooting porn or nudies, he experimented with LSD and did stuff with the Black Panthers. März, the cultural-revolutionary publishing house, produced porn movies on the side (under the label Olympia Film). The publisher, Jörg Schröder, had previously operated the German Olympia Press, whose founder, Maurice Girodias, exemplified the reverse business model: besides pornography pure and simple, he published authors whose works were forbidden on the basis of the same laws: Jean Genet, William Burroughs, Ronald Tavel. Valerie Solanas, one of his authors and early anti-Indie-porn activist, originally intended to kill Girodias before her confusion led her to attack Warhol. Her manifesto, "S.C.U.M. — society for cutting up men" was published in German by März.

By the late sixties, the radical-left *Konkret* had allotted a steady number of pages to nude pin-ups. Their look was often revolutionary. The Betty Page effect — we are being regarded, *punctually*, by an authentic gaze piercing a miserable and predictable arrangement — was perceived no longer as warming but as radical. In parallel and apparent analogy with other processes of loosening restraints during the epoch, the mainstream acceptance of public (and almost always female) nudity seemed to be inscribed in the history of the leftist and countercultural revolution. As late as the mid-seventies, Pasolini, in making his populist trilogy of fairy tales and legends, believed that he would be able to address the masses on matters political by virtue of pornographic effects. He then recognized, however, that there had long been a porn industry — and at the same time, feminism converged on the detection of the ideological superstructure of the culture of everyday rape in society's comprehensive sexification: "Porn is the theory; rape is the practice."

But after suffering this backlash, the alliance of counterculture and pornography returned when the subculture of the mid-eighties, in any case never a politically ambitious one, had distanced itself from the old new left (and hence also from feminist positions) with and after punk; returned, as it were, as an unaccomplished project: the scene sweepingly termed industrial not only offered body effects that were as hard as possible, but was also for the first time no longer clearly dominated by heterosexuality: Coil,

Throbbing Gristle, and others were the forerunners of a new attempt at bringing the indexical shock of pornographic imagery and the hardness of high-resolution (and soon digital) beats to a convergence.

At the same time, the straight-dominated guitar underground warmed to the humanity of the involuntary by-products of cultural production under ignoble conditions, the sexiness of mistakes, of ferocity, and imitated them to a certain success. At this time, Richard Kern's Cinema of Transgression, which involved central characters of Indie Rock such as Lydia Lunch and Sonic Youth, began to inscribe pornographic scenes and representations of violence into the narrative of Indie culture. Leather was now coded as punk, hairstyles and other fashion details with immediate reference to the lifestyle of post-punk culture were integrated into the staging of erotica. (Nowadays, Kern is a run-of-the-mill "Alternative porn" pin-up factory.) In Germany, too, pornographic shows including post-punk references were performed at Indie venues.[6]

The enormous mainstream success of Natacha Merrit's "Digital Diaries" exemplifies the current phase of internet-based Indie porn. The convergence of the blogger's first-person singular and the auto-voyeur, readily willing to be spied upon by webcams and making, like Merrit, their "authentic" sex lives available in a way that is, in a manner of speaking, self-determined, establish new techniques of proximity and intimacy. The latter are no longer indexical not only in a strict sense – digital imagery being technically not indexical – but most importantly because the effect of proximity is achieved no longer by virtue of the high resolution of photography or the intimacy of the microphone thrust into a face, but by virtue of the flexibility and omnipresence of the imagery which, in turn, is enabled by the great mobility of digital technologies. The effect of intimacy is created, on both sides, primarily through the frequency of contacts and the mobility of the instruments and simulation of one-on-one communication. Indexicality, no longer technologically present but surviving in the cultural forms of the reception of high-resolution imagery, is becoming an unmarked precondition, instead of the pornographic thing in itself.

When one takes a look at Indie porn portal sites such as www.indienudes.com or http://sensuallib.com/ (abbreviated as SLA, in allusion to the scurrilous seventies organization "Symbionese Liberation Army", which abducted Patty Hearst), what is salient is that, besides Indie porn sites and technically superior but in every other way dully normal pin-ups and videos, they link to leftist and ecological policy as well as high art sites – from Vanessa Beecroft to Elke Krystufek, from Sarah Lucas to Wolfgang Tillmans. The milieu, then, takes an interest in climate protection, opposition to Bush, and contemporary arts. Yet the real Alternative or Indie porn sites, links to which these portals of course present prominently, are based exactly on the abovementioned principles: either, like the sites "Suicide Girls" and "I Shot Myself", as well as various individual blogs, they are stagings and stylized presentations of selves produced according to the Natacha Merrit method. The women on these sites are recognizably eccentrics and representatives of self-realization milieus, their exhibition is a component or method of this self-realization, just as the nudity of the models in *Konkret* blended into their radical leftist politics. Tortured poses, fish-eye optics, and bizarre perspectives equally indicate that these women either photographed themselves or have gone off the deep end. Or, on the other hand, they are pin-ups photographed in very conventional ways but now show off their membership in a certain subculture: Porn for Punks, Crazy Girls, Hippie Goddesses, and Nekkid Nerds. All of which is very funny because it looks exactly the way it sounds. What's rather not funny are the gender plots, which are largely retained in good order.

These websites produce a proximity – in the latter case, a social proximity, in the first type, a digital one – that rests not on properties of the media in a strict sense but on fictions to which digital image processing lends itself. The second type pursues, with conventional means, the unconventional but hardly outlandish idea that it is "Indie" when the alienated and fetishistic relation between consumers of indexical porn and their objects is reconciled or mitigated by transformation into a relation of micro-cultural proximity. The pin-up photograph of the girl next door is, of course, an old hat from the waiting room glossies. Only now "next door" is no longer spatially close and otherwise staged in the unified cultural space of petit-bourgeois moral duplicity, but instead my cultural neighborhood. The entire cult around nude photographs of celebrities follows a principle that is similar but differs in one decisive point: here, too, familiarity with the person is employed so that intimacy can be presupposed and then stepped up; only the global star thus approximated by virtue of his or her nudity also withdraws at the same time, according to the logic of star worship, to a greater distance, his or her omnipresence being based on the pretension to uniqueness, while the familiarity of the neighborhood pin-up is based on the fact that anyone like her could substitute for her.

Familiarity in pornography is always one of the avenues of objectification and subjection, or at least shares their goal: to increase the availability of and mental command over the image. In classical pornography, the shock or kick of indexically transmitted intimacy and the awkward, pre-medial stage sets stand in a relation of drastic incongruity. This is where the failure of subjection to be comprehensive originates, encouraging the emergence of camp. Fetishes are born and can be divorced from the erotic and political aims of a pornographic politics that subjects real women.

The coexistence of such punctual or pseudo-punctual, sensational sites within the image and an inadequate frame remained a point of rupture as long as the attractiveness of the pornographic was based on the indexicality of film and photography.

Indie culture, in general, seeks to reconstruct an idea of artistic existence and communitarian proximity that the forms of socialization have long rendered obsolete. Rock bands that behave as though there were still social meaning of any kind to being a band do something similar: a very close voice, filling the intimate space of the ear, emerging out of an arrangement of harmonic vocalization, reconstructs an attraction of personal address from a time when the transmission of a body singing in a way that was not dissembled, artistic, dialectal, or conforming to generic strictures, was a sensation to which no musical framing could hope to be adequate. This specific failure, of course, is in turn susceptible to fetishization during such reconstruction – in both Indie porn and contemporary Indie rock.

"Porn is the theory; rape is the practice" – this classical formula from Andrea Dworkin and Catherine MacKinnon is, after all, not necessarily plausible when read in the customary sense: as describing a relation of model and imitation or of a social convention and the crimes it protects. Pornography is less a theory of rape than a simulation of a situation of control that is extremely physically arousing to the one party and fixes the other in a still pose – not just in an image but in a very specific objecthood that transmits aliveness. It is the connection between this situation and arousal that offers the parallel to (and probably also the training in) a violence in which control is concentrated on one side that seeks to force the other side into stillness.

Yet this similarity between pornography and real sexual violence exists only as long as and to the degree to which the porn consumer owes his arousal to the uncomprehended indexical kick that is still read in the context of the narrative that frames it. To the degree to which he dissociates this kick and others, as fetishes, from the meaning which the conventional sexual narrative and its gender plots confer upon it – to the degree which, in other words, he is no longer dependent on the narrative perpetuations and sexist rationalizations of the media sensation that real life is simultaneously transmissible – can he begin to acknowledge the artificiality and surrealism of his desires. A re-naturalization through storylines of community and milieu and through digital technologies of proximity that mask the index and at the same time step up its effects, leads in the opposite direction.

This essay is compelled to leave interesting problems aside for argument's sake (Larry Clark!). It should not go unmentioned that the alternative porn world also gives rise to plenty of different products that are not always interesting but, in their polysexual openness, relatively free of strategies of familiarization, funny, and absurd. But then funny is no longer really porn. Yet these images share with other Indie porn that – like, for instance, the movie "Shortbus" – they will always read sexual and pornographic experiences as extensions and conquests of a self engaged in self-realization, its aim being closure and identity. Again and again, the irreducibly fetishistic structure of desire must in this fashion be retranslated into a tolerable moral, ethics, or images of selfhood, with the consequence that porn either becomes bigoted and reactionary – or the self resolves in favor of viciousness: Charles or Marilyn Manson – a bad alternative.

One often reads that the new straight porn has finally attained to the qualities of Queer porn, of gay and lesbian pornography. But it has only rarely adopted one of the latter's decisive qualities: that the point of narratives around and about sexual overwhelmment can never be that

it be inscribed into a scheme of self-realization; that it must address alienation, be about becoming-an-other. Not in the sense of a Romantic sense which believes that becoming-an-other is an attainable destination, like that of a trip, to be memorialized as yet another notch in the self's walking-stick; but in the very technical sense that, while the appearance of scriptedness of all sexuality invites alterations, abolitions, improvements of scripts, this script must not therefore be believed to be an adequate narrative about persons in the world; about, for instance, myself or my desires. In order to arouse me, the fetishized sound effect needs also the implicit idea that it is a real human expression; it must not block it. But then I also know that its source is non-human. I can, in a state of as-though, get a kick that's quite primary. Whether the aesthetics of the kick ought to be rejected altogether is the subject of another discussion.

(Translation: Gerrit Jackson)

Notes

1   There are, of course, other definitions of pornography and pop music. Pornography is generally described as a *representation* of sexuality. This would include literature from Petronius Arbiter to William Burroughs, painting and movies from Gustav Klimt to Pier Paolo Pasolini, and subcultural production from Doris Wishman to Bruce LaBruce. However, I would like to distinguish pornography and art that is about sexuality by virtue of strong criteria which, in turn, are not very different from the criteria by which I distinguish pop music from other music. These criteria concern the relation between an indexically produced psychological or "magical" connection between the customer/fan/recipient and the object of his or her desire on the one hand, and a frame that bears similarities to the conventional arts and is, while not arbitrary, secondary to the central attraction. We may call it the kick. Of course, art about sexuality and the representations it contains may trigger processes of reception that follow the course of those associated with pornography; but this would go against the strategy of such art as strives to embed the attractiveness of the corporeal index within a different architecture of attractions.

2   The term "punctum" seems inappropriate if the first thing that comes to mind when thinking of pornography are

the hardcore movies that originated in the 70s. For the persons and their faces, their contingent characteristics and traces of reality are in this genre rather masked out in favor of serialized sexual parts. In pornographic photography and in those filmic representations that are about specific bodies and persons, the punctum and thus the possibility of drawing arousal from concrete situations play the decisive role for the supplementing and complementing reception of a consumer whose wish is to enter a sexual situation. Hence, industrially produced porn consistently attempts to simulate the punctum by staging symptoms of punctuality. In hardcore films and videos, this effort to create a situation survives as the ritual cum shot.

3 A strategy of simulation of growing importance is the more and more detailed determination of pornographic photographic imagery, for customers whom the bizarre constellations of recognizably intended and, at first glance, absurd details seem to tell: it's about you. In this strategy, the industrial product approaches Indie pornography.

4 By porn I refer to products in an age of a mass-cultural industry working with indexical media. Early filmed and photographed "erotica" for small circles of connoisseurs might be early instances of Indie, but they were hardly in any competition against the large cultural-industrial producers, and were hence also not generated by them, not even indirectly. Another limitation of my object here is that my notion of pornography, designed to address more recent phases of media and cultural-industrial history, does evidently not include any and all art that is about sexuality.

5 A few examples chosen at random: Joe Meek's works with household sound effects, Brian Wilson's "little sounds" on "Pet Sounds", Lee Perry's religiously exalted band echo, and Todd Rundgren's reconstructions of contingent sound effects during songs by the Beatles, Hendrix, and the Beach Boys are all examples of a pop music that reflects on its being based on effects of indexicality, and feeds such reflection back into second-order models of attraction. Concrete sampling in late eighties hip-hop and current projects ranging from Oval across Autopoiesis and Matmos to The Books and Jason Forrest – again, these are just a few randomly chosen artists – continue this line.

6 One need only think of the Berlin-based band The Nesthaken, which toured forever with their eighties album "Porn To Be Wet", or of the French Electro show-band Die Form, where live S/M and, in the booklets, naked nymphs with German shepherds and flashing knife blades were offered to the admiring fan. Clubs like "Kir" in Hamburg hosted subcultural sex-shows with references to post-punk music during the mid-eighties.

## FILLED VOIDS
### A conversation on art and pornography with Heimo Zobernig by Sabeth Buchmann

The Austrian artist Heimo Zobernig is mainly known for his formally oftentimes rigid painterly and installative works, in which the legacy of abstraction is questioned within the specific architectural parameters of the exhibtion context. Therefore news that he is currently working on a book project dealing with pornography, in which appropriated explicit depictions of sex are being used, had to surprise all the more.

In their conversation for "Texte zur Kunst" Sabeth Buchmann und Zobernig address the question, what expectations come along with the artistic examination of pornography, which connections could be drawn between the historical project of abstraction and pornographic imagery and what sex actually has to do with happiness.

**SABETH BUCHMANN:** Regarding the background of this conversation, one should point out that you are currently working on a book project and asked me to contribute texts to the topic of pornography. In view of the fact that pornography is a very controversial subject, probably not only I ask myself, where your interest in it lies. How do you deal with the fact that people expect the artistic delving into pornography to show critical reflection, while, at the same time, an assumed increased desire of the art audience for more sensuous beauty, eroticism and sex is at work?

**HEIMO ZOBERNIG:** I didn't think about my ability to reflect in a really critical way. What instead interested me, in a kind of experimental set-up, was the fact that one cannot suppress the impact of such images. I am also concerned with the question of how beauty has an effect in art — why certain shapes are subconsciously favoured and included in the canon. At an early stage, I already discerned connections or correspondences to pornography. I wanted to look into them and into the question of intimate inclinations and the possibility of cultivating or realizing them, despite the limitations one is subjected to.

**BUCHMANN:** In this context, it is precisely the deliberate work with limitations that corresponds with your affinity to reductionism, form and analysis, and the banality and insignificance of the motif. But when you make use of pornographic depictions, do you not enter into contexts of meaning that you cannot grasp with your methodical tools?

**ZOBERNIG:** It is quite obvious that I cannot grasp them and that highly complex interests are linked to pornography. I am less interested in the production of such images than in the impact they have in the context of producing artistic shapes: e. g., motifs such as curves, curvatures, and shadings, which one can also discover in pornographic images and which can be used to find out to what the explicit effect is attached.

**BUCHMANN:** Why do you make this an explicit theme at precisely this moment? I pose this question not least in the context of the trend established by the survey of *Texte zur Kunst* on the theme of pornography, indicating that art and pop culture are becoming increasingly pornographic. Do you agree with this hypothesis, which also sounds a bit like a history of decline, but without wanting to deny the pressure that the (market) success of pornographically charged works undoubtedly exerts?

**ZOBERNIG:** In my case, I would say it's more of a coincidence. I didn't observe this increase and density as such. Quite a while ago, I explicitly pointed out the connection between art and pornography. Already on the occasion of my first show, a review titled "Geometry and Pornography" was published. At the time, my picture motifs made reference to de Sade, among others.

**BUCHMANN:** One can say that your work can be situated between two historical lines: between the project of abstraction on the one side and the tradition of theatre and performance on the other. Could one say that this is exactly where your dealing with pornography is located?

**ZOBERNIG:** That is very well possible. Unfortunately, sex on the theatre stage is more of a deterrent. It was and is no better with many similar attempts in art and performance. However, there have been a few cases in which I caught glimpses of a strong erotic moment. I have a collection of them in my memory.

**BUCHMANN:** According to what I have observed, one can distinguish between two different forms of depicting sex or staging pornography in art: hygienically cool sex as a simulacrum like with Jeff Koons, where pornography is not even necessarily inscribed as an explicit content and in which, via the fetish character of objects, the following equation is made: "The truth of art is the truth of money." On the other hand, there is sad, abject sex as a factor of authentification, for example, with British artists such as Sarah Lucas and Tracey Emin. Do these two tendencies play a role in your analysis of the effects of pornographic images?

**ZOBERNIG:** I think what is used in many of the examples you mentioned is the argument that "sex sells". There is a great desire to view exhibitions that are "sexy" or at least convey this moment. And there are of course also artists who pander to this moment in an opportunistic way. It's a mystery to me where a critical potential is supposed to lie in this. But that is not what I want to pander to with my work. For me, the critical aspect instead lies in the question of how I deal with it. Where can I satisfy my desires? In which environment and in which manner is this formulated? I'm not sure whether by doing so I really enter into competition with the examples you mentioned, because I have set up a relatively narrow frame for this project.

**BUCHMANN:** Another example, Andrea Fraser's work "Untitled" – the video showing her in bed with a collector – brings desire into play as a moment of a sexualization of economically and gender-specifically marked positions in the art market. Despite all wariness of attempts to overwrite pornography with emancipatory motives, can one not discern a residual utopian critique of public personas and intimate desires here? With Foucault, one could ask, what must be expressed, but also what is allowed to be expressed.

**ZOBERNIG:** I want to have good sex and to make use of all available means to this end. There is the insight, or rather the prejudice, that almost all people have: Why am I feeling bad and why are all the others doing fine? I'm getting too little from this cake of happiness – and, interesting enough, it seems to me that the art milieu has an especially hard time with this. According to the motto – sex is a capitalist invention, and the bad guys have an especially large amount of it.

**BUCHMANN:** Concepts such as happiness and the statement that you want to have good sex would not necessarily be associated with your work, which appears unemotional and functional. My question is, whether it is not about a repositioning, which your work may be in need of after your comprehensive retrospective three years ago?

**ZOBERNIG:** I don't consider that to be a big contradiction, since the spatial as well as pictorial works guide the viewers' gaze through spaces and in this manner vehemently throw them back on what they experience in these moments, how the environment influences, creates or also prevents moods. A vision or a projection appears in these voids, which I now fill with concrete images, namely pornography.

**BUCHMANN:** The pictures intended for your book project are more concerned with the comic-like overdrawing of pornography. Are you interested in a pornographic pop culture that is now already subverting itself?

**ZOBERNIG:** That's something I cannot clearly describe. I found these comics and would like to use them to demonstrate how they stage persons with other reality effects than the ones used by photography. Traditional artistic techniques of drawing and painting are used to visualize things which I am totally fascinated by, which I am familiar with from my fantasies and which I have already thought through. And in this context I found a number of fantastic examples.

**BUCHMANN:** That means that you chose the depictions because you liked them – and less in the vein of archiving and indexing, which is typical of your working method and reveals a more analytical dealing with categories of taste.

**ZOBERNIG:** The answer to that is a bit like a stutter, because I don't know for sure. Something works for me in one picture, while in another it poses a big mystery to me why it exists and why it works for others. The exciting thing is that these *mises en scène* usually show extreme ritualizations. And then trying to find out whether they contain something like authenticity… Is this merely a picture made for a consumer who is served without being involved? It's a terribly complicated matter that I can only approach by getting involved in sorting these pictures, like the porn hunter Martin Humer, who is very popular in Austria. In his case, you can speculate about what his dealing with all this material, which he had to sort in order to fight it, was like. Just like you can also ask yourself, how the judges who execute the laws on pornography have to review all the literature so as to separate it into what is "allowed" and "not allowed". What takes place in the offices of these civil servants or in the rooms of the guardians, and how do we, who deem ourselves amused by these doings, deal with them? How can you develop an opinion in this small war?

**BUCHMANN:** Opinion is a difficult concept, especially when visual competence is expected from an artist like you. Do you not formulate a break between the analysis of the effects of pornographic images that you undertake and your artistic production? Can you say something about the reasons why you speak of dispensing with control in the context of pornography, especially since your other works stand more for a controlled production of objects.

**ZOBERNIG:** But control is not abandoned; the controlled selection of motifs is precisely what it's all about. Yet I do believe that your description is to a great extent true, namely, that I have enforced a development in my work that aims at realizing these moments of control and this academic responsibility. But there are always also levels beneath this that contribute to the progress in regard to how I arrive at a next motif. And they are puzzling to me. For example, I always enjoyed listening to Oswald Wiener when he attempted to explain how cognition functions. However, I was also often disappointed by his investigations into the moment of creation together with an artist. The results were usually relatively banal. I experience the power to decide and desire and I try to give in to this moment. I don't know whether I produce enlightening moments by touching on an area which for many is laden with taboos. The images needn't superficially mean that which several naked persons are doing in a sexual act, for example. The core of this effect could perhaps lie at the edge. And one could maybe arrive at a new pornography via this fact. That wouldn't be bad.

**BUCHMANN:** That is a classical promise of art, oftentimes also a figure of legitimization which is in turn based on projections of what art can or should achieve in the sense of sublimation and de-fetishization. You create the greatest possible resistance with pornographic depictions because they themselves demand something like it. They are sexy because they are sexy. And this is precisely where the question of function is answered all too quickly: to excite and to translate this into artistically defined production values, as can be seen with Thomas Ruff, Richard Prince and comparable appropriations of pornographic images. Could one say that pornography is indeed the most interesting opponent of your artistic method because it is the most resistant one?

**ZOBERNIG:** It seems like I'm not satisfied by the statement: "The pictures are sexy because they are sexy." I'm sure that certain pictures repeatedly create the same effect, but there's also always the fear that this effect can be lost. This fear is a pivotal moment in the context of sex, or also pornography; the fear of what I have to lose and/or the fear of not even attaining what can be lost afterwards. You find this in many literary genres:

this fear of the loss of the possibility of gaining happiness. That would already constitute a basic motif.

**BUCHMANN:** Can one say that you now more aggressively link the structurally pornographic rhetoric of your works, to which you alluded above, with the gender-specifically charged fetish function of art, which is often encountered with distrust in a critical discourse?

**ZOBERNIG:** Two or three years ago, a female psychiatric analyst was invited to hold a lecture at the Academy in Vienna and – put briefly – she described all sculptural work as fetishistic. I didn't agree with this categorical description of what sculpture is. And then I further delved into this issue and have now come to the conclusion that it is impossible not to be a fetishist. And that indeed enabled quite a few things. It allowed me to come to the decision to explicitly get involved in this book.

**BUCHMANN:** And in this context, how do you view the gender-specific positioning of a) your artistic persona, and b) the viewers?

**ZOBERNIG:** The issue of authorship is particularly important and, in this context, also that of addressing. In my case, this doesn't play a role, by the way; I do not wish to address. It would be interesting to ask: Is Heimo Zobernig now doing pornography by compiling pornographic depictions in a book? Or is it just a picture volume of the artist Heimo Zobernig who himself does not produce pornographic works?

**BUCHMANN:** This isn't just any book on the subject, but a limited edition addressed to an art scene that can also afford it.

**ZOBERNIG:** I don't want to talk my way out of the fact that the book is a collector's item. On principle, one could, in this case, link the moment of luxury of a collector's item with the question: Is good sex expensive? But this has no further influence on the issue of addressing, because one knows: It could be the case that women respond to pornography in a way similar to men. Yet I do, of course, ask myself: Can I give this material to my children; is it something that would have been very liberating for my mother, had she seen in what a great way her son deals with the topic; to what extent had she already wished the same thing for herself; or, how strong the resistance is among people I am close with? You certainly think about such moments which, of course, equally refer to the addressee.

**BUCHMANN:** Do you reckon that the book – in view of the way your work is generally received – will be perceived as a *novelty* effect?

**ZOBERNIG:** I don't speculate in that manner at all.

**BUCHMANN:** Your rejection of considerations that are all too strategic leads me to the question whether, for you, pornography is something like a public resonating body of cultural rituals, in which you attempt to place your work more strongly? Is that a Foucaultian gesture?

**ZOBERNIG:** What some of the people who read Foucault couldn't stand, was the fact that he was a practicing homosexual sadomasochist.

**BUCHMANN:** Something that still seems incompatible with certain notions of social emancipation. What is your attitude toward the sexual revolution, which you – at least partially – experienced in a conscious way?

**ZOBERNIG:** I experienced people wanting to tell me how I should experience. Apart from a lot of not very erotic nakedness, I don't have many good memories of it.

**BUCHMANN:** If I understand you correctly, your work is also concerned with a lost option of a social practice of life, like it can be seen in Larry Clark's images of teenagers: Sexuality as lacking grounds and consequences, as an intensely experienced moment of happiness. Hence, pornography can indeed be a melancholy mourning over a lost opportunity of intensity with people, something which can be called sex but also termed differently, e. g., hedonism.

**ZOBERNIG:** Perhaps the experience of happiness also lies in melancholy, but I see possibilities ahead of me – therefore the comparison with stuttering...

(Translation: Karl Hoffmann)

## TIM STÜTTGEN
## TEN FRAGMENTS ON A CARTOGRAPHY OF POST-PORNOGRAPHIC POLITICS

"Why watch porn? Why not? How theorize sex performances? Why not fuck different, instead of idealising a way back to nature?" – the „Post Porn Politics Conference", that Tim Stüttgen organised this October at the Volksbühne in Berlin started off with a set of questions, critically relating to pornography as a dispositive in capitalist society, which manifests itself in disciplinary actions leveled at bodies and sexual pleasure. The invited theorists, performers, film makers, musicians and artists responded to notions of performative intervention, political ambivalence and strategies countering the heteronormative orientation of mainstream pornography in ever specific ways – mostly with reference to theories of transgender subjectivity and forms of queer disidentification.

The main concern of Tim Stüttgen's manifesto-like contribution is to develop a political perspective on porn within porn – just as much as thoroughly enjoying it.

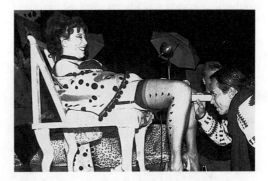

### 1.0 POSE.
Post-pornography lays claims to a critical, revolutionary potential within the regime of sexual representation through performative excessiveness. But beware: This assertion is camp, a vulnerable gesture situated between implicit, critical, denaturalizing performance and glamorous affirmation (Brecht/Warhol). This doesn't mean that it cannot have an effect on reality, though.

**2.0 SPRINKLE.**
Annie Sprinkle is the mother of post-porn.[1] Her career can be read as the performance of biopolitical de-identification: sex worker – porn performer – performance artist – pro-sex feminist – happy-lesbian-love. Coming from the centre of the production of normative sex images, namely mainstream porn, Sprinkle abandoned the role of the victim in order to develop sexual and artistic practices that no longer naturalize, but instead comment, reflect and parody. This critical, performative approach to sex and image production marks a paradigm change from porn to post-porn.

In the age of digital cameras, Internet sex chats and amateur performances, the hetero-normative dispositives of contemporary hegemonic porn incessantly attempt to beef up the naturalization effects of their images, to dispense with narration, and underscore their pseudo-documentary interpretation of desire as an "event that actually took place". In following Sprinkle's work (performances, body art, transgender sex films, photos, journalism, Tantra, burlesque, theatre), one encounters the potential diversity of a fund of practices that not only pave the way for new forms of critical-deconstructivist representation, but also enable the invention of counterstrategies and alternative desires.

**3.0 RE-ACTUALIZATION.**
Post-pornography is a transversal concatenation permeating the most diverse areas of sex and image production, be it on the Internet or in mass culture, in art or theory, in micro- or macro-politics. One of today's most prominent post-pornographic blueprints stems from Beatriz Preciado, who not only publishes articles on a philosophy of post-pornography but also organizes workshops for drag kings in the queer underground, and in 2004/2005 set up a lab for the development of post-pornography at the Museum of Contemporary Art Barcelona, in which short films were produced and new collective body-sex performances were developed together with sex workers, artists and other cultural producers, by employing practices such as S/M or drag and objects such as dildos or artificial arms. Preciado, too, makes reference to Sprinkle: "For me, the issue of [...] pornography should be judged from the perspective of performance theory. That's something I learned from Annie Sprinkle."[2]

**4.0 INSCRIPTION.**
According to the fundamental analyses of the film scholar Linda Williams[3], pornography consists in the staged re-inscription of the role relations of men as sadistic, dominant and powerful, and women as masochistic, submissive and powerless. The woman, subjected to the male gaze, admits that she desires this seemingly never-ending, identical narration of hetero-normative sex performance. The ultimate proof of the authenticity of the event called "sex", from which the male performer emerges as a symbolic hero, is the cumshot, which functions as the climax and final proof that real sex has taken place. Williams grasps pornography in the tradition of the biopolitical confessions which Foucault examined in his "History of Sexuality"[4] and understood as confessions of an inner truth of gender subjects which, from then on, served to anchor sexual identities. Preciado calls attention to the fact that Foucault's history of sexuality ended in the 19th century – prior to the development of photographic apparatuses.[5]

**5.0 QUEER PRODUCTION.**
If queerness is associated with making the representation of gender ambivalent, one strategy of post-porn would lie in complicating normative representation patterns in a critical way. But as both Sedgwick[6] and Preciado stress, post-porn also produces new forms of sexual subjectivity. Acts such as drag, cruising or dildo sex are not to

be understood as the uncovering of the constructedness of heterosexual gender positions, but as articulations of the body that possess their own spatialities and temporalities and enable alternative forms of social practice and the production of subjectivity – and thus alternative forms of sexual identity and subjectivity as well.

**6.0 FEMALE MASCULINITIES.**
It seems to be the case today that post-porn is for the most part re-actualized in (post-)lesbian contexts. The performativity and production of masculinity with women in genres such as butchness or drag kinging, all the way to the concrete materializations of transgender bodies, mark a paradigm change in the power relations of femininity and masculinity. Post-porn takes note of masculinity's arrival in the age of its performative reproducibility and, after decades of deconstructing femininity, addresses the no less constructed character of masculinity, which it expropriates from biological men.

**7.0 FETISHES.**
Post-porn neither condemns the fetish nor does it raise questions as to lack. It instead investigates what can be created with the fetish. It doesn't look at what might await us after overcoming alienation, a perhaps happy natural state, but focuses on the de-naturalized body technologies which we can create using the fetish, beyond the normative forms of hetero-sex. Katja Diefenbach writes: "The question should not be whether beauty, sex, fashion, and pornography cover up power, but with which practices they connect themselves to each other and the way in which they produce bodies and ways of life. It's not about uncovering but analyzing."[7] A prominent example of the productive appropriation of the fetish is Preciado's departure from the status of the phallus and her philosophy of the dildocrats. The penis possesses its own biopolitical history, with penis lengths prescribed by medical dispositives and the destruction of deviant penis shapes, like in the mutilation of the genitals of intersexuals. Preciado cites Derrida's proposition that the hetero-male power strategy consists precisely in maintaining that its own code is the original and all others are fakes.[8] For this reason, she prefers to speak of the dildo, which she grasps as a part of the body that is a prosthesis.[9] In her view, the dildo is replaceable in many respects; an arm can be a dildo, as can a baseball bat, a bottle, or – a penis. And the dildo belongs to no one: "The dildo negates the fact that desire is something that takes place within an organ belonging to the self."

**8.0 CONTRASEX.**
In the "Contrasexual Manifesto"[10], Preciado proposes exercises to deterritorialize the classical erogenous zones and instead open up new ones that have nothing to do with the binary of man and woman and the reference to reproductive organs. To this end, she lionizes the proletarians of the anus, the founders of a new, contrasexual society: The anus is radically democratic in that every body possesses one. And every sex protagonist participates in the production of culture: We are all sexual proletarians. This appeal includes the production of the entire body of the people, it implies different forms of the practice of relationships, the dissolution of family structures, the demystification of heterosexual love, and the introduction of contractual sex, which subjects its acts to critical debate and allows them to be negotiated in political terms. Post-porn and contrasexuality influence and permeate each other. Parallels between sex films, as an alternative form of cultural production, and the basic practices of economic and artistic self-organization in feminism, can be traced from Sprinkle's call for women to produce their own porn films[11], all the way to the DIY workshops of the queer underground porn filmmakers Girlswholikeporno[12] (Barcelona).

**9.0 BELLADONNA.**
Post-pornography is not only produced on the fringes of queer contexts or the art scene. The mainstream porn-star, Belladonna, displays parallels to Annie Sprinkle's de-identificatory practice, without taking recourse to the linear narrative of the social rise from a porn performer to an artist. Two years ago, Belladonna founded her own firm, "Belladonna Entertainment", and rejected the classical patterns of hetero-sex. Beforehand, she had been a masochistic icon of gonzo porn, which since the boom of digital cameras sells sex performances as being even more "authentic". In addition to the shaky hand-held-camera aesthetics and a documentary gesture having nothing to do with glamorous studio sets, gonzo stands for an intensification of the body. Harder sex with anal sex as a highlight, new gagging techniques (blowjobs leading to the actress almost suffocating), more salivation and stronger affects. Belladonna utilized the intensification of gonzo sex for a line of flight away from the role of the passive female subject. She has now directed more than a dozen lesbian films which, as a matter of course, include fun and empathetically negotiate power relations anew. In "Belladonna Fucking Girls Again" (2005), the director plays the role of a dominatrix with the submissive actress Melissa Lauren. At one point she demands that Lauren stick an inflatable dildo into her mouth, which, with the increasing influx of air, hardly reminds one of a penis anymore. Her face turns red and becomes a (post-)vaginal centre of desire; Lauren gently caresses it and kisses the tube out of Bella's mouth. By means of a new body technology, power is turned into a complex relation of forces that departs from the symbolism of the phallus and the separation between dominant and submissive, man and woman. In "Fetish Fanatic 4" (2006), Belladonna turns a jet of water in a bathtub into a dildo for herself, which here doesn't even possess the material, solid shape of a dildo. In the same performance (with the dominatrix Sandra Romain), there is also a kissing scene in which the dildo is shared by the mouths of the two performers, until it disappears. The reference to the relation of phallus-dildo-power is thus entirely abolished. Both performers are at once penetrators and the ones being penetrated, so to speak.

**10.0 POST-PORNOGRAPHIC IMAGES.**
Merely a tendency towards post-pornographic images can be discerned, be it in the films of Bruce LaBruce, Virginie Despentes and Hans Scheirl or in the photographs of Del LaGrace Volcano. This is reminiscent of the concepts of movement-image and time-image in Deleuze's philosophy of film, in which they do not exist in a pure form but in a resonating body, as it were – as approximations and in degrees.[13] In general one can say that a post-porn image emancipates itself from the binary logic of hetero-power and makes available potentials for other forms of representation-critical affirmation, which make new subjectivities and power relations within the practice of sexuality conceivable and debatable. In the best case, this results in affective singularities of lustful image politics that smuggle themselves into the interface of theory and practice with the aim of complicating it. In the process, the gender-specific and economic circumstances of the works, as well as the fact that they are constructed, are suspended and put up for consideration.

Present post-porn debates are far from possessing a unified strategy or position. For example, while Sprinkle's position can be interpreted as a campy, yet serious, claim to brotherly/sisterly love and humanistic integration, the most determined counterposition can be found in the anti-humanism of the queer theoretician Lee Edelman, for whom post-porn images are (or can be) only produced in sexual acts that place the sexually identitary mode of existence at risk. Terre Thaemlitz is also in line with such a position, yet he addresses it in the form of institutional criticism (e. g., of the art market) or by questioning the notion of subcultural community (e. g., queer communities).[14] Diefenbach, on the other hand, proposes conceiving post-pornography on this side of gestures of transgression and liberation or in relation to the symbolic law of the "big Other", as a non-utopian strategy aiming at different economies between bodies and desires.[15]

(Translation: Karl Hoffmann)

Notes

1. Cf. Annie Sprinkle, Post-Porn Modernist, San Francisco 1998.
2. Tim Stüttgen, "Proletarier des Anus: Interview mit Beatriz Preciado, Teil 1", in: JungleWorld 48/04 (2004), p. 24.
3. Linda Williams, Hard Core, Basel 1995.
4. Michel Foucault, History of Sexuality I: An Introduction, New York 1978.
5. Beatriz Preciado, "Gender Sex and Copyleft", in: Del LaGrace Volcano, Sex Works, Tübingen 2005, p. 152.
6. Eve K. Sedgwick, Touching Feeling: Affect, Pedagogy, Performativity, Durham 2003, p. 149.
7. Katja Diefenbach, "The Spectral Form of Value: Ghost Things and Relations of Forces", in: Simon Sheikh (ed.), Capital (It Fails us Now), Berlin 2006.
8. Preciado refers to Derrida's deconstruction of the French language as "original" and "mother tongue" in relation to the minority migrant languages of Hebrew and Algerian. In: Jacques Derrida, Monolingualism of the Other; Or, the Prosthesis of Origin, Stanford 1998.
9. Tim Stüttgen, "Proletarier des Anus: Interview mit Beatriz Preciado, Teil 1", loc. cit., p. 24.
10. Beatriz Preciado, Kontrasexuelles Manifest, Berlin 2004.
11. Annie Sprinkle, "Annie Sprinkle's Herstory of Porn" (New DVD-Edition with Off-Commentary by Linda Williams, www.anniesprinkle.org, 2006).
12. For a view of the work of the Girlswholikeporno collective, visit their blog that includes clips, photos and commentaries: www.girlswholikeporno.com.
13. While Deleuze sees the actualizations of the movement-image in the linear, uninterrupted narration of Hollywood cinema, the time-image which he discovers, for example, in the New Wave Cinema of post-war Europe (Italian neo-realism, Nouvelle Vague, New German Cinema), is considered the result of a crisis in uninterrupted narration and the identification with the protagonist: the sudden entry of exterior social conditions into the life of the main protagonist causes a shock that, through events, introduces new temporalities into the narration and, hence, new forms of thought. In a similar way, one could grasp post-pornographic image categories in relation to classical pornographic images that confront the heterosexually identified narrative patterns of the sexual act with other sex events and plunge them into a state of crisis. The development of these images can also be connected with the historical events since 1968, the struggles of the feminist, gay, lesbian and queer movements, which began at about the same time as the porn film market became established – the double bind between porn and post-porn thus existed from the very beginning.
14. Thaemlitz emphasized this in several statements during the final panel discussion of the Post Porn Politics Symposium at the Volksbühne, Berlin (10/15/2006).
15. Katja Diefenbach, "Dying in White: On Fetishistic Repetition, Commodity- and Body-Experiences", unpublished lecture given at the Post Porn Politics Symposium, Volksbühne Berlin, 10/14/2006.

**FLORIAN CRAMER**
**SODOM BLOGGING**
"Alternative porn" and aesthetic sensibility

Indie porn represents a currently flourishing subgenre of pornography, in which well known looks from subcultures such as Gothic or Punk are oftentimes staged as anti-commercial, feminist gestures of self-empowerment. In this regard the conflicts that shaped the debates around pornography's obscenity from the sixties onwards are however avoided in favor of alternative sexual aesthetics –pornography thus loses one of its basic features. But can there ever be pornography beyond the obscene?

The contradiction of all pornography is that it destroys the obscene. Like the beautiful for classicism, the sublime for Dark Romanticism and the ugly for the grotesque, the obscene is porn's aesthetic register, its aura and its *selling point*. Sade invents modern pornography as the discourse of art crosses a historical threshold from rule-based *poiesis* to the sensitive *aisthesis*. The "120 jours de Sodome" illustrate precisely this *clash of cultures*: a gang of perpetrators, old aristocrats who combine and choreograph their orgies according to the rules of poetics; a group of victims, young children from the bourgeoisie, whose sensibilities unmask the debauchery as perversion in the first place; and as a result, a mutual escalation of *poiesis* and *aisthesis*, construction and sentiment, machine and body. Conceptualism and performance, the antagonistic and complementary poles of modern art, are already fully developed here, and their conjunction of the pornographic and the mechanical will be taken up again in Duchamp's "Large Glass" and Schwitters's "Merzbau", patrician sex-machine construction and petit-bourgeois sensitive "cathedral of erotic misery".

That the pornographic logic of the taboo on obscenity cancels itself nowhere more thoroughly than in pornography itself, is demonstrated exemplarily by the performances of Annie Sprinkle. An actress in seventies mainstream porn who became an Action artist and "alternative porn" pioneer, she not only transgresses generic boundaries but also turns the classical imagery of heterosexual pornography on its head. With her ritual invitation to the audience to see into her vagina by means of a speculum, Sprinkle concludes the iconographic tradition of Courbet's "L'Origine du Monde" (1886) and Duchamp's "Étant donnés" (posthumous, 1968), but disarms the previously lewd gaze, exorcising, an agent of both sexual education and enlightenment, both the taboo and the sexual mystery from such display. Speaking of an obscene "heft of language" and discovering "in a word such as 'cunt' [...] great power",[1] writer Kirsten Fuchs indicates not only the taboo of Indie porn discourses which defuse this heft but also the failure of industrial pornography to reproduce it. Sade, whose systematically constructed escalations blunt the consumer's sensibilities just like any mainstream pornography, attempts to save the taboo by carrying his excesses to the extreme of ritual murder, a figure of thought, Romantic and sentimentalist at its core, which lives on in the "urban legends" of performance art suicides Rudolf Schwarzkogler and John Fare, and is physically performed, in a race against the Zeitgeist, in Genesis P. Orridge's modifications of his body.

The "exploitation" of the porn viewer consists in the false promise of obscenity, or its simulation

– as Gonzo porn has done since John Stagliano's "Buttman" series – through the aggressive penetration and protrusion of bodies.[2] Yet this is precisely where mainstream and independent pornography, the business and the activism of porn meet: Sprinkle's performances are Gonzo with the addition of a feminist "empowerment" which returns the object of such protrusion to the position of the subject. And the independent pornography which has recently established itself as a genre, mostly on the Internet but flanked by sexually explicit auteur movies such as "9 songs" and "Shortbus", can be the subject of a discussion free of bad conscience because, among other reasons, it presents "good" sex without obscenity; fulfilling, after the interventions of the feminist anti-porn debate of the 1980s, Peter Gorsen's diagnosis of a neo-vitalist tendency in contemporary sexual aesthetics that consummate the program of turn-of-the-century anti-industrialization and Naturist movements.[3]

Thus, the boundaries are blurred between the pornographic exploitation of codes from subcultures and artistic experimentation on the one hand, and the sub-cultural appropriation of pornographic codes on the other hand. The Australian porn holding gmbill.com hosts "Project ISM" at ishotmyself.com, a simulated conceptual art project by women who photograph themselves, and beautifulagony.com, a website – the eroticism is quite successful – exclusively devoted to close-up videos of men's and women's faces during sex and orgasm, thus serializing the concept behind Andy Warhol's "Blow Job", in recursive application of Warhol's aesthetic to itself. The milieus, roles and interests of art and commercial enterprise, of artists and sex workers, of sex industry and cultural criticism seem to blend into each other: the photo models and sex performers at suicidegirls.com or abbywinters.com discuss feminist literature seminars, artist Dahlia Schweitzer is at once Electropunk singer, author, former call girl, photography artist and her own nude model with a college degree in Women's Studies, while the humanities in turn approach the subject as participant observers in Porn Studies and at recent "netporn" and "post porn politics" conferences.

The price for such integration is the avoidance of all conflict. Whether as a provocation, as an expression of the power of sex or of sexual politics – what is thus liquidated, the obscene, was what marked the points of intersection between the experimental arts and commercial pornography, in Courbet and Duchamp, in Bataille's novels, Hans Bellmer's dolls, Viennese Actionism, Carolee Schneemann's "Meat Joy", but also in pornographers later honored as artists, such as photographers Nobuyoshi Araki and Irving Klaw, fetish comic strip artist Eric Stanton and sexploitation moviemakers Russ Meyer, Doris Wishman, Jean Rollin (whose work was honored by Aïda Ruilova during the most recent Berlin Biennial) and Jess Franco.[4] What is obscene in these constellations are fetishes that become objects of exchange between the porno and underground cultures. Cross-fading between the biker and gay leather S/M cultures, between Satanism and Fascist iconography, Kenneth Anger's experimental film "Scorpio Rising" of 1964 exemplarily demonstrates these transactions. A decade later, Genesis P. Orridge and Cosey Fanny Tutti will copy this back into youth culture with their pornographic performance group COUM Transmissions, from which the band Throbbing Gristle and industrial music emerge, as will punk fashion, collaged by Vivienne Westwood at her London boutique "SEX" out of bondage and fetish accessoires.

McLaren's and Westwood's punk is the bourgeois culture of sentiment inverted, mobilizing the registers of the ugly, the disgusting and the obscene for an anti-beautiful aesthetic. Little wonder, then, that in its later, no less bourgeois mutation into the Autonomist culture of squat houses, construction trailer camps and cultural centers, punk claimed a different, "alternative" kind of beauty for itself. Following the same logic, the connotations of the fetish are transformed from the obscene into the anti-obscene in the sex stage shows of early hard-core punk band Plasmatics, featuring frontwoman Wendy O. Williams, a former stripper and porn actress, and later of the punk/metal women's band Rockbitch, and finally in "Indie porn", an allegedly punk-cultural Internet phenomenon. During the 1990s, specialized porn websites establish the genre of "Gothic porn" with otherwise conventional pornographic images and videos showing women in the Dark Wave look. In 2001, "Suicide Girls", the first commercially successful Indie porn website, emerges from this environment.[5]

But punk, thus dressed up as leftist radicalism, disowned its roots in fetishism, or rather displayed its other side, traced already in the late 1970s' rivalry between punk and disco by Spike Lee's movie "Summer of Sam", with punk culture – dominated by heterosexual white men – nursing its resentments of the poly-sexual, gay-dominated and multi-ethnic disco culture. German polit-punk band Slime's disparaging refrain of 1981, "Samstag Nacht, Discozeit / Girls Girls Girls zum Ficken bereit [Saturday night, disco time / girls girls girls ready to fuck]", expressed an attitude which, six years later, at the apex of the feminist "PorNo" campaign, exploded in violence at the Berlin movie theater Eiszeit when an autonomous commando raided a presentation of Richard Kern and Lydia Lunch's underground porn movie "Fingered". Even today, debates over pornography belabor this conflict, though less explicitly so. Proclamations of an alternative pornographic culture and imagination still always also mean taking a stand against anti-pornography feminism. And the other origin of Indie porn, besides commercial Gothic porn sites, is the "sex-positive feminism" – founded by Susie Bright, Diana Cage, and others as a counter-movement to the PorNo campaign of Andrea Dworkin, Catharine MacKinnon, and, in Germany, Alice Schwarzer – which not only discussed but also put into creative practice a "different" pornography incorporating feminist reflections; for instance, in the Lesbian journal On Our Backs, in the German Konkursbuch publisher's annual "Das heimliche Auge", and at nerve.com.

Both feminist tendencies, anti-porn and pro-porn, disagree on the therapy but not on the diagnosis that mainstream pornography is sexist and disgusting.[6] What is often overlooked, especially in Europe, is that Dworkin and MacKinnon by no means demanded that pornography be prohibited or censored.[7] Instead, their campaign acknowledges the power of sex and of the obscene imagination – the power that virtually all varieties of alternative pornography play down as a game without consequences, rationalize and repress. Indie porn replaces the rhetoric of artificiality in classical mainstream pornography – artificial body parts, sterile studios, wooden acting – with a rhetoric of the authentic: instead of mask-like bodies normalized using make-up, wigs and implants, the authentic person is exposed and protruded not physically, as in Gonzo porn, but psychically. Indie porn websites, comprehensive links to which can be found at www.indienudes.com, no longer emulate the cover aesthetics of porn videos and magazines but have switched to a standard format including diaries, blogs and discussion forums where users communicate with models and models with each other in a rationalized discourse characterized by a pretense of mutual respect, while the private person is at the same time in her "authentic" totality exposed to the public view, following exactly the logic traced by Foucault in the development of the penal system from the physical mutilation of the offender to the modern panoptic prison's psychological terror.

With this personalization and psychologization, Indie porn is making the logical next step in a progressive unmasking of the pornographic actor that began in the 1980s with the switch (recounted at epic length in the movie "Boogie Nights") from 35 millimeter porno-theater flicks to cheap video, continued in Gonzo anal sex porn, and culminates in Internet pornography. Gonzo porn is even more subversive and transgressive than Indie pornography in that it subliminally satisfies and thus installs gay desires within the heterosexual mainstream: anal barebacking, women styled like drag queens, and – in contradistinction from most 1970s and 1980s porn – offensively sexualized male stars, like Rocco Siffredi, in the camera's focus. What Gonzo stages as a radical *poiesis* and white-trash body performance in the vein of "Jackass", is turned in Indie porn into a sentimentalized confessional discourse before a paying audience cast as voyeuristic confessors, with constant assurances of the bourgeois normalcy and, irrespective of its rating, the playful harmlessness of the sex on view.

Just as Indie pop is a specious alternative to the music industry's mainstream, and in reality based on the same business model, which is being protected by ever more absurd copyright laws, preventive technology, cease-and-desist notices and searches of homes, Indie porn is not at all "independent" but in fact commercialized and sealed off from free channels, even positioned in opposition to them: precisely because the mainstream merchandise is easily available on peer-to-peer exchanges, pornography, just like pop music, now sells only by virtue of difference, including difference from itself.

**FLORIAN CRAMER**

(Translation: Gerrit Jackson)

Notes

1   "Sex ist das Spiel der Erwachsenen", interview in *Der Tagesspiegel*, 7/2/2006.
2   Cf. Mark Terkessidis, "Wie weit kannst du gehen?", in: *Die Tageszeitung*, 8/18/2006.
3   Peter Gorsen, Sexualästhetik, Reinbek 1987, p. 481 ff.
4   Porn and art are fused in Otto Muehl, who on the one hand anticipated the imagery and rhetoric of mainstream and scat fetish porn with his formulaic sexist and voyeuristic material Actions, and on the other hand took part in the making of the sexploitation movies "Schamlos [Shameless]" (1968) and "Wunderland der Liebe – Der große deutsche Sexreport [Wonderland of Love – The Great German Sex Report]" (1970); a similar path was taken in 1981 by pop singer and future sex guru Christian Anders in his movie "Die Todesgöttin des Liebescamps [The Love Camp's Goddess of Death]".
5   It is a less well-known fact that *Hustler* publisher Larry Flynt started a porn magazine called *Rage*, styled as "Alternative pop" in its photography, typography and copy, already in 1997; its publication was soon discontinued. Joanna Angel, host of Indie porn website burningangel.com, now works for Flynt's "Hustler Video".
6   Or they are fused, as in Catherine Breillat's movies, in the synthesis that sexuality's being *per se* sexist can be made a source of infernal pleasures.
7   See Barbara Vinken's preface in Drucilla Cornell, Die Versuchung der Pornographie, Frankfurt/M. 1997.

**MANFRED HERMES**
**BLEAKHOUSE**
On new forms of pornographic abasement

The exploitative dimension of pornography has been much debated and criticised. Yet the main focus of analysis shifted towards the emancipatory potential of sexually explicit depictions in the academic discussions around pornography during the nineties – surprisingly enough mostly in view of heterosexual mainstream porn.

Recently developed formats of internet pornography may give reason to re-evaluate the deliberate moment of exploitation in pornography as well as to lay open the blind spots of academic "porn studies".

The feminists of the eighties thought the theoretical choices of the generation that preceded them had become too rigid. In categories such as *male gaze* and the schematic hierarchy of the sexes that underlay it, they saw nothing but a constricting and debilitating canonization. In a defensive move – and in line with a turn, in film theory, to narrative structures – pornography, the very target of recent vilification, could be established as an object of studies at universities. Yet the gratification they derived from being, within the academic field, *hardcore* themselves raised the dilemma that the hardness of the new subject-matter had to be met by an equal increase in intellectual diligence, resulting in dubitable theoretical presuppositions. Taking Linda Williams' "Hard Core" (1989) as an example, one can observe from today's vantage point that the conceptualization of "film as text" is inadequate; and it is useless to attempt to define pornography as a "genre" and associate it with those other, allegedly ostracized, lower genres which, as in the case of the melodrama, both elicit physical effects and lead to the release of fluids. Nor is Foucault's theorem of "confessional discourse" applicable to the heterosexual mainstream pornography examined by Williams, since it is not the actors but, if anyone, the producers who attain something like subjectivity in it. The case may be different for some "fetishistic" porn film genres, but the confession played a role in experimental films rooted in the Surrealist tradition, such as Kenneth Anger's "Fireworks" or Barbara Rubin's "Christmas on Earth", that is to say, in productions of a sort that do not appear in Williams' discussion.

In view of recent developments in pornography, it appears worthwhile now to reexamine the abolition of the taboo on pornographic materials, advanced by academia, under different aspects: to stop seeing in pornography the ballet of bodies that offers an adequate form to the inscription of differentiated desires or serves to prove the constructedness of the sexual. Pornography might as well be seen again as the representation of human labor, and not infrequently of unpleasant labor, as a filmic recording of an act of prostitution incapable of being assigned any emancipatory function.

The following, then, will address one species of pornography, properly speaking only the subspecies of a subspecies, which has seen above-average growth during the past few years due to the internet, and developed a great number of variants. The species in question is a form of "amateur" pornography which offers the pornographic commodification of heterosexual men for a homosexual audience.[1]

The set-up, it should be noted, is the simplest conceivable: one or two cameras point toward a couch or a bed in the corner of a room. The producer of the genre is generally a do-it-yourself pornographer, and so he is cameraman and director in one person: a man enters or is already seated. An offstage voice now requests him to talk about his hobbies or recount sexual experiences, evaluates his physique, and introduces the ensuing sexual activities in a tone that is not infrequently good-humored. This basic structure is varied in man ways, but some of its elements are fairly stable.

Thus, the scene is clearly intended to violate personal boundaries and characterized by a certain cynicism; otherwise, the films are in most cases very short. What is most important is that the models authenticate their heterosexuality, which their behavior or style of dress does from the outset. Anyway, straight porn is playing *hors champs* for purposes of stimulation. But their heterosexuality is to display itself most prominently in their involuntary reactions, in a certain mimic rigor interspersed with signs of embarrassment, anger, or suppressed rage. In this "straight for gay" frame, even mere nudity and the simplest sexual acts come across as transgressions. Any further demand is moreover staged as an impertinence so that the model's irritation is only too understandable that the models are irritated. If, during their first appearance, a masturbation scene is enough, during their second time in front of the camera they have to assume foolish poses, or perform sexual acts next to or with other men or dildos.[2] Sometimes, the producers also enter the image and use their models for their own pleasure, meeting another *Ugly George* criterion.[3] In straight porn, the ejaculate may well serve the purpose of representing the visually inconspicuous female sexual pleasure. In this context, however, the climactic points are a function of the concatenation of humiliations even though orgasm remains the scene's dramatic finish; thus when a face covered in sperm, gasping for air and discomposed, smiles at the camera and is forced to verbally redouble the shame. The progressive further aggravation of the humiliations (though they remain relatively harmless in comparison to what is expected of women in some straight porn) also renders "virginity" a rather expansible construct.

New models are constantly recruited to compensate for the fact that monotony quickly ensues even in the presence of the most resolute pornographic relentlessness and the shock effect wears off. In the US alone, the country where this genre flourishes the most, tens of thousands of men have probably agreed to submit to conditions like those described here during the past few years.

If the fascination and the frisson of the genre is a function of the superlatives of such representations, the implications that might result from the contraction of public and intimate spheres increasingly produced by the internet play a role as well. Intersections with the actors' everyday lives are easy to imagine; what dramas a possible discovery by their immediate social environment might cause, and that is, given the circumstances, not even an unlikely prospect,[4] since film and picture files, once in circulation, will now remain part of the public domain virtually forever.[5]

The models, for that matter, soon experience a "professionalization" that is staged as an assimilation of their behavior to the norms of pornography, as an appropriation of over-dramatized gestures and mimic expressions (moaning, "oh, fuck, yeah", rolling eyes, pouched lips – and all of these, on occasion, in the absence of an erection). The viewer, then, is witness also to the actors' drilling themselves, indicating proximities to the show business or offering insights into the configuration of a marketing of the self (there are intersections here with dating sites, self-presentation forums such as "Youtube", or sexual services offered from one's own home via webcam). The boundaries between the amateurish and the professional are thus blurred; although such adaptations devalue or disintegrate precisely the quality which had initially been offered to the homosexual *worship* – an essence of masculinity, the idolized "man".

Although these productions form a comparatively marginal genre, they display, with their bleak reality-effects, the total transparency of the chain of financial exploitation, and the lack of structure or referentiality, implications that can be generalized. This concerns, for one thing, the cheapening of visuality, but also the availability of universally obsequious labor – even though the gap between the participants in this market may be tiny, consisting in nothing more than a little initiative, a digicam, and a few hundred dollars.

Although the sexual acts are always transmitted through media generated with a view to concrete structures of distribution, the relatively drastic and emphatically non-fictional representations thus created point beyond what could be comprehended as a "text". A proximity to real lives is preserved in moments of shock recorded on film; the scenes here arranged for the camera could play out in very similar ways under conditions of prostitution. Yet, the point could not possibly be to think pornography from the exclusive basis of common sense and with a view to their obvious purposes. Even though the viewer is confronted with imagery that seems fairly real, distinctions can be made, and a reaffirmation of a notion of realistic representation is not the inevitable consequence. Rather, the implications of pornography are not exhausted by the filmic substratum or the respective medial frame. Here, too, the visual field is organized by an order in which the divisions are recognizable that structure the field of the sexual in its entirety.

In her book "Porn Studies", Linda Williams charges Slavoj Žižek with dismissing the textual dimension of popular pornography – "characteristically", she thinks. Indeed, Žižek had objected, in "Looking Awry", that pornography always goes "too far", always goes beyond the decisive point. While one may well agree so far, the remainder of his argument is a different matter. The decisive point, thus Žižek's objection, framed in Lacanian terms, is that in pornography, the gaze has withdrawn from the other, reducing the horny viewer to a dull stare. This very argument may not obtain in the case of pornography that operates coarsely, with its ubiquitous fissures. Not only is there no need to play-act arousal; that is not even desirable; the other's desire is precisely not desired. The motif that "you never regard me from the position from which I regard you" is in this case such an integral part of the arrangement that "going too far" may well turn out to be the breakingpoint which causes the viewer to perceive himself to be seen as someone who bears and experiences the fissure.

Yet what Susan Sontag said in her book on war photography ("Regarding the Pain of Others") is certainly applicable to scenes of pornographic abasement. She, too, was interested in cameras, in shamelessness, and in the fact that photographs allow a viewer too close access to "dripping bodies". Torn over the question whether it is justifiable that images of tattered corpses be seen, Sontag still acknowledged the fascination exerted by images of horror and depictions of degrading treatment and torture. She thus also indicated the traumatic core to which we react not only as insatiable voyeurs but also as subjects who might at any time be affected ourselves.

I have drawn on the example of these novel pornographic figurations, produced in great numbers by the internet, also in order to offer an opposition to certain forms of feminist and queer academic engagement with pornography. For on this level, a scenery characterized by multiple displacements emerges. It is, of course, of great importance in this context that it is heterosexual men who are here placed in situations otherwise usually foisted upon women, and moreover in scenes staged by homosexuals. This provides a decisive turn of the screw from which those ethically motivated objections to pornography might benefit that were raised, well into the eighties, by feminist critics (Dworkin, MacKinnon; Schwarzer in Germany) as a fundamental verdict against pornography. But these scenes also cancel the arguments of these critics that pornography, more than anything else, displays the aggressive hierarchization of relations between the sexes. Such objections, in any case, seemed anachronistic and unproductive to the next generation of film theorists. Laura Mulvey had described the feature film as a regime in which women viewers are not envisaged by the very principle of representation. In order to refute the insuperability of this claim, there was something of the elegantly impertinent to a woman's forcing her way into a field in which she was indeed least envisaged to be. Yet this also required consent to the consequence: that one see, even in the most garish feature-film-like pornography, which has indeed institutionalized the debasement of the object, a good-humored "reinvention", "diversification", and "intensification" of sexualities in action – which position, besides vehement opposition to censorship, was indeed the explicit emancipatory vestige in the porn-affirming works of this generation of theorists.[6]

The compulsive cheerlessness and visual impoverishment of the pornography discussed here (and of course, the heterosexual sector offers greatly more material also in this field) are even much less apt to contribute anything to this model of "textuality" and "dispersion of the desires".

If I were to give an account of the irritation that academic writing on porn such as Linda Williams' has caused in me, I would list the following points: an insensitivity toward social aspects and the role of money; inappropriate interconnections and blurred categories which remove the pornographic "horror" from sight; and last but not least a smug satisfaction over having bolstered academic film studies with some mass-cultural drama.

Placing pornography as a subordinate category within an interdisciplinary field of study is, of course, an obvious option in an environment that is at pains to expand the field of its own competency, and in the end capable of turning anything into an object of study. The contradiction then arose that the university, while capable of integrating what it had before sharply rejected, could do so only at the price of not inverting its own conditions. The inherent promise that, with this drastically non-artistic visual material, one would undermine the academic norm itself has never been honored, because it has never even been considered.

(Translation: Gerrit Jackson)

Notes

1. A small selection of such offers: www.activeduty.com, www.all-americanheroes.net, www.bukbuddies.com, www.geminimen.com, www.nextdoormale.com, www.seducedstraightguys.com, www.straightboysfucking.com, www.jakecruise.com, www.brokestraightboys.com, www.baitbuddies.com, www.militaryclassified.com, www.awolmarines.com.
2. Some of these producers create secondary brands under which the same models appear with women or in bisexual constellations. "Straight Guys for Gay Eyes". or short SG4GE, is not the only company to process heterosexual acts for homosexual viewers.
3. Between the seventies and the nineties, "Ugly George" delivered his productions to a New York cable channel. His video camera mounted so close to his body that it seemed to have become a part of him, he walked the streets of New York in order to bait women willing to appear in his soft-porn stagings. "Ugly George" was cherished for his cynical come-on rituals, and is regarded as one of Gonzo porn's predecessors. The videos described here, by the way, are also part of this latter genre.
4. Florida military authorities recently made a spectacular discovery. Some of the models cast by "Active Duty" were in fact on active duty, making the company's name less than

exaggerated. This discovery resulted not only in discharges but also in indictments for sodomy, violations of military honor – and adultery.

5   Early-sixties porn clips featuring Joe Dallesandro, whose career took him directly from the physique sector to Andy Warhol and thence to supporting parts in feature films and TV series, were long considered a rarity but are now readily available on the internet.

6   From there, it is not a long way to Annie Sprinkle's sexual kitsch. It was Sprinkle who coined the term "post-porn". where "post" means "post my own porn career" more than anything else. However, her show, which reveals a playful and sex-educational aspect to sex, continues to be successful today mostly because her parodistic presentation of historical pornographic styles functions as a joke.

**EMILY SPEERS MEARS**
**NO DELAY**
**On the DVD compilation „Destricted"**

**What does art want from porn? For some time now one can observe the trend that artists expand the visual competence generally ascribed to them to the realm of pornography. The DVD compilation "Destricted" now brings together six contributions, in which the artists invited are supposed to give their views on sexuality and pornography. The range of these short films goes from masturbation fantasies to sketchy animation sequences and all the way to documentary style teenage sex.**

**Seen against the backdrop of art historical precedents the question emerges what makes these approaches differ from porn without artistic ambitions. And is it sexy?**

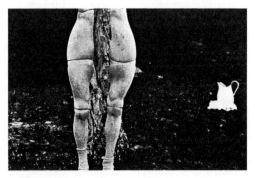

"The body is 'comparable to a sentence that invites us to disarticulate it." (Hans Bellmer)

October 2006: "Destricted", seven artist-made films on sex and porn, curated by Mel Agace, Andrew Hale and Neville Wakefield, goes on general release. So general you can buy it in the HMV on Oxford High Street; the packaging trumpets "'Destricted' is the most controversial and sexually explicit film ever to receive an 18 certificate from the BBFC". Unfortunately, with the notable exception of Marina Abramović's "Balkan Erotic Epic" and possibly Matthew Barney's "Hoist", the "Destricted" films are not only totally hetero-Western, they are also totally unsexy.

In "Death Valley" Sam Taylor-Wood films a young Hollywood buck walking out into the middle of the Nevada wilderness. He takes off his shirt, and has a wank. Taylor-Wood's twist is that he can't come. Instead he rubs his (not unattractive) member raw for an eight minutes. A cool metaphor for artistic frustration, perhaps – unfortunately, as with most of the films, Taylor-Wood's presentation is so detached it ultimately works as nothing more than a tritely sardonic musing on a classic sexual metaphor.

"Death Valley" is one of three of the project's films to foreground masturbation, in all but one instance male. Gaspar Noé's "We Fuck Alone", featuring a blow-up doll, a gun and a teddy bear, is overtly misanthropic and merits no further discussion; in Barney's "Hoist" a Brazilian tree spirit, the "Blooming Greenman", rubs his cock against the drive shaft of a deforestation machine. Although Barney attempts a more abstracted, daft depiction of sexuality than the rest of the contributors – that little piece of masculine desire in every piece of machinery – the work, much more pared-down than his usual extravaganzas, ultimately still suffers from the affliction that curses most of "Destricted" artists: they place themselves at a remove from the action. Perhaps this is a fault of the curators: by inviting the artists to make short films *representing* their views on sex and porn, they created an escape clause that enabled the artists to avoid really getting stuck in.

Of course this is not necessarily the reason they are so unsexy. Larry Clark's involvement makes his film, "Impaled", almost unwatchable. In the longest work of the compilation, at 38 minutes, Clark casts a boy for the film he is making (for "Destricted"), in which said boy gets to have sex with a porn actress. He first interviews a number of those who answered the ad, then picks the boy with the most Bambi-on-drugs eyes, who gets to audition a number of porn actresses before picking one who he would like to fuck up the ass.

And then they do it. Not only is it disgusting for the sheer gratuity of its exploitation, it's disgusting for what it reveals about the boys, corn-fed (or, as one of the interviewees points out, porn-fed) American youth, and their misogynistic, bravado-fuelled attitudes toward sex. But ultimately "Impaled" is far from illuminating; like a lot of Clark's recent work, from the exhibition "punk Picasso" to "Ken Park", it is depressingly degrading, as it encourages the perpetuation of the moral depravity it so fascinatedly diagnoses.

Contrast "Impaled" with Marina Abramović's "Balkan Erotic Epic". The Yugoslavian artist, in sexy schoolmistress outfit, recounts Balkan pagan traditions in which sexuality plays a fundamental role, such as methods for warding off the evil eye, encouraging the crops to grow, and so on. As she recounts them they are illustrated, either through the enacting of men and women from Belgrade, dressed in Balkan peasant costume, or using rotoscope cartoons that, with their clear lines and simple movements, brilliantly suggest instructional sex education videos. Thus we get men rutting the ground to fertilise the soil, women flashing their pussies at the rain to scare the Gods, and a simple animation of a woman inserting a fish in her vagina: once it is dead, in the morning, she will make a potion to slip to her husband in his coffee so that he will love her. The video turns melancholic, however, and as the credits role, a woman beats a skull against her bare breasts. With this bucolic, yet also sharp and ultimately hilarious disquisition Abramović not only offers an alternative representation of sexuality to the more stale versions on offer in "Destricted"; she also astutely manages to broach topics outside the immediate sphere of sex, most poignantly, by posing a cohesive Balkan identity in a splintered region, nationalism in the Balkans.

For the most part – and this is what I find most disappointing – these films, rather than offering kooky Abramovićian takes on sex and/or porn, rehash conventional representations of desire. (There are also appropriated contributions from Richard Prince and Marco Brambilla.) Bar "Balkan Erotic Epic" and "Hoist", all of the main women are white and hot and all of the main guys are white and not; likewise the shagging is overwhelmingly hetero. At best, then, the films resemble Jeff Koons's porn series "Made in Heaven" (1991), posed with his then wife, La Cicciolina. With their deep kitsch backdrops, La Cicc's crazy costumes, and not least Koons's own freakishly overdone look, as if he is just playing along, these photos and sculptures knock desire down flat; they are rather a kind of relentlessly profitable child's play.

As we know from the sequel to "Made in Heaven" (the divorce and custody battle amidst one-way accusations of impropriety), there is always more at stake in representations of sex in art than either "Made in Heaven" or "Destricted" ever acknowledge – except by way of crowing over their own licentiousness. "Destricted" plays smugly off its own risquéness – as the quote on the cover and the silver plastic wrapping indicate, everything about its promotion and advertising trumpets Naughty.

Stuart Comer, who introduced last September's panel discussion on "Destricted" at the Tate Modern, noted the effect of the Internet on the way porn is distributed and viewed and described the screenings there as a "rare occasion to gather in public" to watch sexually explicit films. It seems fairly superfluous to recount the litany of genuinely transgressive avant-garde films and their censored viewing situations, other than to note that their impressive history is well-rehearsed. "Destricted"'s self-congratulatory spectacle, on the other hand, feels like a tease. In an "open society" such as ours (*pace* Comer) the act of trumpeting one's ability to get a rating on a penetration shot (in "Impaled") seems fairly empty, a case of massaging the boundaries.

The idea of inviting artists "to make short films representing their views on sex and porn" does seem like a good idea, though – for their ability to offer a non-partisan, "artistic" approach they might add something enlightening to a confused and clichéd discussion, in a culture in which society's problems are still battled out over women's bodies (in the UK most recently the urgent debate over the wearing of the niqab, which unrolled simultaneous to yet another fashion-anorexia furore). It is particularly unfortunate, then, that from the very beginning the viewing situation is warped. Nonetheless, "Destricted" is worth taking up as an opportunity to set out the terms for art that is actually *sexy* (for want of a better word) – sexy, that is, not according to commercial conventions of sexiness, but predicated upon the awareness that arousal is not ignited by a formula set in stone but rather by an oblique set of circumstances as random and as fleeting as a touch, a smell, a smile, an unprompted flashback ... And setting out the terms for a sexy art which is honest about arousal's own intangibility might thereby enable rethinking – and hopefully disarticulating – the relationship between desire and physical representation.

Back to Abramović's work for some clues as to how truly sexy art might be done after all. What "Balkan Erotic Epic" has in common with other sexy art is its oblique representations of the body – through the flashing of the genitals, cartoons, humour. These techniques suggest a disarticulation of the body of the kind described and practised by Hans Bellmer. Accusations of misogyny aside, the German Surrealist's drawings and his Dolls, with their tangled, doubled limbs and misplaced, bulging body parts effect a sort of synaesthesia that, in its confusion of the senses, uncannily replicates – and thus I think also prompts – erotic confusion. This abstracted, and thereby heightened, sense of desire can also be found at the opposite end of the aesthetic spectrum, in Andy Warhol's terminally dull but nonetheless sexy early films, as writer Wayne Koestenbaum neatly captured in a conversation with Bruce Hainley in Artforum (Summer 2002): "I'm still trying to puzzle out the intensity of my erotic response to the early Warhol films. 'Blow Job' (1963) and 'Couch' and 'Kiss' (1963) and 'Sleep' – among other films – teach the sacrosanct nature of waiting. I count those hours spent watching Warhol porn at the MoMA Film Study Center as among my life's most intense sexual experiences."

Contemporary practitioners of this sexy blocking and delay might number the late filmmaker Derek Jarman, for his juddering Super 8 camera movements and layered shots suffused with warm angry colours, which effects deliberately interrupt viewing of the bodies that play out his jagged narrative in "The Last of England" (1986), making each glimpse that much more desired; Matthew Barney, for his incredibly intense, drawn-out burrowings through subterranean Vaseline in "Cremaster 4"; Angus Fairhurst for his collages – advertising and fashion editorial images with the body and text removed, layered on top of each other, which thereby disrupt in order to reconfigure the stratagems of desire; Meredyth Sparks for her scratched-up collages of glam-punk idols. All these artists (disconcertingly, more men than women spring instantly to mind) represent the body in some way obliquely, thus both blocking spectacle's manufacturing of desire and conjuring its representation anew.

Taking this approach a step further, it might be possible to speak of an even more elliptical vernacular of sexy art, one that relies not so much on imagery but rather on the experiential: on sound, breathing, feeling. After all, neither arousal nor desire are predicated on the visual. My keystone work for this oeuvre would be Bruce Nauman's "Body Pressure" (1974), a list of instructions for someone pressed up against a wall, with its sly parting shot "this may become a very erotic exercise" – in fact Nauman's early limits of endurance testing works are frequently sexy in this way. Perhaps a more recent proponent is Micol Assaël, whose environments, which include components such as hot blowing air, electrical sparks and dripping water, abruptly confront the viewer with own physicality. This experiential art is of course the exact opposite of porn because we are confronted with it in the flesh – we don't have to rely on our imagination. Such interplay with desire, which eludes straightforward representation, even sometimes avoids actual imagery, for more sideways, allusive, proactive, alluring offerings, is important for its reconfiguring of the erotic outside of the bounds of normative representation – something that the makers of the "Destricted" films might have kept in mind as they embarked upon their respective projects.

# 10

## IT IS ABOUT TO HAPPEN

IT WILL MAKE ITSELF HAPPEN

8

IT IS HAPPENING AND THEN
THERE IT IS

IT HAPPENS TO BE
HHYUUGE HUGE HUGE

# 6

IN THE MEANTIME
IT IS HAPPENING

# 5

YOU CAN SEE IT HAPPEN

YOU CAN SEE IT HAPPEN

# 4

IT HAPPENS EXACTLY THAT WAY

# 3

IT IS EXPECTED TO BE HAPPENING

THEN IT HAPPENS HERE AND NOW

1

THIS IS THE REAL HAPPENING

IT HAPPENS AGAIN

## LIEBE ARBEIT KINO

### JUNGLE WORLD
Über eine Filmreihe auf der Viennale 2006

**Das Kino hat einiges dazu beigetragen, dass Projektionen auf den Dschungel mythisch aufgeladen sind. Als populärstes Beispiel dafür gilt „King Kong" – die Selbsterfahrungstour einer Gruppe „zivilisierter" Weißer, die im Dickicht des Urwalds auf das exotische Fremde treffen und schließlich vor allem Erkenntnisse über ihre eigene technisierte Gesellschaft sammeln.**

**Die diesjährige Viennale in Wien zeigte in einem Sonderprogramm eine umfangreiche Auswahl von Filmen, die das Motiv des Dschungels als Phantasma der Moderne ins Verhältnis zu Technik und Ideologie des Kinoapparats setzten.**

Wie viel Eigensinn hat der Dschungel? Eine solche Frage weckte die bei der diesjährigen Viennale präsentierte Spezialreihe „Tales from the Jungle". Dreizehn Filme aus rund 80 Jahre zurückreichender Kinogeschichte zeigten ganz unterschiedliche Fiktionen des der technischen Rationalisierung so oft als entrückt vorgestellten tropischen Lebensraums. Dabei reichte das Spektrum vom zusammengebastelten Exotik-Milieu für Abenteurertypen, wie in Woodbridge Strong Van Dykes „Tarzan – the Ape Man" (1932), bis hin zum dunkel mystifizierten Zufluchtsort für die Verwilderungsfantasien in Apichatpong Weerasethakuls „Sud Pralad" (Tropical Malady, 2004). Dass in dem früheren Werk die Dschungel-Kulisse mal von im Studio rückprojizierten Dokumentaraufnahmen vorgetäuscht, mal als üppig bepflanzte Manege für die Trapez- und Dressurübungen Johnny Weissmullers entworfen ist, schafft ein reizvolles Wechselspiel diverser Illusionierungen. Dabei zeigt der Film aber auch, wie effektiv sich die Imagination solcher heterogenen Raumdarstellungen für die Reproduktion rassistischer Menschenbilder eignet, etwa wenn Urwaldbewohner, in Rückprojektion als Schauobjekt verflacht, den Hintergrund für das romantische Schauspiel weißer Hauptfiguren abgeben, bevor sie, im Vordergrund zirkushaft inszeniert, als Raubtierbeute oder krabbelnde Sklaven degradiert werden.

Dagegen ist der „Garten" in Luis Buñuels „La mort en ce jardin" (1956) als Teil moderner Fiktionalisierungen vorgestellt. Die Dreharbeiten dafür fanden draußen vor Ort nahe des mexikanischen Catemaco-Sees statt. Einerseits kommt dem Dickicht hier die narrative Rolle zu, eine Fluchtgemeinschaft aus rebellischen Diamantschürfern, eitlem Priester und arglistiger „Hure" in Hungersnot in die Irre zu führen, so dass ihre sonst übliche Egozentrik vorübergehend in Solidarität umschlägt. Darüber hinaus korrespondiert der Dschungel bei Buñuel mit dessen Surrealismus. Wenn die Hungrigen unterwegs vom Anblick einer gehäuteten Schlange überrascht werden, auf deren Fleisch Heerscharen von Ameisen wimmeln, dann erinnert dies zwar an eine Szene aus Buñuels früherem „Un chien andalou". In dessen alptraumhafter Stadtlandschaft wirkt der Schock über die aus einer Handwunde herauskriechenden Ameisen allerdings viel subtiler als jenes Gewimmel der Wildnis. Gewissermaßen ist die Übertragung des surrealistischen Einfalls hierher eine Tautologie oder, anders gesagt, naturalisiert der Dschungel an dieser Stelle ein poetisches Verfremdungsverfahren.

Umgekehrt ist es ein Allgemeinplatz, dass Phänomene des Dschungels die Fantasie inspirieren. Da wird in Barbet Schroeders „La Vallée" (1972, Soundtrack: Pink Floyd) die Magie eines wolkenverhangenen Tals inmitten der Regenwälder Neuguineas zur Allegorie für die erotischen und halluzinogenen Versenkungsgelüste einer reisenden Hippie-Kommune. Oder Lisandro Alonso lädt in „Los Muertos" (2004), nahezu

1 Woodbrigde Strong Van Dyke „Tarzan – the Ape Man", 1932, Filmstill
2 Luis Buñuel, „La mort en ce jardin / La muerte en este jardin", 1956, Filmstill

Apichatpong Weerasethakul,
„Tropical Malady", 2004, Filmstill

existenzialistisch, die einsame Bootsfahrt eines aus der Haft entlassenen Mörders mal mit der Uneinsichtigkeit des lichtdichten argentinischen Urwaldufers auf, mal mit der Unbekümmertheit des Protagonisten beim Schlachten einer Ziege. Oder viel pathetischer: Werner Herzog. Wo dieser für „Fitzcarraldo" (1982) einen Flussdampfer von peruanischen Indios über einen Berg schleppen ließ, da schrieben sich die Beschwernisse und Katastrophen dieser Dreharbeiten dramatisch in die Narration des Films ein. Allerdings fehlten in Wien Herzogs Visionen des Dschungels als Stätte des Wahnsinns ebenso wie Francis Ford Coppolas „Apocalypse Now" (1979).

Höhepunkte der Retrospektive waren dafür die Auseinandersetzungen des Thailänders Apichatpong Weerasethakul. Dessen „Sud Pralad" erzählt, wie der junge Soldat Keng und sein Freund Tong auf sonnigen Terrassen oder in neonheller Karaoke-Bar unbeschwert ihrer homoerotischen Liebe nachgehen, bis Tong plötzlich im Dunkel des Dschungels untertaucht. Auf der Suche nach Tong begegnet Keng einem Affen, dessen quiekende Laute er als Aufforderung versteht, ebenfalls in die Welt des einsamen, hungrigen Tigers einzutreten (wobei auch die Untertitel die Affenlaute entsprechend übersetzen). Von da an legt Keng die Militäruniform ab, schmiert seinen nackten Körper mit Schlamm ein und setzt die Suche nach Tong, wie ein Tier auf allen Vieren krabbelnd, fort. Betrachter und Betrachterinnen waren von „Sud Pralad" nicht zuletzt wegen dessen Darstellung des Urwalds begeistert, den sie hier „einer handelnden Person gleichgesetzt" sahen (Viennale-Leiter Hans Hurch) oder „wie mit einer unsichtbaren Macht" ausgestattet (Katja Nicodemus, Die Zeit). Solche Subjektivierungen belegen, dass der Dschungel sein romantisches Potenzial längst nicht verloren hat. Zumindest bringt er, wie Barbara Schweizerhof in ihrem Katalog-Essay zur Retrospektive formuliert, hinsichtlich der Filme seinen eigenen Mythos in die Handlung ein, indem er „so etwas wie eine generelle Tonart vorgibt". Die dabei wiederkehrenden, narrativen Versatzstücke wie Jagd, Verdunklung, Verirrung, Ekstase, Animalisierung oder auch Anthropomorphismus herauskristallisiert zu haben, ist aber nur ein Verdienst der in Wien präsentierten Schau. Zum anderen war dabei unübersehbar, dass der so tradierte Mythos sich zwischen Diskriminierungsmodellen und Emanzipationserfahrungen an sehr gegensätzliche Diskurse zu koppeln vermag.

**RAINER BELLENBAUM**

„Tales from the Jungle" während der Viennale vom 13. bis 25. Oktober 2006 in Wien.

## DAS MECHANISCHE AUGE
### Über Vertov im Filmmuseum Wien

**Dziga Vertovs Anliegen war es weniger, das Kino als Medium der Fiktion auszuloten, als das uninszenierte alltägliche Leben aufzuzeichnen.**

**Der neue Wahrnehmungsapparat Film sollte Vertov in den 1920er und 1930er Jahren nicht zuletzt auf der Ebene medialer Selbstreflexion die Möglichkeit bieten, eine politische Perspektive auf künstlerische Praktiken zu entwickeln. Mit einer großangelegten Retrospektive, in der auch umfassendes Archivmaterial präsentiert wurde, hat sich das Filmmuseum Wien dieses historischen Erbes erneut angenommen.**

Sehen, was das Auge nicht sieht – das war das visuelle Programm des sowjetischen Filmemachers Dziga Vertov (1896–1954). Er wollte mit der Filmkamera nicht einfach dem Auge der (bürgerlichen) Betrachter neue Privilegien einräumen, sondern vielmehr das Publikum mit der Apparatur des Kinos in einen neuen Medienzusammenhang bringen. Mit „filmauglichen" Mitteln sollten die Menschen mehr sehen (und hören), als es ihnen von Natur aus möglich war. Dieses avantgardistische und revolutionäre Programm ging in der frühen Sowjetunion beinahe zu weit. Vertov war, obwohl er mit „Drei Lieder über Lenin" und einem „Wiegenlied" für Väterchen Stalin durchaus Propagandafilme machte, kein politischer Künstler in dem Sinn, wie Eisenstein oder Pudovkin ihre Mission begriffen. Er war ein Quereinsteiger in die neue Zeit, der zwar auch die Erfolge bei Ernte und Industrialisierung feierte, dies aber vor allem deswegen, weil er in der klassenlosen Gesellschaft auch das Kino auf der Seite der Produktion sehen wollte. Die Rezeption von Vertovs Werk litt nach seinem Tod lange Zeit unter den Fraktionszwängen des Kalten Kriegs. In der DDR wurde er undialektisch dem proletarischen Filmschaffen zugeschlagen, in Wien hingegen wurde der Experimentalfilmer Vertov hochgehalten: „,Wirklich' ist auch das Zelluloid: In der Leninska Kino-Prawda (Nr. 21) wird vor den Trauerzug der Bevölkerung ‚ein Meter schwarzer Klebestreifen' einmontiert", schrieben Peter Weibel und Ernst Schmidt jr. in einer „Revision in Sachen Wertow" im Jahr 1969. Im Österreichischen Filmmuseum im neutralen Wien entstand in diesen Jahren eine bedeutende Sammlung mit Materialien aus dem Nachlass von Vertov. Anlässlich einer großen Ausstellung im Jahr 1974, die nominell vom Staatlichen Filmarchiv der DDR und vom Verband der Filmschaffenden der UdSSR in Ostberlin übernommen worden war, wurden in Wien zusätzlich Leuchtkästen angebracht, in denen „Filmstreifen mit extrem kurz und formalisiert geschnittenen Passagen aus ‚Der Mann mit dem kinematographischen Apparat'" zu sehen waren. In Wien interessierte das Zelluloid und dessen Mikromontage, in Ostberlin die Ideologie. Als sich 1968 die Splittergruppen im Westen auch je nach Anhängerschaft zu unterschiedlichen Fraktionen von Vertretern der sowjetischen Filmkunst differenzierten, erwies Vertov sich als ausgesprochen populär: Die Studenten in Berlin, die 1968 noch nicht des Hauses verwiesen waren, benannten ihre Filmhochschule in „Dsiga-Wertow-Akademie" um, in Paris gehörte Godard zu den Mitbegründern einer „Groupe Dziga Vertov", während etwa Chris Marker die Arbeiter in der Fabrik mit seiner Gruppe „Medvedkine" filmte. 1994 wurde in Wien im besetzten Ernst-Kirchweger-Haus eine neue Kinoki-Gruppe gegründet. Sie berief sich auf den frühen Vertov, der das Kino unter die Menschen bringen wollte. „Erste Versuche der Gründung von Wanderkinos (Kinowagen, Kinowaggons, Kinoautos, Kinozüge). Organisation einer Abteilung für Wander-

Dziga Vertov, „Kinonedelja", 1918, Filmstill

kinos. Kino-Kampagne für den Kampf gegen den Hunger", notierte er im Rückblick auf die frühen zwanziger Jahre in seinem Text „Künstlerische Visitenkarte", einer retrospektiven Aufstellung der eigenen Arbeit, die Vertov in der dritten Person 1947 verfasste. Er arbeitete am „Projekt einer beweglichen Filmprojektionsanlage", die es erlaubte, nach der Ankunft an einem Ort binnen zwölf Minuten so weit zu sein, dass eine Vorführung beginnen konnte. Die Kinoki-Gruppen der neunziger Jahre situierten sich im Umfeld von Piratenradios, Hausbesetzern und autonomer Stadtszene und verfolgten ein Konzept sozial eingreifender Filmveranstaltungen. Video war dabei die vorherrschende Technologie. Sie beschleunigte die von Vertov vorgedachte Überwindung des Primats der Sprache. In seinem bekanntesten Film „Der Mann mit dem kinematographischen Apparat" war die Kamera noch monströs groß. Der Mann, der sie bedient (Vertov arbeitete vorwiegend mit seinem Bruder Michael Kaufmann und mit seiner Lebensgefährtin Elisaveta Svilova-Vertova zusammen), steht wie ein „Riese" oder wie ein eherner Reiter aus einem Puschkin-Epos über der Stadt. Dann taucht sie aber ein in die alltäglichen Verläufe und Verrichtungen und lässt sich ihre eigene Bewegung von diesen Bewegungen vorgeben. „Das Kamera-Auge zeigt eine Wahrheit, die auch jenseits des Kinos gilt, daß nämlich das menschliche Auge aus der Macht- und Kontrollposition, die die Renaissance mit ihren optischen Tricks dem bürgerlichen Individuum versprechen konnte, ausgerückt ist", schreibt Ute Holl in ihrer Untersuchung zu „Kino, Trance und Kybernetik". Mit seinem ersten Tonfilm „Entuziazm (Simfonia Donbassa)" sollte Vertov den Fünfjahresplan feiern, das Hauptaugenmerk lag aber auf einer technischen Integration der Gesellschaft durch neue Medien. Eine junge Frau setzt sich zu Beginn unter einen Baum, lauscht dort aber nicht der Natur, sondern setzt einen Kopfhörer auf, durch den sie in der Lage ist, Radio Leningrad zu hören. Der Fünfjahresplan beginnt mit verordneter „Gottlosigkeit", er verläuft über die Rohstoffgewinnung in den Schächten der ukrainischen Bergwerke zur Eisen- und Stahlherstellung in den Hochöfen und endet mit einer Erntesequenz wieder in der Natur. Das Finale mit der Sinfonie zum 1. Mai von Schostakowitsch ist verloren. Den überlieferten vier Teilen entsprechen in Analogie zu einer musikalischen Komposition eine Ouvertüre, ein Moderato, ein Rondo (Allegro vivace) und eine Pastorale (Andante cantabile). Für Oksana Bulgakowa ist „Entuziazm" der „letzte futuristische Experimentalfilm von Vertov" und vereint „die Begeisterung für die Materialität des Filmbildes und des Originaltons mit der Transrationalität ihrer Verbindungen". Diese Transrationalität war den sowjetischen Offiziellen suspekt, und noch immer liegt hier die eigentliche Herausforderung von Vertov, dessen Medienutopien im Wesentlichen technologisch unterlaufen wurden: Während er von einer „Menschheit der Kinoki" träumte – „eine Armee von Filmbeobachtern […], um von der Einzelautorschaft weg zur Massenautorschaft zu gelangen, um ein Montage-‚Ich-sehe' zu organisieren, keine zufällige, sondern eine notwendige Weltrundschau alle paar Stunden" –, fungieren die Medien heute eher als individuelle Prothesen denn als kollektive Institutionen. Das Mediensubjekt der Gegenwart ist in dem Wunschbild von Vertov kaum wiederzuerkennen: „Kein Individuum, sondern ein Mensch, der sich vielfältig verschalten und relativieren lassen kann, sollte mit filmischen Mitteln realisiert werden." Das Österreichische Filmmuseum in Wien hat Vertov im vergangenen Frühling in einen größeren Zusammenhang des sowjetischen Kinos gestellt und zu diesem Anlass auch die eigene Sammlung zu diesem bedeutenden Vertreter des „Nicht-Spielfilms" erstmals publizistisch erschlossen: In einem zweisprachigen Band finden sich zahlreiche Blätter, die detaillierte Einblicke in den Arbeitsprozess von Vertov geben. Seine persönliche Bilanz lautete: „Insgesamt (inkl. Wochenschauen) an die dreihundert Filmtitel, ungefähr die doppelte Anzahl Drehbücher und mehr als tausend wissenschaftliche Studien und organisatorisch-technische Versuche in der Funktion als Begründer der dokumentarischen Kinematographie."

**BERT REBHANDL**

Dziga Vertov. Die Vertov-Sammlung im Österreichischen Filmmuseum, hg. vom Österreichischen Filmmuseum, Thomas Tode, Barbara Wurm, Wien: Synema Publikation #4, 2006.
Ute Holl, Kino, Trance und Kybernetik, Berlin: Brinkmann & Bose, 2002.
Entuziazm (Simfonija Donbassa), Edition Filmmuseum, 2 DVDs.
www.edition-filmmuseum.com

ROTATION

## INTERNAL AFFAIRS
Über „The Other Hollywood.
The uncensored oral history of the porn film industry"

Der Porno-Branche gelang es immer schon den Glamour des Abseitigen in Kapital umzumünzen. Spätestens seit dem Film „Boogie Nights" von Paul Thomas Anderson aus dem Jahr 1997 sind die Geschichten hinter der Fassade dieses hauptsächlich in Kalifornien angesiedelten Industriezweigs zu popkulturellem Wissen geworden, in dem eitle Starlets und schmierige Produzenten sich zu einem faszinierend abgründigen Panorama aus Sex, Drogen und emotionaler Abhängigkeit zusammenfinden.

Mit „The Other Hollywood" legen Legs McNeil und Jennifer Osborne nun auf Grundlage von Interviews mit Augenzeugen und zeitgenössischer Berichterstattung die unverblümte Geschichte des Pornobusiness von 1950 bis 1998 vor.

Legs McNeil könnte einem breiteren Publikum als Mitbegründer des Magazins Punk bekannt sein. Oder als Ko-Autor von „Please Kill Me. An Uncensored Oral History of Punk". „The Other Hollywood" folgt bereits im Untertitel dem Strickmuster des vorangegangenen Buches. Die Begriffe „unzensiert" oder „Oral History" sind in den letzten Jahrzehnten kontextspezifisch differenziert worden, und die Binsenwahrheit, dass man ein Buch nicht nach seinem Titel beurteilen soll, wird auch in diesem Falle jedem Leser deutlich, der bereit ist, über den Widerspruch zwischen dem Versprechen „unzensiert" und den dank Photoshop wegretuschierten Brustwarzen des Covergirls Marilyn Chambers hinwegzusehen.

Strickmuster heißt: Sehr viele Zeitzeugen aus der Mitte und alle vorstellbaren Arten von Celebritys aus der Porno-Industrie kommen in kommensurablen Sound-Bites zu Wort, um sich und dem Leser miteinander unvereinbare, Authentizität huldigende Geschichten aus den Anfängen einer glorreichen, blutigen, drogen- und tränenreichen US-amerikanischen Vergangenheit zu erzählen. Das Buch kommt nicht in der Gegenwart und in der Welt nach 1989 an. McNeil hat mit seinen Kolleg/innen sieben Jahre daran gearbeitet, und die gebundene Originalausgabe ist bereits 2005 erschienen. Und es kommt auch deshalb nicht im Jetzt an, weil heute Pornografie im Internet stattfindet und sich ihre banale Allgegenwart nicht mehr in noch so kaleidoskopischen „Oral Histories" fassen lässt. Jedenfalls nicht in der Version des mittlerweile wieder in New York lebenden Legs McNeil, der vor allem seine Nachbarn und Freunde aus den Canyons nördlich von L. A. zu Wort kommen lässt – die Geschichte der Pornografie ist so eine rein amerikanische. Nachbarn und Freunde, weil McNeil eben nicht nur eine authentische Nähe zu Punk behaupten kann, sondern auch zur Porno-Industrie. Er hat immerhin den Comeback-Film „Still Insatiable" von 1999 mit Marilyn Chambers – einem der beiden Porno-Superstars – geschrieben, die bereits in den siebziger Jahren mit „Behind the Green Door" (1973) auch in Europa Aufmerksamkeit fanden. Die andere Größe im Business ist Linda Lovelace, die in „Deep Throat" (1972) die (Porno-)Welt veränderte. Geschichten von persönlichen Schicksalen, Hoffnungen, Produktionsbedingungen, den ökonomischen Verhältnissen, den Dynamiken zwischen sexueller Revolution und Drogenkonsum, zwischen sexuell abjektem Sensationalismus („Deep Throat") und exemplarisch auf Hollywood-Anerkennung und -Karriere hoffendem Porno Chic („Green Door"), zwischen Las-Vegas-Stars wie Sammy Davis Junior, organisiertem Verbrechen, Undercover-Agenten und Präsidenten, zwischen den Schauspielern, Regisseuren, Produzenten, Vertriebsmanagern, Geldgebern, den Milliarden und Milliarden, die verdient und verdrogt wurden, von den verschämten Anfängen über den AIDS-Einbruch und nicht zuletzt die Erzäh-

Artie & Jim Mitchell, „Behind the Green Door", 1972, Videostill

lungen von den verschiedenen Medien Foto, Film und Video entwerfen ein faszinierend vielschichtiges und -stimmiges Panorama von den fünfziger bis in die frühen neunziger Jahre. Dabei folgt das Buch der Celebrity-Logik und muss Jedermann und Jedefrau des Business als potenzielle Big-Brother-Stars aufbauen, um die verschiedenen Spannungsbögen zu halten – potenziell wird hier jeder, der schon einmal einen Porno gesehen oder an einer FBI-Untersuchung beteiligt war, zu einem glamourösen Zeitzeugen und jedes noch so banale Detail zu einem Eckstein im großen Puzzle aufgeblasen. Die Autoren favorisieren im Sinne dieser Logik die Selbstbestimmung aller Akteure. Sie widersprechen zum Beispiel nicht explizit den Enthüllungen Linda Lovelaces über Gewalt und Zwänge in der Pornoindustrie, führen allerdings zuhauf Stimmen an, die Lovelaces Darstellungen stark relativieren. Die hohe Zahl der tragischen Opfer des Business ist demnach nicht einem System geschuldet, sondern auf „persönliches Versagen" zurückzuführen. Insofern werden die großen Marken des Pornofilms gestärkt, alle popkulturell satisfaktionsfähigen Stars tauchen auf, und die meisten der Darsteller/innen und andere Vertreter des „Systems Porno" waren dumm, (vielleicht unfreiwillig) mit Drogen vollgepumpt und habgierig (etwa John Holmes) und sind dann konsequenterweise verstorben (Holmes an AIDS). So drängt sich tatsächlich der banale Eindruck auf, dass in der Pornoindustrie vor allem Verbrecher, Drogenabhängige, Sexsüchtige und Schmierlappen agieren, die unglaublich irre Geschichten erzählen. Dieser distanzlose Biografismus macht das Buch zu einer ungemein spannenden, kurzweiligen und fesselnden Lektüre, die jedoch bei aller Detailvielfalt und bei allen investigativen Enthüllungen von Skandalen und Ermittlungsverfahren, Mafiamorden und Milliardengewinnen immer an der Oberfläche einer großen Kulturindustrie bleibt – dabei allerdings die Rolle des Internets völlig ausblendet.

**MARKUS MÜLLER**

Legs McNeil und Jennifer Osborne mit Peter Pavia, The Other Hollywood. The Uncensored Oral History of the Porn Film Industry, New York 2006.

## SCHWELLENKUNDE
### Über den Reader „City of Collision. Jerusalem and the Principles of Conflict Urbanism"

**Den Begriff der Kollision nicht negativ zu konnotieren, sondern in ihm einen dritten Verhandlungsraum zu sehen, wird im Fall der geopolitischen Situation Jerusalems modellhaft – die Überlappungen unterschiedlicher politischer, kultureller und sozialer Bereiche sind in dieser inselförmig aufgeteilten Stadt allgegenwärtig.**

**Der Reader „City of Collision" versammelt Beiträge, die zunächst ein Raumverständnis für diese extreme Situation herzustellen versuchen, um darüber hinaus eine Perspektive zu formulieren, welche die Relevanz der Kategorie „Raum" für politische Debatten neu bestimmt.**

Der Philosoph Jacques Derrida kommt in seinem 1993 erschienenen Buch „Spectres de Marx" im Kontext der Diskussion um Francis Fukuyamas Thesen vom „Ende der Geschichte" zu folgender Aussage: „Der Krieg um die ‚Aneignung von Jerusalem' ist heute der Weltkrieg. Er findet überall statt, er ist die Welt, er ist heute die singuläre Figur ihres ‚out of joint'-Seins."[1] In „Marx' Gespenster" werden in einer für die Dekonstruktion ungewöhnlichen Weise eine ganze Reihe von handfesten politischen Behauptungen und Forderungen aufgestellt, aus der die eben zitierte jedoch besonders heraussticht – was nicht bedeutet, dass dem Satz eine gesteigerte oder überhaupt eine Aufmerksamkeit entgegengebracht wurde. Dreizehn Jahre später, nachdem der Tag der Tage über diverse Kriegsschauplätze hinweg in Hollywood seine verdiente, aber leider inadäquate Ruhestätte gefunden hat, kommt einem Derridas Behauptung zwangsläufig prophetisch, aber in seiner Zugespitztheit immer noch leicht dubios vor. Dafür, dass die Welt „aus den Fugen" gerät, gibt es zahllose Anzeichen. Dass der entropische Strudel, der die internationale Politik erfasst zu haben scheint, jedoch einen repräsentativen Ort hat, in dem sich die ganze Komplexität der globalen Konfliktlinien bündelt und exemplarisch manifestiert, wirkt spekulativ.

Der dieses Jahr erschienene und von den Architekten und Urbanisten Philipp Misselwitz und Tim Rieniets auf Englisch herausgegebene Sammelband „City of Collision. Jerusalem and the Principles of Conflict Urbanism" bietet zu diesem Fragenkomplex nicht nur sehr reichhaltiges und multiperspektivisches Material, sondern arbeitet darüber hinaus äußerst produktiv an der Fragestellung selbst und entfaltet so spezielle Spurensuchen und Interpretationen, die weit über das übliche Gerede zu den Konflikten im Nahen Osten hinausweisen. Die globalen Debatten über kulturelle Differenz werden von essenzialistischen Annahmen und Projektionen dominiert, die den politischen Raum in sehr einfache ideologische Muster fassen. Die Autor/innen des Buches „City of Collision" antworten auf solche vereinfachenden Sichtweisen mit detaillierten und filigranen Vermessungen der unterschiedlichen urbanen Realitäten, die sich in Jerusalem aufgrund des Konflikts manifestiert und abgelagert haben, und orientieren sich dabei implizit an der Dekonstruktion Derridas. So ist zum Beispiel der Artikel von Stephen Graham mit „Specters of Terror" überschrieben und beginnt mit der beliebten Paraphrasierung des Anfangs des „Kommunistischen Manifests": „New York: September 11, 2001; Madrid, March 11, 2003; London, July 7, 2005 – the legacy and specter of catastrophic terror haunt the collective unconscious of Western cities in the early 21st century."[2]

Die Marxisten, aber auch die Kritische Theorie gingen davon aus, dass die Welt sich dialektisch bewegt. Theorieansätze, die in „City of Colli-

Qalandiya Checkpoint, Jerusalem

sion" von Eyal Weizman, Irit Rogoff oder Sari Hanafi entwickelt werden, sehen die Welt mit Derrida auch dekonstruktiv verfasst. Derrida hat in seinen späten politischen Texten manchmal davon gesprochen, dass die Dekonstuktion „das Leben" selbst ist und nicht, wie so oft behauptet, eine Methode, um die Realität in einen Text zu verwandeln. Im Kern geht es ihm zwar darum, aufzuzeigen, dass es einen grundlegenden Widerstreit zwischen der Autorenintention und dem gibt, was ein Text selbst aussagt oder kundgibt. Die Dekonstruktion ist daher eine besondere Art, Texte zu lesen, aber diese Erkenntnisse lassen sich auch auf die Realität selbst übertragen, indem man aufzeigt, dass der intentionale Widerspruch und Kampf nur einen Teil der sozialen Realität erfasst. Die theoretische Arbeit bestünde dann darin, aufzuzeigen, was die „Realität" selbst „aussagt oder kundgibt", was sich nicht einfach als binärer Gegensatz fassen lässt. Um sich dieser Sichtweise anzunähern, bedarf es allerdings eines radikalen Perspektivwechsels, der es sowohl versteht, zu der archaisierenden Idee eines fundamentalen Kampfes als auch eines marxistischen oder antikolonialistischen Reduktionismus auf Distanz zu gehen und den Blick für die empirische und historische Komplexität und die alltäglichen Manifestationen im urbanen Geschehen vor Ort zu schärfen.

In einem Interview, das Philipp Misselwitz anlässlich des von ihm 2004 an der Universität der Künste Berlin organisierten Projekts „Grenzgeografien" gegeben hat – der Reader „City of Collision" ist als Ergebnis verschiedener Feldforschungen zu sehen, die 2003 in Jerusalem und Berlin begonnen haben –, stellt er den Fokus des Projekts heraus: „Israelische und palästinensische Jerusalemer wissen fast nichts voneinander. Mich interessierte, wie das räumlich funktioniert. Da die klare Grenzlinie von 1967 meist verwischt ist, kann man nicht mehr von zwei Stadthälften sprechen, sondern eher von zwei sich überlagernden Parallelstädten."[3] Um ein Verständnis für diese spezielle Raumsituation zu entwickeln, muss man laut Misselwitz untersuchen, wie diese scheinbar getrennten Welten dennoch miteinander kommunizieren und interagieren. Es geht also nicht darum, mögliche Konfliktlösung von außen an das Geschehen heranzutragen, sondern die schon vorhandenen Existenzweisen in ihrer wechselseitigen Abhängigkeit von Durchdringung und Differenz zu erfassen und weiterzuentwickeln. Erst diese Umkehrung der Perspektive ermöglicht es, Jerusalem als Stadt in einen generelleren Kontext zu stellen. Dass das Vorwort mit „Learning from/ for Jerusalem" überschrieben ist, verweist darauf, dass sich das Buch zu Recht in die einflussreiche Linie von urbanistischen Untersuchungen wie

Sean Snyder,
„Untitled (archive Iraq)",
2003–2005

„Learning from Las Vegas" von Brown/Venturi aus den frühen siebziger Jahren, „Delirious New York" von Rem Koolhaas aus den frühen achtziger Jahren oder auch „City of Quartz" von Mike Davis aus den neunziger Jahren stellt, denen gemeinsam ist, dass sie am Beispiel einer singulären Stadt etwas für die Gegenwart und Zukunft der Welt herausarbeiten und dechiffrieren. Für Las Vegas war das der postmoderne Bruch mit dem modernen Diktat der reinen Form und Funktionalität. Am Beispiel New York ließ sich das symbiotische Verhältnis zwischen seiner sich ständig verändernden metropolitanen Kultur und der einzigartigen Architektur, die durch sie entstand, dokumentieren: „The City is an addictive machine from which there is no escape." Und am Beispiel Los Angeles ließen sich die aufkommenden Formen umfassender Kontrollmechanismen aufzeigen. Es ist klar, dass diese neuen Realitäten, die in einer bestimmten Stadt entstehen, sich nicht einfach auf den Rest der Welt übertragen lassen, aber nach einer bestimmten Zeit finden sie sich in mehr oder weniger kleinen Dosen an verschiedenen Orten wieder. In „City of Collision" entwerfen die Autor/innen das komplexe Bild Jerusalems als einer Stadt, in der sich durch die extreme geografische Dichte nicht nur die Konflikte zwischen Israelis und Palästinensern als wechselseitige Bezugnahme im urbanen Gefüge materialisieren und ablagern, sondern darüber hinaus der Blick für die jeweils „eigene" Realität schärft. So haben z. B. die Untersuchungen der Koexistenz des palästinensischen Dorfs Sur Baher und der israelischen Siedlung Har Homa, die nur 300 Meter voneinander entfernt liegen, gezeigt, dass die israelischen Siedler die Raumstruktur der „gewachsenen" Dorfarchitektur kopieren und die Palästinenser die Siedlung Har Homa für ihre vermeintliche Modernität bewundern und nachahmen. Auch wenn es sich um völlig getrennte Welten handelt, die sich gegenseitig bedrohen, werden dennoch beständig Bezüge hergestellt. Sharon Rotbard findet in seinem Text, der sich mit den israelischen Kontrollanlagen beschäftigt, für diese Doppelbewegung eine bündige Beschreibung: „Wall and Tower transformed the landscape into a battlefield, a scene of conflicts, a frontier – in other words, into a city."[4] Da das Buch sich nicht nur auf Texte verlässt, sondern die Arbeitsergebnisse der Forschung auch in Form von Fotostrecken, Zeittafeln und Karten darstellt, lassen sich die Zonen dekonstruktiver Verräumlichung auch sehen, indem der Fokus auf das Nichtgesagte gerichtet wird, das die spezifische Situation ausmacht. Dekonstruktion muss demnach je nach dem betrachteten Gegenstand unterschiedlich verfahren. Sie ist nicht immer auf die gleiche Art anwendbar, und dennoch finden sich Konstellationen, die in Jerusalem extrem verdichtet vorliegen, überall lose über die Welt verstreut.

**NICOLAS SIEPEN**

„City of Collision. Jerusalem and the Principles of Conflict Urbanism", hg. von Philipp Misselwitz und Tim Rieniets, Basel, Boston, Mass.: Birkhäuser, 2006.

Anmerkungen
1  Jacques Derrida, Marx' Gespenster, Frankfurt/M. 2004, S. 87.
2  City of Collision, Basel, a. a. o., S. 156.
3  http://www.allianz.com/azcom/dp/cda/0,,341949-49,00.html.
4  City of Collision, a. a. O, S. 109.

## REQUISITEN DES BILDERKRIEGES
### Über „Untitled, (archive Iraq)" von Sean Snyder

Man muss kein Anhänger der Baudrillardschen Simulationstheorie sein, um die Rolle, die Medien in der öffentlichen Wahrnehmung politischer Ereignisse spielen, zu betonen. Bilder aus dem Irakkrieg gehören seit der Invasion der US-amerikanischen Streitkräfte und ihrer Alliierten nicht nur zur täglichen Nachrichtenroutine, sondern werden von allen Parteien politisch eingesetzt und fortwährend sowohl auf ihre Authentizität als auch auf ihre Wirksamkeit hin bewertet – wobei die digitale Bildtechnologie zu einer Expansion und Diversifizierung dessen führt, was jenseits kontrollierter Kanäle sichtbar werden kann.

Der amerikanische Künstler Sean Synder hat im Kontext seiner anhaltenden Auseinandersetzung mit Dokumentarismen soeben ein Buch mit angeeigneten Aufnahmen aus dem Irak veröffentlicht, in dem er den überraschenden Homologien in der Motivwahl ebenso systematisch nachgeht wie der Frage nach dem Status des fotografischen Bildes in konzeptuellen künstlerischen Praktiken.

Während des jüngsten Libanonkrieges warfen pro-israelische Gruppierungen Fotografen und Agenturen eine tendenziöse Berichterstattung vor, die sich in gestellten oder manipulierten Bildern äußere. Konkrete Beweise fehlten weitestgehend, allerdings stellte sich heraus, dass ein Fotograf das Bild einer Rauchwolke über Beirut mittels Photoshop dunkler und dramatischer gemacht hatte. Obwohl dies eine recht alltägliche Form digitaler Retusche ist, beendete die unter Druck gesetzte Agentur die Zusammenarbeit mit dem fraglichen Fotoreporter. Dass die Steuerung der Bilderproduktion um bewaffnete Konflikte viel komplexere Fragen um den dokumentarischen und politischen Wert von Pressebildern aufwirft, wurde in dieser Debatte – die selber Teil des Bilderkrieges um Kriegsbilder war – allerdings ausgeblendet.

Sean Snyder hat in einigen Arbeiten der

letzten zwei Jahre Bilder des Irakkrieges und des „War on Terror" ausgewertet, wobei er offizielle wie auch informelle Aufnahmen einbezieht. Das Künstlerbuch „Untitled (Archive Iraq), 2003–05" zeigt Fotos, die von amerikanischen Soldaten im Irak gemacht wurden. Snyder fand sie auf Websites, auf denen Angehörige der US-Armee sie untereinander und mit ihren Freunden und Verwandten austauschen. Die Auswahl konzentriert sich auf denkbar banale Motive, deren Mangel an Originalität dadurch betont wird, dass je zwei Bilder eines ähnlichen Motivs auf zwei gegenüberliegenden Seiten kombiniert werden. So sieht man zum Beispiel je zwei Bilder von einem Porsche oder von irakischen Jugendlichen, Palastmodellen, Luxusbetten, Straßenblockaden, Toyota-Trucks, Militärfahrzeugen oder Leoparden in einem Käfig. Manchmal sind die Kombinationen etwas gewagter: Auf einer linken Seite ist ein vergoldeter Thron zu sehen (hinter dem stapelweise Plastikstühle herumstehen), rechts ein ebenfalls vergoldetes Maschinengewehr.

Die von der historischen Konzeptkunst betriebene Aufwertung einfacher Schnappschüsse war nicht zuletzt Kritik an der klassischen Kunstfotografie und ihrer formalistischen Rezeption; während das MoMA Walker Evans zum technisch versierten Meister subtiler Kompositionen verklärte, näherte sich Dan Graham in „Homes for America" dem amerikanischen Alltag in Aufnahmen, die Evans zwar Reverenz erwiesen, zugleich aber keine technische Meisterschaft für sich beanspruchen konnten. Ein weiterer Schritt im „Deskilling" war die Verwendung angeeigneter Fotos von professionellen wie auch Hobbyfotografen. Ironischerweise wirkte die Betonung des konzeptuellen Elements als Nobilitierung der Fotografie, die ihre definitive Akzeptanz in der Kunst erst

ermöglichte; tendenziell bedeutete dies eine Ästhetisierung des scheinbar wertlosen Bildes. In der zeitgenössischen Kunst ergibt sich daraus der Widerspruch zwischen einer jetzt ganz offensiven Ästhetisierung der Fotografie und einem Neokonzeptualismus, der mit Fotos seine Recherchen illustriert. Dagegen stellt Sean Snyder innerhalb von Bildern, vor allem aber zwischen Bildern und zwischen Bildern und Texten suggestive Zusammenhänge her, die weder formalästhetische noch diskursive Reinheit für sich beanspruchen.

Im Fall des Bildarchivs von „Untitled (Archive Iraq)" werden solche Bezüge allerdings erst richtig sichtbar, wenn die Arbeit ihrerseits mit anderen verglichen wird. Das außer als Künstlerbuch auch in Form eines Foto-Rasters existierende Irakarchiv ist ein Spin-off des Videos „Casio, Seiko, Sheraton, Toyota, Mars" (2004/05), in dem die Privatfotos von Soldaten mit älteren und neuen Pressefotos (und gegen Ende auch Videoaufnahmen) kombiniert und von einer monotonen Kommentarstimme begleitet werden. Der Titel der Video-Arbeit kündigt schon an, dass sie von Objekten dominiert wird, speziell von westlichen Waren: Uhren von Casio und Seiko, Toyotas, Marsriegel oder auch das Sheraton-Hotel. Der Irakkrieg und seine Vorgeschichte werden in Snyders Montage zu einer Akkumulation von Objekten. Neben einer Uhr mit dem Konterfei Saddam Husseins und den Seiko-Armbanduhren Bin Ladens wird auch der Medienwirbel um die angeblichen „New Balance"-Sportschuhe des Terroristen al-Sarkawi mit einbezogen, und zu Bildern von Toyota-Geländewagen in Afghanistan liest die Stimme aus dem Off eine Erklärung des Autoherstellers vor, in der jeglicher Handel mit den Taliban abgestritten wird. Außerdem werden Bilder des unterirdischen Verstecks gezeigt,

Sean Snyder,
„Untitled (archive Iraq)",
2003–2005

in dem Saddam Hussein angetroffen wurde, begleitet von Beschreibungen der verborgenen Unterkunft von verschiedenen Reportern und Presseagenturen.

Diese Materialien sind auch Ausgangspunkt der Foto/Textarbeit „The Site" von 2004/05 – neben „Untitled (Archive Iraq)" ein zweites Spin-off des Videos. Die in der Tonspur gegebenen Beschreibungen sind Listen der angetroffenen Produkte, zu denen (manchmal) auch westliche Delikatessen wie Spam-Dosenfleisch und Marsriegel gehören. Auf den Fotos ist davon mitunter etwas zu sehen, aber auch sie scheinen untereinander Variationen aufzuweisen. Wurden die Objekte in den scheinbar chaotischen Räumen von der Siegermacht verrückt? Und warum wird den Alltagsgegenständen, vor allem den westlichen Produkten, solche Bedeutung beigemessen? Ist die Überführung von Diktatoren und Terroristen als allzumenschliche Konsumsklaven eine Propagandastrategie des Pentagons? Ist, allgemeiner gesagt, die Ware – die von warenförmigen Bildern vermittelte Bildware – das eigentliche Schlachtfeld? Auf der Tonspur des Videos ist von einem „spectacle of props" die Rede, von einem Requisitenspektakel. Requisiten sind Nebensachen, aber bei Snyder wird sichtbar, dass die scheinbaren „props" insgeheim die Hauptrolle spielen – wobei man im Hintergrund das Öl als unsichtbare, noch nicht zum Objekt geronnene Überware vermutet.

Ein produktfixierter Blick dominiert auch die von Snyder ausgewählten Soldatenfotos. Bilder, die Faszination für den Luxus der irakischen Führungsschicht bekunden, werden abgewechselt mit Coladosen, Stapel irakischer Banknoten, Computern, Waffen und vielen zerstörten Innenräumen und Fahrzeugen. Kurios ist eine hausgemacht anmutende „7-Eleven"-Filiale, die neben Waschmitteln und Eimern auch Teppiche sowie Christus- und Marienikonen im Angebot hat. Generell ist den Bildern die Hast des Krieges anzumerken; sie sind auf die Schnelle gemacht, von Militärs, die genauso im Sturm der Geschichte umhergewirbelt werden wie die Objekte. Obwohl solche Bilder historisch nicht unbedingt neu sind – schon in den zwei Weltkriegen gab es eine rege Produktion privater Bilder –, gewinnen sie durch die Digitalisierung und die Möglichkeit weltweiten *sharings* eine neue Wirkung. Snyder hat seine Bilder auch den Websites entnommen, auf denen von Journalisten die Folterfotos aus Abu Ghraib gefunden wurden, die irakische Gefangene zu abjekten Objekten herabwürdigen. Dieser Fall zeigt, wie enthüllend gerade Amateurfotografie als gelebte statt sorgfältig konstruierte und gefilterte Ideologie sein kann; damit wird der traditionelle Fotojournalismus infrage gestellt, der in „Casio, Seiko, Sheraton, Toyota, Mars" in Gestalt des berühmten Fotos vom afghanischen Mädchen mit dem roten Schal vertreten ist. In nachfolgenden Ausschnitten zoomt das Kamera-Auge bei Snyder immer mehr auf das linke Auge des Mädchens ein, das viel später aufgrund eines Iris-Scans der gestochen scharf fotografierten Pupille identifiziert wurde. Fotografie ist eben auch Mittel der Kontrolle, des Zugriffs – und, wie Snyder an anderer Stelle betont, des Verbergens.

In seinem Essay „Some Byproducts. Thoughts on the Visual Rhetoric of PSYOP" konstatiert Snyder, dass viele von der US-Regierung herausgegebene Fotos eine künstlich herabgestufte Auflösung haben; auch stellt Snyder die These auf, dass die schlechte Qualität von Al-Quaida-Videos nicht die Folge technischer Rückständigkeit ist, sondern eine Kampfansage an die westliche Spektakelgesellschaft darstellt.[1] Die wiederum scheint die Perfektion des Fotos vom Mädchen mit dem roten Schal ihrerseits nicht mehr vorbehaltlos als Norm zu akzeptieren: Obwohl die niedrige Auflösung mancher Pentagon-Fotos in erster Linie praktisch motiviert scheint, etwa um die Identität der abgebildeten Personen zu verbergen, wird so auch die offizielle Bildproduktion an den von Handykameras dominierten Alltag angepasst, in dem Amateuraufnahmen technisch wie handwerklich ziemlich *deskilled* daherkommen. „In the future photojournalists may no longer be necessary", spekuliert die Kommentarstimme in Synders Video, da nicht nur alle ständig fotografieren und *iconic images* ohnehin fast zwangsläufig wie Fälschungen anmuten – zu perfekt und ästhetisch, wie die klassische Fotografie es in den Augen der Konzeptualisten war. Mehr noch als bei der klassischen Konzeptkunst, die sich oft schon fast überholter Fotoverfahren bediente, sind Medien und ihre Nutzung bei Snyder historisch und somit instabil, auch wenn das heutige Regime der Bilder noch so erdrückend erscheint.

Auf der Biennale von Istanbul wurde das Video zusammen mit „Untitled (Archive Iraq)" und „The Site" gezeigt (und so vom Van Abbemuseum in Eindhoven erworben). Erst als Werkgruppe oder – weniger reaktionär gesagt – als Konstellation von Bildern, Texten und deren Kombinationen entfalten diese Arbeiten ihre Wirkung. Hoffentlich wird „Untitled (Archive Iraq)" in näherer Zukunft integriert in eine ausführlichere Publikation mit allen relevanten Arbeiten – und mit Texten wie dem oben genannten Essay, der Elemente des Videokommentars aufgreift. Bilder werden von Snyder mit angeeigneten wie eigenen Texten problematisiert statt, wie es oft der Fall ist, instrumentalisiert. Wo andere sie dem Schein einer astreinen Diskursivität unterordnen, wird die Analyse bei Snyder von den Widersprüchen der Medienbilder problematisiert, aber damit eben auch erst richtig in Gang gesetzt. Die scheinbar traditionell-ästhetische Verweigerung einer kompletten begrifflichen Durchdringung des Materials führt zur Herstellung von Zusammenhängen, die im wahrsten Sinne des Wortes fragwürdig sind.

**SVEN LÜTTICKEN**

Sean Synder, „Untitled (Archive Iraq), 2003–2005" wurde veröffentlicht von Akiyoshidai International Art Village, Yamaguchi, Japan 2005. Zu beziehen über die Galerie Neu, Berlin.

Anmerkung
1  Sean Snyder, „Some Byproducts. Thoughts on the Visual Rhetoric of PSYOP", in: Maria Hlavajova/Jill Winder (Hrsg.), Concerning War. A Critical Reader, Utrecht/Frankfurt/M. 2006, S. 180–207.

**SHORT WAVES**

**PREKÄRE BALANCE**
Esther Buss über Isa Genzken bei
Neugerriemschneider, Berlin

Die vier Skulpturen von Isa Genzken im Hauptraum der Galerie Neugerriemschneider teilten dasselbe Schicksal wie der „süße Brei" in dem gleichnamigen Märchen der Gebrüder Grimm. Denn ihre wüst zusammengebraute Materialmasse befand sich im Zustand des Überlaufens und schwappte wie aus zu klein geratenen Gefäßen förmlich in den Ausstellungsraum hinein.

Die für Genzkens Arbeiten der letzten Jahre typische Materialanhäufung – ein Mix aus unterschiedlichsten Kunststoffen und Textilien sowie vorgefertigten Gegenständen, dem Kram der Konsum- und Massenkultur wie Spielzeug etc. – war hier in erster Linie genau das: eine

Isa Genzken, Neugerriemschneider,
Berlin, 2006, Ausstellungsansicht

Anhäufung. Denn das hauptsächlich „freizeitlich" anmutende Material (Angelruten, Schlitten, Stoff- und Plastiktiere, Dekoartikel wie Girlanden oder Blumen) wurde jeweils auf einem angesichts der Fülle seiner Last hoffnungslos überstrapazierten Sockel aufeinander geschichtet, gelegt, gehängt, und zwar darüber, darunter oder daneben – eine Herausforderung an Gleichgewicht und Statik. So kompakt und statuarisch das Gebilde aus Schichten und Lagen auch wirkte, es drohte zusammenzufallen, hätte man nur eines seiner Teile herausgezogen. Auch die für Genzkens Skulpturen so oft beschworene „Augenhöhe" war durch die auf Ausdehnung angelegte Konstruktion zunichte gemacht. Denn man musste sich nicht nur vollständig um sie herumbewegen, um sie als Ganzes überhaupt erfassen zu können, sondern den Blick nach unten richten, wollte man nicht buchstäblich selber in die Knie gehen.

Die vier zusammengeworfenen Arrangements hießen „Papst", „Leonardos Katze", „Elefant" und „Fahnenstange" und bildeten eine Art nachbarschaftliche Gemeinschaft. Der Eindruck, dass man es hier nicht mit bloßen Objekten zu tun hatte, lag auch an ihren sichtbar wesenhaften Zügen, die Subjektivität einforderten und mit Anthropomorphismen kokettierten. Ungefähr zwei Meter groß, waren sie knapp einen Kopf größer als der durchschnittliche Besucher und gaben sich, auf ihre als Körper fungierende Sockel gestützt, durch wenige typisierende Merkmale als das zu erkennen, was sie per Titel zu sein behaupteten. Der so genannte Papst ließ sich durch einen Umhang aus Kunststoffen und einer Stola aus einem Kai-Althoff-Leporello identifizieren, war zudem üppig mit Girlanden und Blumen geschmückt, zu seinen „Füßen" fanden sich außerdem zwei putzige Puppenschuhe. Elefantenähnlich wirkte die Skulptur mit Kunststoffröhren und der herabhängenden Jalousie, die einen Körper mit dazugehörigem Rüssel andeuteten. Die Fahnenstange diente vor allem als Aufhängung von Folien und Fotos, einem Schlitten und einer aufblasbaren Anubisfigur, sie verbarg darüber hinaus ein katastrophisches Szenario aus Spielzeugfiguren, Tieren und Nüssen. Allein die „Katze" gab keinerlei Hinweise auf ihr Tier-Dasein, sie sah eher aus wie ein überschäumendes Traumbild eines manischen Anglers und war mit Netzen, Keschern, Angelruten und Plastikfischen „verkleidet". Allesamt suchten sie mit übermäßigem Putz ihren doch „konventionellen" Status – nämlich eine Skulptur auf einem Sockel zu sein – zu verbergen.

Heftige und abrupte Schnitte durchziehen von jeher Genzkens Arbeiten. Hier aber wurde dieses Prinzip potenziert und in alle erdenklichen Richtungen ausgeweitet. Die Collage bzw. Montage zeigte sich dabei als gleichermaßen verbindendes wie trennendes Verfahren. Zum einen hatte man es mit einer skulpturalen Anordnung zu tun, die als eine einheitliche Form erkennbar war und darüber hinaus eine konkrete „Figur" zitierte, zum anderen aber traten die Unvereinbarkeiten und Brüche deutlich hervor, das Zerklüften in verschiedene Szenerien und Bedeutungsebenen. Das Additive der Collage beschränkte sich dabei nicht nur auf die Zusammenstellung unterschiedlichster Materialien, sondern schloss auch das Nebeneinander verschiedener skulpturaler „Zustände" mit ein. Einige der verwendeten Materialien bildeten eine Synthese – beispielsweise durch Drippings oder Farbsprühungen – und wurden dadurch regelrecht zusammengeschmolzen, andere wiederum blieben in ihrer Vereinzelung verhaftet und hatten nahezu einen Readymade-Charakter (der Puppenschuh war zunächst einfach ein Pup-

„Cooling Out – Zur Paradoxie des Feminismus", Kunsthaus Baselland, 2006, Ausstellungsansicht

penschuh, erst an zweiter Stelle diente er als Fuß und damit als narrative Ergänzung der päpstlichen Figur). Die klar erkennbaren Referenzen – etwa an Design und Architektur (die an Fassaden und Decken erinnernden Folien) – fanden sich ebenso wie das Unnachvollziehbare und Rätselhafte, das abstrakte Formenspiel existierte neben der konkreten Figur. Beispielsweise war das Rohr in „Elefant" nur für einen Moment der Rüssel eines Tiers und ansonsten eine gebogene Linie auf einer imaginären Fläche, die gestaffelten Angelruten und Kescher in „Leonardos Katze" eröffneten eine Erzählung, die sich bald darauf verflüchtigte und sich durchkreuzenden Vertikalen und Horizontalen wich. Filmische Bilder wurden somit nicht nur durch die narrative Ebene evoziert, sondern auch durch die an Bewegungsstudien angelehnte formale Anordnung.

Das Umschlagen von einem Moment zum nächsten, von einer Bedeutung zur anderen, spitzte sich in dieser Ausstellung zu, ohne jemals in Chaos oder Hysterie auszubrechen. Denn Genzkens Skulpturen zeigen sich von unaufhörlichen Bewegungen bestimmt, die trotz ihrer willkürlichen Momente das Gleichgewicht aller „Beteiligten" niemals in Gefahr bringen.

„Isa Genzken", Galerie Neugerriemschneider, Berlin, 16. September bis 28. Oktober 2006.

## LESSONS TO BE LEARNED
**Maren Butte über „Cooling Out" im Kunsthaus Baselland**

Eine leere Fabrikhalle, eine Stange, wie man sie aus Striptease-Bars kennt, und eine kleine Effektlampe auf dem Boden, die viel zu schwach ist, um den weitläufigen Raum in ihre farbig-wechselnde Atmosphäre zu tauchen. Aus dem Off der Szenerie beginnt eine männliche Stimme immer wieder „Tonight I give you: Yeah" zu singen, ein Beat setzt ein und füllt den dünnen Gesang zu einem Popsong an. Ein Wesen betritt den Raum. Es trägt ein Pandabärkostüm und beginnt sich zur Musik an der Stange zu bewegen; gekonnt nimmt es kurvige Posen ein und löst sie in einer geschickten Drehung in eine neue Tanzfigur auf – sofort vermutet man im Kostüm einen weiblichen Körper. Die fetischisierende Geschlossenheit des Striptease, die Jean Baudrillard einst in seiner Kulturstudie „Der symbolische Tausch und der Tod" zum eigentlichen erotischen Moment statt der Nacktheit erklärt hat, ist in dieser Videoarbeit von Elodie Pong aus dem Jahr 2006 augenfällig überspitzt und gebrochen. Die symbolisch-männliche Blickordnung des Voyeurismus löst sich in einer ironischen Inszenierung auf. Und statt das Kostüm abzustreifen und sich in immer neuen langsamen Posen des Entkleidens zum schönen Blickobjekt zu machen, nimmt die Darstellerin nur den Pandakopf ab, tritt an die imaginäre Rampe des Geschehens und sagt sich dabei immer wieder: „Je suis une bombe." Man fokussiert das junge, hübsche Frauengesicht und versucht darin zu lesen – was misslingt. Sie fährt unbeirrt mit ihrer Selbstcharakterisierung fort, beteuert auf Französisch, sie sei „köstlich, erhaben, verstörend und subtil" – „c'est comme ça". Sie spricht von Blicken, die sie auf sich spüren könne, „von unten nach oben abtastend, versuchend das Geheimnis

ihres monolithischen Körpers zu durchdringen". Die Frage ist nur, wer spricht da für wen? Woher hat sie dieses Wissen? Sexualisiertes Vokabular, das gewaltsame Herstellen einer symbolisch-phallischen Ordnung des Begehrens, die Maskerade – all diese grundsätzlichen Begriffe, philosophischen Konstruktionen und Diskurse des Feminismus ruft Pong auf den Plan.

Die thematische Ausstellung „Cooling Out – Zur Paradoxie des Feminismus" zeigte im Sommer 2006 diese Videoarbeit von Elodie Pong sowie ca. 20 weitere Arbeiten von jungen Künstler/innen im Kunsthaus Baselland, Muttenz. Sie präsentierte keine historisierende Schau der Meilensteine feministischer Kunst, sondern ein Spektrum an aktuellen Positionen, die vom Differenzfeminismus bis zum diskursiv-relativistischen Ansatz reichten; sowie Kommentare und ästhetische Lösungen, die zwar die alten Inhalte und Debatten heraufbeschworen, sie aber nicht einfach wiederholten. In reflexiven Techniken thematisierten sie die Möglichkeiten einer Identität als Künstlerin und Frau, das Rollenspiel, Sexualität, Pornografie, Schönheitsideale, Allegorisierungen und die gesellschaftliche Determiniertheit der Frau sowie aktuelle Fragen wie das so genannte Gender-Mainstreaming. Der Kommentar, der üblicherweise als Wertminderung eines Kunstwerks gelesen wird, wird hier zur Ästhetik: Die einzelnen Werke präsentieren keine emanzipativen Körperaktionen, sondern eine sehr distanzierte, aber nicht weniger leidenschaftliche Sicht auf das Paradigma der Geschlechterdifferenz.

Die Hoch-Zeiten feministischer Kunst in den sechziger und siebziger Jahren sind ohne die Rekuperationsästhetiken von Fluxus, den Happenings, der Performance und Body Art nicht zu denken. Hatte die politische Feminismus-Bewegung einen klaren Feind, nämlich Verbot und Unterdrückung, die sie von der authentischen Weiblichkeit fern hielten, so argumentierte die feministische Kunst mit einer viel komplexeren Darstellung der Machtverhältnisse: Sie spielte mit Codes, Konventionen und Bildmaterial des Imaginären und verstand Gender und Weiblichkeit nicht nur als Folge von Verboten, sondern als eine Dynamik des Wissens, wie man es mit Foucault nennen könnte. Das Gravitationsfeld der Argumentation bildete der Körper: Yoko Ono ließ sich in „Cut Piece" 1965 die Kleider vom Leib schneiden, Marina Abramović verschärfte die Opferthematik, indem sie in „Rhythm O" von 1974 den Besucher/innen ihrer Performance zahlreiche Requisiten zur Körperverletzung der

Künstlerin zur Verfügung stellte, und Valie Export wiederum entmystifizierte den weiblichen Körper nicht nur durch ihre „Aktionshose: Genitalpanik" von 1969. In den sechziger und siebziger Jahren verknüpfte die feministische Kunst Sexualität, Körper, Gewalt und Politik und vermied dabei vor allem eins: die Sprache. Die reflexive Arbeit am Bild von Weiblichkeit hat sich bereits seit den achtziger Jahren entscheidend gewandelt, so hatte sich zum Beispiel die Kunst einer Cindy Sherman bereits von der unmittelbaren Körperästhetik verabschiedet und die Diskurse von Weiblichkeit auf der Ebene ihrer Medien, der Bilder angegriffen. Die Ausstellung zeigt, was in Zeiten der partiell erreichten Chancen- und Bildungsgleichheit von Frauen, in einer Zeit, wo Begriffe wie Emanze und Frauenquote fast anachronistisch anmuten und regelrecht negativ konnotiert sind, aus dem Feminismus geworden ist (und was nicht) und wie in der Kunst darauf reagiert wurde.

Eine fiktive Sicht auf patriarchale Systeme eröffnet z. B. Eric van Lieshout in seinem Video „Fantasy Me" von 2006, in dem er sein Alter Ego, eine junge Chinesin namens Tessa, lehren will emanzipiert zu sein. „Fight, Tessa, you have to fight", und „You have to be strong", beschwört er sie immer wieder. Die Ausweitung einer paternalen Familienstruktur auf politische Systeme, Architektur und gar Natur trägt die Videoarbeit von Renata Poljak „The Great Expectations" auf subtile und bildgewandte Art vor: In einer filmisch-narrativen Autobiografie ganz im Stil des New Historicism entführt sie die Betrachter/innen an verschiedene Orte aus ihrer angeblichen Kindheit. Kommentare, inszenierte Dialoge und mehrfach gebrochene Bild- und Tonelemente berichten von einer Verquickung der Familiengeschichte mit den politischen und wirtschaftlichen Ereignissen in Kroatien. Es ist eine Geschichte der Bevorzugung, des Geldes und des Krieges als eine Geschichte der Söhne. Zilla Leuteneggers Installation mit der Projektion einer bewegten Zeichnung ironisiert nicht nur Schönheitsoperationen, sondern auch die psychoanalytische Nicht-Subjektivität der Frau und das Lacan'sche Spiegelstadium.

Der Projektor, die Leinwand und ein Spiegel sind in „Lessons I learned from Rocky I to Rocky III" von 2002 so angeordnet, dass der Betrachter / die Betrachterin entweder *sieht*, dass sich die gezeichnete Frau selbst im Spiegel betrachtet, während sie mit roten Fäden die Größe ihrer Brüste manipuliert – oder er sieht es eben nicht, und der Blick der gezeichneten Frau scheint ins Leere zu gehen oder nur vage in Richtung Spiegel. Auf die Perspektive kommt es an. Ein gelungenes Blickexperiment, das sich in die Kreuzung, Vervielfältigung und Verschiebung der Blicke, Stimmen und Diskurse des Ausstellungsprojekts einfügt.

„Cooling Out" versteht es, das fast schon klassische Image feministischer Körperkunst oder das staubige Etikett des Differenzfeminismus gekonnt abzustreifen. Dabei liegt die Stärke seiner Inszenierung nicht nur in der Verinnerlichung der Gender-Theorien und nicht nur darin, historisierende oder mythogene, ritualistische Momente durch Ironisierungen zu vermeiden, sondern in seiner Vielstimmigkeit. Die polyphone Komposition, die auch eine eigenwillige Verschränkung der Räume und Blicke ist, wendet das Augenmerk der Betrachter/innen auf die Momente der Transformation und der Übersetzung, auf die Performanz und Wiederholung der Weiblichkeitsbilder. Besonders die Arbeit „Change of Place", eine Reihe von abgefilmten Interviews zur Gender-Thematik des deutsch-amerikanischen Künstlerduos Andrea Geyer und Sharon Hayes, macht deutlich: Das Bild, das wir von uns haben, hängt auch von der Sprache ab und manifestiert sich in libidinösen, ökonomischen und kulturellen Strukturen. Das heißt aber auch, die Bilder von Weiblichkeit sind dynamisch, narrativ und vor allem: angreifbar. Je suis une bombe, et toi?

„Cooling Out – Zur Paradoxie des Feminismus", Kunsthaus Baselland, Muttenz / Basel, 13. August bis 1. Oktober 2006; Halle für Kunst Lüneburg, 15. September bis 29. Oktober 2006.

Philippe Parreno,
„Interior Cartoons" (Detail),
2006, Esther Schipper, Berlin,
Installationsansicht

**L'ODEUR DE CINÉMA**
**Heike Föll über Philippe Parreno bei**
**Esther Schipper, Berlin**

Die Eleganz des von Philippe Parreno gestalteten Haupteingangs zur Galerie Esther Schipper ist bestechend. Ein die Entree-Inszenierung eines Broadwaytheaters oder -kinos aus den dreißiger Jahren zitierender Anbau, der auf der Unterseite mit unzähligen verspiegelten Glühbirnen verziert ist, ist über der Tür im Innenhof angebracht. An dessen Oberseite nimmt ein balkonartiges Geländer die arabeske Form eines Handlaufs in dem hell gekachelten Hof auf. Als ortsspezifisches Motiv erstrahlt an der Vorderseite des Vordaches, an der traditionell Veranstaltungen in Leuchtbuchstaben angekündigt werden, der Neon-Grundriss der Galerie. Im Sinne der von Nicolas Bourriaud im Zuge seiner relationalen Ästhetik proklamierten „director's art" wird hier wieder einmal die Idee der „Ausstellung als Film" proklamiert. Film dient mittels einer ausgefeilten Lichttechnik und aufwendigen Set-Konstruktionen als ästhetisches Dispositiv, an dem aktuelle Kunst sich zu messen hat.

In den zunächst leer wirkenden Innenräumen der Galerie herrscht stummes Weiß. Opakweiße Wände, ein blanker Boden, die hohen Fenster filtern das Tageslicht durch vorgeblendete Macrolonscheiben in Aluminiumrahmen, zusätzlich können ebenfalls in Aluminium gefasste milchweiße Vinyljalousien elektrisch heruntergefahren werden, um das Außen abzudämpfen. Unter dem Titel „Interior Cartoons" wird wie schon in anderen Ausstellungen Parrenos die visuelle Unscheinbarkeit von Einrichtungs- und Gebrauchsdingen durch Überdimensionierung aufgehoben. Ballongroße Heizungsregler in silbernem Plastik sowie klobige Fake-Fenstergriffe sprengen ihre Funktion. Die Wandlungsmöglichkeiten eines Raummodells und seiner Proportionen verschränken sich auf diese Weise mit einem „Alice in Wonderland"-Szenario augenblicklicher Schrumpfung, in welcher der Besucher in einer Welt gigantischer Alltagsgegenstände gelandet ist.

Hinzu kommen die gestrichelten Lichtlinien der Deckenbeleuchtung aus Leuchtstoffröhren, deren Helligkeit sich in Minutenintervallen ändert. Wie die Glühbirnen und das Neonzeichen am Vordach ist auch die Zufuhr von Tages- und/ oder künstlichem Licht durch einen DMX-Controller reguliert. Die konzeptuelle Orientierung der Ausstellung Parrenos ist in der Betonung chronometrisch messbarer Zeit, technologisch steuerbarer Vorgänge und des Prozesses sub-

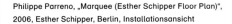
Philippe Parreno, „Marquee (Esther Schipper Floor Plan)", 2006, Esther Schipper, Berlin, Installationsansicht

jektiver Wahrnehmung nicht zu übersehen. Weiterhin hat Parreno das Evaporieren sechs unterschiedlicher Duftstoffe vorgesehen, die aus dafür installierten kleinen Belüftungsschächten eine gesteuerte Choreografie mit dem Wechsel von natürlichem und künstlichem Licht eingehen sollen, indem die Zerstäuber im Einklang mit dem Senken der Jalousien synthetische Innengerüche absondern (Vinyl, Staub oder Kaffee) und umgekehrt bei gefiltertem Tageslicht Außengerüche wie Regen, Gras oder Bäume aussenden sollen.

Die geplanten Geruchseindrücke lagen schnell nach der Eröffnung aufgrund technischer Schwierigkeiten unterhalb der Wahrnehmungsgrenze, so dass der Eindruck eines etwas diffus riechenden High-Finish-Showrooms überwog. Das Konzept der olfaktorischen Besetzung des Raumes lässt sich mehr oder weniger explizit auf das Vorhaben des Duftkinos zurückbeziehen, auf die „mémoire affective" der Besucher einzuwirken und die Diskrepanz zwischen dem Eigengeruch des jeweiligen Kinos und den Kinoszenen zu mindern. Auch diese Geschichte ist von missglückten Experimenten geprägt: Während man 1929 noch einfach Fliederparfüm ins Lüftungssystem des Kinos schüttete, ließ John Waters für den Film „Polyester" 1981 teilweise widerliche Gerüche auf Rubbelkarten austeilen; das so genannte Odorama-Verfahren war nicht sonderlich erfolgreich.

Die Duftkomponenten ergänzen nur mehr den Look der Ausstellung, der insgesamt auf die sinnliche Involvierung des Betrachters setzt. Sowohl retinal wie auch olfaktorisch schmiegt sich Parrenos Raumkonzeption dem Erscheinungsbild kommerzieller Räume an – sowohl in dem Entzug von Farben, der scheinbaren Zurücknahme aufdringlicher Raumcharakteristika wie auch in der Manipulation der Atmosphäre, wenn auch mit homöopathischen Dosen ortsspezifischer oder sogar institutionskritischer Bezugnahmen versetzt.

Die Gestaltungsmittel der Ausstellung konvertieren Oberflächen und Verfahren aus dem Feld aktuellen Interior- und Objektdesigns sowie der Modeindustrie. So wird in der Beleuchtungschoreografie die Anthropomorphisierung technischer Geräte, wie etwa durch das „atmende" pulsierende iBook-Lichtsignal, paraphrasiert. Marc Jacobs hat bereits im letzten Sommer mit seiner „Splash Collection", bestehend aus den Akkorden „Grass", „Rain" und „Cotton" in Glasflacons mit überdimensionalen Proportionen (!), den Geruchsmarkt angereichert; zudem produziert Comme des Garçons schon seit 1982 synthetische Parfumaromen: So besteht CdG „Odeur 53" etwa aus „Moss, Bamboo, Bay Leaf, Willow, Elm, Birch, Photocopy, Toner Dust on a Lightbulb, Electric Toaster, Ink".

Parrenos Ausstellung erschöpft sich in unverbunden wirkenden Einzeleffekten, so dass der Eindruck entsteht, Parreno habe unter dem Vorzeichen konzeptueller Kunst eine weitere Gestaltungsvariante generieren lassen, die den Look von Räumen anderer Ökonomien als der Kunst (Flagshipstore, Design-Restaurant etc.) aufnimmt. Eine wesentliche Frage dabei ist jedoch, ob in dieser Kongruenz das Dekorativwerden selbst reflexiv werden kann. Denn die bewusst modische Reaktualisierung der Gestaltungsdramaturgie kommerzieller Räume, die sich im Übrigen selbst immer wieder künstlerischer Verfahren bedient hat, wird in einer weiteren Schleife in den Galeriekontext rücküberführt, ohne dass diese Übersetzungsleistung einen kritischen Mehrwert hervorbringen würde – weder was die heute veränderten Bedingungen von Ortsspezifik und Institutionskritik angeht noch das Verhältnis von Kunst zum postindustriellen Komplex des Kinos. Bezieht man die von Parreno inszenierte Überlagerung von Galerie und Fashionstore auf diverse Praktiken der Institutional Critique, könnte man positiv gewendet sagen, dass deren oftmals uneingestandene Tendenz, dem Ausstellungsraum durch Gestaltungsmaßnahmen retinale Eleganz zu verleihen, spätestens im Abstand von dreißig Jahren offenkundig wird. Den „Interior Cartoons" fehlt allerdings eine analytische Distanz und jener dialektische Spielraum, der das analoge Hin- und Herkopieren von Looks jenseits von bloßem Kalkül transzendieren könnte – und sei es durch Abweichungen, Sprünge oder auch produktive Missverständnisse.

Philippe Parreno, „Interior Cartoons", Esther Schipper, Berlin, 30. September bis 28. Oktober 2006.

**DIE TÜCKEN DER SUBLIMATION**
Jörg Uwe Albig über „Into Me / Out of Me" im P.S.1, New York

Im Kellergeschoss des P.S.1 in New York hockt eine bronzene Frau, modelliert von Ann-Sofi Sidén (2000), und lässt Wasser; Besucher patschen durch die Pfütze. „It's only water!", beteuert Andreas Dornbracht, Inhaber der Iserlohner Sanitärfirma Dornbracht AG, bei einem Presserundgang.

„The Spirit of Water" heißt der Slogan der Firma, die hier als Sponsor auftritt. Und „Into me / Out of Me", eine Chronologie der Körperkunst von den sechziger Jahren bis heute im New Yorker P.S.1, die ab 26. November auch in den Berliner Kunst-Werken zu sehen ist, beweist, dass man nicht zweimal in die gleiche Nasszelle steigt. Sie erzählt die Geschichte einer Kunst, die ihre orale, anale und genitale Phase gut überstanden hat und jetzt die sanitäre durchlebt.

Das Kellergeschoss des P.S.1 ist voll von Röhren und Rohren. Pipilotti Rist hat eigens ein original Schweizer Klo einfliegen lassen. Wenn der Sound des Wiener Aktionismus der befreite Furz des Verstopften war, ist der Klingelton der Jahrtausendwende das Rauschen der Spülung. Auf den Toilettentüren im ersten Stock hat Jonathan Horowitz Aufkleber angebracht: „Smoke", „Cry" – Lebensäußerungen als Entsorgungsmasse.

Das ist die Essenz der sanitären Kunst. Der vorsanitäre Körper hatte kein Gefäß, keine Form, keine Schüssel. Paul McCarthys „Hot Dog" von 1974 wird in ein unscharfes, fehlbelichtetes Ambiente gewürgt, läuft in Sepiatönen aus. Lawrence Weiners frühe pornografische Versuche („A Bit of Matter and a Little Bit More") wackeln, springen und holpern grünstichig zu leiernder Musik. Die Körper folgen ihren Konvulsionen; die Kamera

Ann-Sofi Sidén,
„Fideicommissum", 2000,
P.S.1, New York, 2006,
Installationsansicht

stolpert nur unbeholfen hinterher.

Die kopulierenden Körper in Jeff Koons' „Red Doggy" von 1991 aber sind schon genauso sehr Hygiene-Keramik wie seine Porzellan-Äffchen. Cicciolinas glänzende rote Stiefel sind abwaschbare Oberflächen, wie es sie in Desinfektionsanstalten und Fetisch-Shops gibt – die Gummischürzen, die Klistiere, die Waterpower. Der Cum Shot in Andres Serranos Fotoarbeit „Ejaculate in Trajectory" (1989) ist flüssiges Chrom, in elegantes Schwarz gegossen. Und die Protagonistin von Alex McQuilkins „Fucked" (2002) dementiert den Akt mit Kosmetik: Während sie von hinten penetriert wird, kleistert sie sich vorne wieder mit Puder und Lippenstift zu.

Wie die Firma Dornbracht, die Erfinder des „ausziehbaren Auslaufs", kümmert die sanitäre Kunst sich um die Entsorgung. Sie produziert Geräte, in die sich der Körper begibt, um geläutert wieder daraus aufzutauchen. Duschkabinen für Wünsche, Bidets für Partialtriebe. Die Materialien der sanitären Kunst sind Glas und Keramik und Glanzpapier, aber auch die Zahnpastaspritzer auf dem Badezimmerspiegel, die Seifenreste auf den Kacheln. Matthew Barneys vaselineverklebte Körperöffnungen zeigen den Fliesenleger am Werk; Chen Zhens gläserne Organe („Crystal Landscape of Inner Body") legen das Pumpen und Pulsen still. Der Schmutz der Krankheit wird durch Serialisierung gebannt – die Kolonnen süßer Placebos von Felix Gonzalez-Torres; die in Dreiergruppen auf Holz aufgezogenen Gipsbandagen von General Idea; die Arzneivitrinen von Damien Hirst („Each Day as it Comes", 2005). Das Etikett ist ein eigenes hygienisches Gedicht: „Stainless steel, glass, wood, and pills".

Der Weg von der vorsanitären zur sanitären Kunst ist ein katholischer: vom Affirmationsakt der Taufe zur ersten Beichte. Der vorsanitäre Körper war eine Trophäe: Peter Hujars Selbst-Fellatio von 1976 zeigt das unendliche Potenzial des menschlichen Leibes; Andy Warhols Oxidationsbilder zelebrieren die alchimistische Kraft der reinen, gesunden Pisse. Shigeko Kubotas Foto „Vagina Painting" von 1965, das die Künstlerin beim Malen mittels Unterleib zeigt, war das babyhaft-staunende Entdecken des begnadeten Körpers. Paul Theks „Meat Pieces" von 1965 hatten bei allem Schauder und Vietnam-Protest die Integrität und stolze Präsenz einer Schlachterauslage. Doch es ist weder Affirmation noch Anklage, sondern Kehrwoche, wenn Robert Gober dann 40 Jahre später die Körperglieder und Torsi für seine Bronze-Bienenwachs-Skulpturen in einer Raumecke zusammenfegt.

Der „Artist's Shit" (1961) in Piero Manzonis Konservendosen war kostbar. Eine Feier des Lebens und des heiligen Künstler-Innen,

Matthew Barney, „Field Dressing", 1989/1990/2006, P.S.1, New York, 2006, Installationsansicht

dessen Marktwert an den Goldpreis geknüpft war: Scheiße, die sich stolz als Kunst präsentiert; der Triumph der ungewollten Produktion. Otto Muehls Kack-Videos waren das bejahende Krähen des Kindes über das erste Selbstgemachte; schlichte, selig-provokative Unschuld. John Millers brauner Gips-Obelisk von 1985 aber ist schon das Gegenteil, ein komplizierter, schamhafter Akt der Selbstreinigung: Kunst, die sich die Anmutung der Scheiße zulegt und sich verstohlen selbst verdaut – um die Nährstoffe für sich zu behalten, irgendwo im Kopf.

Der Körper der vorsanitären Kunst war kein Objekt therapeutischer Reinigung, sondern naturreines Lebensmittel, sozial unbefleckt. Auch sein Leiden war unschuldig und befreiend wie das Bäuerchen eines Babys: „Freeing the Voice" heißt Marina Abramovićs Schrei-Video aus dem Jahr 1975. Wenn Mike Parr 1977 einen Schwall Farbfeld-Farbe erbricht („I Am Sick Of Red, Yellow and Blue"), ist das die gesunde Reaktion eines intakten Organismus. Tony Matellis kotzende Karikatur-Deppen aus Polyester hingegen („Lost and Sick, Winter Version", 2000/01) können froh sein, dass ihr Auswurf sauber im weißen Schnee versickert, der nebenbei noch die Konsistenz von Klosteinen hat. Chris Burdens Selbstperforationen waren Natur, die klare, elementare Macht einer Pistolenkugel im Arm. Die Chapman-Brüder aber zeigen („Sex II", 2003) Skelette mit Würmern. Sie behandeln nicht Sex und Gewalt, sondern den befallenen Sex, die verkeimte Gewalt, die nicht nach Gegengewalt schreit, sondern nach dem Kammerjäger.

So verdaut die Kunst verdorbene Lebensreste. Die sanitäre Phase der Kunst muss begonnen haben, als das *Peinliche* zu ihrem Gegenstand wurde. Die fällige Regression war dann ein Zurück zur Windel; ein Versuch der Reinigung vom sozialen Schmutz, vom Ohrenschmalz der Verlegenheit. Mike Kelleys Arbeiten sind Stoffwechselreste, bräunlich gefärbt von ideologischen Infekten und dem Mief der Jugendzimmer. Und auch Andrea Frasers Dokumentation ihrer Selbstprostitution an einen Sammler (2003) führt, wie alle sanitäre Kunst, nicht mehr den revolutionären, sondern den korrumpierten Körper vor. Der sanitäre Körper ist eine Kloake, von der Gesellschaft versaut: Aber Dreck, heißt es, reinigt den Magen.

„Into Me / Out of Me", P.S.1, Contemporary Art Center, New York, 25. Juni bis 25. September 2006; Kunst-Werke / KW Institute for Contemporary Art, Berlin, 26. November 2005 bis Januar 2006.

Doris Lasch, Ursula Ponn, „You're all the world to me", 2006, Montgomery, Berlin, Ausstellungsansicht

**SPIEGELUNGEN AN DEN RÄNDERN**
Christine Lemke über Ursula Ponn und Doris Lasch bei Montgomery, Berlin

Nach allen Seiten hin blickdicht abgedunkelt ist der Berliner Ausstellungsraum Montgomery zu einer Black Box umfunktioniert. Zu einem reinen Innenraum. Und in diesem Innenraum findet eine sich eigenartig ausdehnende Produktion von Zeit statt. Die Künstlerinnen Doris Lasch und Ursula Ponn lassen in ihrer Installation „You're All The World To Me" den Raum zu einer Bilder vorspiegelnden Apparatur werden, in dessen Dunkelheit man wie in ein Kino eintritt.

Ein Dia ist überlebensgroß auf die zentrale Wand projiziert und öffnet den Blick auf ein Bild, das sich aus vielen Schichtungen von Bildern zusammenzusetzen scheint. Es ist die Fotografie eines zerbrochenen Spiegels, in dessen Einzelteilen sich der Ausstellungsraum in seinen Einzelheiten widerspiegelt und in vielfache Perspektiven fragmentiert. Zwischen den Rändern der auseinander gebrochenen Spiegelstücke wird ein weiterer Raum sichtbar, ein obskurer Raum hinter dem Spiegel, der jedoch nur eine weitere Spiegelung des Ausstellungsraumes ist. Eine Figur ist in ihm prominent mittig platziert. Sie ist als eine anonymisierte Stellvertreter-Figur inszeniert – mit einer Sonnenbrille im Gesicht versammelt sie eine schon etwas ruinierte Emblematik von Coolness auf sich. Sie scheint im Moment der Aufnahme entweder den Auslöser des Fotoapparates zu bedienen oder den Diaprojektor zu betätigen. Das Bild und der Bildauslöser, das Dia und der Projektor, der Fotograf und das Fotografierte, der Moment des Auslösens und der Moment des Betrachtens werden zu nicht auseinander zu dividierenden Paaren. Der Vorgang ihres zeitlichen und räumlichen Ineinsfallens kommt zu einer anschaulichen Illustration: Die Projektion des Bildes sprengt ihren Rahmen, und die Dinge, die im Bild vorkommen, finden sich in der so genannten Wirklichkeit im gegenwärtigen Raum wieder. Wie aus Atelier- und Lagerräumen gesammelte Reste verteilen sich Leinwände,

Bilderrahmen und Papierrollen lose im Ausstellungsraum. Ihre doppelte Anwesenheit im Bild wirkt auf ihre Präsenz im Raum und umgekehrt. Der Moment der Produktion verkehrt sich in den Moment der Rezeption, der Endpunkt wird zum Ausgangspunkt, und bei dem Versuch weiterzukommen muss man an den Anfang zurück. Das macht man dann auch als auf sich selbst zurückgeworfene/r Betrachter/in: Man versucht „dahinter" zu kommen und die eigene Position in dieser Anordnung zu klären. So ist man hineingezogen in eine „hermeneutische" Endlosschleife, die sich auch in einer weiteren Spiegelung der Diaprojektion – durch den Türbogen in einem im Vorraum aufgehängten tatsächlichen Spiegel – nicht auflöst, sondern den Kreis der Selbstbespiegelung enger zusammenzieht. Das so überhöht vorgeführte narzisstische Spiegelthema zieht wie jede Reflexion seine/n Betrachter/in an und lässt sie gleichzeitig außen vor. Ein melancholischer Topos, auf den in einem Take-away am Eingang weiter eingegangen wird. In dem Textzitat von Volney (1791) werden alle Embleme der romantischen Melancholie aufgerufen: der schweifende Blick, die Dunkelheit, der Verlust, das Andenken, die Einsamkeit und letztlich die Ruine. Die Ruine ist dann dieses aufgeladene Zeichen, das nur noch auf den betrauerten Verlust eines Vergangenen verweist. So wie die ins Leere laufenden Referenzen auf den Malerkünstler oder den Popkünstler oder die Kunst selbst, die in „You're All The World To Me" wie das Fleddern schon längst gefledderter Leichen vorgeführt wird. Die Installation von Doris Lasch und Ursula Ponn durchläuft ein ganzes Spektrum derart verführerischer Tautologien, unentschieden zwischen Affirmation und Negation. Eine äußert fragile Anordnung, die ihren eigenen Anlass zu subvertieren scheint.

Ursula Ponn und Doris Lasch, „You're all the world to me", Montgomery, Berlin, 28. September bis 2. Oktober 2006.

**IM VERSCHWINDEN BEGRIFFEN**
**Astrid Mania über Michael Müller bei COMA, Centre for Opinions in Music and Art, Berlin**

Michael Müllers jüngste zeichnerische und skulpturale Arbeiten, die im Berliner Centre for Opinions in Music and Art zu sehen sind, präsentieren sich als Verfestigungen immaterieller, unfassbarer und flüchtiger Zustände und Entitäten. Durch Gießen, Rahmen, Schraffieren, Kodieren und Notieren bannt Müller Gestisches und Ätherisches, erfindet präzise und doch luftige, auf das unbedingt Notwendige kondensierte Formulierungen und dichte Chiffren für die Bedingungen menschlichen Seins und für all jene verstandesmäßigen Bemühungen, dieses begreifbar zu machen. Dabei geben die Methoden und Abbildverfahren unterschiedlicher wissenschaftlicher Disziplinen Müller ein visuelles Vokabular an die Hand, mit dem sich trefflich auf ein Unbenennbares verweisen lässt. „Perfect Words of My Teacher" (2006) etwa ist die größen- und detailgetreue Farbzeichnung der „Sarracenia purpurea ssp. Purpurea", wie ein in den Rahmen eingelassenes Textblatt bekundet. Für Müller, der immer wieder den Himalaya bereist, manifestiert sich in dem Abbild der fleischfressenden Pflanze konkret ein religiöser Gewissenskonflikt, denn die buddhistischen Gläubigen, die in den Höhen des Gebirges leben, müssen dort aufgrund der kargen Vegetation auch Fleisch zu sich nehmen.

Hinter der im Empirischen verwurzelten botanischen Zeichnung, der meteorologischen Registrierung und der scheinbaren Rationalität einer mathematischen Figur ballt sich die Wucht von Fragen, für die weder Wissenschaft noch Philosophie befriedigende Antworten aufbieten können: „47 48" (2005–06) etwa ist so eine Arbeit, die an das Problem der Denkbarkeit und Darstellbarkeit des Unendlichen rührt. Auf zwei zusammengehörigen gerahmten Löschpapieren steht jeweils eine der willkürlich gewählt erscheinenden Ziffern, die aber der Reihe der Ulam-Zahlen entstammen. In diesem sich durch Addition aus sich selbst generierenden System sind, wie ein lakonischer Satz auf den beiden Blättern andeu-

Michael Müller, COMA – Centre for Opinions in Music and Art, Berlin, 2006, Ausstellungsansicht

tet, 47 und 48 die derzeit höchsten bekannten unmittelbar aufeinander folgenden Zahlen, deren Sequenz Müllers Werk seit längerem höchst bilderfinderisch umkreist. Müller reiht sich damit ein in eine artistische Tradition des den Zahlen Zugetanseins, wie es in jüngerer Zeit beispielsweise Mario Merz im Umgang mit den Fibonacci-Zahlen gepflegt hat.

Die wissenschaftlichen Methoden entlehnte Übersetzung des Großen ins Kleine erlaubt Müller aber auch, dem Unsagbaren und unfassbar Großen durch fast schon karnevaleske Verdrehung den Schrecken zu nehmen: In der gezeichneten Warntafel „Indian Ocean" (2006) reduziert er die Weiten des Pazifiks auf die überschaubare Größe eines Schwimmbeckens, in dem nur noch, wie ein Text auf der Zeichnung gemahnt, die eigenen Erinnerungen als Gefahr lauern. Und auch das Nichts lässt sich auf Tafelbildgröße geschrumpft gelassen betrachten: In der „Verschwinden" (2006) betitelten Arbeit wird es von drei schwarz lackierten Rahmen umfangen, deren Gestalt und Maßverhältnisse denen unterschiedlicher Warnhinweise auf Zigarettenpackungen entstammen. Wenn man um diese, durchaus schwarzhumorige

Referenz weiß, bekommt das eigene Verschwinden mit einem Mal eine medizinische Fasslichkeit und auch eine Ursache. Müller hat immer die Kunstgeschichte im Blick, und so lässt sich seine, der profanen Welt giftigen Einatmens entnommene Umrahmung des Verschwindens auch als subtil-spöttischer Kommentar zu künstlerischen Herangehensweisen an das Nichts und die Leere lesen, wie sie sich etwa in den immateriellen Ausatmungen eines Piero Manzoni äußern.

In anderen Arbeiten wird das Verschwinden nicht nur zum Thema, sondern zu deren konstitutiver Eigenschaft. In dem gleichermaßen betitelten Blatt, auf dem UV-Licht den schablonenhaften Abdruck eines Rahmens auf Löschpapier hinterlassen hat, gleicht sich dessen Ausbleichung allmählich wieder der Farbe des Papiers an, und in „Taking a Bath With Jackson" (2006) verblasst langsam das Gelb der Kurkuma, die einem seltsam faserigen Gebilde in einer Vitrine Farbigkeit verleiht: in einen Pool gegossenes und vor seiner Erstarrung rasch verformtes Wachs. Als „Gegenbild zum Bleigießen"[1] verweigert der so entstandene feste Moment prophetische Deutung und verweist stattdessen augenzwinkernd auf ein Pollock'sches Verneinen des Zufalls. Beide Werke vollziehen gleichsam unter den Augen des Betrachters ein Entschwinden, wenngleich sich dieses derart diskret vollzieht, dass es bei seinem Fortschreiten für den Gesichtssinn nicht beobachtbar ist. Dennoch lässt sich so auch eine derart flüchtige Substanz wie Zeit greifen.

Mit Verve lotet Müller all jene Regeln und Strukturen aus, die der Mensch selbst aus der ihn umgebenden Welt extrahiert, in sie hineinprojiziert und durch religiöse, wissenschaftliche oder eben kreative Denkung erzeugt. Ernsthaft, beinahe asketisch und dennoch subtil humorvoll gelingt es Müller hier, vieles von dem zu evozieren, an dem der menschliche Geist gerne irre wird. Dabei verankert er sich durchaus in Geschichte und Theorie der Kunst, auch die obsessiven Auflistungen Hanne Darbovens bieten sich hier als Richtbaken für seine Zahlen- und Textarbeiten an. Es macht die Stärke seines Werks aus, gerade in Zeiten einer Hochkonjunktur künstlerischen Anbiederns ans Naturwissenschaftliche genügsam und bewusst im Kontext der Kunst zu verweilen und bei aller Inanspruchnahme der visuellen und theoretischen Errungenschaften und Abstraktionsleistungen anderer Disziplinen niemals aus Legitimationsnervosität in ein bloßes Illustrieren solcher Denksysteme abzugleiten.

Michael Müller, „u. a. Verschwinden", COMA – Centre for Opinions in Music and Art, Berlin, 12. September bis 21. Oktober 2006.

Anmerkung
1 Der Künstler in einem Gespräch mit der Autorin, 12. Oktober 2006.

**„HAVING NO FUTURE IS A TERRIBLE THING"**
Oliver Tepel über „The Secret Public. The Last Days of British Underground 1978–1988" im Kunstverein München

Aus dem Lautsprecher eines Fernsehers bellt der Chelsea-Sänger Gene October seine Replik auf Johnny Rottens „No future" in ein britisches Wohnzimmer. Gelangweilte Punks lümmeln sich vor dem Bildschirm. Eine Szene aus Derek Jarmans Film „Jubilee". Seine Figuren kümmert es herzlich wenig, dass Octobers drastischer Zorn den Moment der Spaltung von Punk in jene zwei antagonistischen Definitionen markiert, die John Savage in seiner Punk-Geschichte „England's Dreaming" beschreibt: „Social Reality" und „Art".

Beide, Jarman und Savage, sind mit Exponaten in „The Secret Public – The Last Days of British Underground 1978–1988" in der aktuellen Schau des Kunstvereins München vertreten. Dabei war selbst was im unmittelbaren britischen Art-Punk-Umfeld entstand selten als Galeriekunst oder gar High-Art gedacht. Im Gegenteil: Jarmans Werk etwa galt als misslungen, als „Kunstfilm". Seine Sprache der Stilisierung veranlasste Vivienne Westwood dazu, eines ihrer T-Shirts mit einer beleidigenden Review zu bedrucken. „Dull little middle-class wanker" – so steht es da auf Baumwolle. „Uralte Spannungsfelder einer zu Ende erzählten Geschichte", mag man einwenden. Erscheint doch die Opposition aus „Street" versus „Art-School" oder in naiver Konkretisierung: „Authenticity" versus „Fake" als altbekanntes, pubertäres Klischee.

Pop und Mode markierten das Neue und fixierten die Standpunkte – durchaus im Wissen um die Beschränktheit benannter Opposition. Bei Punk wie auch den vielfältigen und völlig widersprüchlichen Folgen verweisen diese Etiketten stets auch auf Lebenspraxis. Sie lieferte den Kontext. Kunstproduktion war sich dabei als solche nicht selbst bewusst, verstand sich eher als Design oder zumindest im expliziten Kontrast zu allem, was Galerien als High-Art anbieten. Anders als in New York, Deutschland und der Schweiz erfuhr britischer Punk und Post-Punk kaum eine Fort-

Marc Camille Chaimowicz,
„Here and There", 1979/2006,
Kunstverein München, 2006,
Installationsansicht

führung in den Galerien. Julian Opies schnelle Karriere bleibt da die Ausnahme. Andere der Gezeigten brauchten bis in die Neunziger (Peter Doig, Cerith Wyn Evans) oder werden wie Linder und Marc Camille Chaimowicz erst seit kurzem wirklich wahrgenommen.

So ist das Problem der ersten Ausstellung über jene Ära die Auswahl. Kriterium wäre die Teilhabe an dem in Titel und Begleittext fixierten Underground. Den könnte man nun als Historiker nach nie realisierten Karrieren diverser Fanzine- oder Coverkünstler durchforsten. Eine entsprechend sozial-historische Ausstellung sollte aber vermieden werden. Es geht den Kuratoren um keine abgeschlossene Geschichte, sondern um etwas Ungeregeltes, das spätestens die Young British Art vollkommen verdrängte. Sie sortierte sich in einen kunsthistorischen Kontext fern der erwähnten Umwege.

Zwei Räume bieten nun zwei Perspektiven. Die monolithische Ruhe von Brian Enos „On Land" strömt durch das stille und kühl-fragile Arrangement des ersten Raums. Etwas abgetrennt findet sich Chaimowicz' stilversessene Introspektion aus schlichtem, hochwertigem Mobiliar, Diaprojektionen und einem romantischen, wiewohl nahezu direktiven Text. Sein Werk wie auch Linders kleine Collagen erscheinen als sorgfältig ausgearbeiteter Aufschrei; John Savages sozialrealistische Fotos, Peter Savilles Memorabilia, ein metallener Schneeball von Julian Opie und Victor Burgins Fotos bedrohter White-Collar-Einsamkeit in postmoderner Panelästhetik widerstehen den Klischees.

Raum Zwei gruppiert Namen und Arbeiten um die Person und Figur Leigh Bowery, der alle ihm zugeschriebenen Attribute wie Club-Impressario, Kostümdesigner oder Performancekünstler ad absurdum führte. Szenen der Balletts von Michael Clark, Malerei von Trojan, Videos von Cerith Wyn Evans und Material aus den Aktionen der Neo-Naturists verweisen indirekt auf ihn. Wyn Evans' Mitschnitt einer der wenigen in einem ausgewiesenen Kunst-Kontext stattfindenden Aktionen Bowerys, der Chaiselounge-Performance im Schaufenster der D'Offay Galerie, ist wie Chaimowicz' Raum ein stiller, befremdender Höhepunkt. „Bowery's narcisstic scenario forms a new threat to our own fragile subjectivity", schrieb Merlin Carpenter 1988 in Artscribe über die Performance. Das Befremdliche erwirkt nicht Bowerys vielfältige Kostümierung, nicht durch sie findet Verwandlung statt, sondern in seinen Bewegungen, die ihn als Sujet einer Idee selbstvergessener Intimität inszenieren. So bringt seine stumme Aufführung lebendiger Differenz Secret Public auf den Punkt.

Es geht um Körperlichkeit. Linders übersexualisierte Maschinenmenschen, die Nacktheit der Neo-Naturists, fern von „Summerhill"-Posen, als Zeichensystem inszeniert, die Facetten der Magersucht in Sandra Lahires Video „Arrows",

Chaimowicz' pergamentene Transzendenz und Bowerys Selbst-Kreation bezeichnen Pop-Dasein statt Pop-Affirmation.

Fast erläuternd fungieren die Arbeiten derer, die vor jener Generation ihre Karrieren begannen: Victor Burgin dechiffriert achtziger Lifestyle-Ästhetik, Gilbert & George zeigen Hedonismus, Richard Hamilton kommentiert die Wiederwahl Margaret Thatchers 1983 und Stephen Willats analysiert Denken und Wege eines Skaters aus einer Plattenbausiedlung, in der faschistische Sprühparolen an den Wänden vom Aufschwung der National Front berichten. Dem ist Social History dann inhärent und könnte wirklich die Ära fixieren: Wirtschaftskrise, Wut, Verzweiflung, Glam.

Diesen Moment als den letzten zu preisen, der nicht von der Logik des Marktes zu frei verfügbaren Lebensstilen absorbiert wurde, ist so berechtigt wie zweischneidig. Bowery musste buchstäblich seine Kostüme auftrennen, um neue Arbeiten zu schaffen, er starb verarmt. Dabei wurden ihm zumindest Jobs als Modedesigner angeboten. Andere hatten nicht mal etwas auszuschlagen. Die Schattenseite ausbleibender Vermarktung. „It didn't exist", erwiderte Peter Saville im Künstlergespräch die Frage nach „Fine Art".

Diese Einsamkeit findet sich in den disparaten Werken von Secret Public. Sie schimmern in scharfkantiger Schönheit, aber es fehlen Zusammenhänge. Weitere mit aufzunehmen hätte diesen Eindruck nicht verhindert. Die große Legende bleibt so oder so aus, das Material liegt vor, aber die alles integrierende Geschichte fehlt. Ein Fanzine stiftete der Ausstellung ihren Namen. Als Logo führte es das gestopfte Posthorn aus Thomas Pynchons „Versteigerung von Nr. 49", Symbol des anarchistischen Postdienstes Tristero, dessen Existenz stets ungewiss bleibt. Die Subversion der Bedingungen, davon berichtet München. Fragt sich, welche Nachrichten heute diesem Aufwand entsprächen.

„The Secret Public – The Last Days of British Underground", Kunstverein München, 7. Oktober bis 26. November 2006.

## ANTHROPOLOGIE DES WARTENS
**Max Hinderer und Martin Beck über Yael Bartana im Fridericianum Kassel**

Armeeausbildung, Karneval, nationaler Gedenktag, Machoverhalten beim Autosport oder säuberlich nach Klassen getrenntes Wetten, Besäufnis und Jubel beim Pferderennen in Liverpool. Das Fridericianum Kassel zeigt unmittelbar nach dem Hamburger Kunstverein die zweite große Werkschau der israelischen Künstlerin Yael Bartana und vereint sieben Videoarbeiten aus dem Zeitraum seit 2000. Schon der Titel der Ausstellung „amateur anthropologist" lässt eine Nähe ihrer Arbeiten zu dokumentarischen und ethnografischen Verfahren in der Kunst vermuten. „Profile" (2000) zeigt Schießübungen junger israelischer Frauen, die ihren Wehrdienst ableisten, stereotyp in der Reihe anlegen – schießen – warten – nachladen – warten ... Erst nach einer Weile wird man darauf aufmerksam, dass es sich zum einen um eine repetitive Handlung, zum anderen aber auch um eine Wiederholung des im Loop gezeigten Videomaterials handelt. Die einfache Logik der ausgeführten Handgriffe lässt den Vorgang in der Wiederholung zu einer einzigen end- und ausweglosen Situation werden. Auch die anderen Videoarbeiten tragen Momente kritischer Reflexion in sich und lassen sich vor dem Hintergrund eines gesellschaftlichen Dispositivs von Männlichkeit, Militär und Stärke betrachten. Dieses transportiert einen Heldenmythos, eine Erzählung, die für die israelische Gesellschaft, nicht zuletzt aufgrund der allgegenwärtigen Konfliktsituation, in politischer Kultur und Öffentlichkeit in weiten Teilen prägend ist. Bartana hingegen entwirft gegenläufige Narrationen, Helden kommen nicht vor, und die Dramaturgie ist im Wesentlichen durch die Abwesenheit von individuellem erfolgreichen Handeln bestimmt. In diesen Szenarien verschwimmt das Profil des Individuums mit dem der kulturellen Hegemonie, es wird von einem scheinbar unbeeinflussbaren, kollektiv getragenen Geschehen umfangen.

Die Arbeit „Kings of the Hill" (2003) zeigt eine Freizeitbeschäftigung israelischer Männer,

Yael Bartana, „Kings of the Hill", 2003, Kunsthalle
Fridericianum, Kassel, 2006, Installationsansicht

die darin besteht, wochenends mit Geländefahrzeugen kleine Hügel einer wüstenartigen Küstenlandschaft zu erklimmen. In häufig wechselnden Einstellungen sind ihre beharrlichen Versuche zu sehen, die selten von Erfolg gekrönt sind: Die Räder drehen im Sand durch, die Fahrer müssen zurücksetzen, alles vollzieht sich in absurder Mühseligkeit. Als allegorisches Porträt wirkt das Video wie eine Parodie auf klassische ethnografische Filme, in denen der Blick auf fremde Lebensweisen zur Darstellung der Bewältigungsstrategien eines männlichen Heldensubjekts wird. Zwischendurch sind leere Autos als romantische Rückenfiguren zu sehen, die von den sandigen Felsen über das Meer blicken. Ganz unerhaben dagegen sieht man für einen kurzen Moment eine Frau und ein Mädchen unbeteiligt auf einem Stein sitzen. Sie beobachten und scheinen auf das Ende eines Vorgangs zu warten, der sich über den Abend hinaus endlos fortsetzen wird. An anderer Stelle, in „Trembling Time" (2001), wird bei statischer Kameraeinstellung eine (nationale Gedenk-)Minute durch kaskadenhafte Überblendungen auf sechs Minuten gezerrt. Begleitet von diffusem Weltraumzirpen halten scheinbar ohne jeden Grund alle Fahrzeuge auf der Autobahn an, Menschen steigen aus und bleiben regungslos stehen. Die Szenerie driftet ins Befremdend-Außerirdische und entgleitet ihrem gesellschaftspolitischen Referenzrahmen. Schnitt und Montage bewirken dabei wechselweise Verdichtung und Entfaltung des Geschehens. Immer wieder bedient sich Bartana solcher technischer Eingriffe: Zeitlupeneinstellungen, collagenhaft produzierte Soundeffekte und Überblendungen. Dadurch entzieht sie dem Bildmaterial seine dokumentarischen Garantien und lässt die Wahrnehmung zwischen distanzlosem Subjektivismus und völligem Befremden changieren. Diese Verschiebung entsteht vor allem durch die kulturelle Differenz, die Bartanas „anthropologischer" Blick mit sich bringt. Denn die Individuen, die sie uns in schematisierten Handlungen zeigt, scheinen einerseits einer exotischen Welt anzugehören, andererseits bleibt es den Betrachter/innen offen zu erkennen, dass ihr eigener Aktionsrahmen analog strukturiert ist. Die ineinander verketteten Frequenzen von Medium und Wahrnehmung haben zur Folge, dass sich unser eigener Standpunkt gegenüber dem Gezeigten jedes Mal ein wenig verschiebt, ein Spiel von Nähe und Ferne, das das Subjekt in seinen möglichen Verortungen durchdekliniert.

In verschiedenen Figurationen erscheint als Effekt dieses Aufschubs ein Warten, das atmosphärisch auf den Ausstellungsraum übergreift. Statt utopischer Entwürfe entwickelt Bartana eine Rethorik, die die Frage stellt, wie wir mit diesem Warten umgehen wollen, und uns in einen Raum verortet, in dem man umhergehen kann, von der Komplexität erschlagen oder von der Zurückgenommenheit von Bartanas Arbeiten bezaubert werden kann.

Yael Bartana, „Amateur Anthropologist", Kunsthalle Fridericianum, Kassel, 24. September bis 26. November 2006.

## IN DER GRAUZONE
**Stephanie Kleefeld über Birgit Megerle in der Galerie Neu, Berlin**

Bisher versammelte Birgit Megerle in ihren Malereien ein Ensemble androgyn wirkender, in sich versunkener und dabei fashionable anmutender Personen, die, wie beispielsweise auch das Bildpersonal Lukas Duwenhöggers, ein persönliches Begehren zu markieren schienen. Die Figuren waren dabei zumeist in unverortbaren, zum Teil auch entrückt wirkenden Szenerien eingebettet, ohne dass ein sinnstiftender Bezug zwischen Personen, Objekten und Orten ersichtlich war. Bei ihrer jüngsten Ausstellung in der Galerie Neu integrierte die Künstlerin nun den Galerieraum in ihr Ausstellungskonzept, um, wie es schien, einen Handlungsraum für das Bildpersonal ihrer Gemälde zu schaffen. Zu diesem Zweck installierte Megerle im Ausstellungsraum eine großflächige, an einer Holzkonstruktion befestigte Leinwand. Das ornamentale Dekor des als Raumteiler fungierenden Gemäldes leitete sich dabei von der Fotografie einer Betonwand ab, die den Hintergrund eines, auf einem Sockel präsentierten, bühnenbildartigen Modells bildete. Hier deutete sich ein zentrales Thema der Ausstellung an: das Modell und seine Realisation. Konnte der Galerieraum mit der Leinwandkonstruktion und den Gemälden doch als Umsetzung der dreidimensionalen Szenerie *en miniature* und diese wiederum als Entwurf des realen Ausstellungsraumes gelesen werden.

Die Auseinandersetzung mit dem Modell erfolgte auch bei einer im Eingangsbereich der Galerie präsentierten, aus mehreren geschichteten Zeichnungsfragmenten zusammengefügten, reliefartigen Collage. Elemente dieses Objektes – zwei Polizisten und die knallig-orangerote Eingangstür eines Wohnhauses, vor der ein junger Mann auf dem Boden kniet und Keyboard spielt – fanden sich als Motive in der Malerei wieder. Demnach konnte weniger von einer detailgetreuen Umsetzung der Modelle als vielmehr von der Verräumlichung einzelner Elemente im Ausstellungsraum gesprochen werden. Im Gegensatz

Birgit Megerle, Galerie Neu, Berlin, 2006, Ausstellungsansicht

zu den Modell-Entwürfen war die Galeriesituation von einem Eindruck des Fragmentarischen bestimmt, denn die Bildfiguren waren entweder getrennt voneinander oder in divergierenden, nicht entschlüsselbaren Konstellationen platziert. Selbst vor dem Hintergrund einer durch die Modelle suggerierten erzählerischen Ebene mutete sie lediglich wie der Vorspann eines Filmes an, in dem Personen und Orte allein als Charaktere eingeführt werden, ohne dass dabei eine Handlung vollzogen würde. Megerle kehrte so das Verhältnis zwischen dem Modell und seiner Realisation um; während die Modelle eine Belebung erfuhren, wirkte das Geschehen im Ausstellungsraum eigenartig erstarrt. Auch waren in den Entwürfen auf Realität verweisende Elemente in Form von Fotografien installiert – die der Betonwand, einer Bogenschützin und zweier Polizisten –, wogegen im Galerieraum allein deren malerische Abbilder präsentiert wurden, so dass der Ausstellungsraum letztlich modellartiger und artifizieller erschien als die Modelle selbst.

Dem Eindruck der Belebtheit des einen und der Starre des anderen Ausstellungselements entsprach auch deren unterschiedliche Kolorierung. Denn im Gegensatz zu den farbigen Modellen waren die Tafelbilder ausschließlich in Grautönen gehalten. Eine Farbgebung, mit der Megerle die Technik der Grisaillemalerei aktivierte; einer im Mittelalter und in der Renaissance populären malerischen Vorgehensweise, um eine plastische Darstellung von Skulpturen oder auch architektonischen Elementen zu erzeugen. Ihrer gedeckten Farbigkeit wegen auch als „Totfarbe" oder „Steinfarbe" bezeichnet, hatte die Grisailletechnik auch hier eine seltsame Reglosigkeit und Versteinerung der auf den Bildern dargestellten Personen zur Folge, wodurch sie dem Ausstellungszusammenhang seltsam entrückt schienen. Dieses Verharren der Figuren in zumeist bewegten Posen – beispielsweise hatte eine junge Frau die Haltung eines Cupido eingenommen – korrespondierte wiederum mit der Assoziation der Gemälde als Vorspann oder Filmstill, d. h. als eingefrorene Momente. Wie auch die der Grisaillemalerei immanente Idee, Plastizität zu suggerieren, ihre Entsprechung in der Strategie der Verräumlichung der Modelle fand.

Dem Moment der Lähmung und Leblosigkeit entgegengesetzt, waren die abgebildeten Personen jedoch zumeist einer realen Existenz verpflichtet. Man vermutete hinter den gezeigten Figuren

Megerles persönliches Umfeld, worauf Fotografien in den Modellen hindeuteten. Die so vollzogene Personalisierung der gezeigten Figuren ließ diesen eine Individualität zuteil werden, durch die sie einer bei Megerle sonst üblichen Entpersonalisierung und einer damit verbundenen Austauschbarkeit entgingen. Eine Konstituierung von Charakteren, die durch die Formulierung eines jeweils eigenen modischen Stils der Personen noch unterstützt wurde. So trug eine der beiden weiblichen Figuren ein mädchenhaft-verspieltes, barockes Oberteil, wogegen die andere in einem strengen, altmodisch angehauchten Bürostil gekleidet war. Hier lag denn auch eine Differenz zu Megerles früheren Arbeiten, bei denen die Akteure der homogenen Ästhetik einer Modestrecke verpflichtet schienen. Doch nicht nur die Personen, auch die Orte wurden aus ihrer Unbestimmtheit gerissen. Wie bereits bei einem Teil des Bildpersonals wies Megerle auch bei der Betonmauer durch das Integrieren ihrer fotografischen Abbildung in das Modell auf deren reale Existenz hin. Ferner gab sie der abgebildeten Eingangstür durch den Titel „Heidebrinker Straße 8" eine konkrete Berliner Adresse.

Mit der Kontextualisierung der abgebildeten Personen entging Megerle denn auch der Sackgasse, lediglich eine sich auf das Zitieren verschiedener Stile des 19. und 20. Jahrhunderts stützende und mittlerweile zum allgemeinen Sprachgut junger zeitgenössischer Kunst gewordene Ästhetik zu verhandeln und sich allein auf deren Zugkraft zu verlassen. Obwohl die vorgestellten Figuren eindeutig auch in einer Kontinuität zu historischen Avantgarden standen – vermittelt durch Haarschnitte oder Bekleidung –, waren sie eben doch im Jetzt verortet und grenzten sich auf diese Weise von historischen Idealen ab. Dennoch müssen sie in einem Bereich zwischen Idealisierung und Realität angesiedelt werden, schienen sie doch wiederum auch ihrer entrückten Farbigkeit wegen einer realen Verankerung enthoben.

Birgit Megerle, Galerie Neu, Berlin, 19. September bis 28. Oktober 2006.

„BOXES FALLING THROUGH SPACE"
**Petra Reichensperger über Brian O'Doherty in der Dublin City Gallery The Hugh Lane, Dublin**

Im Mai 2006 wurde mit der Retrospektive „Beyond the White Cube. A Retrospective by Brian O'Doherty / Patrick Ireland" das Museum für moderne und zeitgenössische Kunst der Stadt Dublin, die Dublin City Gallery The Hugh Lane, wiedereröffnet, nachdem es wegen Umbau für zwei Jahre geschlossen war.

Patrick Ireland wurde als Brian O'Doherty 1935 in Irland geboren und lebt seit 1957 hauptsächlich in New York. Er hat seine Kunst immer als Bestandteil konkreter gesellschaftlicher Konstellationen verstanden. Das zeigte z. B. seine Reaktion auf die Ereignisse, die als „Bloody Sunday" in die irische Geschichte eingegangen sind. Im Januar 1972 wurden im nordirischen Derry bei der Auflösung einer Protestdemonstration 13 Menschen von britischen Sondereinheiten erschossen. Aus Protest gegen die britische Nordirlandpolitik veröffentlichte O'Doherty daraufhin seine Kunst nicht mehr unter eigenem Namen, sondern, in Anspielung auf einen im katholischen Inselstaat bis heute verehrten Nationalheiligen namens St. Patrick, unter dem Pseudonym Patrick Ireland.

Bekannt geworden ist O'Doherty vor allem durch seine Analysen zur Genese und Krise des Galerie- und Museumsraums, die er 1976 in der Textsammlung „Inside the White Cube. Notes on the Ideology of the Gallery Space" analysiert hat.[1] Spätestens seit den 1990er Jahren gelten sie als „Klassikertext"[2] und als „something of a users manual for artists"[3]. Was diese Essays bis heute so lesenswert und kontrovers macht, sind die ihnen eigene assoziative Sprache und die darin dargestellten Zusammenhänge zwischen Ökonomie, Raumpolitik und Kunst. O'Doherty argumentiert dafür, dass sich im White Cube „etwas von der Heiligkeit der Kirche, etwas von der Gemessenheit des Gerichtssaales, etwas vom Geheimnis des Forschungslabors" mit dem Display verbinde, um in „einem einzigartigen Kultraum der Ästhetik" zu münden.

Brian O'Doherty/Patrick Ireland, „Beyond the White Cube", Dublin City Gallery The Hugh Lane, Dublin, 2006, Ausstellungsansicht

Die Dubliner Ausstellung bot nun die Möglichkeit, seine Texte zu seiner eigenen künstlerischen Praxis konkret ins Verhältnis zu setzen. Erst kürzlich hat O'Doherty wieder betont, dass die Kunst seit dem 20. Jahrhundert einen institutionellen Charakter habe, der eng mit dem White Cube – als Rahmung und Diskurskategorie – zusammenhänge.[4] Nun aber ruft er schon im Titel seiner Ausstellung ein „Jenseits", ein „Beyond the White Cube" aus.

„Wenn wir die weiße Zelle nicht einfach loswerden können, dann sollten wir versuchen, sie zu verstehen", schrieb er 1976.[5] Genau diesen Versuch unternimmt er auch in seinen künstlerischen Arbeiten, die über weite Strecken eine große Affinität zur Concept(ual) Art zeigen. Sie reichen von Bild-Text-Kombinationen wie „Past, Present, Future: Portrait of the Artist at 7" oder „Aspen 5+6", beide von 1967, über performative Anordnungen wie die „Ogham Sculptures", die seit den 1970er Jahren entstanden sind und die die Vektoren „now", „here" und „one" zueinander in Beziehung setzen, bis hin zu aktuellen ortsspezifischen Raumarbeiten wie „Rope Drawing" oder „Labyrinth".

Das Labyrinth, das vor dem Museum platziert war, also buchstäblich „beyond the white cube", wurde von Passanten wie Besuchern begeistert aufgenommen. Es hatte seinerseits kubische Formen und verwies so – in der Selbstreferenz des Kubischen – als skulpturale Anordnung im Außenraum auf das komplexe Verhältnis zwischen den Konventionen und den Grenzen des Ausstellungsbetriebs, der stets ein Innen, aber eben deshalb auch stets ein Außen hat. Diese durch die Kunst immer wieder aufs Neue zu verräumlichenden und dabei zu verschiebenden Grenzen waren von Beginn an das zentrale Thema von O'Dohertys künstlerischer wie theoretischer Praxis. So ging diese temporäre Arbeit nicht nur deshalb über den institutionellen Ausstellungsraum hinaus, weil sie im Außenraum positioniert war, sondern auch weil sie die Aufmerksamkeit nicht ausschließlich auf sich als ein ausgestelltes Objekt lenkte. Sie ließ den Rezipienten vielmehr nach dem eigenen, buchstäblich räumlichen Standpunkt fragen: Bin ich hier innen oder außen?

Diese Fokussierung auf Kunst als eine Art Verräumlichung der Grenze oder, anders ausgedrückt, der Dialektik von Innen und Außen, begegnete dem Zuschauer auch „inside the white cube" in der Präsentation und Aufführung von „Aspen 5+6" wieder: einer verzweigten, ihrerseits labyrinthischen, multimedialen Box, die O'Doherty rückblickend als seine „one-man show for that year" bezeichnet hat[6]. In einem Raum des Museums konnten die Besucher wie in einem Archiv zwischen verschiedenen Aufnahmen dieses heute kaum zugänglichen Konvoluts wählen. Dabei eröffneten die Anordnungen wechselseitige Perspektivierungen räumlicher Zonen, die durch die Reichweite und Frequenzen vornehmlich von Sound und Film gebildet wurden. Gleichzeitig waren Lesungen von Robbe-Grillet, Samuel Beckett und Marcel Duchamp zu hören, die sich mit Sounds von John Cage und Morton Feldman überlagerten; darüber hinaus konnte man bewegte Bilder von Hans Richter, Robert Rauschenberg oder László Moholy-Nagy sehen, aber auch Modelle von Tony Smith und Sol LeWitt sowie ein „Structural Play" von Brian O'Doherty selbst. Ihm ging es bei der Zusammenstellung darum, Beiträge sowohl in ihrer inneren Struktur als auch in ihrem Zusammenwirken zu erfassen.

Sein spezifisches Interesse am räumlichen Intervall hat auch den Ausstellungsparcours von O'Dohertys umfassender Retrospektive bestimmt. Insbesondere die Bewegungen des Bedeutens, die durch das mehrdimensionale, verzweigte Netz von Korrespondenzen zwischen den über 100 ausgestellten Arbeiten entstehen, lassen den „Möglichkeitssinn" (Robert Musil), der den Künstler so fasziniert, deutlich hervortreten. Möglich ist hier stets beides: Kontextualität und Autonomie, die Kontingenz des Offenen und die Notwendigkeit des Geschlossenen, Ordnung und Desorientierung. Dies wird besonders deutlich an einem Werk wie „The Sorrows of Z", einer kleinformatigen Papierarbeit von 1968, die erneut den Kubus als eine ebenso geordnete wie labyrinthische Struktur aufgreift. Die mit Wasserfarbe bemalten, in sich verschachtelten Kuben sind hier kombiniert mit einem Text, den der Künstler mit Tusche direkt unter die grauen Graduierungen geschrieben hat: „He did not know where he was. How long he had been there, he had no idea […]. He did not know that he was suspended in a box and that the box was encased in another and yet another. There were five boxes, increasingly regularly in size. They kept out every sound, every light, every touch and smell. He did not know that the boxes were falling through space, as he has one imagined himself falling. And since space is infinite, he fell endlessly." In der Sichtbarmachung dieser Doppelheit und ihrer Verschachtelung – der Kontingenz des Offenen und der Notwendigkeit des Geschlossenen, des Äußeren und des Inneren – liegt sicherlich eine der Stärken der Ausstellung.

Umso mehr darf man darauf gespannt sein, wie sich das Spannungsverhältnis zwischen Inside & Beyond the White Cube am zweiten Ausstellungsort, der Grey Art Gallery in New York, 2007, neu konstituieren wird.

Brian O'Doherty/Patrick Ireland, „Beyond the White Cube", Dublin City Gallery The Hughe Lane, Dublin, 5. Mai bis 10. September 2006.

Anmerkungen
1 1986 erschienen drei der 1976 publizierten Essays um ein viertes ergänzt als Buch. Seit 1996 liegt eine deutsche Übersetzung von Wolfgang Kemp vor: „In der weißen Zelle. Inside the White Cube". Damit unterschlägt der Titel der deutschen Ausgabe einen zentralen Begriff des Originaltitels: die Ideologie. Brian O'Doherty, In der weißen Zelle. Inside the White Cube, hg. von Wolfgang Kemp, Berlin 1996.
2 Vgl. dazu den Artikel anlässlich der Veröffentlichung der deutschen Buchausgabe von Christian Kravagna, „76 – 86 – 96", in: *Texte zur Kunst*, Nr. 24, 1996, S. 141–144, hier S. 141.
3 Vgl. dazu Mark Godfrey / Rosie Bennett, „Public Spectacle", in: *Frieze*, Jan.–Febr. 2004, S. 56–59.
4 Siehe seine Buchrezension über „Art and the Power of Placement", die parallel zur Eröffnung seiner Retrospektive in *Art in America* erschienen ist.
5 Brian O'Doherty, In der weißen Zelle. Inside the White Cube, a. a. O., S. 89.
6 Brian O'Doherty, zit. nach Mary-Ruth Walsh, „A Labyrinth in a Box: Aspen 5+6", in: Ausst.-Kat. „Beyond the White Cube. A Retrospective by Brian O'Doherty / Patrick Ireland", Dublin City Gallery The Hugh Lane, Dublin 2006, S. 67–71, hier S. 67.

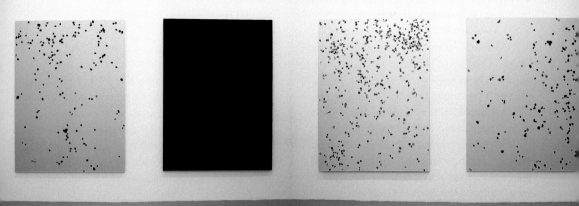

**ZUFALL IN SERIE**
Christian Rattemeyer über Adam McEwen bei Nicole Klagsbrun, New York

In „8:00 for 8:30", seiner zweiten Einzelausstellung bei Nicole Klagsbrun, bringt der in New York lebende britische Künstler Adam McEwen zwei auf den ersten Blick disparate Gruppen von Arbeiten zusammen: eine Serie großformatiger monochromer Leinwände mit Kaugummimustern, die er im Sinne einer künstlerischen Aleatorik denen auf New Yorker Bürgersteinen nachempfunden hat, und eine Serie fast ununterscheidbarer Farbfotografien von LeFrak City, einem Komplex von Nachkriegswohnungen in Queens, New York. Zwei weitere Arbeiten im Eingangsbereich der Galerie dienen als Anhaltspunkt, diese beiden unterschiedlichen Ansätze zusammenzudenken. Eine Schwarzweiß-Fotografie, die auch als Motiv für das Poster der Ausstellung Verwendung findet, zeigt einen sitzenden McEwen mit offensichtlich falschem Schnurrbart, grauen Haaren und einer historisch anmutenden Uniform. Der Titel „Self-portrait as Bomber Harris" (2006) identifiziert die dargestellte Figur als Sir Arthur „Bomber" Harris – der Planer der Flächenbombardierung Nazi-Deutschlands durch die britische Luftwaffe im Zweiten Weltkrieg. Eine zweite, großformatige Schwarzweiß-Fotografie mit dem Titel „Untitled (Dresden)" (2006) macht diesen Zusammenhang explizit. Das Foto zeigt einen abstrakten Nachthimmel mit wolkenförmigen Leuchtnebeln, der die Bombardierung Dresdens impliziert.

Alle Leinwände in der Ausstellung tragen als Titel die Namen deutscher Städte, die im Zweiten Weltkrieg massive Schäden durch britische Bombardierungen erfuhren, wie Kassel, Lübeck, Köln, Wuppertal-Barmen, Krefeld und Berlin. Die Grundierung der Bilder ist in einigen Fällen ein simples stumpfes Schwarz oder Weiß, aber zwei Bilder („Dresden (Phosphorbrandbombe)" und „Hamburg (Phosphorbrandbombe)") sind mit einer phosphorisierenden Farbe ausgeführt, die im Dunkeln leuchtet (die Galerie lädt dazu ein, das Licht auszuschalten, um den Effekt genau zu studieren). McEwens Entscheidung für die Nachahmung der Kaugummimuster New Yorker Bürgersteige in den Bildern hat aber nicht allein formale Gründe, die sich aus einer visuellen Nähe zwischen den willkürlich gruppierten Flecken und den unregelmäßigen Einschlagsmustern alliierter Bomben erklären mögen. Vielmehr besteht eine Beziehung, die auf dem Prinzip der Erzeugung beruht: Beide sind direkte Spur eines im vertikalen Fall bewegten Objekts.

Die zweite Werkreihe zeigt acht Farbaufnahmen des zentralen Bürohochhauses in LeFrak City und die angrenzende Stadtautobahn, unterscheidbar nur durch die variierenden Wolkenformationen und den sich ändernden Verkehr. LeFrak

Adam McEwen, „8:00 for 8:30", 2006,
Nicole Klagsbrun Gallery, New York, Ausstellungsansicht

City wurde zwischen 1960 und 1969 gebaut und umfasst zwei Bürohochhäuser, kommunale Gebäude (eine Bibliothek, ein Postamt etc.) sowie zwanzig achtzehnstöckige Wohnblöcke, die hauptsächlich für Mieter mit geringerem Einkommen errichtet wurden. Zu Baubeginn, fünfzehn Jahre nach Ende des Zweiten Weltkriegs, war das Areal noch mit Notbehausungen für zurückkehrende Soldaten bebaut.

McEwen zieht die Parallele zwischen Kriegshandlung und Nachkriegswohnungsbau jedoch nicht durch eine bloß anekdotische Verknüpfung. Vielmehr deutet die Gegenüberstellung von Malereien und Fotografien auf eine intrinsische Vergleichbarkeit der Gegenstände hin, die sich in einem Verhältnis von Ursache und Folge beschreiben lassen könnte. Denn die Fotografien von LeFrak City zeigen einen Gebäudetyp, der auch in Deutschland und England als Antwort auf die Wohnungsknappheit der Nachkriegszeit favorisiert wurde und als Symbol des Wiederaufbaus und als architektonisches Paradigma der Nachkriegsmoderne gelten kann. Die Katastrophe des zwanzigsten Jahrhunderts wird bei McEwen zu einem Katalysator der Moderne, die in der Architektur des Wiederaufbaus ihre (traurige) Vollendung erfährt. Auf formaler Ebene finden bei McEwen Methoden und Topoi Verwendung, die als maßgebliche Beiträge der Moderne gelten können, aber inzwischen als Gemeinplatz jederzeit abrufbar sind und ihre ehemalige Radikalität nur noch als Chiffre in sich tragen: das Monochrom, Zufallskomposition, mechanische Reproduktion, Serialität. Zugleich deuten McEwens Arbeiten auf die fatalen Vergleichbarkeitsaspekte moderner Formensprachen hin. Denn das Prinzip der Zufallskomposition vertikal fallender Objekte hat offenkundig fundamental andere Folgen, wenn es sich um Kaugummi statt um Bomben handelt, und zugleich sind Aleatorik als Kompositionsprinzip und Bombenkrieg als genuin moderne Erfindungen untrennbar verbunden. Ähnliches gilt für die Serialität und Standardisierung der Fotografie und der Bauweise, die diese dokumentiert.

Das wichtigste Element in der Ausstellung ist das inszenierte „Selbstporträt als Bomber Harris", das alle Arbeiten der Ausstellung in der Person McEwens zusammenführt und die vermeintlich zynische Geste in eine biografisch relevante Perspektive stellt, die für die Erfahrung einer ganzen Generation stehen kann. Ein unscheinbares vom Künstler gestaltetes Zine, das am Eingangstisch ausliegt, liefert die Hintergrundgeschichte: Es enthält eine Hommage an Sven Hassel, einen dänischen Autor von Groschenromanen über die Abenteuer einer Gruppe von Wehrmachtssoldaten, die besonders in England in den sechziger und siebziger Jahren sehr populär waren und die McEwen als Jugendlicher las.

In „8:00 for 8:30" entwirft McEwen mit lakonischen Mitteln eine Meditation über die Verschränkung historischer Ereignisse, deren Folgen zugleich als grundlegende Bedingungen der Moderne sowie als wichtige Momente individueller Prägung gelesen werden können. Die Übertragungsleistung der Arbeiten funktioniert darin, eigene Erfahrungen in den Arbeiten gespiegelt zu sehen – und aus dem Vergleichbarkeitspotenzial des historischen Materials sowie des vertrauten Formvokabulars unerwartet subversive Energien zu gewinnen.

Adam McEwen, „8:00 for 8:30", Nicole Klagsbrun, New York, 7. September bis 18. Oktober 2006.

## BESPRECHUNGEN

### GRUPPENZWANGLOS
Über Pawel Althamer im Centre Pompidou, Paris

Kunst in einen performativen Bezug zu ihren Kontexten zu stellen, lässt sich als übergeordnetes Anliegen der Projekte des polnischen Künstlers Pawel Althamer bezeichnen. Ein strukturelles Merkmal seiner Arbeit ist dabei, nicht als singulärer Künstler aufzutreten, sondern immer wieder ein temporäres Bündnis mit einer Gemeinschaft einzugehen, um den institutionellen Ausstellungsraum mit alternativen Modellen von Öffentlichkeit zu besetzen.

Auch die Einladung des Pariser Centre Pompidou, eine Einzelausstellung zu präsentieren, nahm Althamer zum Anlass, das Verhältnis zwischen individuellem Produzenten und kollektiven Zusammenhängen zu verhandeln.

Die folgende Besprechung der Ausstellung „Au Centre Pompidou" ist eine von vielen Gelegenheiten, die sich angesichts der Kunst der Gegenwart bieten, auf „singulär plural sein" von Jean-Luc Nancy zu verweisen. Schon der Titel des schmalen Buchs stellt die Verbindung zu „Au Centre Pompidou" her. Die Ausstellung verdankte sich der Weigerung des Berlin-Biennale- und Documenta-X-Teilnehmers Pawel Althamer, die Erwartungen an eine Einzelausstellung einzulösen, also an eine, die ihm als Einzelnem gewidmet wäre – wozu die Pariser Institution ursprünglich

Pawel Althamer, „Au Centre Pompidou",
Centre Pompidou, Paris 2006, Ausstellungsansicht

eingeladen hatte. Althamers Dekonstruktionen der gesellschaftlichen Rolle des singulären Künstlers (und der Idee künstlerischer Singularität), die oft gleichbedeutend mit Arbeit in Gruppen und Kollektiven ist, trugen ihm in den letzten Jahren nicht nur den Ruf eines mysteriösen Ironikers und Virtuosen des Paradoxes ein, sondern machten ihn zugleich zu einem der Vertreter eines „collaborative turn" in der aktuellen Kunst. Nachdem er bereits die Freunde seines Sohnes zu einer Ausstellungseröffnung eingeladen und dies als performatives Element deklariert hatte („Bad Kids", Maastricht, 2004), optierte Althamer in Paris dafür, als Person in einem Kollektiv aufzugehen, das er selbst aus eben diesem Anlass (der Einladung zu einer Einzelausstellung im Centre Pompidou) ins Leben rief. Freilich, der bloße Umstand, dass in dieser Besprechung bereits zu diesem frühen Zeitpunkt zweimal der Eigenname des Künstlers genannt wurde, wohingegen die anderen Mitglieder der Gruppe bis hierhin namenlos blieben, legt die Vermutung nahe, dass die Auflösung im Kollektiv nur bedingt gelungen oder auch gar nicht beabsichtigt ist. „Singulär plural sein" könnte danach, wenn auch ganz anders als von Nancy gedacht, jene schlüpfrige Ambivalenz bezeichnen, in die sich jenes künstlerische Subjekt begibt, das symbolisch auf die Ertragskraft kollektiver Prozesse setzt, um das Betriebssystem Kunst zu unterlaufen, indem es dessen Begehrensstrukturen gleichermaßen in Frage zieht wie reformiert. But who's to blame in this game?

Im Anschluss an Heideggers Definition des Daseins als Mitsein sucht der französische Philosoph nach einer Möglichkeit, „Wir" zu sagen, ohne falsche Vorstellungen von kollektiver Subjektivität zu bedienen, sondern ein „Sein-mit-mehreren" zu denken. Vor dem Hintergrund der französischen und italienischen Philosophie der letzten Jahrzehnte, die von Blanchot, Deleuze und Derrida bis Agamben reicht und ihm selbst neuartige Begriffe von Gemeinschaft und Gemeinschaften vorgeschlagen hat (solchen, die „kommen", die „unsagbar", „undarstellbar" oder „inoperativ" sind, die also nicht einer soziologischen Beschreibung entspringen, sondern ästhetischen Utopien oder mikropolitischen Studien über ein autonomes, zweckfreies und zwangloses Miteinander), sucht Nancy in „singulär plural sein" nach einem Weg, „Wir" zu sagen und das Singuläre zu pluralisieren, denn das „mit" stehe im Zentrum des Seins und sei nicht dessen Akzidenz.

In seiner schwindelerregenden, nicht selten rundum redundanten und ihrerseits des Öfteren spürbar zweckfreien Auseinandersetzung mit Heideggers Eigentlichkeitsbegriff berührt Jean-Luc Nancy dabei einen Punkt, der für die Diskussionen um kollaborative künstlerische Praktiken neuralgisch ist. Indem er die Differenz zwischen einem „mit in der Äußerlichkeit" und einer Gemeinschaft unterstreicht, „die im Bezug zu einer einzigartigen Sache" steht, formuliert er ziemlich direkt das Modell einer ästhetisch-ethischen Zusammenkunft: „Einerseits einfache Kooperation, andererseits Miteigentlichkeit [*copropriation*]. Einerseits alltägliches Besorgen, andererseits Fürsorge: was auch darauf hinausläuft, dass wirklich besorgte, fürsorgende Besorgnis sich nur auf der zweiten Seite der beiden Möglichkeiten findet."[1]

Die Vorstellung einer Gemeinschaft, über deren Konstitution und Form zu spekulieren bereits einen Schutzraum gegen die Übel der Gesellschaft zu versprechen scheint, ist höchst relevant für die Kunst, begreift man diese als ein

Feld der Produktion alternativer Modelle von Gemeinschaft. Insbesondere, wenn der ermöglichende Kontext konkreter Kunstpraktiken ein staatlicher oder halbstaatlicher ist, wenn sich also die öffentliche Hand im Spiel befindet, wird die gesellschaftliche Produktivität der Kunst, werden Annahmen und Verlautbarungen über ihren nicht nur ästhetischen, sondern auch sozialen Wert zum Kriterium von institutioneller Förderung und öffentlicher Anerkennung.

Die Erwartungen an die Erfindungskraft der Kunst in Sachen Gemeinschaft sind groß, weil man ihr eine Freiheit unterstellt, die anderswo undenkbar geworden ist. Eine Idee der „kommenden Gemeinschaft", eines „vervielfältigten Paares, einer zu formenden, zu spielenden, zu erfindenden Gemeinschaft", eines „gewalttätigen Geheimnisses, das uns gegen eine Gesellschaft vereint, die in den letzten zehn Jahren traurigerweise den ganz Raum des Lebens besetzt hat", beschwor 2003 der Pariser Kritiker und Kurator Olivier Zahm.[2] Zuvor hatte der Kollege Nicolas Bourriaud in seinem Buch über eine „Relationale Ästhetik" im Arbeitsprozess des zeitgenössischen Kunstwerks die „Präsenz einer Mikro-Gemeinschaft" entdeckt, die durch das Werk, die Methoden seiner Produktion und die Modi seiner Ausstellung geschaffen werden – eine „momenthafte Versammlung teilnehmender Betrachter/innen", mit „Interaktionsformen, welche die Unausweichlichkeit der Familien" umgehen und die „Aura" eines „temporären Kollektivs" vor dem Werk erzeugen.[3] Dieses Kollektiv aber soll sich nicht instrumentalisieren und fremdbestimmen lassen, sondern – schlecht kantianisch – zweckfrei bleiben. Empfohlen und ersehnt wird, in den Worten des Kurators und Kritikers Charles Esche, eine „freiwillige und individuelle Entscheidung,

sich in Form eines Kollektivs zu gruppieren und zu kommunizieren, ohne den Zwang, eindeutige und objektive Resultate erzielen zu müssen."[4]

Diese nicht-pragmatischen, jede Operationalisierbarkeit demonstrativ von sich weisenden Gemeinschaften, wie sie aus Anlass und im Zusammenhang von bildender Kunst entstehen (sollen), sind auch paradigmatische Kollektive – jedenfalls wird ihnen dieser modellhafte Zug gern unterstellt. Dabei handelt es sich um ein Erbe jener Phasen der Moderne, in denen künstlerische und gesellschaftliche Produktion sich gegenseitig bedingten, die ästhetische idealerweise zugleich als politische Utopie diente. Gemäß dieser Tradition der Moderne können einzelne Kunstwerke oder eine bestimmte programmatisch verknüpfte Schule von Werken die kommende Gemeinschaft ästhetisch entwerfen – in diesem Fall wären das Kollektiv und dessen formale Organisation ableitbar aus Struktur und Materialität des Werks. Die Bedingungen der Produktion solcher Modelle von Gemeinschaft können aber auch so gefasst werden, dass die Konvention des individuellen Künstlersubjekts zugunsten eines Kollektivs, einer Künstlergruppe aufgegeben und somit das künstlerische Projekt vornehmlich als kollektives interpretiert wird. Schließlich kann sich die Gemeinschaftlichkeit der Kunst von der Produktions- auf die Rezeptionsseite verschieben. Wahrnehmungsprozesse werden dann zu Ereignissen der Vergemeinschaftung, die ihrerseits „produktiv" sind: Die mehr oder wenige flüchtige Gemeinschaft der Betrachter/innen oder Benutzer/innen formiert einen Raum der Partizipation und Koproduktion, in dem die ästhetische Erfahrung zugleich die Erfahrung eines Miteinanders ist.

Vor allem in den beiden letzten Fällen jenes Kunst-Kollektivität-Nexus, dessen Konjunkturen die Geschichte der Moderne und Postmoderne maßgeblich prägen, gibt es die Tendenz, die Form des Miteinanderseins, die Modi der Kooperation als solche zum Gegenstand der Kunstkritik zu machen. Die Kunstkritik tendiert dann wiederum dazu, eine Reflexion sozialer und sozialpsychologischer Prozesse und Gestalten zu sein. Dass dieses Interesse am Wie und Warum der sozialen Aktivität der Gemeinschaft von den ästhetischen Prozessen der betreffenden Kunst ablenken könnte, ist ein zuletzt von der Kritikerin Claire Bishop geäußerter Einwand gegen die latente Normativität der sozialen, kollektiven oder kommunitären Ansprüche, mit denen Kunst und Künstler/innen konfrontiert werden. Ein „ethical turn" der Kritik, so Bishop, habe dazu geführt, dass über die Motive und die Moral der kollaborierenden Subjekte sowie über Wahrhaftigkeit und pädagogische Wirksamkeit vielerorts mehr nachgedacht und letztlich auch geurteilt würde als über die Qualität der ästhetischen Arbeit, die ja auch eine Bearbeitung der heutigen Bedingungen von Kollaboration sein könne.[5] Dieser „aesthetic turn" (innerhalb des „collaborative turn") läuft allerdings seinerseits Gefahr, das Ästhetische moralischer Erwägungen und konkreter, ethisch relevanter Handlungen zu unterschlagen. Die Debatten um Ausbeutung und Machtmissbrauch, die zum Beispiel im Zusammenhang mit dem provokatorischen, pseudo-partizipatorischen Spiel mit der ökonomischen Verfügbarkeit von Individuen geführt werden, aus denen Artur Zmijewski oder Santiago Sierra flüchtige Gemeinschaften von Lohnempfängern oder Laiendarstellern basteln, lassen sich nicht einfach mit dem Hinweis auf die Dimension der ästhetischen Erfahrung gesellschaftlicher Machtverhältnisse erledigen.[6] Die hier zur Schau gestellte Amoralität im Umgang mit Individuen, Gruppe und Gemeinschaft erweist sich als Element einer künstlerischen Strategie, die gerade darauf setzt, als ästhetische und Moral transzendierende anerkannt zu werden.

Nicht zuletzt die politisch-ökonomischen, aber auch psychologischen Bedingungen einer spezifischen Ko-Produktion sind das Thema der Gespräche, die anlässlich und rund um jene zu Beginn bereits angesprochene Kollaboration geführt wurden, die Pawel Althamer initiierte, nachdem er eine Einladung des Projektraums 315 im Centre Pompidou erhalten hatte. Althamer nahm die Einladung zum Anlass, seinerseits einzuladen. Er setzte auf einen kollektiven Prozess, der mithilfe von Freunden und Kollegen in Polen und einer Gruppe von elf Studierenden der Pariser École des beaux-arts zustande kommen sollte. Die jungen, in Paris lebenden Künstler/innen unterschiedlicher nationaler Herkunft (Japan, Libanon, Frankreich, Moldawien, Tschechien, Kanada, Kolumbien) bildeten mit (oder um) Althamer eine Gruppe auf Zeit, zu der aber auch die polnische Kuratorin Joanna Mytkowska, der Kameramann und Freund Jacek Taszakowski, das Team des Centre Pompidou sowie Leute aus dem Dorf Płochocinek im Nordosten Polens gehörten oder idealerweise gehören sollten. In Płochocinek verbrachten Althamer und die Studierenden zwei Wochen im Juni 2006, um das gemeinsame Projekt zu entwickeln. Besuch erhielten sie auf dem Land von weiteren, mit Althamer befreundeten Künstler/innen und Theoretiker/innen wie Jacek Adamas, Magda Pustoła und Artur Zmijewski. Der Aufenthalt in Płochocinek schuf die Möglichkeit, im Rahmen von Workshops und ländlichen Exkursionen, aber auch im Alleingang, neue Arbeiten zu produzieren, Erfahrungen mit einer unvertrauten Umgebung zu sammeln

und Gespräche über das Wie und Warum des Ganzen zu führen. Hier entsteht auch ein Video, das sowohl einige der Diskussionen als auch verschiedene Begebenheiten und Begegnungen während der Zeit in Polen dokumentiert. Zum Ende stellen sich alle Beteiligten, die gerade in der Nähe waren, zu einem Gruppenbild nach Art von Familien-, Betriebsausflugs- oder Mannschaftsfotos zusammen. Der Bildschirm, auf dem diese Dokumentation zu sehen ist, wurde unauffällig im großen Eingangsbereich des Centre Pompidou platziert. Zunächst uninformierten Besucher/innen (wie dem Rezensenten) erschloss sich nur langsam, wenn überhaupt, der Zusammenhang dieses Videos mit der Ausstellung, die in einiger Entfernung in dem Projektraum des Centre Pompidou installiert war. In einem weißgemalten Raum mit weißen Bänken konnte man eine knapp 15-minütige Video-Sequenz von Schattentheater-Szenen sehen, die von der „Gruppe" nach der Polen-Exkursion in Paris produziert worden ist. Eine 60-seitige Katalogbroschüre in der Publikationsreihe des von Christine Macel kuratierten „Espace 315" ist das dritte Produkt des temporären Kollektivs. Im einleitenden Essay vermutet Macel die Genealogie dieses Projekts sowohl in charismatischen und/oder schamanischen Künstlerfiguren der Moderne und Postmoderne wie Duchamp, Brancusi, Picasso, Warhol, Beuys oder Cattelan als auch in der Ikonografie der Künstlergruppe (von Fantin-Latours „Atelier à Batignolles" von 1870 bis zu Gruppenfotos aus Warhols Factory aus den 1960er Jahren). Es folgen vier Seiten einer summarischen Biobibliografie Althamers, danach Interviews mit Althamer und den Studierenden, die gegen Ende der Zeit in Płochocinek geführt wurden, auch hier: Fotos der „Gruppe". Auf den letzten Seiten erhält jede/r der elf jungen Künstler/innen je eine Seite für einen Text und/oder biografisch-bibliografische Angaben und eine Seite für Fotografien eigener Arbeiten. Den Abschluss bilden vier Seiten mit Standbildern des gemeinsam entwickelten Schattentheaters. „Ich hätte gern, dass alle das trickreiche Spiel verstehen, das wir hier spielen", sagt Vincent Olinet, einer der Studenten, während des im Katalog abgedruckten Interviews. Joanna Mytkowska, die Kuratorin, die Althamer mit in dieses Spiel gebracht hat, erklärt die künstlerische Intention: Althamer habe die Vorstellung des Ausstellungmachens an einer Institution herausfordern und infrage stellen wollen und „stattdessen die Vorstellung entwickelt, seine Zweifel mit den Leuten zu teilen". Althamer selbst spricht von einem Prozess des „opening up" und dass die Ausstellung am Ende zu einem solchen Aufmachen führe, indem sie auch die Mitarbeiter des Pompidou einbeziehe und auf diese Weise „Kommunikationsprobleme" überwinde, die weit größer seien als die, die die „Gruppe" auf ihrer Landpartie zu bewältigen gehabt habe.

Diese Probleme hatten unterschiedliche Ursachen und Auswirkungen: Die Rolle Althamers in dem Experiment wurde – etwa in

Pawel Althamer
1 Osterfrühstück in Plochocinek, Polen, April 2006
2 Wohnhaus der Gruppe in Plochocinek, Polen, April 2006

dem dokumentarischen Video – diskutiert, das Verhältnis von Institution und Kollektivität, von Workshops auf dem Land und den ökonomischen und ideologischen Bedingungen einer urban geprägten Gegenwartskunst. Am Ende der Tage in Płochocinek einigte man sich darauf, in Paris Theater zu machen, Schattentheater, weil so die Gruppenerfahrung am besten umgesetzt werden könne.

Die Schattentheater-Szenen, das Katalogheft und das dokumentarische Video spielten das trickreiche Spiel einer Vermeidung des institutionell Nachgefragten und Erwünschten, indem sie die Erfahrung des auf Zeit gestellten und durch die Institution finanziell ermöglichten (und letztlich auch inhaltlich gestützten, weil künstlerisch, nämlich qua Althamers Intention legitimierten) Gruppenexperiments als Geste zwischen Skepsis, Selbstreflexion und Feier der Gemeinschaft ausfalteten und auf verschiedenen Ebenen zugänglich machten. In allen Formaten regierte der Eindruck des Vorläufigen, Unfertigen, Skizzenhaften, darin den Ansprüchen an eine „inoperative" Gemeinschaft – Nancys „communauté desœuvrée" – genügend. Allenfalls der Katalog müht sich im Einzugsbereich der kuratorischen Kontrolle um den Anschein von so etwas wie Geplantheit. Das Angedeutete und Kurzatmige des kollektiven Produkts aber ist die künstlerische Konsequenz der temporären Gemeinschaft, die Althamer mit ungewissem Ausgang ins Leben gerufen hat. Zwingend ist in diesem pluralisierten Singulären nicht mehr viel, weder politisch noch ästhetisch. Aber das Ungezwungene, das so viele von den kommenden, inoperativen, unaussprechlichen Gemeinschaften so sehnlichst erwarten, ist hier auch das Resultat einer lose-lockeren Regie durch ein Autorsubjekt, das die Ungezwungenheit

durch sein Plädoyer für Offenheit und Öffnung normativ auflädt – und damit die Antinomie pluraler Singularität in die Tautologie zwangloser Zwanglosigkeit überführt. Diese Balance zwischen den fliehenden, dezentrierenden Konzepten einer Gemeinschaft, deren unmögliche Bestimmung ihr jeweiliges zielloses Werden ist, ergibt Probleme. Die Probleme sind ästhetisch und ethisch, politisch und ökonomisch. Und sie werden von „Au Centre Pompidou" nicht gelöst, aber doch inszeniert, also weder verschwiegen noch entschieden. Von hier aus könnte es weitergehen. Die Frage ist nur, ob jemand mitkommt.

**TOM HOLERT**

„Au Centre Pompidou", mit Céline Ahond, Pawel Althamer, Ziad Antar, Liliana Basarab, Veaceslav Druta, Adriana García Galán, Kapwani Kiwanga, Élise Mougin, Vincent Olinet, Émilie Pitoiset, Koki Tanaka, Adam Vackar u. a., Espace 315, Centre Pompidou, Paris, 13. September bis 27. November 2006.

Anmerkungen
1 Jean-Luc Nancy, „singulär plural sein", Berlin 2004, S. 160.
2 Olivier Zahm, „Communauté X", in: *Purple*, Winter 2003, S. 93, 95.
3 Nicolas Bourriaud, Relational Aesthetics, Dijon 2002, S. 58, 60, 61.
4 Charles Esche, „Kollektivität, bescheidene Vorhaben und unvernünftiger Optimismus", in: „Collective Creativity/Kollektive Kreativität", Ausst.-Kat. Kunsthalle Fridericianum, Kassel/Siemens Arts Program, München, kuratiert von WHW/What, How & for Whom, Zagreb; Frankfurt/M. 2005, S. 94.
5 Claire Bishop, „The Social Turn. Collaboration and Its Discontents", in: *Artforum*, Vol. 44, No. 6, Februar 2006, S. 178–183, hier S. 180 f.
6 Nina Möntmann wies kürzlich zu Recht auf die fragwürdige Ästhetisierung und Verkunstung von Agambens Theorie des „nackten Lebens" in Arbeiten von Zmijewski, Sierra, Victor Alimpiev und anderen hin („Community Service", in: *Frieze*, Issue 102, Oktober 2006, S. 39 f.).

John Miller, „Total Transparency", 2006, Metro Pictures, New York, Installationsansicht

**INFORMATIONSAVATARE**
Über John Miller bei Metro Pictures, New York

**Der jüngsten Ausstellung von John Miller bei Metro Pictures ging eine Art empirische Forschungsphase voraus. Sowohl der virtuelle Raum des Internets – in dem Miller mit einem fiktiven Benutzerprofil umtriebig wurde – als auch die ortsbezogene Recherche der unmittelbaren Umgebung der Galerie, die Millers Arbeiten ursprünglich zeigte, spielten dabei eine entscheidende Rolle.**

**Die so entstandenen Text- und Bildfragmente verdichteten sich im Ausstellungsraum zu einer Gesamtansicht, in der Bedingungen von Öffentlichkeit in der Kontrollgesellschaft ebenso verhandelt wurden wie die Geschichte der Concept Art.**

John Millers Ausstellung, die auf für ihn typische Weise intelligent und einnehmend ausgefallen ist, bestand aus fünfzehn Fotografien mit eingefügten Texten, die Online-Dating-Profilen der Website lavalife.com sowie den dieser zugeordneten Sites für schwule Männer und Lesbierinnen, manline.com und womanline.com, entnommen sind. Um Zugang zu und Einblick in die dort verfügbaren Anzeigen zu bekommen, meldete sich Miller mit einem eigenen, sanft parodistischen Benutzerprofil an, bei dem er zehn Jahre von seinem tatsächlichen Alter abzog und erklärte, seiner Vorstellung von einem spannenden Date entspreche am ehesten der „gemeinsame Besuch eines Vortrags" (das erklärt zweifellos, warum Antworten ausblieben). Eine andere Täuschung Millers betraf seinen Wohnort. Obwohl er in Berlin und New York lebt (wo er, obwohl ich ihn nie persönlich begegnet bin, ein Kollege am Barnard College / Columbia University ist), gab er für sich die Postleitzahl 90036 in West Hollywood an, den Ort also, an dem die Bilder zuerst gezeigt werden sollten. Für die New Yorker Ausstellung nahm Miller noch die Skulptur „The Corpse" (2006) hinzu, eine niedrige, abgerundete Halbkugel, die wie ein Kuchen in acht Stücke aufgeteilt ist. Deren Schnittflächen sind mit Spiegeln verkleidet, während die Oberseiten abwechselnd mit an Modelleisenbahnen erinnernden Miniaturlandschaften oder mit einer Schicht unterschiedlicher Plastikfrüchte bedeckt sind. Das gleicht sowohl einer *Non-Site* im Sinne Robert Smithsons als auch einem von Jim Shaws materialisierten Traumbildern. Wie schon bei den Arbeiten von Smithson tritt auch hier die Galerie als dialektischer Widerpart einer „Site" in Erscheinung, die sich irgendwo anders jenseits ihrer Begrenzungen befindet: In diesem Falle sind dies die Stadtgeografie von Los Angeles sowie das Reich der virtuellen Realität. Dient die virtuelle Hälfte dieses Bereichs (zumindest) als ein Forum zur Projektion, wenn schon nicht zur Verwirklichung der eigenen Träume und/oder Fantasien – über einen selbst wie über den erhofften Partner –, so bildet sie allerdings auch die Stelle jener Prozesse der Informatisierung und des Feedbacks, aus denen die Kontrollgesellschaft entsteht.

Miller führt die Ursprünge seines derzeitigen Projekts auf eine Skulptur aus dem Jahr 1987 zurück, bei der er das „verfeinertere", geschmackvollere Gesuch um eine Beziehung im Anzeigenteil des *New York Magazine* der eher abjekten, vulgären Interessenbekundung an einem spezifischen, fetischisierten Körperteil gegenüberstellte, wie sie in der gesellschaftlich und ökonomisch ganz anders gelagerten Zeitschrift *Screw* öffentlichen Ausdruck fand. Anstelle der damaligen Dialektik von „high" und „low" und der von sublimiertem und desublimiertem Begehren erschafft Millers aktuelle Untersuchung nachgerade einen statistischen Bericht inklusive erklärender Grafiken und einer vollständigen Auflistung der 166 verschiedenen Internetprofile, die sich auf der Website für den Zehn-Meilen-Radius des von ihm behaupteten Wohnorts fanden. Diese

John Miller, „126. Say Ahh", 2004

Angaben werden in einer bei Nachfrage kostenlos erhältlichen Broschüre zugänglich gemacht, die an diejenige erinnert, die Michael Asher 1999 im Zusammenhang der Ausstellung „The Museum as Muse" im Museum of Modern Art verteilen ließ. Dort waren alle Kunstwerke aufgelistet, von denen sich die Malerei- und Skulpturensammlungen des Museums wieder getrennt hatten. In seinem Text macht Miller auch Angaben zu einer Verbindung mit früheren konzeptuellen Strategien, wenn er Douglas Hueblers „Variable Piece #70 (In Process) Global" von 1971 ins Gedächtnis ruft, das aus der Anweisung bestand, jeden auf der Welt lebenden Menschen zu fotografieren. Wenn sich dieser Traum, wie schon Allan Sekula bemerkt hat, gleich gut als ein Alptraum der totalen Überwachung verstehen lässt, dann hat sich die von Miller erkundete Situation dergestalt entwickelt, dass sich die freiwillige Angabe intimer Informationen zu einem Mittel der Unterhaltung und möglicher sexueller Erfüllung entwickelt hat – wir sehen hier Foucaults biopolitischen Einsatz in Sachen Sexualität in seiner avanciertesten und zwiespältigsten Erscheinungsform.

Miller nähert sich seinem Thema als einem Symptom der Moderne. Nur eine unter vielen klugen Beobachtungen ist es, wenn er schreibt:

„Die ganze Idee, eine Anzeige zur Partnersuche aufzugeben, gründet auf mindestens fünf historischen Faktoren: Gegeben müssen sein i) eine kritische, also kosmopolitische Menge von Anzeigenschaltenden und Leser/innen, ii) ein Verständnis von menschlicher Sexualität, nach dem diese als eine Art Markt anzusehen ist, iii) die relative Gleichheit (und damit Austauschbarkeit) der Partner und Mitbewerber, iv) die Fähigkeit, die Partnerwahl als eine Form des Konsums oder als Freizeitbeschäftigung zu verstehen, und v) eine dementsprechende Rationalisierung der Sexualität selbst." Miller beklagt die zunehmende Verwaltungsmentalität der Datenerhebung auf den Dating-Websites im Internet und vergleicht die individuell verfassten Anzeigen in Druckerzeugnissen – die „trotz des ganzen Instrumentariums an vorgefertigten Kürzeln, Codeworten und Spezialjargons" immerhin noch ein Minimum individualisierter „Selbstdarstellung" erlaubten – mit den glattgebügelten Interfaces im Netz, die „alles herausfiltern, was an den Partnersuchanzeigen vor gar nicht langer Zeit noch als verboten oder als überzogen erschien".

Obwohl es nicht explizit wird, ist in der Fotoserie durchgängig ein gewisses Verlustgefühl zu spüren. Fast wie Roy Striker, der in den

1930er Jahren konkrete Anweisungen an die Fotografen der Farm Security Administration ausgab, gab Miller der Fotografin Tamara Sussman eine Ausgangsliste von Orten mit auf den Weg, die sie dokumentieren sollte – das Innere eines Parkhauses, eine abgeschiedene Stelle in einem Park, eine Bar, eine Küche, ein Schlafzimmer, ein Badezimmer und so fort – und die nach Miller zur Sichtbarmachung der jeweiligen Art dienten, wie „in den verschiedenen räumlichen Kodierungen Sexualverhalten gebilligt beziehungsweise verboten wird". Jedem der ausgestellten Bilder war ein Einzelprofil zugeordnet, mit Ausnahme zweier unbetitelter Panoramabilder, auf denen Miller Bruchstücke aus verschiedenartigen Beiträgen zur Website zu einer Art Grundraunen arrangierte: was er als den „Effekt eines Chors" beschrieben hat. Das erste dieser Panoramabilder zeigt eine Straße, auf der nur die Spuren von Autos und Menschen zu sehen sind und vor allem die Graffiti auf den einzelnen aufrechten Metallpfählen – Zeichen dafür, dass tatsächlich jemand dort war, die in struktureller Analogie zur Zeitlichkeit des Fotos wie der darauf verteilten Netzbeiträge stehen. Das zweite zeigt die Straße einer Siedlung in Hanglage, mitsamt Autos und Fußgängern. Doch stärker als die einzelnen Menschen treten die Verkehrszeichen und Nummernschilder in Erscheinung, *Information* mithin, die auf der visuellen Ebene die über die Bildoberfläche gedruckten Sätze aufnimmt (und durch die einem der auffällige Mangel an Text bei dem Lastwagen gleich links von dem Satz „Erst vor kurzem ist mir die wahre Bedeutung von Kommunikation aufgegangen" seltsam und leicht verdächtig vorkommt). Bei „20. Bolson7" und „31. Danotanik" erscheinen die Kinder auf dem Spielplatz und der Mann in der Bar wie reine Überbleibsel, vielleicht nur Erinnerungen an eine lebendigere Form der Besiedlung. Dieses Gefühl eines Schwunds fügt sich zu dem Eindruck, dass, obschon alle Bilder bis auf eines bei Tag aufgenommen wurden (selbst die abgedunkelte, von ihren paar Besuchern charakterisierte Bar), keines von ihnen richtig hell wirkt. „Ich lebe in einer Höhle, komme kaum mal raus", schreibt Doktor Gonzo über einem menschenleeren, mit Graffiti übersäten und käfigartigen Fußgängerweg, „[d]ann gibt es noch die Arbeit, den anderen Käfig, kein Licht …"

Auf der Mehrzahl der Fotos mit den Einzelprofilen (die überzeugender sind als die Panoramen) sind keine Menschen zu sehen. Sie haben etwas von Tatortfotos. Das wird wahrscheinlich am deutlichsten bei „77. Kali Girl", das von außen durch das geöffnete Fenster eines Autos aufgenommen ist und einen zurückgeklappten Autositz und eine verschmierte weiße Serviette zeigt (sie suchte nach jemandem, der „mindestens 1 Meter 85 ist und zum SWAT-Team der Polizei von Los Angeles gehört"). Eine ähnliche Atmosphäre beherrscht das halb gefüllte Parkdeck in „83. Kid Karate", den verlassenen Social Club in „33. Davepak" mit den großen schwarzen Müllsäcken am offenen Eingang, das leere Restaurant oder Café in „126. Say Ahh" und schließlich auch das ungemachte Bett (auf dem vielleicht ein Stück vom Körper des Schlafenden sichtbar ist) in „96. Marcella". „Suche nach Spießgesellen", schreibt Firemuse über einer teilweise verdeckten steinernen Parkbank, „… in Stimmung für einen Fischzug?"

Es war bekanntlich Walter Benjamin, der über Eugène Atgets Aufnahmen der menschenleeren Straßen von Paris schrieb, sie wirkten „wie Tatorte". Zwar hatte Benjamin eine deutliche Vorliebe für die „Aura" der Einzelporträts, wie sie in der

Felix Gonzalez-Torres, „Untitled (Placebo-Landscape-for Roni)", 1993, Hamburger Bahnhof – Museum für Gegenwart, Berlin, 2006, Ausstellungsansicht

frühesten Phase der Fotografiegeschichte eingefangen wurde, doch sah er in Atgets Entfernung des menschlichen Antlitzes das sichtliche Zeichen eines geschichtlichen Wandels von der bürgerlichen Öffentlichkeit und vom Zeitalter humanistischer Subjektivität hin zum Reich der Masse, das sich entweder zur proletarischen Revolution oder aber zur Einförmigkeit des Monopolkapitalismus öffnen sollte.

Von Andreas Gurskys Wall-Street-Panoramen über Stan Douglas' Detroit-Bilder und Martha Roslers Flughäfen bis hin zu Allan Sekulas Werften haben sich die entscheidenden kritischen Ansätze neuerer fotografischer Praktiken vor allem um die Darstellung von gesellschaftlichen Räumen und öffentlicher Sphäre im Spätkapitalismus gesammelt. Einen Pol innerhalb dieses Diskurses (und, wie im Falle von Rosler oder Sekula, einer der Anknüpfungspunkte zwischen den Nachlässen von Fotografie und Conceptual Art) bildet das Werk von Jeff Wall, dessen durchinszenierte, am Computer überarbeiteten Panoramen den Versuch eines Rückgriffs auf die Darstellungen bürgerlicher Öffentlichkeit in der Malerei des neunzehnten Jahrhunderts machen, deren unwiderrufliche Veränderung Benjamin durch Atgets Linse eingefangen sah. Sucht Wall eine in seiner Sicht weit wichtigere Kontinuität hervorzuheben und wiederzugewinnen als alle inzwischen wirksam gewordenen historischen Wandlungen, wendet sich Miller geschickt einer sich gerade herausbildenden Gegenwart zu, in welcher sich Massensubjektivität lediglich in Form von Informationsavataren re-individualisieren konnte – Datensätze, die immer dämmriger werdende physische Räume des Alltagslebens durchgeistern, eine Öffentlichkeit, die sich jenseits der postmodernen Auflösung jedes Außen

des Kapitals heranbildet. Ganz gleich, was nun jeweils Alter, Körpergröße oder sexuelle Vorlieben der Betreffenden sind, sein Profil für bedeutsame Beziehungen oder für zwanglose sexuelle Begegnungen ins Netz zu stellen liefert ganz genau jene Grunddatensätze, die das kommerzielle Marketing braucht: „Was zunächst der unverfälschte Ausdruck eines inneren Selbst zu sein vorgibt, wird letzten Endes zur Spiegelung einer äußerlichen Gesellschaftsordnung". Auch wenn Kidkarate noch immer ohne erkennbare Ironie verkünden kann, „[e]ntscheidend ist es, für den Augenblick zu leben, von dem zu träumen, was sein könnte, und das zu tun, was einen glücklich macht", liefert Miller doch das zwingende Bild einer Zeit, in der „unmittelbarer Kontakt stets eines Vermittlers bedarf – sei es nun Microsoft oder Lavalife – der aus der betreffenden Unterhandlung Profit ziehen will". Aus einem Blickwinkel, für den sich zwischenmenschliche Beziehungen immer mehr als informatisiert und mediatisiert erweisen, erscheinen die Strategien der Conceptual Art weniger als avantgardistische Handlungen denn als Manöver an der Grenze zu Disziplin und Kontrolle. Millers „Total Transparency" liefert das angemessene Bild einer Öffentlichkeit, in der die viel beschworene „Dematerialisierung" des Konzeptualismus nicht auf eine Befreiung der Kunst aus den Fesseln des Marktes hindeutet, sondern diesem Markt dematerialisierte Subjekte zuliefert.

**BRANDEN W. JOSEPH**

(Übersetzung: Clemens Krümmel)

John Miller, „Total Transparency", Metro Pictures, New York, 30. September bis 4. November 2006.

## MASSVOLLE MELANCHOLIE
### Über Felix Gonzalez-Torres im Hamburger Bahnhof, Berlin

Wie kommt der Aktivismus ins Museum? Felix Gonzalez-Torres' Übersetzungen identitätspolitischer Inhalte in eine elegante Formensprache ist der Rekurs auf die Minimal Art ebenso eingeschrieben wie der Bezug auf die AIDS-Krise in den USA der achtziger und neunziger Jahre.
  Besonders seine seriellen Arbeiten aus Posterstapeln und glänzend verpackten Bonbons stehen für ein Modell von Partizipation, das ästhetische Erfahrung an die öffentliche Vermittlung von Privatem koppelt. Anlässlich der Retrospektive des 1996 verstorbenen Künstlers im Hamburger Bahnhof in Berlin stellte sich die Frage nach dem kuratorischen Umgang mit einer künstlerischen Praxis, deren politischen Implikationen nicht zuletzt um Inszenierungen von Vergänglichkeit kreisen.

Kein Zweifel, die aktuelle Felix-Gonzalez-Torres-Retrospektive im Hamburger Bahnhof in Berlin ist politisch wie ästhetisch wichtig. Und sie ist verführerisch schön, so schön, dass die Rezensentin bei ihrem dritten Besuch schließlich die Menschenleere in den Räumen nicht länger nur melancholisch, sondern bedrückend fand: Felix Gonzalez-Torres starb 1996 im Alter von 38 Jahren an AIDS, eine Information, die in zweifacher Weise unmissverständlich im Raum steht. Denn die von Frank Wagner kuratierte Ausstellung zeigt sich als eine Gabe an einen Freund – sie ist voller Hingabe, auch und gerade in dem Maß, in dem sie präzise und minimalistisch gemacht ist. In der ihr eigenen Diskretion – und ihrem Autoritätsanspruch – reklamiert sie die Fortsetzung des gesellschaftlichen Projekts der Trauerarbeit, das heißt die Anerkennung eines Verlusts, der über den Tod einzelner geliebter Menschen hinaus die soziale Akzeptanz homosexuellen Begehrens bedeutet. Mindestens ebenso aber fordert sie von jedem einzelnen Besucher, jeder einzelnen Besucherin, eine Haltung zur globalen AIDS-Krise.
  Die tiefe Melancholie des Glanzes und des Gleichen – beispielsweise die zwei gleich großen kreisförmigen Spiegel von „Untitled (March 5th) #1" von 1991 –, die minimale, aber alles verändernde Differenz zwischen dem Verzehr (von

Bonbons), dem Bild der Sehnsucht im Sich-nach-dem/der-Geliebten-Verzehren und der gefährlich aktiven Metapher tödlicher Erkrankung – von einer Infektion aufgezehrt zu werden –, dies alles liegt in einer Ikonografie vor, die Buchstabe für Buchstabe, Datum für Datum und Bild für Bild Lesbarkeit suggeriert, um sogleich jede Kontrolle über die Bedeutung in der Leere der meisten Bildflächen, in der bloßen Rahmung („Untitled (The End)", 1990), auf den dunklen Bildschirmen (z. B. der „date pieces") in die reine Sehnsucht (nach dem Anderen, nach Sinn, nach Intervention) zu verwandeln.

Gezeigt wird ein Querschnitt aus den Hauptwerkgruppen der Zeit zwischen 1987 und 1995, angefangen mit den legendären Bonbonteppichen und Bonbonschüttungen, über die Papierstapel, die als „stacks", und die Namen-Daten-Untertitelungen, die als „date pieces" bzw. als „portraits" bezeichnet werden, zu den Glühbirnengirlanden und der späten Fotoserie „Untitled (Vultures)" aus dem Jahr 1995. Deutlich wird auch die paradoxe Struktur, ein durch den Tod des Künstlers im konventionellen Sinn abgeschlossenes Werk weniger zu konservieren, denn den Schwund am Laufen zu halten, der ideell wie materiell für Felix Gonzalez-Torres programmatisch ist: die Süßigkeiten aufzufüllen, die Papierblätter nachzulegen.

Muss man Felix Gonzalez-Torres als Künstler in Berlin einführen? Nein, so jedenfalls scheinen Kurator und NGBK entschieden und daraus ihr Präsentationsmodell abgeleitet zu haben. Ihr Ausstellungskonzept sieht zwar für die Vermittlung seiner Position eine besondere Rolle vor, spaltet aber die komplexe Balance zwischen Offensichtlichkeit und Anspielung in Felix Gonzalez-Torres' Werk auf: Die Entschlüsselung der politisch-aktivistischen Inhalte wird an ein „Archiv" delegiert, die Ausstellung selbst aber zeigt sich exklusiv nach formalen Gesichtspunkten geordnet. Es ist diese Entscheidung, die ein problematisches, vielleicht aber auch produktives Misstrauen in die Erfahrungs- und Erkenntnismöglichkeiten des Ästhetischen nicht nur eines Werks, sondern auch des Mediums Ausstellung einstreut.

Wo das große goldene Bonbon-Quadrat funkelt, im Eingangsbereich, und wo all die „stacks" liegen, im ersten Raum, wird die Horizontale organisiert und mit ihr das Unten, das Tiefliegende, das, was einen in die Knie zwingt. Und da diese physische und symbolische Operation am Anfang des Rundgangs inszeniert wird, wird damit auch ein Grund für die Rezeption gelegt, wird jener Raum fundiert, den erst die Partizipation realisiert. Hier ist alles clean, die überwiegend weißen und exakt geschichteten Stapel klassisch ausgewogen platziert. Dies allerdings reguliert auch die Teilnahme, und zwar atmosphärisch, nicht als Vorschrift. Es reduziert jede Form der Gier oder der Verausgabung – zu viele Poster einrollen, zu viele Bonbons einstecken – auf etwas Maßvolles, ja Sakrales. In den nächsten Räumen dominieren mit den „date pieces" dann die überwiegend schwarzen bzw. schwarz-weißen Serien mit dem Spiegeleffekt im doppelten Sinn, als buchstäbliche Spiegelbilder und als kontinuierliche Frage: Was gehen mich Namen von Orten wie Personen, was Daten oder allegorische Inschriften („Untitled (Natural History)", 1990) an? Keine Entzifferung der wie Untertitel am unteren Bildrand laufenden Infos, ohne sich dabei nicht dunkel verschattet projiziert zu sehen, keine Übersetzung in eine gesellschaftliche wie persönliche Bedeutung, ohne nicht die symbolische Dimension mit dem Imaginären von Wünschen, Lüsten und Ängsten kurzzuschließen.

Felix Gonzalez-Torres, Hamburger Bahnhof – Museum für Gegenwart, Berlin, 2006, Ausstellungsansicht

Angesichts dieser strukturalen Überblendung von Individuum und Gesellschaft entsteht ein merkwürdiger Konflikt zwischen der konzeptuellen Geste des Künstlers, der diese Überblendung ja als einen zwar diskreten, mit den Zeichen für Verlust, Verschwinden und Vermissen jedoch keineswegs gefühllosen Erkenntnismodus vorschlägt, wenn nicht sogar vorsieht, und der Ausstellungsdidaktik, die in der Häufung des Ähnlichen jeden Affekt dimmt.

Informiert durch das „Archiv" wird den Betrachter/innen im oberen Stockwerk allein schon physisch eine andere Haltung nahe gelegt: Für das „date piece", das sich als Fries rundum unter der Decke entlang zieht, müssen sie hochschauen, sogar zu ihm aufschauen. Dafür werden sie selbst auf den Grund verwiesen, der mit der einzigen Farbfotografie in der Ausstellung, der Grabstelle Alice B. Toklas' und Gertrude Steins in Paris, eine identitätspolitische wie poetische Symbolisierung erfährt. Auch entdeckt man hier, wo generell Grau vorherrscht, dass der endlose Nachschub, der für Candies wie Stapel garantiert sein muss, auch für die historisch-politischen Daten bzw. Ereignisse der Weltgeschichte, der Schwulenbewegung, der AIDS-Forschung in Anspruch genommen wird: Bis heute fortgesetzt, verewigen sich nun die Kuratoren mit ihrer Ereignischronologie nach Felix Gonzalez-Torres' Tod in einer solchen Retrospektive.

Dass dessen Arbeit eine aktivistische Seite hat, steht wohl außer Frage, wenngleich erst das Archiv als Gelenk zwischen den beiden Stockwerken oder aber, für die Mehrzahl der Besucher, am Ende der Besichtigungstour diesen in den Arbeiten durchwegs impliziten, grundsätzlich nichtlinear konzipierten Aspekt als Lehrstunde extrapoliert. Einen solchen Ansatz muss man mögen, denn das – keineswegs unbekannte – kleine ABC schwuler Emanzipationsgeschichte unterschlägt in der isolierten Form der Aufklärung die ins Melancholische verwandelte Leidenschaft geteilter (Vor-)Lieben und Erinnerungen. So weiß man am Schluss nicht so genau, ob die Ausstellung das, was ihr als Kern von Felix Gonzalez-Torres' Werk gilt, radikalisiert oder es in der Aufteilung in eine hyperästhetische und eine didaktische Seite nicht eher als Konflikt im Werk selbst sichtbar werden lässt.

**HANNE LORECK**

Felix Gonzalez-Torres, Hamburger Bahnhof, Museum für Gegenwart, Berlin, 1. Oktober 2006 bis 9. Januar 2007.

## GETTING THE EXHIBITION WE DESERVE?
### Über „Das achte Feld. Geschlechter, Leben und Begehren in der Kunst seit 1960" im Museum Ludwig, Köln

Sexualität jenseits der heterosexuellen Norm hat mitunter eine schillernde Wirkung und ist als solche schon seit Jahrzehnten in der Kunst etabliert. Eine umfassende „Bestandsaufnahme des künstlerischen Umgangs mit Formen von Sexualität, die aus dem Mainstream herausfallen" – so das erklärte Ziel der Ausstellung „Das achte Feld" im Kölner Museum Ludwig –, hat es bisher allerdings noch nicht gegeben. Neben einem umfangreichen Rahmenprogramm und einem literarischen Ausstellungsführer von Thomas Meinecke, bezieht sich auch die Ausstellungsarchitektur von Eran Schaerf auf die 250 gezeigten Werke, anhand derer „marginalisierte" Formen sexuellen Begehrens thematisiert werden sollen.

Bleibt zu fragen, inwieweit die Zusammenstellung sowohl zeitgenössischer als auch historischer Positionen tatsächlich zur Analyse von Subkulturen beiträgt und sich von vorangegangenen musealen Inszenierung von Grenzüberschreitungen absetzt.

„Getting the Warhol We Deserve?" ist der Titel eines Aufsatzes von Douglas Crimp,[1] in dem er die unterschiedlichen Begehren und Interessen untersucht, die seit den 1960er Jahren diverse kunstkritische Lesarten von Warhols künstlerischer und filmischer Arbeit hervorgebracht haben. Diesen „Warhol Effect" (Simon Watney) unterzieht Crimp in seinem Text einer eingehenden Kritik, um schließlich in einer queeren, an den Cultural Studies orientierten Perspektive auf die Arbeit Jack Smiths einzugehen. Crimp verortet Warhols Pop damit im gegenkulturellen Milieu des Underground mit seinen Konvergenzen zwischen künstlerischen und „umfassenderen gesellschaftlichen Praktiken" (Mode, Ruhm, Konsum, schwule Kultur etc.). Im Sinne eines kritischen genealogischen Projekts, das den Cultural Studies verpflichtet ist, fragt Crimp im Unterschied zu weiten Teilen der akademischen Kunsttheorie, wer welche Geschichte zu welchem Zweck erzähle.

„Das achte Feld", Museum Ludwig,
Köln, 2006, Ausstellungsansicht

Wie, so lässt sich im Anschluss an Crimp mit Blick auf die Ausstellung „Das achte Feld" fragen, situiert sich eine kuratorische Position, die nicht weniger als die Geschichte(n) von „Geschlechter, Leben und Begehren in der Kunst seit 1960" erzählen möchte – so der Untertitel der Ausstellung im Kölner Museum Ludwig? Nach den genderpolitischen Debatten der 1990er Jahre und den aktuellen Diskussionen über einen gesellschaftlich-biopolitischen, medial inszenierten Rollback in Sachen Geschlechterpolitik, bei denen sich vor allem ein fataler Rückschritt im theoretischen Niveau der Verhandlungen abzeichnet, gab es ohne Zweifel Erwartungen an und Neugier auf das ambitionierte Projekt. Welches Statement lässt sich mit den Mitteln einer Ausstellung, mit Bildern, Konzepten, Installationen machen, das sich ebenso wenig außerhalb der Verwertung schwuler oder lesbischer Images in der Visual Culture der Gegenwart (Werbung, Soaps, Kunst etc.) positionieren kann, wie es auf gut 25 Jahre einschlägiger Ausstellungspraxis zum Thema zurückblickt? Der programmatische Titel bezieht sich auf eine Regel im Schachspiel, nach welcher der Bauer – rückt er auf das achte Feld vor – sich in eine Dame verwandeln kann. Diese Strategie des Geschlechterwechsels bildet den roten Faden der Ausstellung, macht ihr Potenzial, aber auch ihre Reduktionen aus.

Um das ziemlich ausufernde Feld der künstlerischen Praktiken unter einen Hut zu bringen, ist die Ausstellung in Sektionen aufgeteilt, die etwas unglücklich mit Labels wie „Außenseiter / Diskriminierung / AIDS", „weiblich/männlich – männlich / weiblich" (welche Männlichkeit / welche Weiblichkeit?) oder „Verwunschene Welten" versehen wurden und meist räumlich zusammenhängende, zum Teil aber auch über die Ausstellung zerstreute Einzelarbeiten thematisch zusammenzufassen versucht. Das Feld der künstlerischen Ansätze wird dabei von frühen Fotografien ausgehend aufgerollt, bei denen die Frage der Repräsentation im Vordergrund steht – zumeist Travestien und Selbstinszenierungen, von Brassaï über Diane Arbus bis Claude Cahun. Malereien von Cy Twombly, Francis Bacon, David Hockney, Jasper Johns oder Nicole Eisenman sind ebenso vertreten wie Fotografien von Robert Mapplethorpe, Nan Goldin, Wolfgang Tillmans, Jeff Wall, Catherine Opie, Annette Frick oder Installationen von Tom Burr, Henrik Olesen und Marcel Odenbach. Probleme tun sich dabei auf mehreren Ebenen auf: Zunächst einmal trägt die große Menge der Arbeiten, die zudem qualitativ auffällig auseinander klaffen, nicht gerade dazu bei, die Ausstellung in ein präzises Statement münden zu lassen. Zwar beabsichtigt das Kuratorenteam Frank Wagner und Julia Friedrich, durch das Ausfransen der Ausstellung in die Sammlung ein breiteres Publikum anzusprechen, verliert aber bei diesem Versuch das konzise inhaltliche Konzept. Die Strategie, aus der Not des Raummangels eine Tugend zu machen und die Exponate in einen spannungsvollen Dialog mit der Sammlung zu bringen, geht nur teilweise auf. Hauptsächlich handelt es sich dabei um jene Arbeiten Gerhard Richters, die im Treppenbereich des Obergeschosses gehängt sind. Der „Ema"-Akt ragt wie ein sperriges Monstrum über den bekritzelten und mit Fotos beklebten Pissoirwänden von Piotr Nathan. Mit Richters „48 Porträts" berühmter Männer, durch nahe herangerückte Stellwände optisch zerteilt, werden heteromännliche Blickregimes, die damit einhergehenden großen historischen Erzählungen der Moderne und der enzyklopädisch-humanistische Anspruch

des fotografischen Projekts „Porträtserie" in ihrer Prekarität herausgestellt. Das arbeitet der Ausstellung auf konzeptueller Ebene zu, die mit ihren Einbauten die groß angelegten, repräsentativen Blickachsen auf Richters Arbeiten durchkreuzt. Dass „Ema" und weitere Richter-Arbeiten in dieser Konstellation ein wenig wie im Depot abgestellt wirken, ist dann aber eine etwas platte Setzung, deren Rhetorik die Exponate im Obergeschoss stark vereinnahmt.

Die Ausstellungseinbauten von Eran Schaerf intervenieren in Form großer, theatralischer Gesten in die nicht ganz einfachen architektonischen Gegebenheiten des Museums Ludwig mit den hohen, musealen Räumen im Untergeschoss, seinem monumentalen Treppenaufgang und den dominanten terrakottafarbenen Bodenfliesen. Auf diese Weise befragen sie die Handlungsmacht der Institution, brechen diese durch Raumblöcke, riesige Leuchtpilze, die wie umgedrehte, weiße Stoffröcke wirken, und ausladende Stoffbahnen, die von den eingebauten Kojen in den Treppenaufgang umkränzenden Galerien bis an die Sched-

dächer reichen. Die ungebrochene ästhetische Darreichung identitätspolitischer Arbeiten wird so sicherlich verkompliziert. Dennoch, die künstlerischen Arbeiten der Ausstellung beschränken sich nun einmal nicht alle auf identitätspolitische Aspekte, sondern lassen sich zum Teil durchaus auf die ästhetischen und formalen Prämissen institutioneller Ausstellungen ein. Insofern überlagert der monumentale Drag der Stoffbahnen den Auftritt vieler Exponate kontraproduktiv, insbesondere im Untergeschoss, wenn sie eher kleinteilig und heterogen funktionieren.

„Das achte Feld" bringt viele Einzelarbeiten zusammen, die sich auf je spezifische Weise mit Gender als einem Feld strukturierter und strukturierender Differenz befassen und einer genealogischen Arbeit in Crimps Verständnis verpflichtet sind. Marcel Odenbachs poetische und sehr haptische Videoarbeit „Männergeschichten 1" nähert sich der Konstruktion von Männlichkeit über Körpertechniken (Rasieren, Abtrocknen im Kontrast zu Soldaten beim Kampftraining) und fragmentarischen Einspielungen, die vage den Topos

„Das achte Feld", Museum Ludwig,
Köln, 2006, Ausstellungsansicht

Erinnerung an Familie und Kindheit aufrufen und durch die asynchrone Verwendung von Sounds (Schafe, Wind) und orientalischer Musik eine eigentümliche, non-lineare Zeitlichkeit aufweisen. In ihrem „Fae Richards Photo Archive" untersucht Zoe Leonards die Bewegungen filmischer und fotografischer Konstruktionen einer lesbischen afroamerikanischen Schauspielerinnenbiografie, die als Dokumentation daherkommt, sich aber als ein Geflecht fiktiver Narrative erweist. Aneignungen männlicher Kleidungsstile und dandyeske Auftritte erscheinen hier nicht lediglich als schlichter Seitenwechsel in einem binären Code zwischen den Geschlechtern, sondern stellen die Möglichkeit identitärer Festschreibung auf einer generelleren Ebene infrage. Denn wenn es keine weibliche Position gibt, von der aus man einen Wechsel konstatieren kann, verschiebt sich die Frage auf das Ziehen der Grenzen als eine Strategie im Feld von Differenzen. Die Maskenspiele (auto)biografischer Narrative und ihre symptomatische Kopplung an visuelles Begehren ziehen sich durch die Rimbaud-Serie von David Wojnarowicz und die Arbeiten von Tom Burr, der das Gendering von Design, Mode und Berühmtheit in der queeren Rezeption Truman Capotes untersucht. Diese Bezüge lassen auch die in der Ausstellung leider viel zu wenig beleuchteten Reflexe der Sichtbarmachung queeren Begehrens auf künstlerische Imaginationen von Gegengeschlechtlichkeit jenseits von Heteronormativität aufscheinen, wie sie etwa in manchen Arbeiten von Wolfgang Tillmans anklingt.

Insofern gelingt es der Ausstellung insgesamt nicht, diese Qualität der Herausarbeitung historischer Schichten und lokaler Spezifika von Travestie, identitären Grenzziehungen und verschiebender Wiederholung über die einzelnen Positionen hinaus zu leisten – gerade auch in Auseinandersetzung mit der Institution Museum Ludwig. Die genealogische Herauspräparierung der nachträglichen Konstruktion divergierender, sich überlagernder Fluchtlinien der (Geheim-)Geschichten und Figuren von (Neo-)Avantgarde, Underground und globaler Schwulen- und Lesbenbewegung wäre wünschenswert gewesen und hätte der Gefahr entgegengearbeitet, unter dem unterkomplexen und irreführenden Label einer „schwul-lesbischen Ästhetik" (wie es tatsächlich in einer Eröffnungsrede hieß) anzutreten. Zu viele Fotografien zum Thema Drag und Transsexualität, in denen einmal mehr die männlich-weiße Position dominiert, lassen zudem die künstlerische Qualität vieler Arbeiten in der Masse untergehen und schwächere Positionen mit ihren ästhetischen und geschlechterpolitischen Statements sogar fragwürdig und geradezu beliebig erscheinen. Zwar hat man es mit diesem kuratorischen Vorgehen erreicht, der Ausstellung eine breite Aufmerksamkeit zu verschaffen und von der Popularität der zahlreichen medialen Images schwul-lesbischer Identity-Switches zu profitieren. Bedauerlicherweise geht diese Strategie aber zu sehr auf Kosten einer präzisen, am Stand der Debatte gemessenen Arbeit.

**ILKA BECKER**

„Das achte Feld", Museum Ludwig Köln, 19. August bis 12. November 2006.

Anmerkungen
1 Douglas Crimp, „Getting the Warhol We Deserve?", in: *Texte zur Kunst*, Nr. 35, September 1999, S. 44–65. Zuerst veröffentlicht in *Social Text* 59, Vol. 17, No. 2, Summer 1999.
2 Hal Foster, The Return of the Real, Cambridge, Mass. 1996.

## DEN KONFLIKT IM BLICK
### Über Louise Lawler im Wexner Center for the Arts, Ohio

**Seit mehreren Jahren bemühen sich namhafte Kunstinstitutionen um eine Retrospektive von Louise Lawler. Die Aversion der prominenten Vertreterin der Appropriation Art gegen dieses Format ist bekannt, und so ist es bisher allein dem Museum für Gegenwartskunst in Basel gelungen, 2004 eine repräsentative Auswahl ihrer Fotografien zu zeigen.**

**Lawler verzichtete dort allerdings darauf, ihre Paperweights, Matchboxes und anderen Ephemera zu zeigen, die sie seit den späten siebziger Jahren produziert hat. Eine von Helen Molesworth kuratierte Ausstellung im Wexner Center in Ohio machte es sich jetzt zur Aufgabe, die verschiedenen Ansätze ihres Werks in einer Ausstellung zu präsentieren. Dabei verstand es Lawler aber erneut, sich musealen Weihen zu entziehen.**

Das Wexner Center in Columbus, Ohio – jenem berüchtigt konservativen Bundesstaat im Herzen Amerikas, der George W. Bush letztlich zu seinem knappen Wahlsieg verholfen hat – ist nicht nur aufgrund seiner dekonstruktivistischen Architektur von Peter Eisenman bekannt, sondern hat in den letzten Jahren eines der ambitioniertesten Ausstellungsprogramme in den USA realisiert. Der museale Anspruch der Ausstellungen täuscht darüber hinweg, dass das Wexner Center keine eigene Sammlung besitzt, sondern ausschließlich eine Kunst- und Veranstaltungshalle ist.

Mitte September eröffnete das Wexner Center die neue Saison mit insgesamt drei sehr unterschiedlichen Ausstellungen: mit „Frank Stella 1958", in der die überraschende Reflexionsbreite des Künstlers in jenem entscheidenden Jahr auf dem Weg zu seinen „Black Paintings" aufgezeigt wurde[1]; mit „Shiny", einer offenbar auf das lokale Publikum zielenden losen Zusammenstellung einiger künstlerischer Arbeiten über das „Schillernde" in der Kunst von Andy Warhol über Jeff Koons zu Rachel Harrison oder Kelley Walker; und schließlich mit „Twice Untitled and Other Pictures (looking back). An Exhibition of old and new works by Louise Lawler". Der flapsig-lapidare Untertitel dämpft bereits die Erwartung, dass es sich um eine groß angelegte Retrospektive handeln könnte. Die Ausstellung, die sich über zwei mittelgroße Räume erstreckt, wirkt überschaubar, bekannte Bilder wie „Pollock and Tureen" oder „What Else Could I Do?" sind nicht zu sehen, und Lawler hat es erneut vermieden, einen historisierenden oder rekonstruierenden (geschweige denn chronologischen) Blick auf einzelne Projekte zu werfen. Was den retrospektiven Anspruch angeht, scheint Lawler gegenüber ihrer breit angelegten Präsentation ihrer Fotografien im Museum für Gegenwartskunst in Basel einen Schritt zurückgegangen zu sein. Zumindest auf den ersten Blick.

Lawler empfängt die Besucher mit einem riesigen Plakat, das die Rückseiten zweier an einer Wand lehnenden Bilder zeigt („Twice Untitled"): die Rahmung also, die korrekte Beschriftung, die Aufhängevorrichtung – all jene standardisierten funktionalen Notwendigkeiten, mit denen Bilder in institutionalisierten Kunsträumen ausgestattet sind. Ursprünglich war geplant, dass darüber vier Flatscreens angebracht werden, die Live-Schaltungen aus den Ausstellungsräumen übertragen sollten.[2] Und schließlich hat Lawler noch Postkarten (mit dem Text „It is something like / Putting Words In Your Mouth") und einen Zettel mit kleinen Abreißern angebracht, welche auf die Adresse einer Webpage hinweisen.[3] Für diese beiläufigen Interventionen in einem Servicebereich des Museums hat Lawler sehr bewusst kunstexterne Präsentationsformen gewählt – Plakat, Überwachungsmonitore, Postkarten, Abrisszettel –, mit denen sie die Informationspolitik öffentlicher Räume exponiert.[4]

Louise Lawler, „Untitled (Stella/Sotheby's)", 1989

Louise Lawler, „Twice Untitled and Other Pictures (looking back)",
Wexner Center for the Arts, Ohio, 2006, Ausstellungsansicht

Von dem Servicebereich aus zieht sich ein lang gestreckter, alles beherrschender Treppenaufgang schräg nach oben, der die Ausstellungsräume fast zu einer Nebensache werden lässt. Kaum eine gerade Wandfläche hat Eisenman belassen, allerorts dagegen Vorsprünge eingefügt, schmale Treppchen, Durchblicke, wechselnde Materialien im Fußboden, unvermittelt auftauchende Fragmente der den ganzen Bau durchziehenden Gitterstruktur – es ist bezeichnend, dass das Wexner Center 1989 nicht mit einer Ausstellung eröffnet wurde: Die Architektur sollte ohne störende künstlerische Intervention zur Geltung kommen! Was für die meisten Künstler/innen und Kurator/innen eine kaum zu bewältigende Herausforderung darstellt – Lawler begreift diese verwinkelten Räumlichkeiten als eine Grundstruktur, an die sie sich anheftet, die sie umspielt und höchst virtuos und humorvoll zu nutzen weiß.

Durch die Platzierung des Ausstellungstitels leitet Lawler die Besucher/innen nicht über den zentralen Treppenaufgang, sondern lässt den Zugang von der Hauptrampe beiläufig abzweigen. Sie etabliert thematische Verdichtungen, kleine Exkursionen und ironische Einzelkommentare, die sich an den unterschiedlichen Raumangeboten orientieren, gibt aber keine Leserichtung, keinen festgelegten Parcours vor. Gleich zu Beginn etwa hängen die Schwarzweiß-Fotografien von Kunst in Auktionshäusern, abgetrennt durch eine Säule folgen dann die größeren C-Prints. In einem etwas zurückgenommenen Bereich folgt dann eine Gruppe von Bildern, die eine intime, fast taktile Nähe vermitteln (z. B. „Hand Craft"). Die Verschränkung von Kunst und Architektur zeigt sich in Details wie den Sockeln der Paperweights, die formal an die das Wexner Center durchziehende Gitterstruktur angelehnt sind. Analytisch scharf und gleichzeitig spielerisch-assoziativ geht Lawler mit unterschiedlichen Bildformaten, Medien, Rahmungen, Beschriftungssystemen und überraschenden Präsentationsformen um, wobei theoretische Hintergründigkeit oft ganz zwanglos mit witzig-platten Analogiebildungen zusammengeht. So korrespondiert der imaginäre Bildraum von Gerhard Richters „Ema – Akt auf einer Treppe" in der Fotografie „Nude" mit einem realen Treppenaufgang im Ausstellungsraum. In einer anderen Aufnahme ist ein Werk von Yayoi Kusama von der Bildkante scharf abgeschnitten und wurde von Lawler direkt an den Abschluss einer Wand positioniert. Die Grenzkonflikte zwischen Bildern und den institutionellen Räumen, in denen sie ausgestellt werden, kommen so ganz buchstäblich in den Blick.

Darüber hinaus hat Lawler raumübergreifende Korrespondenzen etabliert. Beim Eintritt in die Ausstellung zeigt das Bild „Past" eine Nahaufnahme von Neonarbeiten von Jeff Koons und Dan Flavin. Zu Beginn des zweiten Raums, der wiederum durch einen engen Treppenaufgang erreicht wird, berührt der Besucher nahezu eine Fotografie, so eng muss er sich an ihr vorbeischieben. Sie trägt den sprechenden Titel „Closer than you Thought" und ist nahezu identisch mit dem Bild „Past"; allein der Blickwinkel des Motivs ist leicht verschoben. Ganz undidaktisch klingen in solchen Bezugnahmen ästhetische Grundfragen an, wie das Verhältnis von Betrachterstandpunkt und Bildperspektive oder die Differenz zwischen Jetztzeit und erinnerter Zeit. Die Dramaturgie der Ausstellung ist auf ein zielloses Herumschlendern angelegt, wodurch die weit verzweigten Facetten und Assoziationen immer neue, jeweils konkret zu aktualisierende Konstellationen wachrufen.

„Twice Untitled" ist keine Retrospektive von Werken und Projekten, sehr wohl aber eine Auffächerung von zentralen Aspekten, die Lawler in ihrer Kunst über die vergangenen drei Jahrzehnte entwickelt hat. Dies hat sie, deutlich stärker als in Basel, als eine dynamisch zu erschließende Installation realisiert, die performativ erfahren werden will. Lawlers Aversion gegen das Format Retrospektive scheint von hier aus betrachtet nicht nur einer Abneigung gegen Subjektzentriertheit und Kontextlosigkeit zu entspringen, sondern vor allem mit der Befürchtung einherzugehen, dass ein historisierender Blick die Lebendigkeit und Spezifität der ästhetischen Anschauung zunichte macht.

**ACHIM HOCHDÖRFER**

Louise Lawler, „Twice Untitled and Other Pictures (looking back). An Exhibition of old and new works by Louise Lawler", Wexner Center for the Arts, Ohio, 15. September bis 31. Dezember 2006.

Anmerkungen

1 Leider ist die Ausstellung „Frank Stella 1958", eine Übernahme vom Fogg Art Museum in Harvard, räumlich sehr begrenzt, sehr dicht gehängt und ohne jeden Hinweis auf zeitgenössische Kontexte der späten fünfziger Jahre. Der Katalog folgt dem gängigen Muster, Stella zwischen dem Frühwerk von Jasper Johns und der Minimal Art vermitteln zu lassen. Im Zentrum stehen werkimmanente Fragen der Datierung und der korrekten zeitlichen Abfolge der Bilder. Völlig ausgeblendet wird Stellas Auseinandersetzung mit Künstlern wie Robert Rauschenberg und Al Leslie, sein Verhältnis zur aufkommenden Neo-Dada-Bewegung (ohne die so provokante Bildtitel wie „Die Fahne Hoch!" und „Reichstag" wohl kaum zu erklären sind) oder seine Beschäftigung mit der Ästhetik der Beat-Poeten (auf die schon allein Titel wie „Mary Lou Loves Frank" deutlich verweisen).
2 Da dies aus technischen Gründen nicht realisiert werden konnte, entschied sich Lawler kurzfristig dazu, jeweils zwei Kameras und Monitore im Ausstellungsraum zu installieren.
3 http://www.truthout.org/docs_2006/08106Z.shtml. Zu sehen ist eine kritische Rede von Keith Olbermann über die Bush-Administration.
4 Eine Auswahl der zahlreichen Ephemera, die Lawler im Laufe der letzten drei Jahrzehnte für diverse Projekte produziert hat, ist im Katalog zur Ausstellung abgedruckt – allein *dort* hat sie einer historisierenden Repräsentation zugestimmt.

## PATINA DES VERFLOSSENEN ENGAGEMENTS?
### Über die Gruppe Spur – ein halbes Jahrhundert später[1]

**„Wer Kultur schaffen will, muss Kultur zerstören" ist eine der bekanntesten Parolen der Situationistischen Internationale.**

**Mit der Gruppe SPUR war jetzt in München dem schnell exkommunizierten deutschen Teil der situationistischen Bewegung eine Retrospektive gewidmet, in der das malerische wie skulpturale Werk dieser spätavantgardistischen Formation um Heimrad Prem und H.P. Zimmer als maßgeblicher Beitrag zur Aufbruchstimmung der sechziger Jahren präsentiert wurde. In der Rückschau erscheint die Revolte ebenso melancholisch wie insistierend.**

Avantgarden, man weiß es, haben ihre liebe Not, über den Tag zu kommen, den sie mit Emphase einmal als an der Zeit gepriesen haben. Sie veralten schnell und altern schlecht. Man braucht eine Menge historischer Begeisterung, noch mehr als bei den Klassikern verblichener Epochen, um ihnen gerecht zu werden. Diedrich Diederichsen und Holger Liebs versuchen es gegenläufig, und ihr Anlass, nach bald einem halben Jahrhundert die erste große Bilanz der Gruppe SPUR an Ort und Stelle, ist die Mühe wert: in einem München, das die Spuren ihrer durch die Seventies kaum geläuterten Fifties bis heute nicht ganz verwunden hat, wo Patrick Süßkind und Alexander Kluge um dieselbe Ecke wohnen und der Monaco Franze nicht totzukriegen ist. Anders die SPUR, das muss man ihr lassen. Dass sie spurlos über der Stadt schwebt, das Zeug zum Veralten hatte, ist ihr unheimliches Legat.

Denn wie die fünfziger Jahre, deren bleierne Last sie lärmend, mit pubertärem Pathos abwarf, ist die historische Qualität der SPUR eine der Latenzzeit, der sie entstammt und deren altersbedingte Maske sie zur Schau trug, ja entdeckte. So hat Diederichsen zweifellos Recht, die Rezeptionslatenz der SPUR in den Schichten der folgenden Generationen aufzusuchen, und Liebs hat nicht ganz so Recht, wenn er die eklatante Diskrepanz von Anspruch und Wirkung, die der situationistischen Bewegung mit viel Fleiß eigen ist, an den Bildern von Prem oder Sturm schlicht nur bewahrheitet sieht. Denn da sind gute Bilder zu sehen in der Villa Stuck in diesem Herbst, mag nach der minimalistischen Radikalkur auch kaum irgendeinem so schnell wieder nach Malschweinen der Sinn stehen. Die historische Sackgasse, in der die Bilder nach gerechter Wiedergabe ihrer Umstände und Absichten, auch der mehr oder minder amüsanten Liebes- und Lebensverhältnisse nicht besser werden, ihnen im Gegenteil den adoleszenten Muff der Jahre wie Schweiß auf die Stirn treiben, scheint ausweglos. Von dem kuriosen Gerümpel der begleitenden Nachkriegsprosa ganz zu schweigen, den Manifesten und Verlautbarungen, die nur vor dem Hintergrund der juristischen Verwicklungen und Urteile Anflüge von Charme zeigen. Kein Zweifel, da hat Liebs Recht, die SPUR steht und fällt, fällt eher als sie steht, mit ihren Bildern, und denen steht Verzweiflung, die Verzweiflung der Durchkreuzung der Verhältnisse ins Gesicht geschrieben. Ist das der letzte kapitale Fall des vermaledeiten deutschen Sonderwegs, eine eklatante zeitliche Verirrung in den Zügen der Moderne, bevor es in der Kunst hierzulande aufwärts ging? Man möchte es meinen und wird doch des Pathos der Verfolgung, des situationistischen Klamauks, der rührenden Projekte, nicht froh werden, solange man sich nicht die Zeit nimmt, an den Bildern ein gutes Haar zu finden. Dazu ist in der Tat, hat Diedrichsen den richtigen Instinkt und die klare Kenntnis, eine Menge Eingehen auf und Einsehen in eine beileibe nicht so lange vergangene Gesellschaft vonnöten: die „Rationalität von 1960" (S. 49). Wäre es zu schnell und zu kurzschlüssig, Adornos „verlorene Hoff-

Gruppe SPUR, Villa Stuck, München, 2006, Ausstellungsansicht

nung", die dialektische Kraft in der „Dialektik der Aufklärung" (1947) in diesen Bildern begraben zu sehen?

Denn was der dokumentarische Wust und Staub der Jahre, so gerechtigkeitsversessen er sich für seine Objekte aufgewirbelt sieht, im andächtigen Gehuste der Gemeinde untergehen lässt, ist der hochakademische Charakter dieser Bilder, eine Struktur- und Intertextualitätsversessenheit, die nicht durch Absichtserklärungen der Autoren, das ihnen aufgezwungene Selbstmissverständnis, und also nur schief, zu kontextualisieren ist. Kontexte tragen in der Kunst das Entscheidende nicht bei, so nützlich sie für erste Annäherungen sein mögen. Guy Debord und die S.I. hatten gute Gründe, die Münchener SPUR hinauszuwerfen, sie war wie der Kindermund in des Kaisers neuen Kleidern und eben darin auf dem Weg zu neuen. Verfrüht wie so vieles, das sich der Avantgarde-Moral des „Dépassement" der Kunst nicht fügte. Ein Emblem für die Einflüsse aufsaugende Mühe, die vom bayrischen Barock bis Beckmann zitierte Verlegenheit, die man den Verlautbarungen der Gruppe unschwer abliest, ist der Münchener Vorläufer, der Blaue Reiter, der die SPUR nicht sein will, und dessen programmatische Zerkritzelung in HP Zimmers „Kein blauer Reiter" (1959) doch eher als ausgepichte Hommage denn als plumpe Absage auftritt. Nach dem Blauen Reiter der einzig nennenswerte in München? Kein Spitzenreiter;

man ist unter sich in dieser Ausstellung, mit sich allein die meiste Zeit. Ein in der Massierung der Bilder und Objekte monumentaler, intransingenter Block Malerei, in dem die unbewältigten Vor-68er, stumm geworden, zusammenstehen (und passen). Aus ihren Zusammenhängen, um die sich der aufgewirbelte Staub gesetzt hat, stehen die Werke einzeln und deutlich ab. Man muss den Politzweck nicht kennen (nicht teilen, nicht für überflüssig, nicht für abgestanden halten), um die klassizistischen Konturen in Helmut Sturms „Kardinal" (1960) auszumachen, und das nicht nur, seit das Volk weiß, dass es papabile ist – was den Historiker als ein Inflagranti von Latenz ankommen mag. Die institutionelle Koinzidenz von weltlicher und kirchlicher Präsenz-Anmaßung (weiß Gott kein neues Thema) wird in diesem Bild auf ihrem neuen Stand, dem der bayrischen Restauration ansichtig. Kein Repräsentationsgemälde eines Kardinals könnte deutlicher sein; im 17. Jahrhundert hätte er es ohne viel Abstriche kommissioniert.

Ich werde nicht den Fehler machen, meine Favoriten zu erklären, Zeitbilder, in denen die Zeit so tief eingeschrieben steht, dass man sie meditierend aus dem still gewordenen Lärm herauslösen muss. Eine unerhörte Kontroversstellung, in welcher der laute Aktionismus die Krypta – bemalt wie versiegelt – der leisesten Kontemplation birgt. Der thematisierte Tachismus von

Heimrad Prems „Wettermacher" (1959) illustriert nicht nur „Urmensch und Spätkultur" (1956), noch bevor es zu Gehlens „Zeit-Bildern" kommt (1960); er stellt die Fata Morgana dessen aus, was Gehlen „die nichtartikulierbare Sinnvermutung" der informellen Malerei nennt mitsamt ihren Subjektivitätseffekten; Prem entlarvt den Subjektsspuk der informellen Ideologie in der Diffusion ihrer farblich motivierten magischen Attitüden. Notabene, dass Informel strukturzersetzend arbeitete, wie Gehlen bemerkte, hat nicht nur die Fama weiterer Spuristen bis ins Berlin der späten sechziger Jahre beflügelt; Helmut Sturm, im Katalog befragt, ist nicht verlegen um das neue Stichwort: „also dieser dekonstruktive Teil der SPUR" holt er aus (S. 57). Was herauskam im Doppelschritt von Destruktion und Zusammensetzen ist damit nicht weiter beschrieben, gewiss nicht; „Facettenintermezzo" (von HP Zimmer gut erfunden) sagt nicht viel, sieht man die Strichsicherheit nicht. So dass sich die Frage neu behaupten muss, in Durchkreuzung welcher Malverhältnisse die thematischen Komplexe, vom Kriminellen zum Klerikalen, fungieren. „Strafgesetz" von Prem zum Beispiel (1959), in dem die naive, tachistische „Spur" (Gehlen und Adorno sind fasziniert vom Aufschlusswert der Metapher wie später Derrida und Gasché) geronnen ist zum Gitter, das strukturelle Gewalt festhält in einem unsprengbaren Rahmen, der doppelt hält, bindet: gemalte Doppelbindung vom Knast bis zur Kirche.

Man muss vermutlich noch ein paar Jahre warten, die Kindereien beiseite tun (den Spurbau, das Spurschiff). Nicht dass man groß warten sollte, bis die nervige Aktualitätensoße abgetropft ist; längst ist Prems „Große weiße Figur" (1962) – mit einer bedrückenden grünen Figur im Abseits – neuen Nachdenkens wert: Eine Menge, was da aus der Tiefe der fünfziger Jahre wartet, lauert, bevor wir es merken (und wissen wollen). Die Nummer 13, die der dicke Weiße auf der Brust trägt (bei dem Grünen eine 7), ist nicht die des Spielführers der Bayern; das Rot des Glimmstengels im Gesicht spricht für kaltgestellte Wut. Ihr Gegenstand heißt „Vollzug", der die eingeschlossenen Ausgeschlossenen, auf numerische Identitäten beschränkt, in Gewalt hat und das Double Bind der Kunst, ihre gesellschaftliche Unfunktion, an Ort und Stelle darstellt. Das ist nicht die zeitgerechte tachistische Spurenmelancholie, auf die Adorno wie Gehlen abgefahren ist, sondern Insistenz statt Abwesen, Bann. Auratischer, mythischer, aber strukturell identisch verhält es sich mit der umzirkten Hege beim Blauen Reiter, dem die Gegenrechnung aufgemacht wird. Kein „Schrei", den Georges Mathieu, „Au-delà du Tachisme" (1963), Wols auf sein Nachkriegsbrot schmierte. Fast mehr als die Melancholie ist der SPUR der Expressionismus abhanden gekommen, liegt er vernichtet. Und kein „espace spirituel", der ihn aufhöbe, und längst kein minimaler Transzendentalismus, der ihn auf die Subjektkonstitution umschriebe, eher eine Form der übersubjektiven Reflexivität, in der institutionelle Bindung und Ächtung (brutale Geltung ohne Genesis) gefangen halten.

**ANSELM HAVERKAMP**

Gruppe SPUR, Museum Villa Stuck, München, 13. Juli bis 22. Oktober 2006.

Anmerkung
1 Anlässlich der Ausstellung „Gruppe SPUR", Museum Villa Stuck, München, 13. Juli bis 22. Oktober 2006. Katalog hrsg. von Jo-Anne Birnie Danzker, Pia Dornacher (Hatje Cantz 2006), mit Beiträgen von Diederich Diedrichsen und Holger Liebs (und anderen, in der Folge nicht namentlich genannten).

## IM DICKICHT DER ZEICHEN
### Über Andreas Hofer in der Galerie Guido W. Baudach, Berlin

In seinen Gemälde, Skulpturen, Collagen, raumgreifenden Installation und filmischen Arbeiten mobilisiert der Berliner Künstler Andreas Hofer eine Vielzahl von Referenzen auf Kunstgeschichte, Politik und Pop-Kultur. Dabei errichtet Hofer in einer zwischen Figuration und expressionistischen Gesten angesiedelten Ästhetik aufwendige Verweissysteme, in denen fantastische Kreaturen der Science Fiction ebenso auftreten wie die Ikonografien des klassischen Hollywood-Films, archaische Symbole, kryptische Slogans und martialische Kampfszenen.

In diesen Schichtungen und disparaten Assemblagen weisen Hofers Arbeiten eine besondere Affinität zu mythologischen Formensprachen auf, wie sie oftmals in manichäischen Weltbildern Verwendung finden. Die jüngste Ausstellung Hofers in der Berliner Galerie Guido W. Baudach machte hier keine Ausnahme.

Eine plastisch gestaltete Wand versperrte in Andreas Hofers Ausstellung „Trans Time" etwa zwei Drittel der Fläche der Galerie Guido W. Baudach. Diese zum eintretenden Betrachter hin gerückte Wand zeigte reliefartig vier Frauenköpfe in der Art des Monuments amerikanischer Präsidenten in den Black Hills in South Dakota. Neben zwei Foto-Aufstellern, auf die metallisch glänzende „Lebenserhaltungstanks" (Pressetext) gedruckt waren, befand sich auf der rechten Seite der Eingang in das dunkle, begehbare Innere dieses Aufbaus: Aus Holz und Pappe wurde ein verschachtelter Raum errichtet, von dem aus man durch ein rechteckiges, scheibenloses Fenster auf mehrere für Hofer typische Arbeiten blickte: drei weitgehend abstrakte, in schwarz-weiß gehaltene Bilder waren ebenso wie ein gegenständliches Gemälde mit „Andy Hope, 1930" signiert. Die Plastik eines schreitenden kleinwüchsigen Mannes mit ausladender Armhaltung, der januskopfig als Monstrosität erschien, warf zusammen mit einem Gebilde in Form einer Antenne einen deutlichen Schatten auf die Rückwand des Raums, der von blaurotgrünem Licht ausgeleuchtet war. In diesem Zusammenhang wirkten Mpeg-Videos, auf denen farbintensive Loops von abstrakten Musterbildungen zu sehen waren, wie Apparaturen aus einem Science-Fiction-Film.

Die Werke Andreas Hofers wurden im Katalog der Münchner Ausstellung 2005 von Helmut Draxler als „Kunst des Zwiespältigen" bezeichnet.[1] Insbesondere die Vieldeutigkeit der Zeichen und formalen Gestaltungsweisen wurde von ihm dahingehend problematisiert, dass die Bilder trotz „aller eingebauten Distanz und Differenz" symbolische Codes der Regression wiederholen.

Offensichtliche Vorlage der Wandinstallation mit dem Titel „Phantom Abstraction" ist das Monument von Mount Rushmore in den USA, das die Köpfe von Washington, Jefferson, Lincoln und Roosevelt zeigt. Es wurde in den 1930er Jahren vom Bildhauer Gutzon Borglum, der im Kreis des Ku Klux Klans die Überlegenheit der weißen Rasse propagierte, in den Granit eines für die Ureinwohner heiligen Berges gehauen.[2] Für künftige Generationen sollte das Monument nach dem Vorbild der Pyramiden Ägyptens Zeugnis von der amerikanischen Kultur ablegen. In seiner Installation ersetzte Hofer die Porträts der Präsidenten durch die Bilder von Schauspielerinnen der 1930er und 1940er Jahre. Dabei handelt es sich nicht um die bekanntesten Filmdiven der Zeit, sondern um Figuren mit damals zweifelhaftem Ruf: Wegen der ersten Nacktszene der Filmgeschichte wurde Hedy Lamarr als Sexsymbol verehrt. Veronica Lake war für ihre ausgefallene Frisur bekannt. Frances Farmer verbrachte mehrere Jahre in einer Anstalt für Geisteskranke und wurde aus diesem Grund von Nirvana musikalisch geehrt. Das Leben der Oscar-nominierten Gene Tierney war die Vorlage für einen Roman von Agatha Christie. In Größe, Material und Form erinnert der Aufbau

Andreas Hofer
1 „Phantom Abstraction", 2006, Galerie Guido W. Baudach, Berlin, Installationsansicht
2 „Trans Time", 2006, Galerie Guido W. Baudach, Berlin, Installationsansicht

von Hofers Wandarbeit an Filmkulissen, die wie die Studio-Kulisse des Mount Rushmore in Hitchcocks „Der unsichtbare Dritte" eben nicht aus Granit, sondern aus einfachen Materialien bestehen und nur eine begrenzte Haltbarkeit haben.

Die glatten Gesichter und das volumenreiche, gewellte Haar der Schauspielerinnen erinnern an Francis Picabias Aktbilder der 1940er Jahre, die entgegen den Revisionsversuchen jüngerer Retrospektiven in den achtziger Jahren noch als Ausdruck eines reaktionären *rappel à l'ordre* des vormaligen Dadaisten gewertet wurden, sowie an den Look athletischer Frauen, wie er in den Filmen, die Leni Riefenstahl in den dreißiger Jahren für das NS-Regime drehte, wiederholt auftaucht. Da die Vorbilder aber aus den USA stammen, Hedy Lamarr zudem eine aktive Gegnerin Nazideutschlands und das Präsidenten-Monument als „Schrein der Demokratie" konzipiert war, wäre eine unmittelbare Verbindung dieser Ästhetik mit totalitären Ideologien allzu kurzschlüssig. Eine ähnliche Differenz zwischen formaler Gestaltung und Anspruch ist heute beim Denkmal für die im Zweiten Weltkrieg gestorbenen Soldaten in Washington zu erkennen, das geradezu im Gegensatz zur Widmung wie eine von Speer entworfene Architektur aussieht.

Auf dem Plakat zur Ausstellung kombinierte Hofer wie schon in zahlreichen seiner Collagen verschiedene Gestalten aus der Popkultur, die vornehmlich in den Fantasiewelten von Film, Comic und Computerspielen anzutreffen sind. Dort geben diese zumeist den Rahmen für Erzählungen mit klaren Zuschreibungen von Gut und Böse ab, deren Personal mit magischen, irrationalen Mächten ausgestattet ist und in denen an monumentalen Kathedralen und Burgen orientierte Architekturen die Kulisse bilden. Es ist diese einfache, in ihrem Pathos aber wirkungsvolle Ästhetik, die Hofer in seinen Arbeiten aufruft, deren eindeutige politische Lesbarkeit er allerdings durch die Vieldeutigkeit ihrer Kontexte verkompliziert.

Hofer sucht keine Auseinandersetzung mit der deutschen Geschichte, wie sie Stefan Germer für einige Maler (z. B. Georg Baselitz oder Anselm Kiefer) der 1960er und 70er Jahre aufgezeigt hat,[3] sondern spielt mit der faszinierenden Wirkung dieser Ästhetiken. Da er Referenzen aus der Popkultur aneignet, ist eine „Privat-Mythologie" des Künstlers nicht zu erkennen und sind seine Werke auch nicht nur als vermeintlich authentische Zeugnisse der Künstlersubjektivität zu werten. Ebenso wenig ist aber eine Untersuchung monumentaler Ästhetiken oder gar eine Kritik derselben festzustellen. In der Umsetzung der Vorlagen zu Plastiken aus einfachem Material, Collagen oder formal unaufwendiger Malerei erreicht er aber zumindest eine Distanzierung, mittels derer die oftmals angenommene Identität von Ästhetik und Ideologie aufgebrochen wird – wenngleich dieses Vorgehen vor dem Hintergrund jüngster Beschwörungen eines neuen Nationalbewusstseins, etwa im Deutschpop oder in Magazinen wie *Deutsch* eine politische Brisanz und Provokation enthält. Die Ausstellung bei Baudach zeigte erneut, dass das Prinzip Hofers auf der bewusst eingesetzten politischen Uneindeutigkeit angeeigneter Bildmotive basiert – bei gleichzeitiger Partizipation an ihrer ideologischen Überdeterminiertheit. Damit wurde die von Draxler aufgeworfene Frage, ob die Chance der Arbeiten Hofers darin liegen könnte, zwiespältige Zeichen zu historisieren und der „grassierenden Regression […] die Möglichkeit von Progression abzutrotzen", weder verworfen noch eindeutig beantwortet.

**FELIX PRINZ**

Andreas Hofer, „Trans Time", Galerie Guido W. Baudach, Berlin, 08. September bis 21. Oktober 2006.

Anmerkungen
1 Helmut Draxler, „Eine Kunst des Zwiespältigen", in: „Andreas Hofer. Welt ohne Ende", Ausst.-Kat., München / Herford, Köln 2006, S. 37–46.
2 Vgl. Jesse Larner, Mount Rushmore. An Icon Reconsidered, New York 2002, und John Taliaferro, Great White Fathers. The Story of the Obsessive Quest to Create Mount Rushmore, New York 2002.
3 Stefan Germer, „Die Wiederkehr des Verdrängten. Zum Umgang mit deutscher Geschichte bei Baselitz, Kiefer, Immendorff und Richter", in: Germeriana. Unveröffentlichte oder übersetzte Schriften von Stefan Germer zur zeitgenössischen und modernen Kunst, hrsg. von Julia Bernard, Jahresringe, 46. Jahrbuch für moderne Kunst, Köln 1999, S. 39–55.

## DIE DICHTE DES UNFERTIGEN
Über Wolfgang Tillmans im Hammer Museum, Los Angeles und dem Museum of Contemporary Art, Chicago

**Auf die Fotografien des in London lebenden Turner-Preis-Gewinners Wolfgang Tillmans scheinen sich viele Fraktionen der erweiterten Kunstwelt einigen zu können – produziert er doch sowohl glamouröse Bildstrecken für internationale Fashion- und Lifestylemagazine als auch zunehmend an einer abstrakten Formensprache orientierte Arbeiten für den Kunstkontext.**

**Das Hammer Museum in Los Angeles zeigte nun die erste US-Retrospektive des Künstlers, die mittels des für seine Praxis typischen anti-auratischen Installationsmodus, sowohl Bezüge zu außerkünstlerischen Kontexten als auch zu den politischen Implikationen fotografischer Ordnungen herstellte.**

Die jüngere Fotografiegeschichte weist einige unauflösliche Unklarheiten auf. Während die nicht-fotografischen Praktiken, die sich in den neunziger Jahren herausbildeten, von einem neuen, genreübergreifenden Interesse an Bricolagetechniken, sozialer Netzwerkbildung sowie grobschlächtigeren oder populäreren Ästhetiken beherrscht waren – eine Interessenlage, zu deren Adressierung die kulturelle Vormachtstellung der Fotografie besonders geeignet schien –, ging es in den zur gleichen Zeit entwickelten fotografischen Programmen um das genaue Gegenteil. Während sich das Kunstpublikum der Neunziger mehr und mehr an eine Vielzahl unterschiedlicher Herangehensweisen zur größeren Demokratisierung oder zumindest zur Verlebendigung der kühlen Nüchternheit der Institutionen gewöhnte, fanden sich im Bereich der zeitgenössischen fotografischen Arbeitsweisen am häufigsten in Plexiglas gefasste Zeugnisse von Objekthaftigkeit, die sich ängstlich an den überalterten Genreformen eines vormodernen Hochkunst-Piktorialismus festklammerten und in monolithische, surrogatartig minimalistische Särge gesperrt wurden. Die Allgegenwart von Architekturformeln tat ein Übriges und führte zu zwanghaften bildlichen Umsetzungen der von Menschen entleerten Topographien der Moderne, mit denen die kahlen Geometrien des White Cube, für die sie bestimmt waren, neuerlich affirmiert wurden. Mit zunehmender Regelmäßigkeit wurde das Rahmenwerk des Fotografischen so zur Bühne einer gesteigerten Kunstfertigkeit, ausladender Dimensionen und filmischer Fantasien, um sich auch ganz bestimmt von alltäglichen Schnappschussdarstellungen abzusetzen. Das wirkte mit seinem spektakulären Größenzuwachs ebenso beeindruckend wie einschüchternd auf die Betrachter, als solle so die historische Randlage und ideologische Verwickeltheit der Fotografie durch ihre Ehrfurcht gebietende Grandezza korrigiert werden.

In diesem Milieu stellt das Werk von Wolfgang Tillmans einen ziemlichen Ausnahmefall dar. Von Beginn an scheinen seine Fotografien ihre Autonomie von sich zu weisen. Sie konfrontieren die Betrachter mit Bildern, deren Ecken unscharf aussehen, ohne Abgrenzung nach außen, als könnten sie ineinander übergehen, und dabei weisen sie weder jene emotional aufgeladenen *mises-en-scène* der amerikanischen Street photography noch die Qualität einer epischen Unbeteiligtheit oder einer in Serien angelegten Autorität auf, die so charakteristisch für die neue topographisch ausgerichtete Fotografie der Düsseldorfer Becherklasse war und ist. Anders formuliert, könnte man Tillmans' Fotografien als entschieden untheatralische Konstruktionen beschreiben: seine formalen Vorlieben gehen in Richtung einer bildlichen Flachheit und einer scheinbar spontanen Komposition, die sich vorsichtig in der Fläche der Fotografie anordnet. Dadurch entsteht bei seinen Fotografien ein Eindruck von Unvollständigkeit, die oft als Unüberlegtheit missverstanden

Wolfgang Tillmans, Hammer Museum, Los Angeles, 2006, Ausstellungsansicht

oder mit der absichtslosen Unbestimmtheit von Schnappschüssen verwechselt wird. Doch nimmt Tillmans' Handhabung des Mediums viel zu viele unterschiedliche Formen an, als dass eine solche Kategorisierung zufrieden stellen könnte. In seinen Ausstellungen kommen die Gesichter von Namenlosen neben denen von Berühmtheiten zu stehen, es findet eine Vermischung privater Erinnerungen und des Öffentlichen statt, durch welche die Membran zwischen diesen scheinbar entgegengesetzten Gedächtnisablagerungen durchlässiger wird, als es unser Empfinden von nicht abschließbarer Individualität üblicherweise gestattet; weit ausgreifende Abstraktionen finden sich da neben Zufallsbeobachtungen ganz banaler Dinge, wobei eine ähnliche Aushandlung mit der dem Fotografischen eigenen Zufällig-

keit beide Seiten erst hat entstehen lassen. Es erscheint ganz passend, dass Tillmans' früheste Bilder ihren Platz auf den Seiten von Illustrierten fanden. Durch ihre thematische und genremäßige Vielfalt vermochten sie sich leicht editorischen Zwängen anzupassen, die für eben jene Unvollständigkeit standen, an denen sich die Verfechter der neuen Bildhaftigkeit abarbeiteten. Tillmans' Erfahrung mit dem Zeitschriftenwesen mag auch eine Erklärung für die scheinbar idiosynkratische Form seiner Installationen liefern, bei denen mit seinen dicht arrangierten thematischen Gruppenbildungen eine Ausstellungslogik hergestellt wird, die irgendwo zwischen den an die Wand geklebten Schaustücken an Teenagerwänden und dem salonartigen Stil im Seitenaufbau einer textlosen Illustrierten anzusiedeln ist. Vielleicht ist darin ja eine positive Bezugnahme auf den alltäglichsten Erscheinungskontext der Fotografie zu sehen. Diese besondere Reflexivität tritt immer wieder in seinen Gegenüberstellungen formaler Verhältnisse innerhalb der einzelnen Fotografie und der Verhältnisse der ausgestellten (Bild-) Objekte untereinander zu Tage, wie dies etwa in „Silver Installation Detail" aus dem Jahr 2005 der Fall ist: Dort sieht man eine Reihe von Tillmans' monochromen Arbeiten an einer Wand befestigt, die im Analogschluss die innere Logik des Bildes als Parallele zu derjenigen der Ausstellung zu Bewusstsein bringt.

Diese für Tillmans' Arbeitsweise typischen Stärken kommen womöglich nirgends besser zur Geltung als in seiner ersten Überblicksausstellung in einem nordamerikanischen Museum, einer Mid-career-Wanderretrospektive, die ihren Anfang am Museum of Contemporary Art in Chicago nahm und derzeit im Hammer Museum in Los Angeles zu sehen ist (gemeinsam organisiert von Russell Ferguson und Dominic Molon). In diesem Falle sind vielleicht beide Wortteile, „Wander-" und „Retrospektive" nicht wirklich treffend, denn nur die Minderzahl der Arbeiten erscheinen in gleicher Zusammenstellung an beiden Orten, und es ist außerdem auch keine strengere Chronologie oder Kategorienlogik auszumachen. Stattdessen wendet Tillmans das für ihn typische Verfahren im Umgang mit Ausstellungsräumen an, das sich irgendwo zwischen einem „Installationsformat" und einem Ausstellungsformat ansiedelt. Indem er sorgsam jede Herauslösung einzelner Werke vermeidet, bringt Tillmans jede Fotografie als Momentaufnahme in einer weitläufigeren Bewegung ein, die sich durch die ganze Ausstellung zieht, und dabei wird der Betrachter in eine prekäre Position zwischen Ablenkung und Kontemplation gesetzt, die ihn zu einem aus Deutung gewonnenen Auswahlprozess zwingt, der demjenigen ähneln mag, den man sich wie seinen eigenen vorstellen kann. Tillmans hat den Ausstellungszusammenhang immer zur Verflechtung alter und neuer Arbeiten genutzt, und jede Neuauflage dieser Vorgehensweise dient ihm in diesem Sinne als eine Neumischung des Bekannten mit dem noch Unbekannten, und auch hier lässt sich sagen, dass er bei der Herstellung einzelner Bilder ganz ähnlich vorgeht. Seine neuere Arbeit „Empire (Punk)" kann als Beispiel dafür dienen. Hier kehrt eine seiner ikonischeren frühen Fotografien als vergrößerter Faxausdruck wieder, und die scharf umrissene Darstellungsweise des Originals fällt den digitalen Störmustern des Faxgeräts zum Opfer. Diese kurzfristig auftretenden Echos früherer Rezeptionsmomente setzen einzelne Fotografien als Bestandteile eines Systems ein, das eine ständige Neuprüfung und Neufassung des Verfahrens durchführt. Seine Arrangements vormals verstreuter Erinnerungen erinnern einen an die hybridisierten Praktiken im Experimentalkino des späten 20. Jahrhunderts: die Werke von Hollis Frampton, Morgan Fisher, Chris Marker und Yvonne Rainer. Jeder dieser Ansätze wies einen ähnlich zu freizügiger Vermischung neigenden Medienbegriff auf, in dessen Namen zufällige Bildfunde, quasi-autobiografische Erzählformen und Abstraktionen in eine materiell gedachte Subjektivität Eingang fanden, die den auf Genrebegriffen gegründeten Purismus der Zeitgenossen von sich wies und stattdessen subtile Aushandlungen mit den jeweils medienspezifischen Beschränkungen bevorzugte.

Es war eben jene reflexive Qualität, die Craig Owens mit der „mise-en-abyme"-Operation des Fotografischen zusammenführte, vor allem dessen

Fähigkeit, nicht nur Beispiele der eigenen Vervielfältigungstendenz zu liefern, sondern diesen Sachverhalt im selben Augenblick auch vorzuführen. Owens erkannte darin jene Leere, aus der es für die Fotografie kein Entrinnen gebe, ein unendlich wiederholtes Scheitern des Bedeutens, nach dem einzig „ein überwältigendes Gefühl der Abwesenheit" zurückbleiben könne.[1] Doch Tillmans geht mit seinen spezifischen Wiederholungen einer solchen scheinbar unausweichlichen Reiteration nihilistischen Scheiterns aus dem Weg: indem er die Vorstellung einer fotografischen Transparenz zurückweist („Die Kamera lügt immer über das, was sie vor sich hat", wie er es kürzlich im Gespräch ausdrückte) und anstelle dessen die epistemischen Bedingungen des Displays hervorhebt, durch welche die Bilder zusammengehalten werden (wie er weiter sagte, „sie [die Kamera] lügt niemals über das, was sich *hinter* ihr befindet."[2]). Gleich weit entfernt von totalisierendem Spektakel und pantomimischer Objektivität betreibt Tillmans die Wiedergewinnung einer dokumentarischen Fotografie, materialistischer Abstraktionsmethoden und von Aneignungsverfahren, indem er sie aus den strengen Schranken selbst ernannter Puristen löst. Tillmans scheint deutlich der Tatsache bewusst zu sein, dass die taxonomische Unterschiedsbildung und Kategorisierung die am weitesten verbreitete Form kultureller Gewalt darstellt, die an den Marginalisierten ausgelassen wird, und dass dies darüber hinaus ein Prozess ist, bei dem die Fotografie in einmaliger Weise Verantwortung auf sich geladen hat. In diesem Moment, da sich die politische Geografie der Vereinigten Staaten so polarisiert wie eh und je zeigt, sind nur allzu leicht puristische Anwandlungen wie gerechte Empörung und verbrämter Zynismus auszumachen, und dies selbst in der Kunstwelt, wo sich Auseinandersetzungen über Politik und Form, persönliche Autonomie und öffentliches Bewusstsein oft genug gegenseitig auszuschließen scheinen. Tillmans weicht dieser Form der Dialektik aus dem Weg und präsentiert eine Ausstellung, die rigoros ist, ohne steif zu sein, die leidenschaftlich politisch ist, ohne je belehrend zu werden. Eben diese Sensibilität stellt Tillmans' perfekt getimte Schau in den Vordergrund, sie transportiert die Einsicht, dass wir es bei ästhetischen und sozialen Unterscheidungen oft mit ein und demselben Problem zu tun haben.

**WALEAD BESHTY**

(Übersetzung: Clemens Krümmel)

Wolfgang Tillmans, The Museum of Contemporary Art, Chicago, 20. Mai bis 20. August 2006; Hammer Museum, Los Angeles, 17. September bis 7. Januar 2007; danach Hirshhorn Museum and Sculpture Garden, Washington, D.C., 15. Februar bis 13. Mai 2007. Kokuratiert von Dominic Molon, Pamela Alper, Russell Ferguson (Katalog).

Anmerkungen
1 Craig Owens, „Photography *en abyme*", in: Scott Bryson, Barbara Kruger, Lynne Tillman und Jane Weinstock (Hg.), Beyond Recognition: Representation, Power, and Culture, University of California Press, Berkeley 1992, S. 26. [Übers. C. K.]
2 Aus einem Gespräch zwischen Wolfgang Tillmans und Mark Wigley, das am 17. 9. 2006 im Hammer Museum in Los Angeles stattfand.

Julie Ault / Martin Beck,
„Installation", Secession, Wien,
2006, Ausstellungsansichten

## ÄSTHETIK DER INFORMATION
### Über Martin Beck und Julie Ault in der Secession, Wien

„Outdoor system, indoor distribution" – dieser Titel einer Arbeit von Julie Ault und Martin Beck kann durchaus programmatisch verstanden werden. Die reflexive Bezugnahme auf die institutionellen und architektonischen Bedingungen des Ausstellens bilden neben der Auseinandersetzung mit gesellschaftspolitischen Themen den Kern ihrer Installationen.

So spielte die Befragung der Möglichkeiten der eigenen künstlerischen Praxis in der aktuellen Ausstellung des Künstlerduos in der Wiener Secession eine zentrale Rolle, wobei Formen des Displays erneut in ihrer doppelten Funktion als Informationsträger und ästhetischem Dispositiv zum Einsatz kamen.

Zu der derzeitigen Debatte um kuratorisches Handeln als kultureller Praxis liefern Julie Ault und Martin Beck mit der Ausstellung „Installation" in der Wiener Secession einen gleichermaßen pointierten wie umfassenden Beitrag – exemplifizieren sie doch nicht allein die spezifischen Funktionen und Potenziale verschiedener Verfahren und Strategien, die in Ausstellungen zum Tragen kommen, sondern stellen sie zugleich auch in ein weitläufiges historisches und funktionales Referenzsystem. Geht man von einem kleinsten gemeinsamen Nenner aus, nach dem es sich beim Kuratorischen um die Arbeit des Zusammenstellens mit dem Ziel einer – wie auch immer gearteten – Veröffentlichung handelt, so überlagern sich in dieser Definition bereits die vielfältige Aufgabenstellung und die angesprochenen Rollen: Künstler/innen, Kurator/innen, Buch- oder Ausstellungsgestalter/innen, Herausgeber/innen, Archivar/innen und Historiker/innen sind einige der professionellen Gruppen, für die die Auswahl, Verknüpfung und Präsentation von Objekten und Informationen Relevanz besitzen. Wenn Ault und Beck sowohl in ihrer individuellen als auch in ihrer gemeinsamen Praxis diese unterschiedlichen Aufgaben selbst übernehmen, unterlaufen sie damit jene Ausdifferenzierung

im Kunstfeld, die seit den sechziger Jahren eine immer stärkere Spezialisierung der Professionen und der an diese gebundenen Tätigkeiten zur Folge hatte. Die künstlerische Subjektposition löst sich dabei allerdings nicht in anderen beruflichen Identitäten auf, sondern bleibt in einem prekären Zustand zwischen Selbstbehauptung und eigener Infragestellung erkennbar. „Installation" lässt sich in dem Sinne wie eine Retrospektive lesen, die einen Überblick über die in den letzten beiden Jahrzehnten entstandenen Werkgruppen und künstlerischen Ansätze von Ault und Beck bietet und darin die Autorposition ebenso selbstreflexiv zur Schau und Debatte stellt, wie andere Komponenten und Bedingungen, die für Genese und Erscheinung einer Ausstellung entscheidend sind.

In installativen Einheiten gruppiert, weisen die Exponate immer drei Aspekte auf: ihre phänomenale Präsenz, ihre Aufgabe als Informationsträger sowie die Reflexion der Bedingungen, die sie zu Exponaten einer Ausstellung haben werden lassen. Die Werkzeuge und Verfahren des Kuratorischen sehen sich darin zur Anwendung gebracht und gleichzeitig exponiert. In „Corita area", einem Materialkomplex, mit dem sich Ault in unterschiedlichen Präsentationsformen und Zusammenstellungen seit 1998 beschäftigt, führt sie am Beispiel der katholischen Ordensschwester Corita Kent (1918–1986) gestalterische und politische Aneignungsverfahren ästhetischer Materialien sowie multiple professionelle Rollen vor, die ihre eigene Praxis wie auch die von Martin Beck auszeichnen. Das flexible und transportable Display-System der Ausstellung ist eine Reverenz an den amerikanischen Designer George Nelson, der 1948 mit den „Struc-Tubes" ein leichtes, modular endlos erweiterbares Röhren- und Ständersystem aus Aluminium entwarf, in das Paneele unterschiedlicher Form und Größe eingehängt werden können. Beck verwandelte in der Arbeit „expandable, portable, viewable" dieses Trägersystem in ein eigenständiges Ausstellungsstück, das neben dem Ausstellungstitel und Informationen zur Geschichte des „Struc-Tube" in zwei Varianten den Schriftzug „the artist in social communication" präsentiert – ein Leitsatz, mit dem Nelson selbst eine Ausstellung künstlerisch gestalteter Grußpostkarten überschrieb, der aber auch die grundsätzliche künstlerische Motivation von Ault und Beck zusammenfasst.

Das Verhältnis von Gestaltung und Information nimmt die große, frei stehende Wandarbeit „Information" auf. Sie bildet drei unterschiedliche Statistiken ab, die für das US-amerikanische Verständnis von „Armut" Bedeutung haben. Die farbigen, übereinander entlang der gesamten Wandlänge verlaufenden Charts bringen eine absolute und eine relative Bemessungsgrenze in Anschlag, wodurch sich deutlich die Diskrepanz zwischen der offiziellen, auf dem Stand der sechziger Jahre festgelegten Definition und derjenigen, die auf die Entwicklung des Einkommensdurchschnitts ausgerichtet ist, abzeichnet. Noch krasser tritt die sich stetig erweiternde Schere zwischen Arm und Reich durch die dritte, in der Mitte der Wand ansetzende Kurve zutage, die die wirtschaftliche Bevorteilung der Spitzenverdiener im Zuge von George W. Bushs Steuersenkungen nachvollzieht. Trotz der sachlich verpflichteten Anmutung von „Information", folgen Ault und Beck aber nur vordergründig der schematischen Darstellungslogik von Statistiken. Deren ambivalente Aussagekraft unterstreichen sie vielmehr, indem sie sie ästhetischen Entscheidungskriterien unterwerfen. Die Künstler/innen richteten die Maße der Wand an den jeweiligen räumlichen Vorgaben aus, veränderten die Proportionen entlang gestalterischer Normen und variierten die Farbkonstellationen, spielten mithin die unterschiedlichen Bedeutungen künstlerischer und administrativer Darstellungskonventionen gegeneinander aus.

In dem Zusammenspiel der Arbeiten wird „Installation" zu einer kuratorischen Metastruktur – einer, wie dies auch der Titel andeutet, Installation der Installationen. Mit Felix Gonzalez-Torres' 12-teiliger Fotoarbeit „Untitled (Natural History)" (1990), die an den Wänden des Ausstellungsraums der Secession als umlaufendes Band angebracht ist, gibt sich „Installation" eine selbst gewählte Umgrenzung, die die architektonischen und institutionellen Grenzen der Secession erweitert. Zudem verleiht sie der mit „Installation" gestellten Frage nach der gesellschaftlichen Relevanz von kulturellen und politischen Rollen eine zusätzliche Dimension, fungieren doch die Zuschreibungen, die Inschriften zum Reiterstandbild Theodore Roosevelts in New York wiedergeben – „Patriot", „Historian", „Ranchman", „Scientist", „Soldier", „Humanitarian", „Explorer", „Author" –, auch als Verweise auf das nicht selten konfliktgeladene Verhältnis verschiedener beruflicher Identitäten und Aufgabenstellungen. Die Plakate zu „Installation" schließlich lassen den physischen Raum ganz hinter sich. Auf die Stadt verteilt, sind drei unterschiedliche, von Archizoom in den Siebzigern verfasste Beschreibungen möglicher Ausstellungserfahrungen zu lesen. Durch sie verwandelt sich die Ausstellung in der Secession in einen Raum ineinander verschlungener Projektionen und weist sich als Ergebnis fortlaufender diskursiver Prozesse aus. Ault und Beck vollziehen für „Installation" eine kuratorische Praxis in Flux, die nicht zuletzt auch die Rezipient/innen in eine – zwischen der Materialität der Exponate, Kontextualisierungen und Selbstreflexion pendelnde – Bewegung versetzt und darin die Potenziale und Funktionen ihrer Konstitution und Rezeption zur Aufführung bringt.

**BEATRICE VON BISMARCK**

Julie Ault und Martin Beck, „Installation", Secession, Wien, 22. September bis 12. November 2006.
Julie Ault/Martin Beck, Critical Condition. Ausgewählte Texte im Dialog, Köln 2003.

## THE PAINTING OF PAINTING
Über Albert Oehlen in der Whitechapel Gallery, London und im Arnolfini, Bristol

**Ende der siebziger Jahre malte Albert Oehlen zusammen mit Werner Büttner ein Wandbild für eine Hamburger Buchhandlung, das beiden Künstlern eine Anzeige wegen Verbreitung pornografischer Darstellungen einbrachte.**

**Die „Jungen Wilden" formulierten ihren Angriff auf die Doppelmoral und Selbstgefälligkeit der Bourgeoise damals nicht nur innerhalb der Malerei, sondern auch in aktivistischen Gesten wie der Gründung einer „Liga zur Bekämpfung des widersprüchlichen Verhaltens". In zwei aktuellen Ausstellungen Oehlens in Großbritannien standen hingegen medienimmanente Fragen der Malerei zwischen Deskilling und Virtuosität im Mittelpunkt.**

Die erste größere Ausstellung von Albert Oehlens Arbeiten in Großbritannien kam in zwei Teilen – „I Will Always Champion Good Painting" in der Whitechapel Gallery im Osten Londons und „I Will Always Champion Bad Painting" im Arnolfini in Bristol. Eine ironische Dichotomie von Gut und Böse prägt beide Ausstellungen, vor allem aber in Whitechapel, wo Bilder des „bad boy" der Malerei von den späten achtziger Jahren bis in die frühen 2000er in einer unmissverständlich konservativen und geschmackvollen Weise präsentiert wurden.

Diese epischen Bilder, mit ihren charakteristischen Grundierungen, mit figurativen und grafischen Elementen, Flecken, Verwischungen und Übermalungen, sind beeindruckend in der in ihnen erreichten Virtuosität. Große Slapstick-Pantomimen von Farbe und Ausdruck, kombiniert mit Bezügen zum Surrealismus, zu Malerei, Gothic und Architektur, erscheinen in einem übernächtigten Tanz.

„Writing (on the Street)" (2000) zeigt eine halb skeletthafte, halb modernistische Vase/Skulptur, die von links ins Bild kommt und einen daliésken Kopf über sich schweben hat.

Eine dorische Säule mit einer pudelförmigen Schmiererei besetzt das Zentrum vor mehrfachen Schichten von Formen, Kleckserein und Tropfen. Manche sind ruhiger und erinnern mit ihrem „Nebel" und „Schlamm" an pastorale Motive, wie zum Beispiel „Untitled" (1989), ein romantisch dunstiges Marschland aus tropfenden Pinselstrichen mit einem seltsam verdrehten, zentralen Baummotiv, das auf merkwürdige Weise an Sherlock Holmes draußen im Moor denken lässt, oder an die Kulisse für einen frühen Werwolf-Film.

In „Scaffolding" (2000) wird die Sache formal komplizierter und bedrohlicher. Das Bild könnte als Referenz an Oehlens Malprozess gelesen werden, der häufig mit dem Gerüst einer Collage beginnt. Gestalten sind unsauber über, hinter und vor einem verstörenden, grimassierenden gefolterten Gesicht gemalt. In vielen figurativen Fragmenten kehrt Oehlen zu einer Bildwelt aus dem Halloween-Genre zurück, das an ein Teenagerzimmer erinnert, an die selbstgemachten Collagen auf dem Umschlag von Schulbüchern oder die mit Graffitis versehenen Rucksäcke von Schülern auf dem Gymnasium. Was in „Evilution #1" (2002) wie ein korinthische Säule aussieht, ist mit einem chaotischen Brei von Farbe auf einem hellen, gelben Hintergrund gespritzt und geschmiert. Ein paar halb gemalte Skelette schweben in der Luft, und das primitive Bild einer menschlichen Silhouette mit Stiletto-Absätzen steht halb fertig inmitten eines Musters aus Farbstreifen.

Man ist versucht, in den Räumen im oberen Stockwerk inhaltliche Aufschlüsse zu erwarten, eine mögliche Kartierung oder Orientierung des Materials, das für die Bilder verwendet wurde. Collagen sind bewusst so gezeigt, dass sie Einblicke in die Prozesse oder Methode(n) des Malens geben. Laut Oehlen fungieren die

Albert Oehlen
1 „Chucky", 2005
2 „Auge im… (Eye in…)", 2005

Collagen als „Themen", aus denen die Anordnung der Gemälde entsteht. Aus Zeitschriften und Zeitungen ausgeschnittene Bilder sind offensichtlich nach Zufallsprinzip angeordnet, in seltsamen und hässlichen Kombinationen. Unbefriedigende Zusammenhänge und Erzählungen ohne Ende geben dem Betrachter noch weniger Hinweise. Bei genauerem Hinsehen lassen sich mögliche Themen ausmachen, solche, die Kritiker und Kuratoren als „bad boy"-Kram bezeichnen mögen: Monty-Pythoneske Witze, Klischeebilder aus Heavy Metal und Glam Rock, halbbekleidete, dralle Frauen, Kunstgeschichtsbücher und Möbelkataloge.

In den größeren Räumen im oberen Stockwerk finden sich figurativere Bilder mit stärkeren, deutlicheren Bezügen zur Kunstgeschichte und Popkultur. „C.C." (2003) ist ein hingepfuschter Gerhard Richter, eine faule Parodie, die auf halbem Wege aufgibt. „Chucky" (2005) ist ein ausgeschnittenes Foto des Kopfes der bösen Puppe gleichen Namens, die in dem Film „Child's Play" mit verheerenden Folgen zum Leben erwacht. Der Kopf sitzt auf einer verführerischen, schwarz gemalten Figur, die in Tropfenform ausläuft, wie die Beschleunigungslinien in Cartoons. Die Figur bekommt dadurch eine seltsame, springende Dynamik, wie ein Voodoo-Picabia, ein gruseliger Killer-Harlekin oder -Akrobat, der in den Ausstellungsraum springt.

Es gibt weitere richtereske Expeditionen in die Grisaille, „Titanium Cat with Laboratory Animal" (1999), sieht aus, als hätte Gerhard Richter auf einem Abstecher auf dem Weg zu Philipp Gustons Haus Picasso getroffen. Das wahrscheinlich am wenigsten subtile Bild in Richtung Klischee ist „Eye in…" (2005), eine große, leere dalíeske Landschaft mit einer eingefügten Fotografie des Auges aus Luis Buñuels „Un chien andalou", das im Himmel zu schweben scheint. „Half Naked" (2004) zeigt die untere Hälfte eines männlichen Torsos auf einer Bademattte stehend, in halbtransparenten Boxer-Shorts à la David Hockney. Er wirkt seltsam deplaziert inmitten des ganzen high-camp German Gothic.

In „I Will Always Champion Bad Painting" in Bristol geht der Spaß weiter. Auch hier stehen die neunziger Jahre und 2000er Jahre im Mittelpunkt. Vorab werden wir von den Veranstaltern gewarnt, dass „anarchischer Humor und kindliche Perversitäten hier voll zum Zug kommen". Weitere von Richter inspirierte graue Bilder sind mit seltsamen, trüben Tiefen und malerischen Räumen gefüllt, aus denen ein hermetisches Vokabular an Referenzen entsteht. Verschleierter Sinn steht neben kitschigen Plakaten im Stil von Ibiza-Techno-Flyern oder Pizza-Schachteln – die ganze schreckliche Bandbreite zwischen Hoch-Kunst und Clip-Art, zwischen Photoshop-Camp und Monty Python.

Oehlens Bilder aus dem Jahr 1996 zeigen leuchtendes, wildes Gekritzel. Sie gehen auf digitale Zeichnungen zurück und sehen verdächtig nach den Zeichnungen aus, die man selber macht, wenn man zum ersten Mal ein entsprechendes Programm benutzt. Mangelnde Koordination von Auge und Hand führt zu einem konfusen Ergebnis, voll verrückter Krakelei und unkontrollierter Linien. Sie wurden ursprünglich 1990 auf dem einfachsten Zeichenprogramm gemacht, und ausgerechnet in diesen Linien macht sich ein interessanter Gehalt bemerkbar, der von außerhalb kommt und nicht direkt mit der Sprache der Malerei zu tun hat, sondern mit Werbung und Technologie. Oben gibt es weitere abstrakte Bilder zu sehen, die Produktionsmethoden und -spuren enthüllen. Dieselben Collagen, die auch in London als Einblicke in Oehlens Verfahren gezeigt wurden, waren hier in einem dysfunktionalen Leseraum zu sehen, der sich neben dem „Albert Oehlen Visitors Resource Centre" befand, dem Teil eines Bibliotheksraums, der kontextualisierendes Material des Künstlers zeigte.

Nach dem Verlassen dieser beiden Ausstellungen ist es schwierig, sich an einzelne Arbeiten genau zu erinnern. Das Werk wird zu einer abgründigen Gestalt aus schlammigen, sickernden Strichen, gefärbtem Gekritzel und Popkultur einer anderen Generation. Man könnte das so lesen, dass Oehlen, indem er eine abgeschlossene, insulare Welt mit den Mitteln des hermetischen Wesens der Malerei erschafft – wie Benjamin Buchloh dies 1977 für Gerhard Richter beschrieben hat –, eine Widerstandsstrategie gegen die Dominanz des Konsums entwickelt. Sollte es sich um eine Strategie handeln – wie relevant ist dieses Argument heute, in unserer hochintensivierten, neoliberalen Kulturindustriemaschine, in der jedes Bild sofort vom Markt aufgenommen wird, bevorzugt solche ohne einen ideologischen, „politischen" oder übermäßig komplizierten Inhalt? Ein Fallbeispiel dazu wäre die neuere Abkopplung von Martin Kippenbergers Werk von jedem problematischen Inhalt, zugunsten einfacherer Verwertung auf dem Markt, wie in *Texte zur Kunst* klar gemacht wurde.[1] Man fragt sich, wie Oehlens Charakterisierung durch Kuratoren und Kritiker als Punkmaler, der auf primitive, kindliche Gesten des Ausdrucks zurückgreift, mit seiner selbst gewählten Rolle als bourgeoiser Malermaestro zusammenpasst. Wenn, wie er dies häufig wiederholt, die Bilder darum gehen, einen Prozess oder ein Verfahren sichtbar zu machen, wenn sie Malereien über Malerei sind – wie viele

davon braucht es, bevor sie zu einer endlosen Rolle teurer, handbemalter Tapete werden?

Diese beiden Ausstellungen bezeugen ein langfristiges und intensives Experiment mit Ästhetik und Bildproduktion, das die hermetischen Probleme des Malens und der Malerexistenz untersucht. Es ist schade, dass viele seiner besten, am wenigsten harmlosen Bilder aus den achtziger Jahren nicht in den Ausstellungen enthalten waren. Darunter die Arbeiten, die wegen ihres Nazi-Inhalts viele Leute vor den Kopf stießen und große Diskussionen hervorriefen. Sie zeigten eine Erforschung der deutschen Geschichte und waren gnadenlose Parodien der modischen Malereibewegungen der Zeit. Als solche hätten sie eine interessante Gegenposition zu der neueren Hochkonjunktur der Malerei und zum internationalen Kunstmarkt dargestellt.

**NILS NORMAN**

(Übersetzung: Bert Rebhandl)

Albert Oehlen, „I Will Always Champion Good Painting", Whitechapel Art Gallery, London, 7. Juli bis 3. September 2006 und „I Will Always Champion Bad Painting", Arnolfini, Bristol, 30. September bis 26. November 2006.

Anmerkung
1  Vgl. Melanie Gilligan, „Nieder mit der Inflation. Martin Kippenbergers many happy returns" und Manfred Hermes, „‚Bitte hier öffnen'. Was einem zu K. so alles einfällt", in: *Texte zur Kunst*, Heft 63, September 2006, S. 66–81.

## AUSBRUCH IN DIE MALEREI
### Über Jutta Koether im Kölnischen Kunstverein

**Als Malerin, Performerin, Autorin und Musikerin ist Jutta Koether, die Köln in den frühen neunziger Jahren Richtung New York verließ, an der „kontinuierlichen Konstruktion von Paradoxien" interessiert, wie sie in einer Gesprächsrunde in der letzten Ausgabe dieser Zeitschrift selbst zu Protokoll gab.**

**Nun kehrte Koether – die wir als Autorin und Gesprächspartnerin seit langem schätzen – mit einer retrospektiv angelegten Einzelausstellung im Kölnischen Kunstverein zumindest geographisch an den Ort zurück, der mit dem Beginn ihrer künstlerischen Praxis verbunden ist.**

Jutta Koether – so will es mir nicht nur aus Gründen einer möglichst dramatischen Disposition erscheinen – ist vielleicht die einzige Künstlerin, die seit zwanzig Jahren Malerei und deren Rezeption in verschiedenen Kontexten konsequent kritisch befragt und produktiv macht. Koether hat Tendenzen wie Crossover vorweggenommen und positioniert sich jenseits aller Universalgenie-Romantik – erhielt dafür allerdings oft nur mit Einschränkung Respekt und Anerkennung. Alles prima, heißt es da in der Regel, vor allem die Texte aus ihrer Mrs.-Benway-Zeit (Spex, 1985–90), aber die Malerei kann man ja kaum aushalten.

Ich kann mir hingegen kein besseres Argument für Malerei als die Arbeiten von Jutta Koether vorstellen. Die Ausstellung in Köln war großartig, und das aus einer Vielzahl von weit über das Feld der Malerei hinausreichenden und wieder in das Feld der Malerei zurückführenden Gründen:
– „Fantasia Colonia" im Kölnischen Kunstverein ist eine umfassende Zusammenstellung verschiedener Werkgruppen und Arbeitsansätze Koethers seit der Mitte der achtziger Jahre.

„The inside job (NYC, West W 9th Street)", ein großes, expressiv gestaltetes Bild von 1992 hing eher beiläufig mit den dazugehörigen beiden Büchern „the inside job (Verstärker)" im Foyer des Kunstvereins. Ganz wie der Titel andeutet, handelt es sich um eine der beiden wichtigen Kontextkunstarbeiten dieser Zeit (neben den Assoziationen mit Straftaten, der Einsamkeit des Studioartists und dem Grienen über das Köln des Klüngels führt der Titel mitunter selbstverständliche und doch oft verdrängte Beziehungsmechanismen des Kulturbetriebes vor). Wie in Renée Greens „The Digital Import / Export Funk Office" (ebenfalls 1992) geht es um das Verhältnis zwischen kultur- und kontextspezifischem Ein- und Ausschluss, um das Verhältnis zwischen Produzent und Rezipient und darum, was man Kunst nennen kann. Ein signifikanter Unterschied ist allerdings, dass Koether immer – und so auch in „the inside job" – Wert darauf gelegt hat, dass die künstlerische Arbeits- und Versuchsanordnung auf der Grundlage malerischer Praxis konzipiert wird. Koether stellte dieses Bild von April bis Mai 1992 im Rahmen des Erik-Oppenheim-Projekts „The Real Thing" aus, so groß, dass der Betrachter es betreten musste; Bücher mit Materialsammlungen und Notizen wurden zusätzlich in einer nachgestellten Tisch-Stuhl-Stuhl-Interview-Situation gezeigt. Hier verlangte Koether von den vorab informierten Besuchern beim Durchblättern der Bücher das direkte Gespräch über die künstlerische Arbeit, welches daraufhin wiederum zu einem Teil dieser Arbeit wurde. Die in der Folge des Besuches entstandenen Notizen flossen mittelbar über eine Art Tagebuch in die anschließende Publikation „J. K. The Inside Job" (Graz 1992) ein. Das Bild selbst ist ein Gewusel von Linien, die um popkulturelle Pathosformeln wie z. B. Sneaker kämpfen.

In dem fast unmittelbar gegenüber liegenden Kinosaal hingen in Petersburger Hängung

Jutta Koether, „Fantasia Colonia",
Kölnischer Kunstverein, 2006,
Ausstellungsansicht

170 gleichformatige, schwarz-weiß bearbeitete Leinwände der Werkgruppe „Fresh Aufhebung", die durch die Projektion einer DVD von Bildern ihrer selbst beschienen wurden. Wie Spuren einer konzeptuellen Deklination malerischer Möglichkeiten (Schlieren, Tropfen, Rakeln, Schmieren usw.) innerhalb klarer Parameter (40,5 x 50,5 cm, s/w, Öl auf Leinwand), aber auch wie Verweise auf die Geschichte der Entstehungsprozesse von bewegten Bildern (Storyboards) tauchten sie im Halbdunkel genau dort auf, wohin der Kinogänger in der Regel nur im Notfall schaut – an den Seiten- und Rückwänden einer eben nicht ganz schwarzen Box.

Mit der Ausnahme des großen Hauptausstellungsraumes des Kunstvereins waren auch alle anderen Räume und Nischen des Hauses mit Werkgruppen bespielt. Im Keller gab es einen Raum mit silbernem Gymnastikball, goldenem Lamévorhang, silberner Wandfarbe und mittels Baustrahler und Diskokugel aus dem Nachtschatten hervorblitzenden Silberfolien. In ähnlicher Kombination kamen diese Teile auch als eine Art aktuelle Koether'sche Signatur in der Whitney Biennale, in der Simultanhalle in Köln, der Galerie Meerrettich in Berlin, in den Galerieräumen von Thomas Erben und Reena Spaulings in New York zum Einsatz. Gegenüber hing eine Auswahl von roten Bildern, in denen zum Beispiel Malereigeschichte (Cézanne, Courbet, van Gogh, Manet) auf der ostentativ banal gestalteten Bildoberfläche angeeignet und anverwandelt wird. Zwei Jahre lang hat Koether rot gemalt. Und dabei alle Klischees ihrer Referenzsysteme bestätigt und als einzige Malerin „bad painting" konsequent fortgeführt, mit der Ernsthaftigkeit des „Do it yourself"-Gedankens, und dennoch stets Spaß verstanden, war immer präzise und hat gleichzeitig voll daneben gehauen. Es muss schrecklich gewesen sein, in den Jahren der „heavy burschis" (Kippenberger, Oehlen mal zwei, Büttner) so präzise schlecht zu malen. Und auf eindringliche Weise legt dieser bewusste Prozess des positiven *deskillings* den Blick auf den Kontext der Bildproduktion frei. In jedem hingerotzten Rot eine Frage an die Kunstgeschichte, in jedem schneller als im Informel gearbeiteten gegenständlichen Abbild eine Frage an die Romantik: an die Legende der Ablehnung des Künstlers in jungen Jahren, an die Meisterschaft des Pinselstriches, an die Sensationalisierung des Bildgegenstandes, an die Subtilität der Farbwahl, an das Verhältnis zwischen Künstler, Institution und Kunstmarkt, an das Bei-Sinnen-Sein des Betrachters.

Auf dem Weg zum ersten Stock liefen, der „Fresh Aufhebung" ähnlich, 512 Zeichnungen, die Koether vom „10. Dezember 2000 bis 6. Mai 2002" als bunte Farbraster täglich in expressiver Darboven-Manier ausgefüllt hat, als 68-minütige DVD auf einem Monitor. Wie der „Inside Job" als ein beiläufiger Hinweis auf die Potenzialität der Koether'schen Praxis präsentiert ist, entblätterte

Jutta Koether, „Cézanne, Courbet, Manet, van Gogh, ich", 1990

sich eine wunderschöne Bildfolge, die auf subtile Art deutlich machte, dass es durchaus erstaunlich ist, wie viel Material trotz aller Fülle nicht in der Ausstellung zu sehen ist. Denn schließlich verweisen „Fresh Aufhebung", „Inside Job" und der „10. Dezember", aber auch die „rote" genauso wie die noch zu erwähnende „Massen"-Phase (eine Werkgruppe, die nach der Wiedervereinigung entstand) auf serielle, kontextuelle, inszenatorische, installative und nicht zuletzt konzeptuelle Herangehensweisen an die Malerei als selbstreflexive Strategie.

Im Theatersaal hingen, Vorhängen gleich, drei Beispiele der sehr großen, schwarzen Reise-ans-Ende-der-Nacht-Lappen, auf denen an Morris Louis erinnernde, Schwarz auf Schwarz mit Farbverläufen, aber auch durch Schwamm und Pinsel gestaltete textile Oberflächen mit sparsamen Details, silberstiftenden Texteinschüben und Zitaten und Anklängen an dunkelviolette Astralnebel zu Landkarten ohne notwendige Ausrichtung, aber mit viel interner Bewegung werden. Auf der Bühne selbst, zwischen bühnenbildnerisch aus- und aufgestellten Zeichnungen, standen drei Monitore, auf denen verschiedene Aspekte der Koether'schen Kooperationen mit anderen Künstlern sowie eine Kompilation ihrer Performances von 1991 bis 2005 zu sehen und zu hören waren.

In der so genannten Halle mit ihrem freien Durchblick auf Straße und bewucherten Innenhof gab es keine so eindeutig beschreibbare Werkgruppe zu sehen. Auf blitzförmigen Glaswänden wurden neuere Arbeiten präsentiert. Und zwar auf eine Weise, die Korrespondenzen zwischen den Arbeiten selbst und dem Innen und Außen der Architektur des Kunstvereins herstellte. Der Blick des Betrachters war gleichermaßen auf sich selbst im Spiegelbild und auf die Bilder gerichtet und, einem Vexierbild gleich, auf die angrenzenden, davor oder dahinter liegenden Bilder. In dieser Anordnung entfalteten sich die Logiken der einzelnen Räume und Werkgruppen noch einmal aufs Neue. Wie in einer Schule des selbstreflexiven Sehens, Malens, Kunst-Machens, Kunst-Betrachtens und des Kunst-Ausstellens wurde die ganze Komplexität des Koether'schen Arbeitens und jedes einzelnen Bilds deutlich. In diesem Spiegelsaal des erweiterten Erkenntnisgewinns wird alles Malerei. Und Malerei kann plötzlich alles.

**MARKUS MÜLLER**

Jutta Koether, „Fantasia Colonia", Kölnischer Kunstverein, 27. Mai bis 13. August 2006; Kunsthalle Bern, 19. Januar bis 11. März 2007.

THOMAS HIRSCHHORN
TEXTE ZUR KUNST – EDITION HEFT NR. 64

Zur Unterstützung von „Texte zur Kunst" wird jede Ausgabe von künstlerischen Arbeiten begleitet. Sie sind jeweils zum Preis von 245,– Euro (zzgl. Versandkosten) erhältlich. Unsere Abonnent/innen erhalten bei der Bestellung von Editionen einen Preisnachlass von zehn Prozent. Im Rahmen eines Vorzugsabonnements können vier Editionen + vier Hefte für 778,– Euro (zzgl. Versandkosten) bezogen werden.

**Der Schweizer Künstler Thomas Hirschhorn ist vor allem mit ephemeren Installationen in Museen, Galerien und dem öffentlichen Raum bekannt geworden. Für seine Arbeiten verwendet Hirschhorn banale und einfache Materialien wie Pappe, Aluminiumfolie und Klebeband, die er zu provisorisch anmutenden Konstruktionen zusammenfügt. Zahlreiche integrierte Fotografien, Schriftzüge, Bücher und Alltagsgegenstände errichten komplexe Verweissysteme auf die Philosophie- und Kunstgeschichte.**

**Hirschhorns „Altäre" und „Monumente" bilden eigenwillige Huldigungen an Theoretiker, Schriftsteller und Künstler, bisher unter anderem Spinoza, Gilles Deleuze, Ingeborg Bachmann oder Piet Mondrian. Diese Hommagen evozieren durch Kerzen, Blumen und Kuscheltiere den Charakter spontan entstandener Straßendenkmäler. In Arbeiten wie dem 2002 für die Documenta11 entstandenen „Bataille Monument" oder der Pariser Installation „Swiss-Swiss Democracy" (2004) erweitert Hirschhorn seine Aufbauten zu temporären Räumen mit funktionalem Mehrwert, die etwa eine Bibliothek beherbergen können.**

**Die Do-it-yourself-Ästhetik der Installationen durchzieht auch Hirschhorns Collagen. Für seine aktuelle Edition für „Texte zur Kunst" hat Hirschhorn Motive gewählt, die starke Reaktionen provozieren. Er kombiniert Fotografien blutüberströmter Körper und Gesichter aus dem Irakkrieg mit Softpornobildern. Dazwischen fügt er mit Marker und Kugelschreiber Zackengebilde und den Slogan „Power of Brazil" ein. Einschusslöcher perforieren den Bildträger der in transparente Glanzfolie eingewickelten Vorlage des Offsetdrucks. In der Zusammenstellung von Kriegsbildern mit dokumentarischem Anspruch, inszenierten Pornobildern, sich verselbstständigenden Slogans und artifiziellen Einschusslöchern treffen unterschiedliche Realitätsebenen aufeinander und lassen so die Wirkkraft der Bilder und den nivellierenden Effekt ihrer beliebigen Verfügbarkeit zueinander in Kontrast treten.**

Thomas Hirschhorns Edition für *Texte zur Kunst* ist ein Offsetdruck mit dem Titel „Power of Brazil", 2006 und hat die Maße 84 x 89 cm. Er ist nummeriert und signiert und liegt in einer Auflage von 120 + 20 Künstlerexemplaren vor. Die Edition kostet 245,– Euro zzgl. Versand.

Thomas Hirschhorn, „Power of Brazil", 2006

MARK LECKEY
TEXTE ZUR KUNST – EDITION HEFT NR. 64

Die Fotografien und Videos von Mark Leckey kreisen um die kollektiven Versprechungen von Hedonismus, Glamour und Transzendenz in Jugendkulturen. In seinen aus vorgefundenem wie selbst gedrehtem Material bestehenden Filmarbeiten steht die Erinnerung an spezifische Momente der Pop- und Subkultur im Mittelpunkt. Der Film „Fiorucci Made Me Hardcore" (1999) verfolgt beispielsweise die Geschichte britischer Ausgehkultur von den „Northern-Soul Weekenders" der 1970er bis zu den großen Hardcore- und Acid-House-Raves der frühen 1990er Jahre. Leckeys bedient sich dabei verhältnismäßig einfacher technischer Mittel und Montagetechniken, die die ästhetischen Dispositionen seiner Sujets widerspiegeln. In den nostalgisch aufgeladenen, suggestiv-atmosphärischen Bildern scheint so das Potenzial sub- und popkultureller Erfahrung genauso auf wie deren Vergänglichkeit.

Mark Leckeys Edition für „Texte zur Kunst" umfasst vier Farbfotografien, auf denen jeweils ein Mitglied seiner Band „Jack Too Jack" als Leiche posiert. Jeder der vier trägt die Insignien einer historischen Jugendkultur – ein Hippie, ein Punk, ein Skin und ein Ted. Leckeys Inszenierung lässt die Figuren als Zombies auftreten, die eine gleichermaßen obsolete wie auf unheimliche Weise aktuelle Version der mit diesen Subkulturen verbundenen Ideen in die Gegenwart transportieren. Die Selbstbeschreibung der Band, für deren CD „You were Toung Once" diese Fotografien als Artwork dienen, bringt es auf den Punkt: „They were given life by the 20th century and its countercultural ambitions but now they find themselves walking amongst its ghosts ... yet, and yet they are still are alive."

Für *Texte zur Kunst* hat Mark Leckey eine vierteilige Fotoserie mit dem Titel „Artwork for Jack too Jack's 'You Were Toung Once'" konzipiert, deren Einzelmotive jeweils das Format 30 x 40 cm haben. Die Edition liegt in einer Auflage von 100 + 20 Künstlerexemplaren vor und ist rückseitig signiert und nummeriert. Sie kostet 245,– Euro zzgl. Versand.

Mark Leckey, „Artwork for Jack too Jack's 'You Were Toung Once'", 2006

**RICHARD PRINCE**
**TEXTE ZUR KUNST – SONDEREDITION HEFT NR. 64**

Seit den späten 1970er Jahren beschäftigt sich Richard Prince mit den Bildern der US-amerikanischen Alltagskultur. Eine seiner zentralen Werkgruppen basiert auf Vorlagen, die Prince abfotografierte, wodurch sich die Beschaffenheit der Bilder subtil, aber signifikant verändert. Prince' Motive entstammen der Werbung, der Pornografie oder spezialisierten „White Trash"-Lifestylemagazinen, wie etwa die berühmte Serie der auf Motorrädern posierenden „Girlfriends". In diesen Gesten der Aneignung schwingt stets die Ambivalenz von kritischer Distanz und affirmativem Begehren mit: Der konzeptuelle Zugriff geht immer mit einer Faszination für das Motiv einher.

In seinen malerischen und grafischen Arbeiten verwendet Prince bewusst naive Kritzeleien, vorgefundene Cartoons und hand- oder maschinenschriftlich ins Bild gebrachte Witze, die er mit dem Formvokabular modernistischer Malerei kollidieren lässt. Dieses Zusammentreffen gegensätzlicher visueller Codes verbindet Manifestationen der Alltagskultur mit einer Untersuchung malerischer Systeme.

Richard Prince' Sonderedition für „Texte zur Kunst" mit dem Titel „Madame Butterfly" basiert auf einer Collage, in der Prince ein aus einem Pornoheft angeeignetes Bild malerisch bearbeitet. Das Bild zeigt eine mit gespreizten Beinen rücklings auf einem Hocker liegende Frau. Die Drehung des Bildes um neunzig Grad lässt die Körperhaltung der Frau wie eine bizarre Verrenkung wirken. Über ihren Körper legt Prince die Konturen eines Totenkopfes und eines Schmetterlings. Mit zwei dicken schwarzen Strichen fügt er ihr übertrieben große Wimpern hinzu. Durch die malerische Behandlung wird das Bild gleichsam auf Distanz gehalten, während die Arbeit ebenso wesentlich von dem Assoziationsraum zehrt, den das pornografische Motiv und die auf beiläufige Kritzeleien rekurrierende, unterschwellig aggressive Übermalung eröffnen.

Für *Texte zur Kunst* hat Richard Prince eine Fotografie konzipiert, die auf eine malerische Bearbeitung einer Fotografie zurückgeht. Sie trägt den Titel „Madame Butterfly", 2006 und misst 40 x 50 cm. Die Edition ist rückseitig signiert und nummeriert, liegt in einer Auflage von 60 + 10 Künstlerexemplaren vor und kostet 980,– Euro zzgl. Versand.

Richard Prince, „Madame Butterfly", 2006

**MICHAELA MEISE**
**TEXTE ZUR KUNST – JUNGE EDITION NR. 5**

Mit der „Jungen Edition" bieten wir unseren Sammler/innen besondere Auflagenobjekte von solchen Künstler/innen an, deren Arbeit wir seit längerer Zeit mit Aufmerksamkeit verfolgen, kritisch begleiten und für sehr vielversprechend halten. Mit „jung" ist natürlich bei der Bezeichnung dieser Reihe nicht unbedingt das biologische Alter gemeint – es geht vielmehr um Positionen, die sich erst seit kürzerer Zeit auf dem Kunstmarkt etablieren.

**In ihren skulpturalen Arbeiten greift die 1976 geborene, in Berlin lebende Künstlerin Michaela Meise die nüchterne Ästhetik der Minimal Art der 1960er Jahre auf und überführt sie in eine neue Form- und Materialsprache. Den aus Papier oder Holz hergestellten Arbeiten ist in ihrer formalen Reduktion ein fragiler Charakter eigen. Die rauen Tischlerplatten ihrer Holzskulpturen und die deutlich sichtbaren Klebestellen der geschnittenen und gebogenen Papierobjekte verleihen den Arbeiten eine Wirkung des Provisorischen, die sich, wie auch einige der von Meise verwendeten Farbtöne – Rosa, Violett oder Türkis – von der ästhetischen Rigorosität des Minimalismus abhebt.**

**Meises Formenvokabular präsentiert sich nicht in Selbstbezogenheit, sondern ist auf vielschichtige Weise in den jeweilgen Kontext eingebunden. Sie integriert Fotografien und Schriftzüge in ihre Arbeiten oder fügt ihnen Zeichnungen, Performances, Videos oder weitere Objekten hinzu, die Referenzen zur Skulptur-, Architektur- und Kunstgeschichte herstellen.**

**Für die „Junge Edition" von „Texte zur Kunst" hat Michaela Meise ein zweiteiliges Objekt entworfen. Ein rot gebeizter Holzblock ist lose in eine in demselben Rotton mit Kunstharz lackierte Rahmenform eingefasst. Die Kombination der beiden Elemente lädt dazu ein, sie gleichsam spielerisch zu erkunden, so dass hier an die Stelle der strengen Wahrnehmungsexerzitien der Minimal Art ein fast schon poetischer Umgang mit einem abstrakten Formenvokabular tritt.**

Für die „Junge Edition" von *Texte zur Kunst* hat Michaela Meise ein zweiteiliges Objekt aus Holz, Beize und Kunstharzlack mit dem Titel „Kleiner Block" entworfen. Es hat die Maße 12,5 x 12,5 x 3 cm und liegt in einer Auflage von 50 + 10 Künstlerinnenexemplaren vor. Der Edition liegt ein nummeriertes und signiertes Zertifikat bei. Sie kostet 245,– Euro zzgl. Versand.

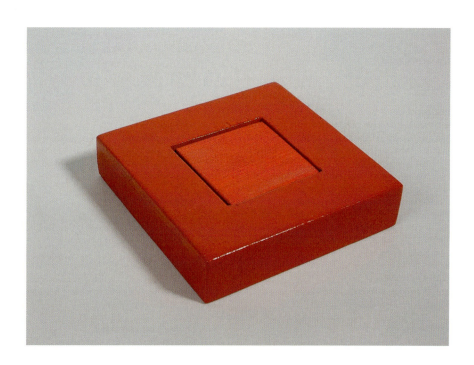

Michaela Meise, „Kleiner Block", 2006

## AUTOR/INNEN UND GESPRÄCHSPARTNER/INNEN

**JÖRG UWE ALBIG**
ist Schriftsteller und Reporter und lebt in Berlin.
E-Mail: albig@snafu.de

**MARIE-LUISE ANGERER**
ist Medien- und Kulturwissenschaftlerin und arbeitet als Professorin an der Kunsthochschule für Medien Köln.

**MARTIN BECK**
studiert Philosophie in Berlin.
E-Mail: martinbeckmartinbeck@gmx.de

**ILKA BECKER**
ist Kunstwissenschaftlerin und -kritikerin, arbeitet am Forschungskolleg „Medien und kulturelle Kommunikation" der Kölner Universität und lehrt an der Universität Bonn. Zahlreiche Aufsätze und Artikel über zeitgenössische Kunst, Fotografie und Visual Culture, die Dissertation über Fotografische Atmosphären in der zeitgenössischen Kunst erscheint 2007, ebenso die Bände „Unmenge – Wie teilt sich Handlungsmacht?" (Hg. mit Michael Cuntz, Astrid Kusser) und „Blurring Boundaries. Compositing Visual and Material Cultures" (Hg. mit Elke Gaugele).
E-Mail: ilka.becker@uni-koeln.de

**RAINER BELLENBAUM**
arbeitet als freier Publizist und lebt in Berlin.
E-Mail: Rbellenbaum@aol.com

**WALEAD BESHTY**
ist Künstler und Autor und lebt in Los Angeles.
Beiträge für *Afterall, Aperture, Artforum, ArtReview, Cabinet, Infuence, Site Journal* und *Texte zur Kunst*. Er unterrichtet am Art Department of the University of California in Los Angeles und im California Institute of the Arts.
E-Mail: walead.beshty@aya.yale.edu

**BEATRICE VON BISMARCK**
ist Professorin für Kunstgeschichte und Bildwissenschaften an der Hochschule für Grafik und Buchkunst Leipzig und lebt in Berlin.
E-Mail: bismarck@hgb-leipzig.de

**SABETH BUCHMANN**
lebt und arbeitet in Berlin und Wien, ist Professorin für Kunstgeschichte der Moderne und Nachmoderne an der Akademie der Bildenden Künste Wien; mit Helmut Draxler und Stephan Geene Forschungsprojekt an der Jan-van-Eyck-Akademie Maastricht zu ‚Film, Avantgarde und Biopolitik' (März 2004 bis Dez 2006). Neueste Publikationen: „Denken gegen das Denken. Produktion – Technologie – Subjektivität bei Sol Lewitt, Yvonne Rainer und Hélio Oiticica" und zusammen mit Alexander Alberro Hg. v. „Art After Conceptual Art" (Generali Foundation Collection Series).
E-Mail: sabeth.buchmann@gmx.net

**ESTHER BUSS**
ist Autorin und lebt in Berlin.
E-Mail: esther.buss@gmx.de

**MAREN BUTTE**
ist Theaterwissenschaftlerin und Mitarbeiterin des Nationalen Forschungsschwerpunktes „eikones Bildkritik: Macht und Bedeutung der Bilder" an der Universität Basel.
E-Mail: Maren.Butte@unibas.ch

**MARTIN CONRADS**
lebt in Berlin. 1999 war er Teil von „convex tv." und arbeitet derzeit am Publikationsprojekt „Die Planung".
E-Mail: conrads@zedat.fu-berlin.de

**FLORIAN CRAMER**
ist Literaturwissenschaftler und arbeitet als Leiter des Studiengangs Media Design am Piet Zwart Institute Rotterdam.
E-Mail: fcramer@plaintext.cc

**DIEDRICH DIEDERICHSEN**
lebt in Berlin und lehrt an der Merz-Akademie, Stuttgart und an der Akademie der bildenden Künste, Wien.
Letzte Veröffentlichungen: „Golden Years" (Co-Hg.), Graz 2006, „Musikzimmer", Köln 2005, „Personas en loop", Buenos Aires 2005; demnächst: „Critique electroacoustique de la sociéte", Dijon 2006.

**LEE EDELMAN**
ist Fletcher Professor für Englische Literatur und Chair des English Departments an der Tufts University. Er ist der Autor von „Homographesis. Essays on Gay Literary and Cultural Theory" und „No Future. Queer Theory and the Death Drive". Derzeit arbeitet er an einem Buchprojekt über Sexualität, kritische Theorie und Kunst nach den Humanwissenschaften mit dem Titel „Bad Education".

**FRANCES FERGUSON**
ist Mary Elizabeth Garrett Professor in Arts and Sciences und Professorin für Englisch an der Johns Hopkins University in Baltimore. Ihr Buch „Pornography. The Theory" erschien 2004.
E-Mail: ff1@jhu.edu

**SVENJA FLASSPÖHLER**
lebt als Autorin in Berlin. Als freie Mitarbeiterin des Deutschlandfunks schreibt sie Features und Essays für die Redaktion „Hintergrund Kultur". 2006 promovierte sie im Fach Philosophie. („Der Wille zur Lust. Pornographie und das moderne Subjekt" erscheint im Frühjahr 2007 bei Campus). Zur Zeit arbeitet sie an einem Sachbuch zur Suizidbeihilfe („Gib mir die Sonne!" erscheint im Frühjahr 2007 bei wjs).

**HEIKE FÖLL**
ist Künstlerin und Kunsthistorikerin. Derzeit unterrichtet sie an der Freien Universität Berlin.
E-Mail: heike_foell@hotmail.com

**ANSELM HAVERKAMP**
lehrt Literatur und Philosophie in New York und Frankfurt (Oder).

**MANFRED HERMES**
ist freier Autor, lebt und arbeitet in Berlin.

**MAX HINDERER**
ist Autor und Künstler und lebt in Wien und Hamburg.
E-Mail: maxhinderer@web.de

**ACHIM HOCHDÖRFER**
ist Kurator am Museum moderner Kunst Stiftung Ludwig Wien (MUMOK). Lehraufträge an der Wiener Akademie der bildenden Künste und am Institut für Kunstgeschichte der Universität Wien.
E-Mail: achim.hochdoerfer@mumok.at

**TOM HOLERT**
lebt und arbeitet in Berlin und lehrt derzeit als Gastprofessor an der Akademie der bildenden Künste, Wien. Zuletzt erschien (mit Mark Terkessidis): „Fliehkraft. Gesellschaft in Bewegung – von Migranten und Touristen" (Kiepenheuer & Witsch, 2006).
E-Mail: tom.holert@isvc.org

**BRANDEN W. JOSEPH**
ist Associate Professor für moderne und zeitgenössische Kunst an der Columbia University, New York. Er ist Autor von „Random Order. Robert Rauschenberg and the Neo-Avant-Garde" und „Anthony McCall. The Solid Light Films and Related Works". Derzeit beendet er das Buch „Beyond the Dream Syndicate. Tony Conrad and the Arts after Cage".

**STEFANIE KLEEFELD**
lebt und arbeitet in Berlin.
E-Mail: kleefeld@gmx.at

**CHRISTINE LEMKE**
lebt in Berlin, arbeitet als Künstlerin und Autorin.
E-Mail: christine.lemke@snafu.de

**HANNE LORECK**
hat Visuelle Kommunikation, Kunstwissenschaft, Philosophie und Germanistik studiert. Sie ist Professorin für Kunst- und Kulturwissenschaft und für Gender Studies an der Hochschule für bildende Künste Hamburg und arbeitet als freie Kunstkritikerin. Sie hat zahlreiche Schriften zur zeitgenössischen Kunst und Kulturtheorie veröffentlicht.
E-Mail: loreck@hfbk-hamburg.de

**SVEN LÜTTICKEN**
ist Kunsthistoriker und Dozent für Kunstgeschichte an der Vrije Universiteit in Amsterdam. 2006 erschien bei NAi publishers in Rotterdam seine Essaysammlung „Secret Publicity".
E-Mail: s.lutticken@let.vu.nl

**CATHARINE A. MACKINNON**
ist Anwältin, Autorin, Aktivistin und Professorin an der University of Michigan Law School.

**ASTRID MANIA**
ist promovierte Kunsthistorikerin und lebt in Berlin. Sie arbeitet als Dozentin, freie Kritikerin, Kuratorin und Übersetzerin.
E-Mail: astrid.mania@t-online.de

**OLAF MÖLLER**
Kölner. Schreibt über und zeigt Filme.

**MARKUS MÜLLER**
ist Leiter der Kommunikation der KW Institute of Contemporary Art, Berlin und freier Journalist.
E-Mail: MarkusMuelller@aol.com

**NILS NORMAN**
ist Künstler und lebt in London.

**FELIX PRINZ**
ist Kunsthistoriker und lebt in Berlin.
E-Mail: felix.prinz@gmx.de

**CHRISTIAN RATTEMEYER**
ist Kunsthistoriker und lebt in New York. Seit Oktober 2003 ist er Kurator des Artists Space in New York. Er promoviert an der Columbia University und unterrichtet am Center for Curatorial Studies und der School of the Arts am Bard College.
E-Mail: crattemeyer@artistsspace.org

**BERT REBHANDEL**
lebt als freier Journalist, Autor und Übersetzer in Berlin.
E-Mail: rebhandl@snafu.de

**PETRA REICHENSPERGER**
ist Kultur- und Kunstwissenschaftlerin, Dozentin und Kuratorin. Sie hat über die dritte Kategorie in Eva Hesses Arbeiten promoviert und lebt in Berlin. Zur Zeit arbeitet sie über Verzeitlichungen und Ver-räumlichungen.
E-Mail: ag14@gmx.de

**JÖRG SCHRÖDER**
ist der MÄRZ-Verleger und zusammen mit Barbara Kalender Autor von „Schröder erzählt".
www.maerz-verlag.de

**STEVEN SHAVIRO**
ist DeRoy Professor für Englisch an der Wayne State University in Detroit. Er ist der Autor von „The Cinematic Body", „Doom Patrols. A Theoretical Fiction About Postmodernism" und „Connected, Or, What It Means To Live in the Network Society" und hat darüber hinaus zahlreiche Essays über Medien- und Kulturkritik verfasst. Sein Blog heißt „The Pinocchio Theory" (http://www.shaviro.com/Blog).
E-Mail: shaviro@shaviro.com

**MARC SIEGEL**
ist Filmwissenschaftler, lehrt an der Freien Universität Berlin und arbeitet mit der Künstlergruppe CHEAP.
E-Mail: marcs47@web.de

**NICOLAS SIEPEN**
ist Mitglied von b_books und arbeitet als Filmemacher und Theoretiker in Berlin.
E-Mail: nicomat@bbooksz.de

**EMILY SPEERS MEARS**
ist Autorin, Übersetzerin und Kunstreiterin. Sie bereitet derzeit ihren Master of Philosophy in Internationalen Beziehungen am Balliol College, Oxford vor.

**TIM STÜTTGEN**
ist Autor und Künstler. Zurzeit ist er Student an der HfbK Hamburg und Theory Researcher an der Jan Van Eyck Academy in Maastricht. Texte in *Spex, JungleWorld, taz, Zürcher WoZ* etc. Drag-Performances als Timi Mei Monigatti. Derzeitige Arbeit an einem Reader zu Postpornographie und einer Textkollektion zu Guattari & Deleuze (mit Nicolas Siepen).
Mit Renate Lorenz und der Studierendengruppe „Queere Kunst" organisierte er den Workshop „Queere Kunst. Theorie. Politik." an der HfbK Hamburg (April 2006). Gerade hat er das Symposium „Post Porn Politics" in Kollaboration mit der Jan Van Eyck Academy Maastricht, dem Pornfilmfestival Berlin und der Berliner Volksbühne veranstaltet.
E-Mail: timiboi@yahoo.de

**OLIVER TEPEL**
ist Autor, lebt in Köln und schreibt unter anderem für Spex und die Frankfurter Rundschau.
E-Mail: oliver-tepel@gmx.de

**BARBARA VINKEN**
ist Professorin für Allgemeine und Französische Literaturwissenschaft an der Ludwig-Maximilians-Universität München.
E-Mail: barbara.vinken@romanistik.uni.muenchen.de

**HEIMO ZOBERNIG**
ist bildender Künstler und lebt in Wien.

## NOCH ERHÄLTLICHE EDITIONEN

| | | |
|---|---|---|
| NR. 14: OTTO MÜHL | NR. 49: LAURENZ BERGES | NR. 60: SARAH MORRIS |
| NR. 27: FRANZ ERHARD WALTHER | NR. 50: ALFREDO JAAR | NR. 60: MARTHA ROSLER |
| NR. 31: GENERAL IDEA | NR. 50: MICHEL MAJERUS | NR. 60: JÖRG IMMENDORFF |
| NR. 34: MEUSER | NR. 50: LUCY MCKENZIE | NR. 60: SOPHIE VON HELLERMANN & |
| NR. 37: SIEGFRIED ANZINGER | NR. 51: DAN GRAHAM | JOSH SMITH |
| NR. 39: MARKUS OEHLEN | NR. 53: MARIKO MORI | NR. 61: CARSTEN NICOLAI |
| NR. 40: ALLAN MCCOLLUM | NR. 53: HANNE DARBOVEN | NR. 61: JULIAN SCHNABEL |
| NR. 42: WOLFGANG TILLMANS | NR. 54: ROMAN SIGNER | NR. 62: PIERRE HUYGHE |
| NR. 42: KATHARINA WULFF | NR. 55: ALBERT OEHLEN | NR. 62: AMELIE VON WULFFEN |
| NR. 42: ANGELA BULLOCH | NR. 55: ANDREAS SLOMINSKI | NR. 62: WADE GUYTON |
| NR. 44: GEORG HEROLD | NR. 56: JUERGEN TELLER | NR. 63: MICHAEL KREBBER |
| NR. 47: ZOE LEONARD | NR. 58: THOMAS EGGERER | NR. 63: CHRISTOPHER WILLIAMS |
| NR. 48: HERMANN NITSCH | NR. 59: JORGE PARDO | NR. 63: MATTHEW BRANNON |

## VERGRIFFENE EDITIONEN

| | | |
|---|---|---|
| NR. 1: MARTIN KIPPENBERGER | NR. 24: VITO ACCONCI | NR. 44: DANIEL RICHTER |
| NR. 2: THOMAS LOCHER | NR. 25: SYLVIE FLEURY | NR. 45: OLAF NICOLAI |
| NR. 3: ROSEMARIE TROCKEL | NR. 25: MARLENE DUMAS | NR. 45: THOMAS RUFF |
| NR. 4: THOMAS RUFF | NR. 26: GÜNTHER UECKER | NR. 46: LOUISE LAWLER |
| NR. 5: CANDIDA HÖFER | NR. 26: KATHARINA SIEVERDING | NR. 46: PIPILOTTI RIST |
| NR. 6: A.R. PENCK | NR. 27: AXEL HÜTTE | NR. 47: RICHARD PRINCE |
| NR. 7: ALBERT OEHLEN | NR. 28: NAM JUNE PAIK | NR. 47: JOHN BALDESSARI |
| NR. 8: ISA GENZKEN | NR. 28: MARIA LASSNIG | NR. 48: RAYMOND PETTIBON |
| NR. 9: FISCHLI & WEISS | NR. 29: HEIMO ZOBERNIG | NR. 49: COSIMA VON BONIN |
| NR. 10: GÜNTHER FÖRG | NR. 29: CANDIDA HÖFER | NR. 51: THOMAS HIRSCHHORN |
| NR. 11: CINDY SHERMAN | NR. 30: ARMAN | NR. 52: RICHARD PHILLIPS |
| NR. 11: JOHN MILLER | NR. 30: THOMAS RUFF | NR. 52: OLAFUR ELIASSON |
| NR. 12: COSIMA VON BONIN | NR. 31: KARIN KNEFFEL | NR. 53: THOMAS DEMAND |
| NR. 12: KATHARINA SIEVERDING | NR. 32: ALEX KATZ | NR. 54: LIAM GILLICK |
| NR. 13: CHRISTA NÄHER | NR. 32: INEZ VAN LAMSWEERDE | NR. 56: PETER DOIG |
| NR. 13: MIKE KELLEY | NR. 32: GERHARD RICHTER | NR. 56: ANDREAS GURSKY / |
| NR. 14: MARKUS LÜPERTZ | NR. 33: JULIAN SCHNABEL | CLAUS FÖTTINGER |
| NR. 15: RENÉE GREEN | NR. 33: ELGER ESSER | NR. 57: FRANZ ACKERMANN |
| NR. 15: CHRISTOPHER WOOL | NR. 34: FISCHLI & WEISS | NR. 57: MANFRED PERNICE |
| NR. 16: DAN GRAHAM | NR. 35: OTTO PIENE | NR. 58: LUC TUYMANS |
| NR. 16: GEORG HEROLD | NR. 35: PAUL MCCARTHY | NR. 59: DANIEL RICHTER |
| NR. 17: ILYA KABAKOV | NR. 36: MAURIZIO NANNUCCI | NR. 59: SERGEJ JENSEN |
| NR. 17: PER KIRKEBY | NR. 36: MARK DION | |
| NR. 18: SOL LEWITT | NR. 36: NANCY SPERO | |
| NR. 18: LOUISE LAWLER | NR. 37: JONATHAN MEESE | |
| NR. 19: JÖRG IMMENDORFF | NR. 38: STEPHAN BALKENHOL | |
| NR. 19: DIE DAMEN & L. WEINER | NR. 38: ROSEMARIE TROCKEL | |
| NR. 20: CHRISTIAN BOLTANSKI | NR. 39: JENNY HOLZER | |
| NR. 20: ROBERT MORRIS | NR. 39: SARAH MORRIS | |
| NR. 21: JOHN BALDESSARI | NR. 40: KAI ALTHOFF | |
| NR. 21: STEPHAN BALKENHOL | NR. 40: GÜNTHER FÖRG | |
| NR. 22: WOLFGANG TILLMANS | NR. 40: STURTEVANT | |
| NR. 22: JENNY HOLZER | NR. 41: ISA GENZKEN | |
| NR. 23: DANIEL BUREN | NR. 41: JÖRG IMMENDORFF | |
| NR. 23: ALBERT OEHLEN | NR. 43: SHARON LOCKHART | |
| NR. 24: THOMAS STRUTH | NR. 43: RODNEY GRAHAM | |

## NOCH ERHÄLTLICHE BACK ISSUES

Nr. 2 **WAS IST SOCIAL HISTORY?** / Nr. 7 **TRADITION** / Nr. 8 **ÜBERWINDUNG** / Nr. 9 **ÄSTHETIZISMUS** / Nr. 10 **AUSLANDSJOURNAL** / Nr. 14 **KUNSTGESCHICHTE IN ARBEIT** / Nr. 15 **SEXISMEN** / Nr. 17 **MÄNNER** / Nr. 18 **INTERESSEN – GRUPPENZWÄNGE** / Nr. 21 **APPARATE** / Nr. 22 **SEXUELLE POLITIK?** / Nr. 24 **VERSPRECHEN BERLIN** / Nr. 25 **MODE** / Nr. 27 **FORMFRAGEN** / Nr. 28 **METHODENSTREIT** / Nr. 29 **ARMALY, VON BONIN, BROODTHAERS** / Nr. 30 **FRANZÖSISCHE ZUSTÄNDE** / Nr. 31 **NACHRUFE AUF STEFAN GERMER** / Nr. 32 **MEDIEN** / Nr. 33 **JACKSON POLLOCK** / Nr. 34 **LEERSTELLE AVANTGARDE** / Nr. 35 **CULTURAL STUDIES** / Nr. 36 **VISUAL CULTURE** / Nr. 37 **PERFORMANCE** / Nr. 38 **KULTURPOLITIK** / Nr. 39 **THEATER** / Nr. 40 **JUBILÄUMSHEFT** / Nr. 41 **AUSSTELLUNGEN** / Nr. 42 **SIE KAM UND BLIEB** / Nr. 43 **WAS WILL DIE KUNST VOM FILM?** / Nr. 44 **KUNSTMARKT** / Nr. 45 **VERRISS** / Nr. 46 **APPROPRIATION NOW!**

**TEXTE ZUR KUNST NR. 47** „Raum": Imperiale und staatliche Differenzstrategien; Interview mit Anthony Vidler; Martin Prinzhorn über Kazuyo Sejima; Interview mit Constant von Benjamin H. D. Buchloh; Documenta 11; Raum-Klassiker neu sortiert.

**TEXTE ZUR KUNST NR. 48** „Fasse Dich kurz!": Clemens Krümmel über Francis Ponge; Roberto Ohrt über Poesie; Isabelle Graw über „Écriture automatique"; Tom Holert über James Schuyler; Gary Indiana über Janet Malcolm; Georg Stanitzek über Filmvorspänne; Interview mit Catherine Millet.

**TEXTE ZUR KUNST NR. 49** „Atelier": Interview mit Daniel Buren; Dirk von Lowtzow besucht Jonathan Meese; John C. Welchman über Paul McCarthy; Clemens Krümmel über Frank Auerbach; Interviews mit René Pollesch und Gayatri C. Spivak.

**TEXTE ZUR KUNST NR. 50** „50er Jahre": Interviews mit Anselm Haverkamp, Jutta Held, Laszlo Glozer und Luis Camnitzer; Jean Fautrier; Helmut Draxler/Michael Dreyer über Max Bense; Dirk Setton über Lyotards Appel.

**TEXTE ZUR KUNST NR. 51** „Nichts als die Wahrheit": Michael Renov über dokumentarische Strategien im Animationsfilm; Alice Creischer/Andreas Siekmann über Kartografien; historische Dokumentarfotografie; gezeichnete Reportagen; Umfrage zu alten und aktuellen Dokumentarismen in der Kunst.

**TEXTE ZUR KUNST NR. 52** „Liebe"; Stanley Cavells Lob der Wiederverheiratung; Liebe in der „Bunte"; Josephine Pryde über die Politik des Tagtraums; Interview mit Eva Illouz; Gerhard Neumann über den Coup de foudre.

**TEXTE ZUR KUNST NR. 53** „Erziehung": Ein Abriss der Kunstausbildung; Umfrage zu Methode und Zukunft der Lehre; Studierende sprechen über Akademien; Leere und volle Subjekte; Wieder nichts gelernt: Das Dogville-Gespräch.

**TEXTE ZUR KUNST NR. 54** „Escape To New York": Fluchtgedanken im Zentrum der Kunstwelt?; Curator in Metropolis: Interviews; Neue Märkte, neue Orte, neue Probleme; The Arty Party: Gemeinsinn als Eigensinn.

**TEXTE ZUR KUNST NR. 55** „Neokonservatismus": Paul Noltes „Generation Reform"; eine neokonservative Warenkunde mit Rahel Jaeggi, Ekkehard Ehlers, Judith Hopf u.a.; Neuer Journalismus: die Rückkehr zum Konkreten; Agenda 2010 – ein Entwicklungsroman.

**TEXTE ZUR KUNST NR. 58** „Betrachter Innen": Jacques Rancière: The Emancipated Spectator; Beate Söntgen: Therapeutische Momente im Museum; Rainer Bellenbaum über Santiago Sierra; Claus Pias über Interaktivität; zu Juliane Rebentischs „Ästhetik der Installation".

**TEXTE ZUR KUNST NR. 59** „Institutionskritik": Isabelle Graw; Sabeth Buchmann über Tino Sehgal und de Rijke/de Rooij; Helmut Draxler: Kritik und Design; „Orchard" in New York; Andrea Fraser; Benjamin H. D. Buchloh über John Knight; John Knight im Gespräch; Silvia Kolbowski / Rachel Haidu über Daniel Buren.

**TEXTE ZUR KUNST NR. 62** „Kunstgeschichte": Caroline A. Jones über die „Zustände der Kunstgeschichte"; Sven Lütticken über Bildwissenschaft, Ikonoklasmus und Idolatrie; Werner Busch über Drittmittelpolitik; Simon Sheikh über Artistic Research; Judith Butler über Catherine de Zegher und das Drawing Center; Interviews mit Peter Geimer und Johanna Burton; Umfrage zum „Stand der Kunstgeschichte".

**TEXTE ZUR KUNST NR. 63** „Flucht oder Ungehorsam?": Isabelle Graw über Ausstiegsszenarien und Köln-Mythen; Melanie Gilligan und Manfred Hermes über die Rezeption Martin Kippenbergers; André Rottmann über „Romantic Conceptualism"; Paolo Virno im Interview über die Kraft des Rückzugs; Roundtable-Gespräch über Künstlerkollektive zwischen Markt und alternativer Produktion.

Unsere Abonnent/innen können die Back Issues zum Vorzugspreis von 8,– Euro (zzgl. Versandkosten) beziehen. Die Ausgaben Nr. 1, 3, 4, 5, 6, 11, 12, 13, 16, 19, 20, 23, 26, 56, 57, 60, 61 sind vergriffen.

## IMPRESSUM

**REDAKTION UND VERLAG**
Texte zur Kunst GmbH & Co. KG
Torstraße 141
D-10119 Berlin
www.textezurkunst.de

**REDAKTION**
Tel.: 030/28 04 79 10
Fax: 030/28 04 79 12
redaktion@textezurkunst.de

**VERLAG**
Tel.: 030/28 48 49 39
Fax: 030/28 04 79 12
verlag@textezurkunst.de

**ANZEIGEN/EDITIONEN**
Tel.: 030/28 04 79 11
anzeigen@textezurkunst.de

**GEGRÜNDET UND HERAUSGEGEBEN** von
Stefan Germer (†) und Isabelle Graw
**GESCHÄFTSFÜHRUNG:** Isabelle Graw
**VERLAGSLEITUNG:** Sabine Ofenbach
**ANZEIGEN/EDITIONEN:** Anke Ulrich
**VERLAGSASSISTENZ:** Simone Bogner
**MITARBEIT IM VERLAG:** Markus Summerer
**REDAKTION:** André Rottmann (V.i.S.d.P.),
Mirjam Thomann
**KONZEPTION DIESER AUSGABE:** Diedrich Diederichsen,
André Rottmann, Mirjam Thomann
**REDAKTIONELLER BEIRAT:** Sabeth Buchmann,
Diedrich Diederichsen, Helmut Draxler, Jutta Koether,
Clemens Krümmel, Dirk von Lowtzow, Juliane
Rebentisch, Beate Söntgen, Gregor Stemmrich, Astrid
Wege
**BILDREDAKTION:** Kathrin Ganser, Christina Irrgang
**KORREKTURLESER:** Robert Schlicht, Sylvia Zirden
**GRAFISCHE KONZEPTION:** Mathias Poledna
in Zusammenarbeit mit Bärbel Messmann

**LAYOUT:** Sebastian Fessel

**AUTOR/INNEN UND GESPRÄCHSPARTNER/INNEN:**
Jörg Uwe Albig, Marie Luise Angerer, Martin Beck, Ilka Becker, Rainer Bellenbaum, Beatrice von Bismarck, Sabeth Buchmann, Esther Buss, Maren Butte, Florian Cramer, Martin Conrads, Diedrich Diederichsen, Lee Edelman, Frances Ferguson, Svenja Flaßpöhler, Heike Föll, Anselm Haverkamp, Manfred Hermes, Max Hinderer, Achim Hochdörfer, Tom Holert, Branden W. Joseph, Stephanie Kleefeld, Christine Lemke, Hanne Loreck, Sven Lütticken, Catharine A. MacKinnon, Astrid Mania, Olaf Möller, Markus Müller, Nils Norman, Felix Prinz, Christian Rattemeyer, Bert Rebhandl, Petra Reichensperger, Steven Shaviro, Marc Siegel, Nicolas Siepen, Emily Speers Mears, Jörg Schröder, Tim Stüttgen, Oliver Tepel, Barbara Vinken, Heimo Zobernig

**ÜBERSETZUNGEN:**
Gerrit Jackson, Karl Hoffmann, Clemens Krümmel, Robert Schlicht, Bert Rebhandl

**VERTRIEB:**
Texte zur Kunst Verlag GmbH & Co. KG,
Torstraße 141, D-10119 Berlin

**HERSTELLUNG:**
Europrint, Berlin

Texte zur Kunst. Vierteljahreszeitschrift.
Einzelverkaufspreis 14,– Euro (zzgl. Versand)
Abonnement für 4 Ausgaben:
43,– Euro (zzgl. Versand)
Vorzugsabonnement für 4 Ausgaben und 4 Editionen:
778,– Euro (zzgl. Versand)
Editionen: 245,– Euro (zzgl. Versand)

Copyright © 2006 für alle Beiträge:
Texte zur Kunst Verlag GmbH & Co. KG
Alle Rechte vorbehalten. Nachdruck nur mit vorheriger Genehmigung des Verlags.
Für unverlangt eingesandte Manuskripte und Fotos wird keine Haftung übernommen.

ISBN 3-930628-64-3 / ISSN 0940-9596

## ABOPRÄMIE 64/2006

Das neue Album von Antifamily ist bereits bei Difficult Fun erschienen.

Nach einer EP und mehreren Compilation-Beiträgen veröffentlichten Antifamily vor kurzem ihr Debüt-Album auf dem Londoner Label Difficult Fun. In dieser Ausgabe können wir neuen Abonnent/innen das Album „Antifamily" als Prämie anbieten. An die Stelle des klassischen Bandformats tritt bei Antifamily ein Kollektiv mit offener Mitgliedschaft, das sich um einen Kern von sechs Musiker/innen (unter anderem die Künstlerin, Musikerin und *Texte-zur-Kunst*-Autorin Melanie Gilligan sowie Mitglieder der Band Asja auf Capri) herum gruppiert. So wie die Besetzung von Stück zu Stück wechseln kann, sind auch die einzelnen Mitglieder nicht auf bestimmte Instrumente festgelegt. Diese offene musikalische Praxis schlägt sich auch in einer Vielfalt stilistischer Referenzen nieder, für die die späten 1970er und frühen 1980er Jahre als zentraler Bezugspunkt dienen. Antifamily greifen auf das Vokabular von Post-Punk, Dub und Synth-Pop zurück und filtern es durch ein aktuelles Verständnis von *sound* und popkulturellen *style values*. Formale Reduktion trifft hier auf spontane Energie – Musik zwischen hypnotischer Präzision, insistierender Direktheit und gelassener Coolness und ein Grund mehr, *Texte zur Kunst* jetzt zu abonnieren!

**MAGNUS SCHÄFER**

## DANKSAGUNG

Antifamily, Matthias und Tiffany Arndt, Franziska Brons, Sabeth Buchmann, Nurcan Bulut, Esther Buss, Merlin Carpenter, Diedrich Diederichsen, Eric de Bruyn, Katja Diefenbach, Ekkehard Ehlers, Galerie Arndt & Partner, Stephan Geene, Melanie Gilligan, Barbara Gladstone Gallery, New York, Labor Pixel Grain, Berlin, Christoph Gurk, Johann Hausstätter, Thomas Hirschhorn, Tom Holert, Gerrit Jackson, Gesine und Rudolf Jackson, Barbara Kalender, Anja Kirschner, Clemens Krümmel, Mark Leckey, David Lieske, Aram Lintzel, Sven Lütticken, Michaela Meise, Karolin Meunier, Nicole Messenlehner, Dan Mitchell, Markus Müller, Adam Ottavi-Schiesl, David Panos, Richard Prince, Josephine Pryde, Sophie Pulicani, David Regen, Tilo Renz, Magnus Schäfer, Romana Schmalisch, Jörg Schröder, Nora Schultz, Benedict Seymour, Robert Strack, Jan Timme, Tina Wentrup

## ERRATUM

In unserer letzten Ausgabe (Heft 63, September 2006, S. 57) wurde durch ein Versehen eine falsche Beschriftung angegeben. Richtig muss die Zeile lauten: Sammlung Schürmann, Herzogenrath, Raumansicht mit Arbeiten von Cady Noland, Renée Green, Lawrence Weiner und Fareed Armaly

## CREDITS

Richard Kern (36/116), Olympia Film, März Verlag (41), konkret, 1973 (42), www.ishotmyself.com (45), Heimo Zobernig (48/51/54/123), Annie Sprinkle, www.anniesprinkle.org (58/128) Foto: Leslie Barany, Beatriz Preciado, b_books Berlin (60/61), Foto: Marietta Kesting (62), Succession Marcel Duchamp/ADAGP, Paris und DACS, London, 2004 (66/133), Réunion des musées nationaux, Paris (68), www. suicidegirls.com, www. nofauxxx.com (70), www.baitbuddies.com (74/137), www.activeduty.com (74), Massachusetts Institute of Technology, 1999 (80/141), Sam Taylor-Wood, 2004 (82/83), Marina Abramovic, 2005, Larry Clark (84), flickr.com (88), purple sexe, 1999/2000 (95/101), hugo_s, flickr.com (107), Cinetext Bildarchiv (151), Viennale (152), Österreichisches Filmmuseum (154), Artie & James Mitchell (157), Birkhäuser – Publishers for Architecture, Basel, 2006 (159), Sean Snyder, 2005 (161/163), Neugerriemschneider, Berlin, 2006 (166), Kunsthaus Baselland, Foto: Viktor Kolibal (169), Esther Schipper, Berlin, Foto: Carsten Eisfeld (171/172), Foto: Matthew Septimus, 2006 (174/175), Foto: J. Pfeiffer (176), COMA – Centre for Opinions in Music and Art, Berlin (178), Marc Camille Chaimowicz (180), Foto: Nils Klinger (182), Galerie Neu, Berlin (184), Dublin City Gallery The Hugh Lane, Foto: George Tatge (186), Nicole Klagsbrun Gallery (188), Pawel Althamer, Centre Pompidou (190), Pawel Althamer, Éditions du Centre Pompidou, Paris, 2006 (194), John Miller und Metro Pictures, New York (196/198), NGBK, Foto: Jens Ziehe, Berlin (201/203), Rheinisches Bildarchiv Köln, Foto: Britta Schlier (204/206), Louise Lawler und Wexner Center for the Arts, Ohio (209/211), Museum Villa Stuck, Foto: Katrin Schilling (213), Andreas Hofer, Galerie Guido W. Baudach, Berlin, Foto: Roman März (216), Hammer Museum, L.A., Foto: Joshua White (219), Foto: Werner Kaligofsky (222/223), Private Sammlung (226, oben), Galerie Max Hetzler, Berlin (226, unten), Kölnischer Kunstverein, 2006, Foto: Alfred Jansen, Tom Lingnau (230), Galerie Daniel Buchholz, Köln, Foto: Lothar Schnepf (231), Difficult Fun (246)